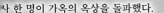

사 한 명이 가옥의 옥상을 돌파했다.
지가 반대로 접혀 땅바닥에 나뒹구는 자가 있었다.
를 토하며 몸부림치는 자,
기나 팔다리가 부러진 자는 그 십수 배에 달했다.
리고 연못가에는 그것을 행한 하수인이—
소한 그것을 보았을 자가 있었다.

점수. 이름은 사이아노프.
나는 약속을 지키러 왔다. 21년 전의 약속을.”

무진무류의 사이아노프

수많은 무술의 경지에 이른 점수 격투가.
“진정한 마왕”을 토벌하고자 출동했던 전설의
“최초의 일행”과 관계가 있는 모양인데—.

모든 시합 중에서 최대 규모의 전투인 그 시합은
똑같은 최강자 중 승자가 누구인지를 제외하면
보는 이의 예상을 무엇 하나 뒤집지 않았다.
즉, 그 싸움은 해가 저물기도 전에
이 땅을 영원히 파멸시키는 것이었다.
최강이라는 두 글자의 무시무시함을
모두가 깨닫는 결말이었다.

질주하는 별의 아르스 대 겨울의 루크노카.

"……. 웃기는군…… 당신……."

질주하는 별의 아르스
온갖 보물을 손에 넣은 조룡(와이번).
전설 살해의 영웅.

"【종말의 빛에 말라 비틀어져라—】."

겨울의 루크노카

실존이 의심되던 최강의 용.
영웅 살해의 전설.

"혼자인 게 방침이야.
영웅으로서 세계에
책임을 져야지."

검은 음색의 카즈키

탄도마저 마음대로 다루는 손님 총병.
어느 목적 때문에 오카프 자유도시를 습격한다.

어느 시점에선가
커다란 변동이 있었을 것이다.
카즈키는 그 정체를 확신했다.
세계의 이 현상에 이르는,
대다수가 모르는 수수께끼를.

이수라 III

절식무성화

케이소

ILLUSTRATION
크레타

지평 전체를 공포에 빠뜨린 세계의 적 '진정한 마왕'을 누군가가 쓰러뜨렸다.
그 용사는 아직 이름도, 실존하는지도 모른다.
'진정한 마왕'이 초래한 공포는 갑자기 끝을 맞이했다.

하지만 마왕의 시대가 자아낸 영웅은 이 세계에 계속 남아 있다.

모든 생명에게 공통의 적인 마왕이 사라진 지금,
단독으로 세계를 바꿀 수 있을 정도의 힘을 가진 그들이 욕망에 따라 움직여
더 큰 전란의 시대를 불러올지도 모른다.

인족을 통일하고 유일한 왕국이 된 황도에
그들의 존재는 잠재적 위협이 되었다.
영웅은 이제 멸망을 초래하는 수라다.

새로운 시대를 평화롭게 만들려면
차세대의 위협을 배제하고
백성에게 희망의 길이 될 '진정한 용사'를 정할 필요가 있었다.

그때, 황도의 정치를 집행하는 황도 29관들은
이 지평에서 종족을 불문하고 정점의 능력을 갖춘 수라들을 모아
연승한 한 명이 '정한 용사'가 되는 상람 시합을
열기로 한다—.

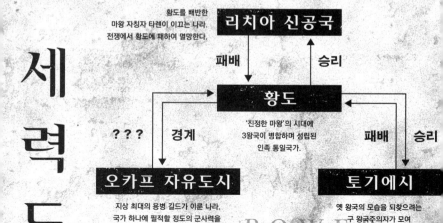

리치아 신공국

황도를 배반한 마왕 자칭자 타렌이 이끄는 나라.
전쟁에서 황도에 패하여 멸망한다.

패배 / 승리

황도

'진정한 마왕'의 시대에 3왕국이 병합하며 성립된 인족 통일국가.

??? / 경계

패배 / 승리

오카프 자유도시

지상 최대의 용병 길드가 이룬 나라.
국가 하나에 필적할 정도의 군사력을
세력 구별 없이 파견하는 정예 집단.

토기에시

옛 왕국의 모습을 되찾으려는
구 왕국주의자가 모여
먼지 폭풍의 습격을 틈타 황도에 전쟁을
일으켰지만 패배한다.

용어 설명

GLOSSARY

사술

언자의 종족이나 언어 체계를 불문하고 말에 담긴 의사가 청자에게 전해지는 현상.
한, 그 현상을 이용하여 대상에게 '부탁'함으로써 자연현상을 왜곡하는 술법을 총칭한다.
마법 같은 것. 역술, 열술, 공술, 생술의 4계통이 중심이지만,
인 계통의 술사도 있다. 작용시키려면 대상에 익숙할 필요가 있지만,
있는 사술사라면 어느 정도 커버 가능하다.

술

성을 가진 힘과 속도, 소위
량을 대상으로 하는 술법.

공술

대상의 모양을 바꾸는 술법.

술

, 전하, 빛 등 방향성을 갖지 않는
지를 대상으로 하는 술법.

생술

대상의 성질을 바꾸는 술법.

손님

에서 크게 벗어난 능력을 가졌기에 '저편'이라 불리는 이세계에서
된 존재. 손님은 사술을 쓰지 못한다.

마검/마구

한 능력이 깃든 검과 도구. 손님과 마찬가지로 강력한 힘이 깃들었기에
계에서 전이된 기물도 있다.

황도 29관

의 정치를 집행하는 수뇌부. 경(卿)이 문관이고 장(將)이 무관.
내에서 공로나 숫자에 따른 상하관계는 없다.

마왕 자칭자

국의 '올바른 왕'이 아닌 '마(魔)인 왕'들의 총칭. 왕을 자칭하지 않더라도 큰 힘을 가지고
를 위협하는 행동을 하는 존재를 황도가 마왕 자칭자로 인정하고 토벌 대상으로 삼기도 한다.

육합상람

한 용사'를 정하는 토너먼트. 일대일 대결에서 끝까지 진출한 자가
한 용사'가 된다. 출전하려면 황도 29관 중 한 명의 옹립이 필요하다.

제25장
공뢰(空雷)의 카욘
여성스러운 말투로 이야기하는
외팔 남성.
지팽포 멜레의 옹립자.

제20경
걸쇠의 히도우
오만한 도련님이자 재능과
인망을 겸비한 남성.
질주하는 별의 아르스를
옹립한 자.

제15장
연수(淵藪)의 하이제_
빈정대는 미소를 짓는
장년 남성.
불량한 소행이 눈에 띈다.

제26경
속삭이는 미카
모난 인상을 주는 엄격한 여성.
육합상람의 심판을 맡는다.

제21장
자감색 거품의
츠츠리
백발 섞인 머리카락을
뒤로 묶은 여성.

제16장
근심 어린 바람의
노펠트
이상하리만큼 키가 큰 남성.
불언의 우하크를 옹립한 자.
쿠제와 같은 교단의 구빈원 출신.

제27장
탄화원의 하디
전쟁을 진심으로 좋아하는 늙은 남성.
버드나무 검의 소지로를 옹립한 자.
군부의 최대 파벌을 따르는 중진.

제22장
철관우영(鉄貫羽影)의
미지알
약관 16세에 29관이 된 남성.
겁이 없는 기질.

제17경
붉은 지전의 에레아
창부 집안에서 출세한 젊고
아름다운 여성.
첩보 부문을 통괄한다.
세계사의 키아를
비장의 무기로 감추고 있다.

제28경
정렬의 안텔
어두운 색안경을 낀
갈색 피부 남성.

제23관
공석
경계의 타렌의 자리였지만,
그녀가 이반한 현재는
공석이다.

제18경
조각달의 쿠에와이
젊고 음울한 남성.

제29관
공석

제24장
황야의 바큇자국의
단트
성실한 남성.
북방 방면군을 이끌며
구 왕국주의자를 견제한다.
여왕파이며 로스클레이 파벌에
반감을 품고 있다.

제19경
아지랑이의 햣카
농업 부문을 통괄하는 아담한 남성.
29관이라는 지위에 걸맞은 사람이
되기 위해 마음을 다잡고 있다.

CONTENTS

I S H U R A

AUTHOR: KEISO
ILLUSTRATION: KURETA

5
절

절식무성화

동쪽 변경의 광대한 고카셰 사해(砂海). 좌표가 정확하지 않은 어느 지점에 반쯤 침하한 모래 미궁이 있다고 한다.

그것은 '저편'의 장서를 담은 '도서관'인 지식 창고이며, 수많은 서적을 임시로 옮겼고, 올바르게 이해할 수 있는 자가 그곳을 찾아온다면 담긴 지식은 일국의 가치가 있다고 여겨진다. 그것을 증언한 여자는 일개 상인이었지만, 모래 미궁에서 가져온 일곱 권의 책이 형성한 지식을 기반으로 중앙왕국의 귀족에까지 올라갔다.

모래 미궁 자체는 그저 서적이 어지러이 흩어졌거나 서가에 즐비할 뿐인 폐허다. 딱히 침입자를 헷갈리게 하여 몰아내는 종류의 건조물은 아니다. ─하지만 공략이 난공불락이기에 이 세계에서는 미궁이라 불리는 것이다.

고카셰 사해에는 모래 미궁 탐색을 철저히 방해하는 자들이 존재한다.

그리고 지금. 총 208명의 무장 대상(隊商)이 이 위태로운 지식을 탐구하고 있다. 이것은 소 7개월 만의 대규모 편성이며 다수의 호위는 방해꾼과 교전할 것을 전제로 한다는 뜻이다.

─그 장대한 대열을 벼랑 위에서 조준하는 두 명이 있었다. 인간 같은 옷을 입었지만 온몸은 단단한 털가죽으로 덮였고 머리는 늑대의 그것이었다. 낭귀(狼鬼)였다.

"……열여덟인가? 가능한 패거리는 열여덟 명. 오랜만에 거물이군."

회색 털에 덩치가 큰 낭귀^(리칸트), 얕은 걸음의 헹이 들여다보는 원견의 망원통은 과거에 이런 대상과 모험자가 소지했던 물건이다. 빼앗았다.

모래 미궁 탐색을 막는 방해꾼은 제프 무리를 자칭하는 강인한 낭귀^(리칸트) 떼였다. 그들은 모두가 무술 탐구자이며 모래 미궁의 장서 따위에 관심을 갖지 않는다. 그런 보물은 오히려 쓸모도 가치도 없는 물건이라고까지 생각했다.

다만 모래 미궁에 이끌려 정기적으로 나타나는 인간이나 산인^(미니어)^(드워프)은— 특히 그들이 불모의 사막에 옮겨온 탐색 물자는 별개였다. 따라서 제프 무리는 이 사해의 한가운데에 거점을 두었다.

대열을 바라보는 헹의 뒤에는 체격이 다소 크고 흰색과 갈색 털을 가진 낭귀^(리칸트)가 있었다. 헹보다 상당히 젊은 개체인 모양이었다.

"형, 엄청난 숫자야……! 대열 끝이, 끄, 끝이…… 바위 밭까지 뻗어서 보이지 않아!"

"진정해, 카누트. 눈에 보이는 숫자에 흔들리지 마. 상대해야 할 패거리는 열여덟. 이 '얕은 걸음'의 수련을 시험할 날이 왔어. 나 혼자 열여덟 명을 모두 죽이겠어."

"형 혼자!"

카누트는 눈이 휘둥그레지며 존경하는 형의 말을 되물었다.

"여, 열여덟— 열여덟 명을?!"

놀란 나머지 카누트는 혀를 집어넣는 것도 잊었다.

"훗…… 못 할 것 같아?"

"혀…… 형! 감시자를 잡았습니다!"

헹은 짊어진 무기를 엄숙하게 뽑았다. 양 끝에 날붙이가 달렸고 나기나타(薙刀)처럼 생긴 무기였다. 적을 확인하고 최적의 전술을 세우기까지 모든 것을 홀로 수행한다. 그들 제프 무리의 시련은 전투 전부터 시작되었다.

"그릉."

헹의 목 속에서 짐승이 으르렁거리는 소리가 울렸다. 그때는 가속했다. 그리고.

◆

─헹이 전투에 필요로 한 시간은 대열 맨 끝까지 달려가는 시간과 거의 같았다.

마차 바로 아래의 좁은 틈을 빠져나가 보법(步法)으로 환술을 짜 넣어 화살의 빗발을 피하고 대부분의 호위에 저항할 틈을 주지 않은 채 양단하여 처리했다.

하지만 마지막에 교전한 두 명은 달랐다.

이상한 기계 장치의 곡도(曲刀)를 조종하는 소인, 각인 삼침의 룩.

이 세계 특유의 단도 투척 기술을 가진 인간, 장맛비의 알버트.

방심할 수 없는 두 강자였다. 얕은 걸음의 헹도 행운의 천칭이 조금만 더 기울었다면 이 고카셰에 뻗은 무참한 시체 중 하나가 되었을 것이다.

"콜록, 뭐 저런 놈이 다 있어."

헹의 일격에 날아간 각인 삼침의 룩은 지금, 찢긴 상반신이 한쪽 갈비뼈만으로 이어져 있었다. 사투를 벌인 결과였다.

"─기뻐하도록 해. 네놈들의 목은 7년 뒤까지 영예로울 테니."

"이, 이런 기술을 쓰다니. 웬 놈이지……?"

"연구의 깊이가 달라. 우리는 '최초의 일행'인 피안의 네프트의 교육을 받았어. 죽음의 나라에서 해명에 난처할 일도 없지"

"헷…… '최초'……. 그럴 줄이야………."

제프 무리는 단순한 낭귀(리칸트)가 아니다. 그것은 오히려 유파에 가까웠다.

살아 있으면서 시체가 된 전설의 낭귀(리칸트), 피안의 네프트를 본존으로 모시고, 일찍이 그가 남긴 투기를 끊임없이 연구하고 실천하는 데 열중한다.

이렇듯 목숨을 건 시련도 당연한 통과의례다.

룩과 알버트처럼 무쌍한 호위를 고용하여 사해의 위협에 대비하면서도 누구 하나 미궁에 도달하지 못한 이유는 그 누구도 제프의 낭귀(리칸트)를 이기지 못했기 때문이다.

"대단해, 형! 형은 역시 최강이야! 아우우!!"

"훗…… 걱정하지 말랬잖아……. 하지만 약탈 작업은 네놈이 해. 인족들을 놓치지 마."

유혈이 낭자했지만 헹은 웃었다. 그의 오른쪽 반신은 무수한 단도가 모피를 꿰뚫고 꽂혀 있었다.

"저, 저…… 저는 언젠가 형처럼 될 거예요!"

"이 바보…… 오래 걸릴 텐데. 후후후…….."

미숙한 카누트는 남은 사람들을 잘 협박해서 이 208명의 무장 대상이 가져온 짐은 모조리 제프 무리의 식량이 되었다.

귀족으로 분류되는 낭귀(리칸트)는 물론 인간도 잡아먹지만, 딱히 기호성이 강한 것은 아니다.

그들 제프 무리가 살육 행위에서 추구하는 것은 뛰어난 강자를 연습대로 삼은 수행 결과를 확인하고 남은 약자, 또는 비전투원은 무사히 돌려보내는 법도를 깔고 있다.

이 지점은 고카셰 사해의 아주 초입이지만, 그럼에도 마을로 돌아가는 길에 체력이 약한 자 몇 명이 말라 죽을지도 모른다. 그 가능성까지는 헹 일행이 알 바 아니다.

그 땅에 발을 들인 이상, 약자 또한 위험을 알고 지식을 추구하는 모험자다. 오직 한 마리로 행운에 도전하는 낭귀^{리칸트} 전사와 마찬가지로 자신들의 목숨을 천칭에 얹는 운명이다.

인적 없는 고카셰 사해에서 법이 있다면 그들 낭귀^{리칸트}의 약육강식 법칙이다.

◆

"……묘하네."

"왜 그러시죠, 형!"

이변은 헹 일행이 마을로 돌아가는 길에 벌어졌다.

"피 냄새가 나지 않아?"

"듣고 보니……."

두 사람은 달리기 시작했다. 오른쪽 다리를 다친 헹은 카누트보다 조금 느렸지만, 그런데도 전속력으로 달렸다. 멀리서도 감시하는 전사는 없어 보였기 때문이다.

"으음,"

감시자의 소재는 금세 알았다.

그들은 흙벽에 묻혀 있었다. 흰자위를 드러내고 경련하며 거품을 뿜었다. 처박힌 충격으로 두꺼운 흙벽 자체가 부서진 곳도 있었다.

"무슨 일이 일어난 거지?"

무시무시한 가속도로 처박힌 것은 틀림없다. 헹의 머리에는 폭약의 가능성이 스쳤지만, 화약 냄새는 나지 않았다. 마을 수호를 맡은 그들이 폭약 정도에 발목을 잡힐 수도 없다.

문을 넘은 안쪽의 모습은 더욱 엄청났다.

"아, 형."

전사 한 명이 가옥의 옥상을 돌파했다.

사지가 역방향으로 꺾여 바닥에 나뒹구는 자가 있었다.

피를 토하며 쓰러진 자, 무기나 팔다리가 꺾인 자는 그 수집배에 달했다.

마을 전사 모두가 진즉에 의식을 잃었거나, 혹은 신음밖에 하지 못하는 상태였다. 확인할 수 있는 범위 내의 모두가 전투 불능 상태라는 것은 틀림없었다.

'이게 무슨 일이지?'

파수꾼은 완전히 목숨이 끊어졌다.

사범 대리 두 명이 덤벼도 애먹는 장대한 사룡이 회갈색의 찜찜한 액체를 끊임없이 토해내며 죽어갔다. 즉—.

'제프의 전사는 그럴 것까지도 없었다는 건가? 이 전사들을 **활용해서 쓰러뜨릴 수 있는** 적이기라도 하다는 건가? 설마. 말도 안 돼.'

기량도 신체 능력도 인족의 병사를 훨씬 능가하는 낭귀다.^(리칸트) 대상이나 토벌대를 홀로 상대하는 의례도 헹보다 상급 전사라면 모두가 통과했다.

그러한 마을의 강력한 전사가— 즉, 모든 주민이 피바다 속에 잠겨 있었다. 헹과 카누트가 오늘의 시련에 향했던 시간은 반나절보다도 짧다.

헹은 그 속에서 겨우 의식이 있는 한 명의 뺨을 때렸다.

"무슨 일이 일어났지? 눈이 보이나? 얕은 걸음의 헹이다."

"……그, 그건."

그의 친구는 치아가 부러져 신음하며 대답했다.

"그건…… 평범한…… 생물이, 아니야…….."

"당연한 소리 하지 마. 평범한 생물이 이랬다면 그야말로 큰일이지."

"하, 하지만. 그건 정말로 평범한 생김새가 아니었어."

"'손님'인가?"

"……그래, 하지만 사해 밖에서……가 아니라 안에서…….."

때로는 '도서관'을 노리는 게 아니라 이 마을 자체를 없애고자 찾아오는 별종이 있다.

예를 들면 고카세 사해 밖의 도시가 파견하는 토벌대 등이 '손님'이라 불린다. —하지만 물론 이렇게까지 막대한 피해를 입은 예는 역사상 없다.

게다가 사해 안에서 그것이 왔단 말인가?

"너."

짜증 난 헹이 어금니를 꽉 깨문 그때, 카누트가 뛰어와 외쳤다.

"……힉, 사범님?!"

"카누트?"

"사범님이…… 연못에 떠올랐어!"

"말도 안 돼. 사범님을 몰라? 새로운 수행법이라도 생각난 걸 테지."

"그, 그렇구나. 왼팔이 부러져도 할 수 있는 수행일까요?"

그러고 보니 마을 중앙의 저수지에는 그들이 두려워해 마땅한 사범님이 똑바로 떠올라 있었다.

카누트의 말대로 왼팔은 관절 반대 방향으로 뒤틀려 파괴된 것이 명백했다.

'과연 사범님이야.'

늘 어마어마한 아이디어로 움직이는 노스승이다. 헹은 그렇게 생각하려 했다.

'과연…….'

그리고 연못 가에는 그것을 행한 하수인이— 최소한 그것을 보았을 자가 있었다.

거의 구체의 물처럼 투명한 연녹색 실체지만 생물이다.

"……점수(粘獸)."

"맞아."

그것은 대답했다. 한정된 지식밖에 가지지 않은 점수가 유창하게 의지를 전하는 말을 한 것이다. 더구나 그 가짜 다리로 낡은 서적 같은 것을 감고 있었다.

"점수. 이름은 사이아노프. 그렇게 말하면 아는 자가 반드시 있을 거야. 나를 그자에게 안내해줘."

"알 수 없는 소리를 하는군. 미래를 마음껏 선택해봐. 얕은 걸음의 헹의 검에 이슬로 질지, 즉시 물러갈지 하나만 골라."

"형……!"

"세 번째가 빠졌어."

"뭐라고?"

대답할 새도 없이 헹의 양쪽 무릎에 날카로운 위화감이 내달렸다.

털썩, 하고 책이 땅에 떨어지는 소리는 그 뒤에 울려 퍼졌다.

─빠르다. 너무 빠르다. 신경 반응조차 따라갈 수 없다.

사이아노프는…… 우둔한 종족일 터인 점수(우즈)는 이미 헹의 후방으로 빠져나갔다.

그 모습을 돌아보지도 못한 채 희미한 오한만이 서서히 내달렸다. 외상도 없다. 마치 보이지 않는 송곳이 꽂힌 듯 무릎의 인대만이 절단된 것을 깨달았다.

카누트가 절규했다.

"형?!"

"……첫걸음의 중심으로 알았어. 정중앙을 벗어난 기술인가? 비스듬히 왼쪽 전방에 두 걸음. 오른쪽에 한 걸음. 내 방어 방향을 어지럽히고 왼쪽 발톱으로 필살. 제대로 봤나?"

"웃기는군."

비스듬히 왼쪽 앞에 한 걸음. 헹은 거기까지밖에 움직이지 못했다.

점수(우즈)에게 있을 수 없는 속도였다. 게다가 헹의 뇌리에밖에 존재하지 않을, 구성한 전투의 흐름까지를 불과 한 걸음 이동한 걸 보고 예측한 것인가?

헹이 무릎에 받은 충격이 타격인 것은 틀림없었다. 하지만 그 이상은 어떤 술수일까? 독심인가? 아니면 미래 예지인가? 그 무엇이든 평범한 점수(우즈)가 다룰 도리가 없다.

"나는 약속을 지키러 왔다. 21년 전의 약속을. 그러니 도리는 내게 있다. 갈색 털을 해치울까?"

"크으응…… 나, 나도……!"

"—거기까지다. 승부는 났어."

끼어든 것은 땅 밑에서 울려 퍼지는 듯 묵직하게 속삭이는 목소리였다.

"오……!"

헹은 즉각 땅에 엎드려 본전 방향을 경외했다. 사범이 쓰러진 지금, 그 이상의 전사는 한 명밖에 생각할 수 없었다.

가령 그것이 정말로 살아 있고 활동할 수 있다면.

"나 원 참. 예의도 모르는군……. 콜록, 진절머리 나는 불한당이야."

본전의 어둠에서 나타난 낭귀(리칸트)에게는 털 한 올도 없었다.

메마른 까만 피부는 주름으로 뒤덮였고 뼈로 착각할 정도로 야윈 체구는 헹 키의 3분의 2도 안 됐다.

하지만 그런데도 헹은…… 그 부상을 입고도 그 존재를 향해 엎드렸다.

그때 의식이 있던 제프의 전사 모두가 그랬다.

"오랜만이군. 사이아노프."

"……21년 만이네. 피안의 네프트."

"이 몸으로는 그렇지. 시간을 헤아리지는 않았어."

"됐어. 내가 헤아렸으니까."

피안의 네프트. 모든 제프 무리의 전사는 이 전설의 시체 앞에서 수행을 거듭했다.

움직이지 않아도 무서운 그 눈빛에 부끄럽지 않도록 단련하고 무언의 압력을 온몸으로 느끼며 제프 무리는 이렇게 강해졌다.

……하지만 설마. 그런 일이.

"―움직일 수 있으십니까, 주인님?!"

"시끄럽다."

진심으로 시끄러운 듯 살아 있는 본존은 귀를 흔들었다.

그리고 훨씬 하등한 점수(우즈)에게 말했다.

"바라건대."

"지금. 이 자리에서 나와 붙자."

피안의 네프트.

이 세상에서 처음으로 '진정한 마왕'에 맞섰던 '최초의 일행'이다.

그 일곱 명 중에서 생환자로 꼽히는 자는 겨우 두 명. 성도(星圖)의 롬조. 피안의 네프트.

'―그렇다면.'

그렇다면 그 살아 있는 전설과 대등하게 맞붙자 말하는 너무나도 이질적인 점수(우즈)는.

대체 어디에서 온 누구일까?

◆

"……지금 깨어 있는 자."

네프트는 오히려 성가신 듯 말했다.

"네놈들에게는 가망이 있다……. 있다고 생각하기로 하지."

그는 두꺼운 원반을 절반으로 깬 모양의 무기를 양손에 들고 있었다. 도끼처럼 생겼지만 원반 안을 쥐는 손잡이만 있는 지극히 원시적인 모양새였다. 제프 무리의 기술 전체를 형성한 무기이자 원형인 쌍 도끼로 완전한 기술을 발휘할 수 있는 전사는 창조자인 네프트 말고는 없다.

"설마 창조자의 기술을 앞에 두고 빈둥거리는 어리석은 자는…… 없어야지."

제프 무리의 누구 하나도 의식을 잃어서는 안 됐다.

피안의 네프트가 싸운다.

사이아노프 또한 의식을 최대한 집중했다. 양쪽은 이미 백병전 타이밍이다.

"아래로 발차기."

사이아노프가 중얼거리는 소리와 동시에 첫 낭귀는 느슨한 수면 차기를 발사하여 점수의 '발'— 접지면을 베었다. 그 움직임은 똑똑히 보였지만, 정신을 차리고 보니 끝난 뒤였다.

사이아노프는 살짝 후퇴하여 회피했다. 네프트가 움직이기 전에 공격 궤도 밖으로 나가야 했다. 네프트의 동작에는 군더더기가 전혀 없다.

첫 동작을 보고 나서 회피하면 늦는다. 사이아노프는 잇따라 방어했다.

"—회전하는 속도를 유지하며 등에 진 도끼로 치는 걸 보여 줘. 그게."

네프트의 공격 동작은 끝나지 않았다. 회전 직후의 사이아노프를 절단하고자 뒤에서 잡은 도끼가 기습했다. 둔탁하게 치는 것이 목적인 원반처럼 두툼한 검.

헹의 나기나타가 그렇듯 그것은 제프 무리 유파의 골자— 창이자 방패인, 허리부터 손목까지 회전 운동을 전달하는 무기다.

"2연속."

타당, 하고 물을 쏘는 듯한 소리가 두 번 울렸다.

한 번의 회전에 좌우 연속으로 펼쳐진 도끼는 뭘 어떻게 받았는지 점수(우즈)의 표면을 미끄러졌을 뿐 멀쩡했다.

맞받아치는 타격음이 울려 퍼졌다. 회전이 끝나는 찰나를 노렸는지 눈에도 보이지 않는 점수(우즈)의 교차 일격.

야윈 낭귀(리칸트)는 나뭇잎처럼 날아갔다. 이쪽도 멀쩡했다.

네프트가 착지한 대지에는 그의 불가사의한 방어를 나타내는 복잡하고 기괴하며 파문 같은 기하학적 궤적이 새겨져 있었다. 엄청난 충격을 완전히 죽인 것이다.

"이 판단이 옳았나, '피안'? 늙은 힘은 내게 통하지 않아. 다 덤벼라."

"내가 할 소리다, 점수(우즈). 고작 이 세월에 내가 늙었다고, 쇠했다고 생각하나?"

"그런 몸놀림으로 그렇게 말한다고?"

"크으, 크으…… 생술의 진수를 모르는군."

팽팽한 긴장 속에서 지옥 같은 저음이 사술을 자아냈다.

"【네프트의 고동으로. 연기는 차가운 물방울로 돌려보내라. 희미한 신록. 양광역궤. ─돌아라】"

weft wogm *wymuf wonffeer* *wwrhey wat* *wengefhornef* *wutzeiheart*

사이아노프는 사술 영창의 명백한 틈을 찌르지 않았다. 그것이 무의미할 수도 있고, 혹은 괜한 꼬임에 넘어가 패착에 이를 것을 알고 있었다.

……무엇보다 모든 힘을 동원하지 않으면 의미가 없었다. 그 네프트를 쓰러뜨려야 했다.

"주인님!"

"주인님……!"

"시끄럽다."

낭귀는 두려워하며 본능적으로 으르렁거렸다.

리칸트

그 모습은 거의 야윈 채 변하지 않았다. 변하기는커녕 정상적인 생체 활동을 회복한 결과로, 피부는 더욱 노인처럼 처져 더 쇠한 것처럼 보였다.

모습만 놓고 보자면 그랬다.

발산되는 투기는 별개였다. 제프 무리의 모든 전사를 합한 것보다 더욱 거대한.

얕은 걸음의 헹은 아우 격인 카누트를 보았다. 숨졌을까 봐 걱정한 것이다. 그가 걱정하기 무섭게 카누트는 고개를 떨군 자세로 거품을 뿜으며 실신했다.

"주인님……!"

……그것은 외부로 드러난 생명력이 아니었다. 피부. 내장. 미각. 전투에 불필요한 모든 기능이 육체 내부의 제어와 강화에 치우친 걸까?

'최초의 일행' 중에서도 궁극의, 불사인 생술사.

피안의 네프트는 20년 동안 미동도 않고 축적해 온 생명력을 온몸에 순환시켰다.

"드러낸 대로야. ……지금부터 800과 15를 세는 동안에는 나를 네놈이 아는 무렵의 피안의 네프트라고 생각해."

"—그럼 최선을 다하지. 다섯 번은 죽이겠다."

"크으. 크으. 불사자는 한 번도 죽일 수 없어—."

스윽.

점수의 둥그런 몸이 조용히 땅을 미끄러졌다.

네프트가 한 발 내딛는 동작과 완전히 타이밍을 맞추었다. 접촉 거리.

—그리고 포격.

가짜 다리가 네프트와 접촉한 순간, 그렇게밖에 생각할 수 없는 묵직한 소리가 울려 퍼졌지만, 이번에는 네프트가 날아가지 않았다.

아니. 날아갈 수 없었다.

밀려드는 해일이 거목에 큰 충격을 주듯이. 네프트의 심상치 않은 기량이 없다면 오체가 흔적도 없이 부서지는 위력이었을 것이다.

하지만 충격을 받은 거목 또한 파괴의 위력을 받아 믿을 수 없는 움직임을 보였다.

분쇄된 등뼈에서 왼팔에 걸쳐 돌아서 흐느적.

굳이 표현하자면 푸스스스, 하는 소리였다.

그것은 지면과 함께 점수의 체적의 8분의 1을 잘게 날려 없앴다.

너무나도 빠른 회전 연격이 거듭되어 그런 소리를 낸 것이었다.

"……컥!"

"……!"

양쪽은 휘청거리며 장절한 공격을 다시 시작했다.

동시에 선고했다.

"【돌아라】. —쌍도끼 '눈꺼풀'."
^{wutzeiheart}

"'팔극첩산고(八極貼山靠)'."

네프트의 골격은 그 한마디로 순식간에 접합되었다. 역시 아까 그 일격은 **일부러 받은 것**이다. 사이아노프가 깊은 일격을 가하지 못한 이유는, 평범한 생명체라면 즉사할 공격을 앞지르는, 엄청난 반격 때문이었다.

이 정도의 고속 치유면서 어떠한 기형도 발하지 않고 충격 증상도 초래하지 않는 네프트의 생술은 그것을 목격하는 모두의 이해 밖에 있는 것이었다.

하지만 방금 사이아노프가 펼친 기술도 마찬가지로 모두의 이해 밖에 있는 체계였다.

"모르는 기술이야. 크으, 크으…… 그게 21년간 네놈이 쌓은 힘인가."

"그래. 그 세월 동안 모래 미궁에서 배워 단련했지."

지난 십수 년, 모래 미궁에 도달한 인족은 존재하지 않는다.

낭귀들도 그 미궁에 무엇이 존재하는지 관심을 가진 적은 없다.

그렇다면 그곳에 **이미 누군가가 있었다**면.

거기서 한 발도 밖으로 나가지 않고, 일국의 가치가 있는 지식을 오롯이 축적한 존재가 있었다면.

"첫 한 권에 2년을 썼어. ……하지만 모든 걸 배웠지."

―이 세계의 지적 생물은 문자를 남기고 해독하는 능력이 열등하다.

과거에 몇 명의 '손님'이 이 세계에 통일 문자 정착을 시도했지만, 백성 사이에서 사용되는 것은 아직 간단한 교단 문자뿐이었다.

'저편'의 자들이 사술의 진정한 힘을 사용할 수 없는 것과 마찬가지로 개개인이 다른 언어 체계를 가지면서 이야기하면 통하는 이치 속에 사는 자에게는 체계적인 문자 언어의 정착은 실제로 지극히 곤란한 개념이었다.

일찍이 '손님'이 그 뛰어난 지식을 서적으로 남겼대도 해독할 수 있는 것은, 예를 들면 나간의 학사들처럼 소수의 지식 계급뿐일 것이다. 하지만.

한정된 지성밖에 없을 부정형의 원시 생물이 그것을 이뤘다.

"―유쾌하군. 훌륭한 집념이야, 사이아노프!"

"나는 네놈보다 강해!"

부웅, 하고 공기가 소리를 냈다. 쌍도끼의 회전이 발하는 소리.

회피가 불가능한 네프트의 무기(武技)가 더욱 대단한 신체 능력으로 펼쳐졌다.

사이아노프는 그 연격을 받았다. 부정형의 육체가 깎였지만 점체(粘體)의 깊은 핵은 잃지 않을 회피를 계속했다.

받는다. 받아넘긴다. 살이 베여 흩어진다.

폭풍의 틈새를 통해 일격필살의 공격을 가했다. 직전에 낭귀^{리칸트}가 회전했다. 노린 내장의 위치를 빗나갔다. 메마른 피부와 살이 흩어졌다. 목숨에는 이르지 않았다. 쌍도끼가 사각지대에서 다가왔다. 사이아노프는 회피를 시도했다.

그 순간, 발차기가 점수(우즈)를 밟아 뭉갰다.

뭉갤 수 없다. 네프트의 발바닥을 노린 가짜 다리는 충격으로 그의 허리까지 반대로 부쉈다.

또 읽었다.

호흡조차 허용되지 않는 전투의 저 앞까지를.

"'냉경(冷勁)'."

"……윽, 【돌아라(wutzeiheart)】."

이렇게까지 궁극의 체기에 도달한 '최초의 일행' 피안의 네프트가 왜 이렇게 반격을 허용하는 것일까?

얕은 걸음의 헹조차 너무 늦게 결론에 이르렀다.

'사지가 없어.'

─인정하기 힘든 사실이다. 이렇게 무시무시한 무술가가 있을까?

사이아노프의 기술에는 발놀림이 보이지 않는다. 그것은 접지면 전체가 대지의 작용을 낳는 발이자 두 발에 제약받지 않고 예측 밖의 방향으로 내디딜 수 있다.

그 타격에는 관절이 없다. 그것은 유체 같은 흐름이자 가동 범위의 한계가, 타격의 조짐이 어디에도 존재하지 않는다.

피안의 네프트는 계속 신의 경지에 오른 육감만으로 이 무시무시한 격투전을 따라가고 있다.

하등한 점수(우즈)의 신체에 그 가능성이 숨어 있다는 것을 이 싸움 이전에 누가 알았을까?

긴 역사에서 그것을 발휘한 자는 틀림없이 이 사이아노프 단 한 마리뿐이다.

어떻게 집착하면 이런 연구를.

"크으, 크크크…… 훌륭해……. 그 방해꾼이 여기까지 이른 건가……."

"……. 왼쪽 도끼를 던진다. 휘두른 그사이에 겹쳐서 발차기 공격—."

타악, 하고 점수가 날아갔다. 그것은 등 뒤의 2층 돌벽을 깼다.

사이아노프가 도끼를 휘두른 뒤 발차기에 날아가기까지의 과정을 알 수 있었던 자는 아무도 없었다. 아까까지와는 차원이 다른 속도.

"—그 판단이 맞았어."

강해졌다. 안 그래도 누구도 미치지 못하는 '최초의 일행'이 그 이상으로.

오래도록 모은 생명력을 서서히 순환시켜 피안의 네프트는 일시적으로 전성기를 넘어서는 신체 능력을 획득했다.

절단과 타격의 종이 한 장 차이로 핵을 지킨 점수는 땅에 뚝 떨어졌다.

"왜……지?"

"……크으, 크으. 귀가 어둡군. 안 들려."

"……왜…… 나를 두고 갔지?"

전설의 전사는 대답하지 않았다. 그 주름진 얼굴을 더욱 구기며 웃었다.

당연한 결단이었다고 네프트는 믿고 있다. 사이아노프에게도 다시 이해시켜야 한다.

　오랜 시간이 지난 지금도 네프트는 '최초의 일행' 동료들을 기억한다. 이미 잃어 두 번 다시 돌아올 수 없는 자들의 얼굴을 떠올릴 수 있었다.

　……무명의 백풍 아레나가 있었다. 색채의 이지크가. 움직이는 괵검(餓劍)의 유우고가.

　그들은 때로 벗이자, 때로 적이기도 했지만, 전설로 전해지는 일곱 명의 이름과 목소리를 지금도 떠올릴 수 있다. 사상도 목적도 다른 그들은― 그 여행 끝에 딱 한 번 힘을 합쳤다. '진정한 마왕'을 토벌하기 위해. 세계는 그렇게 믿었다.

　진실은 달랐다. 그게 아니었다.

　여덟 번째가 있었다. 그자의 이름 역시 한시도 잊은 적이 없다.

　"과거의 충고를 다시 한번 할까, ―사이아노프. 네놈은 '진정한 마왕'에 미치지 못해."

　"【사이아노프의 ^{popoperopa} 고동으로. 정지하는 ^{parpepy} 파문. 연결되어라 $^{pecp\ porppe}$. 차오르는 $^{por\ pupeon}$ 대월. 돌아라 ^{perpipeor}】. ……그건."

　점수는 재생의 ^{우즈} 사술을 외었다. 의심할 것도 없이 피안의 네프트와 동종의 술법이었다. 그가 과거에 보았던, 정점에 오른 강자의 기술도 수행한 것이다.

　21년. 과거의 나날을 생각한 건 네프트 혼자만이 아니었다.

　"그건 틀렸어. 피안의 네프트. 과거도 현재도."

　"……."

　"……나라면 이길 수 있어. 그때…… 그곳에 내가 있었다면 우리는 이겼을 거야. 그렇지, 네프트! 지금은 그렇게 생각하고 싫어!"

"―멍청이가!"

필살의 도끼를 다시 퍼붓고자 네프트는 달렸다.

조금 진귀한, 조금 언어가 유창한, 취약한 점수에 지나지 않았다.

그것은 당연한 결단이었지만, 그 일행은 모두 믿었다.

"쌍도끼, '괴로운 별'!"

―전설로 남겨진 자는 무슨 생각을 하며 끝없는 연구를 계속할 수 있었을까?

'최초의 일행'은 '진정한 마왕'에 패배했다. 후에 이어진 많은 영웅과 마찬가지로 너무나도 무력하게. 당시의 백성이 품었던 희망과 함께 다만 뭉개졌다.

하지만 그에게는…… 여덟 번째인 사이아노프에게는.

"네프트. 나는 말했어."

아직 그 싸움이 끝나지 않았다.

진즉에 '진정한 마왕'이 죽은 지금도.

끝난 시대가 그의 마음에서는 끝나지 않은 것이다.

내지른 사이아노프의 가짜 다리가 회전에 휘말려 흩어졌다.

아니다. 가짜 다리다. 공격을 기만하는 팔조차도 무한으로 살릴 수 있다. 무한한 갈래를 강요하는 격투의 선택지. 피안의 네프트는 너무나도 절대적인 사고의 부하 아래에서 과하게 싸웠다.

'내가 너무 파고들었나?'

실수.

네프트의 신경이 최대한으로 강화된 지금은 종착까지의 흐름을 읽을 수 있다.

한발 먼저 뻗은 가짜 다리가 내디딘 발을 밟았다. 앞으로의 일격에 날아가 벗어날 수 없도록. 펼친 또 한 손의 도끼는 오히려 공격 방향에 이끌리듯 급소를 비켜났다.

사이아노프는 이 시점에 세 개의 팔을 사용하고 있었다.

점수에게는 그게 끝이 아니다.

네 번째 팔이 지금 네프트의 복부에 닿았다.

"—다섯 번 죽인다고 말했어!"

스윽, 하는 진동이 낭귀 안에만 울렸다.

타격을 전가하듯 중력을 거슬러 비스듬히 위로.

그것은 격렬한 타격음도 폭발적인 운동 가속도도 없었다.

왜냐하면 그 충격 전체는 체내에 전도되었기 때문이다.

"크헉—!"

피안의 네프트는 회갈색 액체를 잔뜩 토했다.

그 필살의 일격을 지금까지 펼치지 않고— 사이아노프가 참았다는 걸 알았다.

그가 토한 것은 액체로 변한 내장 기관이었다.

"뇌를 토해라. '소액중경(嘯液重剄)……!"

"【돌아라】……."

네프트도 이해하고 있었다. 이후의 공방에 따라 반격으로 바뀐 순간은 없다.

"'저장(底掌)'!"

"크으으……【돌아라】."

사이아노프는 변함없이 지근거리에 있었다.

한편 네프트는 그 말도 안 되는 생술로 회복했지만―.

"'나선수도(螺旋手刀)'!"

"【돌아라】……."

"'연환퇴(連環腿)'!"

"……【순(巡)】."

"'십삼보(十三步)'!"

"……………."

해가 지평선에 붉게 잠기려 했다.

그날, 제프 무리의 전사들은 믿기 힘든 광경 두 개를 보았다.

진짜 전설. 피안의 네프트가 살아서 움직인 것.

그리고 그 네프트가…… 이곳에 찾아온 한 마리의 점수에 압도되어 마침내 무너진 것.

"……지금이야말로 약속을 지키러 왔다. 피안의 네프트."

모래바람이 부는 가운데, 한 마리가 말했다.

과거에 확실히 이 세상에서 최강이라고 믿었던 사람 중 한 명을 그는 쓰러뜨렸다.

―이미 '진정한 마왕'은 없다.

21년의 연구 끝에 쓰러뜨려야 할 상대는 이 세상에서 사라졌다.

대 2개월 전에 미궁을 찾아온 한 마리의 조롱에게 사이아노프는 그 사실을 들었다.

그들이 놓친 그 점수 한 마리의 은둔을 지키기 위해 네프트가 사해에 구축한 무리도 이미 의미를 잃었다. 사이아노프가 사해 밖에 나가 봤자 마왕에게 덤벼 죽을 일도 없으니까.

모든 것이 진즉에 끝난 시대였다.

"……훌륭해."

똑바로 쓰러진 시조 낭귀^{리칸트}는 만면에 미소를 지었다.

반가운 패배를, 잃어버린 세월까지 맛보는 모양이었다.

"……."

활동의 한계에 다다른 그를 옮기고자 아직 움직일 수 있는 제프 무리의 전사들이 기어서 모였다.

무참한 패배를 한 뒤라도, 처음부터 '진정한 마왕'에게 패배한 용사라도, 피안의 네프트는 그들이 가장 존경하는 무술 스승이었다.

사이아노프에게도 그랬다.

"─나는 누구를 쓰러뜨리면 되지? 다음엔 누구를. 어떻게 하면 그날의 후회를 만회할 수 있지?"

"황도야."

네프트는 대답했다. 외부 세계에서 차단된 이 무리에게도 그 소문은 전해졌다.

……요컨대 아무도 모르는 '진정한 마왕'을 쓰러뜨린 용사가 그 왕성 시합에는 나타난다고 한다.

"황도로 가. 네놈이 '진정한 마왕'을 이길 수 있다고 믿는다면…… '진정한 마왕'을 쓰러뜨린 자를 쓰러뜨릴 수 있다고…… 다음엔 보여줘."

"……."

"사이아노프. 다른 이름이 있나?"

사이아노프는 잠시 멈추고 대답했다.

"……없어. 네놈들과 여행한 그 날부터 나는 계속 그저 사이아노프였지."

"그래?"

제자들의 가마로 옮겨지며 네프트는 웃었다.

주름에 뒤덮여 처참히 쇠했지만 그것은 그날의 미소와 똑같았다.

"오늘부터 '무진무류'라고 해."

사이아노프는 그의 스승을 돌아보지 않았다.

떨어진 책을 주워 다음에 쓰러뜨려야 할 상대를 노리기 시작했다.

—따라서 다만 등 뒤로 대답할 뿐이었다.

"……고맙다!"

그것은 세계에서 사라진, 방대한 '저편'의 무술들을 연구한다.

그것은 타격도, 던지기도, 조르기도, 읽기조차도 통하지 않는 무한한 전투 갈래를 가진다.

그것은 평범한 신체 구조로는 불가능한, 진정한 필살의 타격을 가할 수 있다.

모두가 영광을 아는 '최초의 일행'의 아직 패배를 모르는 마지막 한 마리다.

격투가.^그래플러 점수.^우즈

무진무류의 사이아노프.

열사(熱砂)의 바다를 다만 홀로 걷는 인간의 윤곽이 역광을 받아 짙게 떠올랐다.

그 남자는 작은 나무 상자를 짊어지고 목에는 기묘한 기계(器械)를 벨트로 매달고 있었다.

약간 살이 오른 둥근 얼굴은 햇빛을 막는 여행용 두건에 가려져 있었다. 아까 낭귀에게 습격당한 대상의 일원이겠지만, 인간 마을에까지 되돌아온 다른 집단에서 완전히 떨어졌다. ─대상 중에서 그만이 습격을 받은 지점에서 돌아가지 않고 **다른 방향**으로 향했기 때문이다.

"후…… 으아, 기온이 너무하네. 죽겠어. 체력이 괜찮을까?"

반쯤 습관적으로 손수건을 들어 이마를 닦았지만, 맺힌 땀은 뜨겁게 메마른 공기에 금세 증발하였다.

"오지 말 걸 그랬어. 취재도 못 하고, 카라반은 습격받고, 이런 실패는 오랜만이야."

"……그 점수는 괜찮을까? 환경이 이런데."

단순한 혼잣말인 줄 알았던 말에 대답이 있었다. 그것은 등 뒤의 나무 상자에서 울린 목소리였다.

이 고카셰 사해는 라디오 통신도 통하지 않는 벽지이며, 아담한 남자가 짊어진 상자는 소인이 들어갈 만한 크기도 아니었다. 이상했다.

"나도 잘은 모르지만, 점수도 기화열로 세포의 온도를 내리는 건 동물의 발한 시스템과 비슷한 모양이네. 하지만 점수는 그

조절 기능이 자동이 아니니까…… 건조 지대에 익숙하지 않은 점수라면 반나절도 버티지 못하고 바싹 마르기도 하는 모양이야. 그 점수가 어떤지는 모르겠지만."

"흐음, 똑똑하네."

"뭐, 이 일을 오래 했으니까. 프로지요."

"하지만 실패했잖아?"

"하하하. 오래 했으니 조금은 그렇기도 하지."

그는 점수를 목격했다. 모두가 아는 '최초의 일행'의 힘마저 능가하는, 놀라 마땅한 수라를. 무장한 대상이 습격당한 그 지점에서 교묘하게 사라진 낭귀의 흔적을 추적하고…… 그리고 제프 무리의 마을까지 이른 유키하루는 이 취재가 헛수고로 끝났다는 것만을 알았다.

정보를 끌어내야 할 상대가 타도 당하는 모습을 멀리서 볼 수밖에 없었다.

"……피안의 네프트. 한발 늦었네."

"'최초의 일행'의 생존자는 한 명 더 있지? 성도의 롬조가 황도에서 산다고 들은 적이 있어."

"롬조 말이지? 하하하. 그건…… 그쪽은 안 돼."

나무 상자에서 들린 목소리에 남자는 메마른 웃음을 지었다. 교섭이나 취재라는 점에서 성도의 롬조는 어떤 의미로 피안의 네프트보다 더 위험한 존재일 것이다. ―그는 그렇게 확신했다.

"'최초의 일행'의 생존자가 안 된다면…… 역시 '최후의 땅'이겠지. 정말 싫다. 가능하면 가고 싶지 않은데."

"롬조가 안 된다면 그 밖에 '진정한 마왕'의 단서는 없지 않을까? 직접 마왕을 보고…… 그러고도 멀쩡히 살아 돌아온 건 '최초의 일행'밖에 없어."

"……'최후의 땅'은 무서워."

'진정한 마왕'이 몰락했다는 '최후의 땅'. 정체 모를 괴물이 그곳에 숨어 황도나 신공국의 조사대를 단단히 막는다고 한다.

"아리모 열촌(列村)이라고 알아? '최후의 땅' 바로 근처에 있는 마을인데. 아주 비참한 사건이 일어난 참이고……. 하지만 역시. 단서가 거기밖에 없으니까."

"약하네."

정체를 알 수 없는 나무 상자의 목소리에는 진절머리가 어려 있었다.

"……하지만 그런 말을 할 때는 어지간하면 다 해내지. 유키하루."

"하하하, 뭐 그렇지."

영웅과 전설이 서로 싸우고, 황도가 인간 세상을 지배하는 세계의 전환점. 그런 시대의 격동을 압도적인 힘으로 억누른 것은 아무도 모르는— 동시에 아무도 잊을 수 없는 단 하나의 공포다.

이 세계에는 '진정한 마왕'의 정체를 알아내려는 자가 있다.

"프로거든요."

—남자는 '손님'이다. 황혼 잠입 유키하루다.

이곳 아리모 열촌에서는 매우 보기 드물게 큰 눈이 내린 다음 날이었습니다.

문을 열자 구빈원의 광장은 처음 보는 하얀 빛에 파묻혔고, 노인의 눈에 그 설경은 몹시 부담스러운 것이었습니다.

지금도 저는 그날을 떠올릴 수 있습니다.

저는 태양이 뜨기 전에 일어났는데, 그때는 이미 하얀 정원에 길 하나가 나 있었습니다. 눈을 가르고 나 멀리 마을로 이어지는 길.

산인과 거인을 비롯한 많은 사람을 보아 왔지만, 제가 아는 한 그렇게 지독한 끈기와 힘이 있는, 그러면서도 단순한 일을 할 수 있는 사람은 한 명밖에 없습니다. 높이 쌓인 눈의 두께는 그가 헌신한 깊이를 나타내는 듯했습니다.

혼자서 마을까지 연 길을 걸으며 그 잿빛 피부의 대귀가 돌아오는 모습이 보였습니다.

우하크. 단 하나뿐인 나의 가족.

"—아아, 고마워, 우하크. 춥지는 않았어?"

저는 늘 우하크에게 말을 걸었습니다.

그것이 옳은 일이었는지 지금은 모르겠지만요.

돌아온 그는 하얀 늑대 새끼를 안고 있었습니다. 눈을 감고 떠는 작은 생명을.

"그래……. 이걸 발견했구나. 잘했어. 이제 늑대를 무서워하는 누군가가 안심할 수 있을 거야."

나는 그의 올바른 행동에 감탄하여 그 커다란 손바닥으로 늑대 새끼를 받았습니다.

……그것을 석단에 내던져 죽이기 위해.

깨진 두개골에서 따뜻한 피가 흘러 하얀 눈을 녹이는 모습을 기억합니다.

그때 본 우하크의 눈이 지금도 머릿속을 떠나지 않기 때문이겠지요.

—왜 우하크는 슬퍼했을까요? 저는 계속 생각했습니다.

언젠가 인간을 습격할 짐승 새끼를 없애는 건 당연한 일일 것입니다.

이 세계의 모두가 자비를 베풀지 않고 할 일을 했을 뿐이었습니다.

그것은…… 사술의 축복을 받은 저희와는 전혀 다르게 마음이 없는 짐승일 터였는데.

◆

우하크와는 공기가 건조한 계절에 만났습니다.

예배 시간에 아리모 열촌 마을 사람을 상담한 것이 모든 일의 시작이었을 테지요.

"……신관님. 환좌(環座)의 크노디 님, 부디. 힘없는 저희를 대신하여 부디 그들에게 사술의 가호를 내려 주십시오."

"네. 함께 모인 이웃을 위해서라면 당연한 일이지요. 자세한 이야기를 들려주시겠습니까?"

"가도의 숲에 대귀(오거)가 나타났습니다. 남자들보다 곱절은 큰 식인 괴물이지요. 마을에서 용기 있는 자가 모여 내일 아침 토벌에 나섭니다. 크노디 님…… '교단'의 사술의 힘으로 소중한 목숨을 지킬 수 있도록 부탁드릴 수 있을까요?"

물론 '교단'의 신관들이 사술을 깊게 배우는 것은 이 세계에 널리 통하는 말을 만든 사신(詞神)의 기적을 알기 때문이지 그 힘을 다툼이나 보호에 이용하기 위해서가 아닙니다.

하지만 구원을 바라는 신도에게 그렇게 말할 수는 없었습니다. '진정한 마왕'의 시대에는 살아 있는 모두가 유혈과 투쟁을 면할 수 없고, 모두가 착하게 살기 위한 힘을 싸움에 씁니다. '교단' 사람들도 예외는 아닙니다.

마왕이 죽은 '최후의 땅'에 가장 가까운 이 마을에는 어둠의 시대의 흔적이 깊게 새겨졌습니다. 신관들은 '진정한 마왕'이 초래한 다툼과 광란 속에 쓰러졌으며 구빈원을 채운 아이들의 목소리도 사그라들고 저만이 이 작은 촌락의 교회에 오직 홀로 남은 정식 신관이었습니다.

신도에게는 이 가난한 한 노파만이 마음을 기댈 곳이었고, 제게도 그들의 존재만이 스스로의 신앙을 이어주는 빛이었을 겁니다.

"알겠습니다. 이 늙은 몸으로 당신들과 제가 생각하듯 모두를 구할 수 있을지는 모르겠습니다. 하지만 조금이라도 당신들의 마음이 편안하다면 가지 않을 이유가 없겠지요."

"아아…… 감사합니다. 감사합니다. 크노디 님."

대귀(오거). 귀족(鬼族) 중에서 가장 강하고 크고 무서운 식인 괴물.

어렸을 때 딱 한 번 그 모습을 가까이에서 본 적이 있습니다. 나무를 타고 놀던 숲에서 크고 검붉은 피부의 괴물이 저희의 눈 밑을 가로질러 가던 모습을. 그것은 나무 위에서도 확실히 알 수 있을 정도의 분노와 굶주림이 가득했습니다. 만약 저희를 알아챘다면 저희가 숨은 거목도 굵은 팔로 쉽게 부러뜨렸겠지요.

그 대귀(오거)의 입가에서 무언가가 떨어지는 것을 보고 제 옆에 숨은 친구는 이틀 전에 돌아오지 못한 사냥꾼 조크자가 아니냐고 속삭였습니다. 저는…… 처음으로 죽음의 공포 속에서 붉은 석양에 물든 숲속으로 고독한 포식자가 사라져 갈 때까지 다만 바라봤습니다.

그때 하늘은 석양이 아니었습니다. 가도의 숲에는 밝은 아침 햇살이 쏟아졌고, 야생 토끼와 사슴이 평온하게 풀을 뜯고 있었습니다.

사냥꾼들은 저처럼 미래를 두려워하지 않는지 제가 놀랄 정도로 빠르고 가벼운 발놀림으로 쓰러진 나무와 샛강을 휙휙 건너갔습니다.

저는 그들의 발놀림에 따라가기는커녕 부드러운 흙에 발이 빠져 나뒹굴지 않는 게 최선이었습니다.

"대귀(오거)는 지능이 높으니까."

그들 중 한 명이 한 차례 동료에게 주의를 주었습니다.

"매복하고 있을지도 몰라. 나무 위에서 습격한 놈 이야기를 들은 적이 있어."

그 충고를 받을 것까지도 없이 사냥꾼들은 주위의 모든 것을 신경 썼고, 신관인 제가 위험하지 않도록 지켜줬습니다.

따라서 처음에 그 모습을 포착한 것도 제가 아니라 그들 중 한 명이었습니다. 주의하던 그들의 시선을 눈으로 좇자 거목 밑에 앉은 잿빛 대귀(오거)가 그곳에 있었습니다.

한창 무언가를 먹는 모양인지 저희를 등지고 있었습니다.

그날 본 붉은 대귀(오거)보다도 조금 작아 보였지만 앉아 있어도 저희보다 키가 컸고, 그 옆에는 낡은 나무 곤봉이 대수롭지 않게 나뒹굴고 있었습니다.

"우리가 먼저 공격해서 저 거목을 방패로 삼는다. 몇 명이 저쪽으로 돌아들어 가 놈이 나무 뒤로 도망치면 처치하자. 크노디 님은…… 놈이 이쪽으로 뛰어들었을 때를 대비해서 사술로 지켜 주시겠습니까?"

"……네. 하지만 저 대귀(오거)는 어째 좀 이상하네요."

"왜 그러시죠?"

"정말로 저건 인간을 해치는 대귀(오거)인가요?"

인간을 해치는 대귀(오거). 제 말을 반추해도 대단히 혼란스럽기만 합니다. 대귀(오거)는 존재만으로 인간을 해하는 것과 마찬가지인데.

따라서 그것은 저도 설명할 수 없는 위화감이었습니다.

저도 마을 사람들과 마찬가지로 식인 대귀(오거)를 두려워했을 터인데 그때는 어쩐지 그런 생각이 들지 않았습니다.

"기다리세요. 제가 조금 더 접근하면…….."

"크노디 님! 들킵니다, 위험해요!"

대귀[오거]에게 접근해서 위화감의 정체를 확인하려 한 것은 어리석은 행동이었겠지요. 저 하나 때문에 용감한 마을 사람이 희생될지도 모르는 일이었다는 걸 나중에야 깨달았습니다. 부끄러운 일입니다.

하지만 제가 그 직감에 따르지 않았다면 깨달을 일도 없었겠지요.

그가 먹던 것은 나무 열매였습니다. 저희가 아는 대귀[오거]의 식사가 아니라.

숲에 들어온 뒤로 야생 토끼나 사슴을 본 것이 나중에야 생각났습니다. 그들의 행동은 이질적인 포식자에게 쫓기는 것이 아니었습니다. 의식을 웃돌지 않는 그 깨달음이 어쩌면 제 직감을 이끌었는지도 모릅니다.

어렸을 때 보았던 대귀[오거]와는 전혀 달리 그 대귀[오거]에게는 몸에 감도는 죽음의 피비린내가 없었습니다. 그가 앉은 옆의 소굴에서 야생 토끼가 드나들기까지 했습니다.

"……그는 이미 저희를 알아챘습니다."

미동도 없는 그 뒷모습은 마치 잠든 것처럼 보일 정도로 고요했지만, 저는 그 사실을 확신했습니다.

"저자가 저희에게 위해를 가하지 않는 건 저희가 그러지 않기 때문입니다. 당장 저쪽으로 간 사람들을 불러들이세요."

"크노디 님, 하지만…… 저건 대귀[오거]예요. 귀족은 인족을 잡아먹습니다……! 이 세계가 시작됐을 때부터 그렇게 정해져 있다고요."

"그렇지만 마음이 있어요."

그것이 '교단'의 가르침이었습니다. 사신님이 이 세계에 사술이라는 기적을 초래해주신 것은 그렇기 때문이라고.

―멋진 기적 때문에 저희는 이제 고독하지 않습니다. 마음을 가진 생물 전체가 모두의 가족입니다.

어느샌가 저는 마을 사람들을 두고 그 대귀와^{오거} 닿을 거리까지 접근했습니다.

색채가 아주 옅은, 흰색에 가까운 눈동자가 저를 바라봤습니다.

스스로의 행동을 두려워하고 곤혹스러워하면서도 저는 활짝 웃으며 말을 걸었습니다.

"……안녕하세요, 새로운 이웃님. 저는 이 앞에 있는 마을에서 신관으로 있답니다. 이 환좌의 크노디는 다, 당신을…… 구하고 싶어요."

구하고 싶다. 과연 정말로 구해야 할 사람은 누구였을까요?

대답은 없었습니다. 대귀는^{오거} 제게 위해를 가하지 않고, 무시도 하지 않은 채…… 다만 조용히 앉아 있었습니다.

제가 말을 계속해도 돌아오는 것은 침묵과 그의 눈빛뿐이었습니다.

대귀는^{오거} 손을 내밀려다 금세 거두었습니다.

마치 제 마음은 전해졌는데 그것에 반응할 방법을 알지 못하는 듯이.

"설마…… 당신은."

그것이 우하크였습니다.

오직 한 명, 어마어마한 장애를 짊어지고 이 세계에 태어난
대귀.^{오거}

"저희의 말이 들리지 않나요?"

◆

처음에 제가 시도한 것은 지난 대 1개월에 행방불명이 된 마
을 사람이 없는 것, 대귀^{오거}에게 직접 습격받았다고 증언한 자가
없는 것을 모두에게 확인시키는 일이었습니다.

인간을 잡아먹는 대귀를^{오거}— 그것도 말을 이해하지 못하고 변명
도 할 수 없는 자를 모두가 믿게 하기란 쉬운 일은 아니었습니다.
귀족이 인족의 사회에 섞인 사례가 있었더라도 그 대부분이 피비
린내 나는 용병이나 암살자라는 생업으로서였습니다. 대귀^{오거}가 악
의와 무관하게 살 수 있다고는 대다수가 믿을 수 없었겠지요.

하지만 저는, 그들과 제가 믿는 교의에서는 죄와 관계없이 괴
로워하는 자라면 누구든 손을 내밀어야 한다고 끈질기게 설득
하여 그를 구빈원에 '보호'— 마을 사람의 말을 빌리자면 '감시'
하는 데 동의를 얻을 수 있었습니다.

신기하게도 그의 청각에 이상은 없었고, 알아듣지 못하는 것
은 사술의 말뿐이었습니다.

"우하크. 지금까지 당신에게 말이 다다른 적이 없었다면 지금
이 이름을 당신에게 주겠습니다. '불언(不言)'의 우하크."

불언. 전설의 시대, 사신님에게 받은 사술의 힘에 우쭐하는
형제들 속에서 유일하게 다변을 삼가고 말없이 많은 종족의 싸

움을 수습한 성자— 불언의 메르유그레 님의 은혜로운 이름입니다. 저조차도 그 용감한 이름을 아는 '최초의 일행' 중 한 명인 천(天)의 플라릭 님 또한 어렸을 때 목이 상해 말을 할 수 없었다고 합니다.

저희는 사술의 힘의 본질을 알고 있을 터였습니다. 무언가를 말하지 않고 사술을 통한 마음이 그곳에 있는 것이 본질임을.

"—분명. 분명 이해받을 날이 올 겁니다. 말하지 못하는 것도, 들리지 않는 것도."

그는 그 별명이 나타내는 대로 타고 난 힘으로 싸우지 않고 저를 성실하게 돕고, 늙은 여자는 할 수 없는 다양한 일을 도와주었습니다.

설령 말을 사용하지는 못해도 그가 무익한 싸움을 좋아하지 않고 누군가의 마음을 배려할 줄 아는 대귀^{오거}라는 것은 이내 이해할 수 있었습니다.

우하크를 거둔 뒤로 교회를 찾는 마을 사람은 눈에 띄게 적어졌지만, 누군가가 기도를 올릴 때 우하크가 그들이 겁먹지 않도록 모습을 감춘 것을 마을 사람은 얼마나 알고 있었을까요.

"당신은 문자를 익혀야 합니다. 입으로 말할 수 없다면 당신의 마음을 전할 방법을 배워야지요."

말로 전할 수 없는 그에게 교단 문자를 가르치는 것은 제 삶에서 한 번도 경험해본 적 없는 어려운 일이었습니다.

우선은 은화부터 시작했습니다. 은화 자체를 나타내는 문자와 시장에서 쓰는 숫자를 나타내는 문자, 그리고 은 자체를 나타내는 문자와 원형을 나타내는 문자. 첫걸음부터 그것은 매우 고단

한 길이었습니다.

나무 꼬챙이에 먹물을 찍고, 입고 버린 아이의 헌 옷을 판에 펼쳐 매일 날이 밝을 때까지 문자를 가르쳤습니다.

말을 할 수 없는 우하크는 우둔하지도 게으르지도 않고 아주 근면하게 새로운 지식을 배웠습니다. 그는 대단히 빠르게 실력이 향상되었고 제가 가르칠 수 있는 교단 문자는 처음 소 3개월에 떼었을 정도입니다.

어느샌가 말 없는 대귀_{오거}는 제게 없어서는 안 될 가족이 되었습니다.

아이나. 노펠트. 리비에. 쿠제. 이모스. 네이카…… 놀 때마다 창문을 깨고, 나뭇잎을 모아놓으면 다음 날 흩트려 늘 제 골머리를 앓게 하고, 옷게도 해준 아이들의 모습은 이제 없습니다.

저와 함께 배우고 '교단'으로서의 일에 힘쓰며 선한 사람을 도운 신관들도 모두 흙 밑에 잠들었습니다.

고독한 생활 속에 나타난 이 색다른 대귀_{오거}는 어떤 의미로 제게 아들이자 신앙생활을 지키는 동료이기도 했습니다.

우하크는 결코 육식을 하지 않고 매 끼니를 간소한 콩과 나무 열매만으로 해결했습니다.

그는 언제든 자기 몫만을 많지도 적지도 않게 대 1개월 첫날 숲속에서 채취해 왔습니다.

매일 아침을 시작하며 구빈원과 예배당 청소를 마치고 말없이 사신님께 기도를 올린 뒤 장작과 양젖을 옮길 때는 혼자 그것을 했습니다.

문자를 배운 뒤로는 사신님이 남긴 책을 탐독하고, 제가 문자로 물으면 사신님의 어떤 가르침이든 금세 찾아내어 답했습니다.

"······우리가 왜 사신님의 가르침을 배우는지 당신은 알지요?"

절벽에서 떨어져 다리를 삔 아이를 우하크가 구한 적이 있습니다.

하지만 아이는 대귀[오거]의 얼굴과 모습에 겁을 먹었고, 이 교회에서 사는 동안 우하크는 결국 그가 받아야 할 감사와 신뢰를 얻지도 못했습니다.

문자로 써서 마음을 전할 때도 저는 늘 우하크에게 말했습니다. 저희가 바람이나 흙에 말을 걸 수 없듯이 설령 듣지 못한대도 진심 어린 사술에는 확실한 힘이 있다고 믿기 때문입니다.

그것마저도 정말로 올바른 행위였을까요? 지금은 모르겠습니다.

"신관은 저주를 푸는 자입니다. 인간의 마음에 드리운 그림자를, 말을······ 의지를 통해 때때로 해소할 수 있지요. 그러니 말은 고귀하며 사술은 저희의 축복입니다. ······하지만 우하크. 당신만은······ 타고 나길 말이 주어지지 않았습니다. 목도 귀도 건강한데 말이죠."

우하크는 계속 고개를 숙이고 있었습니다. 대귀[오거]는 인간이 생각하는 것보다 훨씬 섬세한 종족이라고 들은 적이 있습니다[미니어]. 그 붉은 대귀[오거]도 그랬을까요? 그 어린 날에도 그의 마음을 구원할 자가 어딘가에 있었을까요?

대귀[오거]가 신관으로서 인정받는다면 얼마나 좋았을까요? 그보다 더 경건하고 조신한 신도는 어디에도 없었는데.

"그게 사신님의 뜻인지, 무언가를 속죄하는 중인 건지 저는

모릅니다. 하지만 당신에게 말은 없지만 그 행위로 누군가를 구원하려는 의지가 있습니다. 그것은······ 누가 뭐라든 변함없습니다."

저는 기뻤습니다. 언제나 당신의 따뜻한 마음에 구원받았습니다.

그러니 당신이 한 모든 일을 죄로 생각할 필요는 없습니다.

"우하크. 당신에게는 마음이 있습니다. 저희와 똑같은 마음이 말이에요."

바람이 거세던 그날, 마왕의 잔불이 아무리 무시무시한 일을 초래했다고 하더라도.

저의 신앙이 그날 이후로 의미를 잃었다고 하더라도.

당신은 저의 소중한 가족이었습니다.

◆

그날 일어난 사건을 기록하는 것은 어쩌면 우하크의 명예를 실추시키는 일일지도 모릅니다.

하지만 다름 아닌 우하크 자신이 거짓이나 은폐를 결코 바라지 않는다는 것을 저는 잘 알고 있습니다. 그리고 제가 당면한 일부 진실을 누군가에게 남기려면 그 피비린내 나는 사건을 피할 수도 없습니다.

태양은 머리 위를 지날 무렵이며, 구름이 멀리 산 그림자에 걸려 있었습니다.

저는 우물에서 물을 긷고 있었고, 마을 쪽에서 가늘게 피어오르는 연기를 보았습니다.

"우하크. 우하크, 저걸 봐요."

제 말은 들리지 않았겠지만, 발소리 상태만으로 무슨 일이 일어났는지 헤아려서 —우하크에게 들리지 않는 것은 사술의 말뿐이었습니다— 우하크는 이내 구빈원의 안뜰로 나왔습니다.

화재일까, 봉화일까? 장난꾸러기 어린아이가 모닥불을 피우며 그냥 노는 것이면 좋겠지만요. 저는 우하크가 끄는 짐차를 타고 마을로 서둘렀습니다.

마을에 가까워지면서 가도의 상황은 더욱 불온해졌습니다.

갈피를 잃은 새가 숲속에서 정신없이 날았고, 날개나 살이 나뭇가지에 걸려 찢어졌습니다.

야생 토끼는 소굴에 숨어들지 않았고, 허공을 바라본 채 가도의 중앙에 멈춰 서 있었습니다.

—비슷한 모습을 저는 알고 있었습니다. '진정한 마왕'이 살아 있었을 무렵. 그 막연한, 모든 것이 이상해지는 공포.

마을이 가까워지자 엄청난 핏자국이 굵은 손가락으로 그린 듯 구불구불 마을 방향까지 발린 것을 알 수 있었습니다.

무엇이 찾아왔는지, 무슨 일이 일어나고 있는지 도저히 생각하고 싶지 않았지만, 우하크에게 멈추라고 할 수도 없었습니다.

분명 그들에게는 이 가난한 노파만이 마음 기댈 곳일 테니까요.

"크노디 님! 지금 마을에 들어가면 안 돼!"

도망쳐 나온 마을 사람 중 한 명이 안색을 바꾸며 짐차를 가로막았습니다.

누군가의 피와 그을음으로 더러워진 의복이 사태를 말해 주었습니다.

"저거…… 내가 알아! 열진(裂震)의 베르카! 아무도 못 이겨! 그 녀석까지 이상해졌어! 마왕…… 역시 마왕이야……."

"……. 제발 진정해요. 힘들 때 서로 돕는 건 당연해요. 제게는 사술의 가호도 있고 우하크가 있어요. 무슨 일이 일어나고 있는 거죠?"

"베르카…… 열진의 베르카야. 마왕을 죽이러 갔던 영웅……. 모두 죽은 줄 알았어……."

그 늙은 직공은 입술을 떨며 눈을 꼭 감았습니다.

"살아 있었어. 죽을 수 없었어. 녀석은 '최후의 땅'에서 돌아왔어. ……돌아왔어. ……미쳐서. 저건 괴물이야."

저는 그의 등을 쓰다듬으며 몇 마디 말로 진정시키고 짐차를 끄는 우하크를 재촉했습니다.

이내 참상이 보였습니다. 마을 입구에서 늘 보이던 푸른 지붕의 헛간이 하늘에서 내려온 손바닥에 짓눌려 부서지고 있었습니다.

너무나도 거대한 손의 주인은 역시 하늘을 찌를 정도로 컸고, 마을의 모든 건물을 내려다보고 있었습니다.

열진의 베르카. 직공의 이야기가 확실하다면 '진정한 마왕'을 토벌하고자 여행을 떠났던 거인 영웅의…… 그 구슬픈 말로.

'진정한 마왕'과 만나 **살아서** 돌아온 자는 단 두 명뿐이라고 합니다.

"사, 살려 줘. 살려 줘. 들려……! 아직 그것의 목소리가 들린다고! 무서워! 살려 줘! 아아아아아!!"

그녀의 광기 어린 포효는 그것만으로 저의 고막과 정신을 좀먹었고, 수없이 몸을 베었을 거대한 손도끼는 뭉개진 마을 사람의 피와 내장까지 묻어 붉게 빛나며 젖어 있었습니다.

　【베, 베르카에서 아리모의 흙으로. 꿈틀거리는 무리의 그림자……. 살려 줘……. 철의 기원. 부서지는 파도……. 무서워, 무서워……. 무서워무서워무서워……. 깨어나라!】

　베르카의 발밑 땅속에서 개미 무덤 같은 작은 흙산이 잔뜩 솟아났습니다.

　저는 그 사술이 얼마나 무서운지 예감하고 즉각 잡화점 건물 뒤로 숨었고…… 그리고 우하크를 데려오지 않은 것을 깨달았습니다.

　"우하크!"

　제가 목이 터지도록 외쳐도 우하크는 말만은 들을 수가 없었습니다.

　그는 부서진 물레방앗간 근처에 서 있었고…… 그리고 무시무시한 불꽃과 빛을 내며 파열하는 흙산의 파괴에 휘말렸습니다.

　말의 사체가 가뿐히 날아가고 망루의 뼈대를 부러뜨렸습니다. 피 웅덩이는 순식간에 메말랐고, 나무 외벽은 모두 열의 여파만으로 타올랐습니다.

　열진의 베르카가 어떤 사술을 사용했는지는 모르지만, 분명 불꽃이나 소리와 함께 폭발하는 무언가를 흙에서 생성시키는 생술은 아니었을 겁니다.

　"우하크! 아아…… 세상에……!"

　─우하크는 무사했습니다. 파괴가 일렁이는 파도의 중심에서

생채기 하나 없었습니다.

하나도.

저는 눈을 의심했습니다. 그곳에 몸을 지킬 것은 하나도 없었고, 우하크는 움직이지조차 않았는데 잿빛 피부에는 베인 상처 하나, 화상 하나도 없었습니다.

그의 몸이 아무리 강인하다고 해도 그게 가능한 일일까요? 저도 이 세계에서 가능한 것과 불가능한 것 정도는 알고 있었습니다.

"으, 으으…… 으으으~~윽, 목소리…… 목소리를 멈춰……. 살려 줘……."

미쳐 날뛰는 거인은^{기간트} 초점이 맞지 않는 탁한 눈동자로 살아남은 자를 둘러보고 반신이 날아가 희미하게 숨이 붙어 있던 일가의 어머니를 붙잡고 씹어먹었습니다.

본래 거인이^{기간트} 먹어서는 안 될 것을 씹을 때마다 입술에서 울컥울컥 피가 흘러나왔고, 그것마저도 개의치 않는 베르카의 광란을 말해 주고 있었습니다.

"이제 그만하세요! 열진의 베르카! '진정한 마왕'은 이제 이 지평에는 없습니다! 당신을 두렵게 할 자도, 괴롭힐 자도 이제 어디에도 없어요!"

"………………. 거짓말 마."

씹어 부순 마을 사람의 뼈로 자신의 목에 상처를 내며 거인은^{기간트} 대답했습니다.

저는…… 그때도 사실은 도망치고 싶어서 참을 수가 없었습니다. 죽은 동료들과는 달리 사실은 정말로 훌륭한 신관이 아니었습니다.

하지만 우하크가 도망치지 않는다면 그래야 한다며 스스로에게 강요했을 뿐입니다.

"그럼 이 목소리는…… 내 안에서 계속, 들려. 마, 마왕의…… 기색이, 느껴져……! 아직, 그놈은, 살아 있어!"

"아니요! 목소리는 없습니다! 저희는 마음속의 공포와 싸워야 해요! 모든 것을 의심하고, 두려워하고, 증오하고, 서로를 죽여서는 '진정한 마왕'이 죽어도 '진정한 마왕'의 시대와 전혀 다를 바가 없잖아요! 제발 영웅으로서의 마음을 되찾으세요! 베르카!"

베르카는 다시 입을 열었습니다. 그것은 살의의 말이었습니다.

"베, 베르카에서 아리모의 흙으로……. 꿈틀거리는 무리의 그림자……. 철의 기원. 부서지는―."

"크노디에서 아리모의 바람으로. 폭포의 흐름, 눈의 그림자, 부러진 잔가지! 막아라!"

파괴의 사술보다 먼저 스스로를 지키는 역술을 외어야 했습니다.

저희는 동시에 사술을 외었고― 그리고.

그리고…… 아무 일도 일어나지 않았습니다.

사술을 쓸 수 없다― 결코 말이 안 되는, 상상해 본 적도 없는 일이었습니다.

사술 영창을 실패한 것은 아니었습니다. 하지만 베르카가 흙을 변화시킨 것도, 제가 방호하는 바람의 역장을 생성하는 일도 없었습니다. 저희가 내뱉은 말은 그저 소리였습니다.

그때의 공포는 설명하기 힘들지도 모릅니다. 하지만…… 저희 '교단'의 가르침 중에는 그 사술이야말로 이 세계에서 저희 마음의 존재를 증명하고 있습니다.

마치 그러한 것은 **처음부터 존재하지 않았다**고 주장하듯.

베르카는 믿기 힘든 것을 본 듯 눈을 동그랗게 뜨고…… 그리고 무릎부터 무너졌습니다.

"……베르카?"

베르카는 제가 불러도 대답하지 못하고 공포심이 조종하는 대로 억지로 몸을 일으키려 했습니다.

저는 그것을 가까이에서 보았습니다. 그녀가 버둥대면 버둥댈수록 어깨가 빠지고, 어딘가의 뼈가 부러지고, 살이 찢어지는 모습을. 마치 거인처럼 커다란 생물이 이 육지에서 살아 있다는 것이 애초에 거짓말이었다는 듯이.

피와 고통과 공포에 찬 표정으로 베르카는 얼굴을 들었습니다. 우하크가 있었습니다.

"크…… 크노디에서 아리모의 바람으로—."

우하크를 보호하고자 저는 사술을 외려 했습니다. 어쩌면…… 그렇습니다, 앞선 실패가 무슨 착오였다고 생각하고 싶었겠지요.

바람은 부름에 답하지 않았습니다. 제 말은 우하크뿐만 아니라 베르카에게조차 다다르지 않은 것 같았습니다. 세계의 모든 것에서 동떨어진 듯한 고독이 그곳에 엄연한 사실로 존재하는 듯했습니다.

"우우우. 우우우…… 후…….."

베르카는 명료하지 않은 신음을 하고 있었습니다. 도움을 구한 것일 테지요.

무언가를 말한 것이었다고 해도 그것은 마치 마음이 없는 짐승의 신음과 전혀 다르지 않았습니다.

우하크는 베르카를 바라보며 부서진 돌벽의 커다란 잔해를 주웠습니다.

그리고 고개를 떨군 그녀의 이마에 그것을 내려쳤습니다.

한탄과 공포의 비명이 퍼졌습니다. 의미 없는 말을 뱉었습니다. 우하크는 다시 돌을 쳐들었습니다. 또 한 번 돌을 휘둘렀습니다.

그는 평소처럼 근면하게 해야 할 의무를 하듯 거인의 머리를
치고 또 치고— 깨고 쳤습니다.

거인 영웅이 사술도 쓰지 못하고 몸도 일으키지 못한 채 죽었습니다.

멀리서 보던 마을 사람 모두가 그 행위를 말릴 수 없었습니다. 저조차도.

"……우하크?"

모든 게 끝난 뒤 드디어 저는 본래의 말을 되찾은 걸 깨달았습니다.

우하크는 대답하지 않았습니다. 그는 사술이 없는 세계를 살고 있었습니다.

……그리고 그는 지금 식사를 하고 있었습니다.

그는 평소처럼 조용히 앉아 깨진 거인의 머릿속 내용물을 묵묵히 먹고 있었습니다.

모두가. 저를 모함한 마을의 모두가 그걸 처음으로 깨달았습

니다.

우하크는 사람을 먹지 못하는 대귀(오거)가 아니라.
다만 **먹지 않았을 뿐**이라는 걸.

◆

그 뒤 상황은 점차 악화되었습니다.

베르카가 가져온 공포는 마을 자체에 전염되어 모두가 의심과
공포의 눈으로 우하크를 보았습니다. 그저 휘말렸을 뿐일지라
도, 누군가를 구하고자 그랬다고 해도…… 그리고 누구 하나 그
것을 바라지 않았더라도, 마왕이 자아낸 참극에 관한 것은 그것
만으로 최악의 사태를 초래한다는 걸 모두가 알고 있었습니다.

가족과 이웃을 잃은 자들을 조금이라도 도우면 좋을 것 같아
서 저는 마을을 뻔질나게 드나들었지만, 그들이 품은 저주를 풀
수는 없었습니다. 다음엔 어떤 자가 나타날까, 자신들은 어떻게
죽을까…… 그리고 '진정한 마왕'은 살아 있는 게 아닐까?

마을 사람들 말이 맞았습니다. 절망하여 미래를 차단하고 공
포에 몰린 사람들의 모습은 '진정한 마왕' 시절에 제가 봤던 광
경이었습니다.

이 공포가 사람들의 마음에 새겨졌다면 마왕은 몇 번이든 저
희 마음에 되살아날 것입니다. 진즉에 죽었다고 해도 옛날처럼
미래에도 비극을 초래할 것입니다.

'진정한 마왕'으로부터 세계를 구하고 조금씩 부흥의 길을 걷

던 아리모 열촌의 푸른 물은 지금 붉은색으로 물들었습니다.

집이 없는 자가 허망한 눈으로 길을 헤매고, 반대로 집이 있는 자는 문을 굳게 걸어 잠그고 아무도 그 안에 들어오지 못하도록 했습니다.

팽팽한 긴장과 공포를 견디지 못한 누군가가 폭력 사태를 일으키면 그자는 반드시 마을 사람들의 처절한 응징으로 일가 전체가 살해되었고, 시체에 형상이 남아 있으면 그것은 마을 입구에 걸렸습니다.

부디 용서해 주십시오. 사람들이 절망의 시대에 떨어지듯 후퇴하는 모습을 보며 무엇 하나 그들을 구할 수 없던 무력한 저를.

모두가 사신님을 향한 신앙은 '진정한 마왕'의 공포 앞에서는 무력하다고 믿었습니다. 식인 대귀와 사는 저를 받아들이지 못했습니다. 교회로 납치하여 그 대귀의 먹이로 삼을 셈이었다고.

이 결과도 당연한 흐름이었겠지요. 그들을 구하지 못한 저를 그들은 원망할 권리가 있습니다.

불을 피우는 마을 사람들이 교회로 몰려들어 저와 우하크를 처형하고자 모였습니다.

―그게 어젯밤입니다.

"교단'을 죽여라", "식인귀를 죽여라". 그런 목소리가 들렸습니다. 환좌의 크노디는 그들에게는 이미 '교단'이라는 이름의 막연한 적이 되어 있었습니다.

"우하크."

촛불 속, 함께 문자를 배운 서재에서 저는 우하크에게 말했습니다.

"당신이 한 일은 틀리지 않았습니다. 당신은 많은 마을 사람의 목숨을 구했어요. 베르카의 살을 먹은 것도…… 그것은 틀리지 않았습니다. 귀족은 인족의 살을 먹어요. 이 세상이 생길 때부터 그렇게 정해진 일입니다. 그런데 당신은…… 계속 저희를 배려해서 먹지 않았군요……."

계속 우하크는 함께 싸우고 있었습니다. 대귀^{오거}로 태어난 죄와 굶주림과 싸웠습니다. 얼마나 큰 신앙과 절제가 그것을 이뤘을까요? 인간^{미니어}인 저는 상상도 할 수 없습니다. 누군가가 죽을 운명이라면 그것은 아무도 구하지 못하고 신앙인으로서도 무력했던 저여야만 한다고 생각했습니다.

저는 문자로 적어서 우하크에게 전했습니다.

"숲을 빠져나가서 곧장 강을 넘어…… 어딘가 다른 마을의 '교단'을 두드리세요. 제가 쓴 편지가 어느 정도 도움이 될 것입니다. 제게는 말이 있어요. 인간의 마음에 드리운 그림자를…… 공포의 저주를, 저는 풀어야만 합니다."

우하크는 편지를 받고 살며시 고개를 끄덕인 것 같았습니다. 하지만 그는 교회 밖으로 나가려는 저를 밀치고 홀로 마을 사람들 앞으로 나갔습니다.

"……우하크! 그만둬요!"

제 말은 우하크에게 다다르지 않았습니다. 누구의 말도 결코.

저희가 지켜야 했던 마을 사람 사이에서 공포와 분노의 목소리가 커졌습니다.

그자들은 제각각 무기를 들고 우하크에게 덤벼들었습니다. 그 모든 것이, 발사된 화살조차도 한 번 휘두른 곤봉에 나가떨어졌습니다.

서로 대화가 되지 않고 사술이 제구실을 하지 못해 그자들 사이에 당혹감이 퍼졌습니다.

겁을 먹고 도망치려는 자가 나타났습니다. 우하크는 그 한 사람의 목덜미를 뒤에서 움켜쥐었습니다. 나뭇가지를 꺾듯 꺾고 쳐든 곤봉으로 다른 마을 사람의 머리를 부쉈습니다. 주먹을 휘두르자 마을 사람은 헝겊 인형처럼 고꾸라져 죽었습니다.

우하크가 싸울 때, 그곳에는 아무 일도 일어나지 않았습니다.

저보다 열 배나 큰 거인^{기간트}이 마치 존재를 허락하지 않듯이.

사물에 통하는 사술이 처음부터 말도 안 되는 짓이었다는 듯.

그의 앞에서는 이 세상의 모든 자가 다양한 신비를 잃고 마음이 없는 짐승과 마찬가지였고— 그리고 그 자신은 그저 크고, 그저 강할 뿐인, 그저 대귀^{오거}였습니다.

마을 사람도 영웅도 똑같이.

그는 곤봉을 휘둘러 엄숙하고 부지런히 마을 사람을 피투성이로 만들었습니다.

"……우하크. 어떻게 하는 게…… 제가 어떻게 하는 게 옳았을까요……."

그 참극을 만든 것은 제 아들. 제 동지. 단 하나뿐인 가족이었습니다.

분명 그 현실에서 도망치고 싶었을 테지요. 저는 홀로 숲으로 도망쳤고…… 그리고 발에 줄이 걸렸다고 생각했을 때는 화살이 배에 꽂혀 있었습니다.

—마을 사람이 저희를 막고자 설치한 함정이었습니다.

마치 짐승이 덫에 걸린 듯이 저는.

저의 과오와 어리석음을 얼마나 후회했는지 모릅니다. 두려움에 우하크를 버리고 저만 도망치려 한 연약한 마음이 내린 벌이었습니다.

숲에 숨어 있던 몇 명의 마을 사람이 망치나 막대기를 들고 저를 에워쌌습니다. 저는 이번에야말로 운명을 받아들이자고 결심했지만, 솟구치는 공포 때문에 그러지 못하고…… 그자들 중 한 명이 쓰러지는 모습을 보았습니다.

마치 길을 열듯이 무기를 그쪽으로 향한 자부터 차례로 쓰러져 다시 일어나지 못했습니다.

이윽고 모두 쓰러졌을 때― 제가 아는 얼굴이 그 속에서 나타났습니다. 잊을 리가 없습니다.

"……안녕, 선생님."

지나가는 재앙의 쿠제라는 이름을 가진 과거의 제자였습니다.

"크노디 선생님. 살아 있었네."

상처에서 오른 열이 몸에 돌아서 뺨을 때리는 그의 차가운 손이 기분 좋게 느껴졌습니다.

하고 싶은 말은 많았지만, 의식이 흐려지는 가운데 내뱉은 말은 희미한 한 마디뿐이었습니다.

"……많이 컸군요. 쿠제."

"미안해. 나는 늘 이래. 항상 늦지. 나 때문이야."

"…….."

"……괜찮아. 기다리고 있어, 선생님. 반드시 집에 보내 줄게. 모두…… 악몽은 모두 정리하고 올게."

─저는 지금 쿠제의 외투에 감싸여 침실에 누워 있습니다.

그는 힘을 북돋워 줬지만, 이 상처로는 내일 아침까지 버티지 못할 겁니다.

그렇다면 뭐든 하나라도…… 말을 모르는 가엾은 우하크에게 제 마지막 마음을 전하고자 이렇게 몇 자 적어 두려 합니다.

그날 죽인 늑대 새끼를 내내 잊을 수가 없습니다.

정원 구석에 우하크가 돌 몇 개를 늘어놓고 꽃을 잔뜩 놓아 그 아이를 모신 무덤이 지금도 남아 있다는 것을 압니다.

저희는 모두 타고 난 사술의 축복을 받았습니다. 그렇다면 그 것이 주어지지 않은 짐승들과 저희는 태어나기 전에 어떤 차이 가 있었을까요?

말을 쓰지 못해도 우하크에게는 마음이 있었습니다. 인간을 생각하고, 곤경을 견디고, 신앙에 힘쓰는…… 저희와 똑같이 틀림없는 마음이.

어렸을 때부터 대수롭지 않게 보아 온 정경이 수없이 맴돕니다.

더 이상 짐을 옮기지 못하는 말을 도끼로 해치워 고기가 되는 모습을 수도 없이 봤습니다.

아이들이 노는 가운데 작은 고양이를 발로 차 죽였을 때도 저 는 야생 생물이 접근하는 위험을 경계했을 뿐이었습니다.

……저희는 저희를 위해 죽어가는 가축에게 경의도 애정도 쏟 지 않고 당연한 권리로 목숨을 소비했습니다.

귀족(鬼族)이나 수족(獸族)마저 사술을 갖고 모든 자가 마음을 전할 수 있는 세계 속에서 그렇지 못한 생물은 도구나 적 중 하나에 지나지 않았습니다.

'저편'의 세계에서는 그런 일은 없었다고. 이 세계는 몹시도 잔혹한 세계일지도 모른다고……. 제가 열한 살 때, 여행하는 '손님'이 아버지와 나눈 이야기를 왜 지금까지 기억하는 걸까요?

—그 늑대 새끼는 우하크와 마찬가지가 아니었을까요?

말을 전할 방법이 없을 뿐, 그곳에는 확실한 마음이 있었던 게 아닐까요?

만약 그렇다면 그것은 얼마나 무서운 죄일까요?

저희는 이 세계에 사는 한 그 무서운 죄를 늘 거듭합니다.

그날부터 계속 신관으로서 하여 마땅한 생각에 사로잡혔습니다.

사술이란 절대적인 법칙일까요?

용이 날고, 거인이 걸어 다니고, 인간이 말을 나누고, 사술을 실현합니다.

저희가 당연하게 생각하는 일은 정말로 아무 이유도 없이 그곳에 있어야 하는 것일까요?

……우하크. 당신의 눈에는 줄곧 마음이 없는 짐승과 저희가 똑같이 보였겠지요. 당신 혼자만이 모든 것을 평등하게 사랑하고, 말하고, 목숨과 마주할 수 있었겠지요.

죽인 목숨을 먹는 것이 당신이 목숨에 책임을 지는 방식이었겠지요.

당신은 마을 사람들의 목숨을 빼앗았습니다. 제가 늑대 새끼를 죽인 것처럼.

하지만 그것은 당신의 죄가 아닙니다.

저희는 틀렸습니다. 사술에 빠져 파멸한 불언의 메르유그레님의 형제와 판박이처럼 똑같았습니다.

언젠가 가르쳤지요.

신관은 저주를 푸는 자여야 합니다.

불언의 우하크. 제가 당신에게 준 가르침을 내일부터 버리세요.

인족이 만들어 낸 도덕에 사로잡히지 말고 당신이 생각한 대로 모든 생명을 평등하게 대하고, 먹고, 살아가세요.

……저는 이제 살아가는 죄를 견딜 수가 없습니다. 혼자서는 감당하기 벅찬 속죄를 해낼 수 있다고도 생각하지 않습니다.

제가 죽으면 제 살을 드세요.

◆

황도 제16장, 근심 어린 바람의 노펠트 부대는 참극이 지나간 다음 날 아침에 도착했다.

교회를 습격한 마을 사람은 모조리 몸이 뭉개져 뜯어먹혔다. 또한, 숲속에 몸을 숨겼던 자는 급소를 단검으로 도려낸 듯한 시체로 발견되었다. 그 학살을 저지른 대귀(오거)를 노펠트는 쉽사리 발견할 수 있었다.

노펠트는 노파가 담긴 유서를 내려놓았다.

"웃기는군."

모든 것이 늦어서 잃었다. '교단'에 관한 사건 대응은 늘 이렇다. 설령 나고 자란 구빈원일지라도 군에 속한 자가 그것을 구하려면 허가를 받는 데 하루가 걸린다.

"······바보 아니야? 크노디 할머니, 미친 거 아니냐고······. 내게 말도 없이 멋대로 죽었잖아."

이상하리만큼 장신인 검객의 마음속에는 경박한 웃음과는 정반대인 증오가 있었다.

고향을 버린 황도. 아무것도 구하지 못한 사신. '진정한 마왕'에게 놀아나는 세계.

용사도, 왕족도, 누구 하나 죽어가는 약자를 생각하지 않는다.

"안녕, 우하크. 할머니의 손자라면 내 후배지? ······됐어. 아무렴 어때. 다 망쳐버리자."

대귀[오거]는 조용히 제단을 향해 등을 지고 앉았다.

말은 할 수 없지만, 그가 매일 계속해 온 기도였다.

"──용사, 하자. 우하크."

성당에 쓰러진 그녀의 시체에는 많은 꽃이 바쳐졌다.

그것은 타고 나길 사술의 개념을 이해하지 못한 채 세계를 인식한다.

그것은 자신이 보는 현실을 다른 이에게 똑같이 들이대는 진정한 해주(解呪)의 힘을 갖는다.

그것은 최강의 인간형 생물로서 엄연히 현실에서 힘과 크기를 갖는다.

소통 없이 침묵한 채 세계의 전제를 뒤집는 공리부정의 괴물이다.

신관. 대귀.
^{오라클} ^{오거}

불언의 우하크.

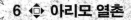
아리모 열촌을 습격한 두 번째 참극은 나무 상자를 짊어진 남자가 아리모 열촌에 다다른 시기와 정확히 일치한다. 마을을 지나는 가도는 황도병들에게 봉쇄되어 있었지만, 봉쇄를 우회하면 작은 교회, 혹은 '최후의 땅'밖에 존재하지 않는다. 모든 생물이 두려워하는 그 '최후의 땅'이야말로 그자의 목적지였다.

"묘한 타이밍에 부딪혔네. 이거."

아리모 열촌 앞 가도를 오가는 황도병의 모습은 마치 사건의 존재 그 자체를 주변 사람들의 눈에서 감추려는 것도 같았다.

나무 상자를 짊어진 기자의 이름은 황혼 잠입 유키하루라고 한다.

"……상당히 고약한 냄새가 나는군."

왜소하고 얼굴이 동그란 남자다. 과거에 고카셰 사해를 찾았을 때와는 달리 차림새가 깔끔했다.

가장 특징적인 것은, 목에 매단 기계였다. 단망경 같은 렌즈를 갖고 있었지만, 대형 기반 부분과 호스 같은 구조는 이 세계의 존재가 아는 단망경과는 크게 달랐다.

짊어진 나무 상자 속에서 불가사의한 목소리가 들렸다.

"많이 죽은 모양이니까. 아마 근처 저목장에 시체를 늘어놓았겠지. 큰 건물이 있으면 거길 이용하겠지만, 이렇게 작은 마을에 그런 곳은 없을 테니까."

"그런 뜻이 아니라 불길한 사건의 냄새가 난다고. ……예를 들면."

유키하루는 발밑에 새겨진 새로운 바퀴 자국을 보았다. 아리모 열촌을 우회하는 이 좁은 길을 이용할 기회는 한정되어 있기 때문이다.

"적어도 이틀 이내에 대량의 마차가 이곳을 지났어. 아리모 열촌을 향하고 있지. 다른 흔적도 있어……. 이건 아리모 열촌에서 나가는 **발자국**이야. 이렇게 많은데 돌아오는 발자국은 없어."

"하지만 유키하루."

나무 상자는 곤란한 듯 말했다.

"상자 속에서는 보이지 않아."

"하하하, 깜빡했네. 미안해. 그렇게 됐어. 열어서 보여줄 수도 있는데 볼래? 지금은 누군가에게 들킬 걱정도 없고."

"……딱히 상관없어. 그래서 발자국으로 뭘 할 수 있는데?"

"아니, 단순한 이야기야. 수많은 마을 사람이 도보로 마을을 나선 뒤 돌아오지 않았어. 돌아올 때는 마차로 옮겨졌지. 갈 때는 이용하지 않았던 마차로."

그는 목에 건 기계를 능수능란하게 조작하여 주위의 흔적을 촬영했다.

"결국 이 앞에서 마을 사람이 몰살되어 시체가 마을까지 옮겨졌다는 거로군?"

─유리건판형 사진기는 현 시점엔 황도에도 보급되지 않았다. 한 손으로 조작하여 초점부터 조리개 제어까지 가능한 그의 전용 기계다. 소지하고 일련의 촬영을 하는 모습이 초상적인 기술이며, 그뿐만 아니라 그것이 사진 촬영이라는 것도 이 세계의 누구도 알지 못할 것이다.

"……유키하루. 이 학살 사건을 처리하는 건 29관 중 누군가였지? 그게…… 아마 근심 어린 바람의 노펠트. 그자가 범인 아니야?"

"대량의 시체를 옮긴 건 노펠트가 틀림없어. 하지만 노펠트 부대는 진범이 아니야. 시간상으로 볼 때 옆 마을에서 사건 발생 라디오 통신을 받고 그 하루 뒤에 부대가 아리모 열촌에 도착했어. 그러니까 학살은 그전에 일어난 거야. 만약 처음부터 진범에게 학살을 지시했다면 그 주변 절차는 더 빨리 이루어졌을 거야. 즉…… 노펠트는 범인과 직접적인 연관은 없지만, 발견한 범인을 은폐하려 해."

진범은 지금 유키하루가 가고 있는 길 끝에 있던 자일까? 아리모 열촌을 우회하는 길이 향하는 곳은 둘뿐이다. 마왕이 몰락한 '최후의 땅'이거나— 작은 교회거나.

"유키하루. 아까 그 마을에서 교회 이야기를 많이 들었지? 할머니와 사는 특이한 대귀(오거)가 있다고. ……설마 처음부터 알고 있었어?"

"하하하, 아니. 단순히 내 성격이야. 관심 있는 건 모조리 귀담아듣지. 들을 수 있는 기회에 모두 들어두지 않으면 후회할 것 같거든. 하지만…… 덕분에 재미있어졌어."

무시무시한 대귀(오거)를 침묵시키고, 사술의 말을 사용할 수 없는 대귀(오거)라고 한다.

—그리고 황도 본국의 눈이 닿지 않는 변경에 파견된 노펠트 부대는 그 범행을 적극적으로 은폐하고 있다. 불언의 우하크의 존재를 아는 자들의 입막음도 진행 중일 것이다. 아까 그 마을

에서 유키하루가 취재한 주민들도 그가 하루만 늦게 도착했다면 같은 이야기를 해주었을까?

그는 아마 독단적으로 움직일 것이다. 고작 대귀(오거) 한 마리에 그렇게까지 할 이유가 있을까?

"—왕성 시합이 있어. 만약 노펠트가 용사를 내세웠다면 이 이야기는 확정적이지. 잘 팔릴 거야."

아직 아무도 존재를 모르는 강자의 정보를 이때 우연히 도착한 유키하루만 파악했다.

"정말 황도의 방식은 여전히— 아."

무언가를 깨달은 듯 나무 상자가 목소리를 죽였다.

"앞쪽에서 병사가 온다. 황도군의 걸음걸이가 아니야."

"앞에서."

'최후의 땅' 방향에서 **온다**. 유키하루는 경계를 강화하고 그쪽을 주시했다.

언덕길을 올라 모습을 드러낸 것은 다섯 명의 행상이었다. 말 한 마리가 짐만을 옮기는 마차를 끌고 있었다.

"모두 병사야. 겉모습에 속지 마."

속삭이는 목소리로 나무 상자가 충고했다.

유키하루는 빙긋 웃으며 정면으로 다가갔다.

"안녕하세요! 아이고, 피차 정말 고생이 많네요!"

당당한 태도에 조금 당황했는지 행상들도 그 자리에 멈췄다.

"안녕하시오, 당신은 누구지? 역시 그 사건 때문에 왔나?"

"네, 기자예요. 황혼 잠입 유키하루. 기억해 주세요."

"……'황혼 잠입'!"

껑충하고 젊은 남자가 별명에 반응했다. 그리고 대장으로 보이는 근육질의 남자에게 고했다.

"솜씨 좋은 기자랍니다. 흘러드는 사건 정보 중 2할에는 '황혼 잠입'의 이름이 붙어 있죠."

"진정해."

근육질 남자는 흥분한 부하를 손으로 제지했다.

"……그렇군, 몰랐네. 유명인과 가까워졌군. 학살 사건을 취재하는 건가?"

유키하루는 대장의 거동이 무엇을 의미하는지 이해할 수 있었다. 장신 부하의 발언은 명백한 실언이었다. 더는 털어놓지 않도록 가로막았다.

황혼 잠입 유키하루의 전문 분야인 기자는 대다수가 대규모 죽음과 참극, 혹은 그러한 사건의 예감에 깊이 관련되어 있다. 그는 종군기자이기 때문이다.

그리고 그는 자신이 흘린 정보가 어느 도시에 어느 정도 비율로 흐르고 있는지를 모두 파악하고 있다. 2할. 유키하루의 기사에 한정한대도 전장 정세의 수요가 대단히 높은 도시다.

'……오카프 자유도시. 그렇군. 마왕 자칭자 모리오의 용병인가?'

"하지만 이 앞으로는 안 가는 게 좋아. 여하튼 '최후의 땅'이야. 왜 그런 곳으로 가는 거지?"

"네? 그랬나요?"

유키하루는 진심으로 놀란 표정을 지으며 머리를 긁적였다.

……'진정한 마왕'이 죽은 '최후의 땅'. 그가 일부러 이 변경에

까지 온 이유는 '진정한 마왕'의 정체에 관한 유일한 단서인 그 땅에 가기 위해서였다.

"곤란하군. 길을 잃었는지도 몰라. 이런 곳엔 처음 오거든."

"핫, 그거 큰일이네. 부끄럽지만 우리도 마찬가지야. 되돌아가 자. 정말이지, 황도 놈들이 익숙한 길을 막아서 난감하다니까."

'……그렇군. 상대도 누군가와 조우하는 건 예상 밖이었구나.'

경박한 웃음을 유지한 채 유키하루는 사고를 진행했다.

길을 잃었다는 변명을 유키하루와 똑같이 이용한 것은 조우한 자와 어떤 문답을 할지 사전에 예상하지 못했기 때문이리라. 그 래서 유키하루의 대답을 **빌린** 것이다.

이 대장이 선수를 쳐서 질문한 것은 그런 이유도 있을 터였다. 하지만 그보다.

'……찾고 있어. 아니. 조금 다른가?'

유키하루는 다섯 용병의 시선을 관찰했다. 그의 주변 시야는 다른 사람보다 훨씬 넓다.

'망을 보고 있어.'

"이번 학살 사건도 '최후의 땅'에서 나온 놈이 저지른 짓이라 는 소문이 돌아. 아무래도 마왕과 관계있는 이야기가 될 테니 노펠트 각하도 비밀리에 처리할 수밖에 없겠지. 기껏 거래하러 왔는데 마을에도 못 들어가네."

"'최후의 땅'의 괴물. 얼마 전에도 열진의 베르카 사건이 있었 으니까요. 분명 그럴 거예요."

비밀리에. 그 표현을 포함해서 노펠트 부대가 일부러 흘리는 정보일 것이다. 베르카 사건이 있었기에 학살 사건의 범인도 만들어 낼 수 있다. ─**그럴싸한** 범인을.

"'진정한 마왕'은 무섭네요. 진즉에 죽었죠? 죽은 뒤에도 그런 영향이 남아 있다니 대체 어떤 자였을까요?"

"글쎄. 관심 있나?"

"그야 그렇죠. 누구나 관심 있을걸요? 정말 죽은 건 맞나요?"

그 순간, 다섯 명이 숨을 삼키는 것을 알 수 있었다. 아주 조금이라도 그럴 가능성을 생각하고 싶지 않다는 듯한 반응이었다.

유키하루는 명랑하게 말했다.

"아무도 '진정한 마왕'의 시체를 확인하지 못했잖아요? 계속 의문이었어요. 왜 모두 '진정한 마왕'이 용사의 손에 쓰러졌다는 소문을 믿는 걸까요? 사실은 '최후의 땅'에 줄곧 살아 있어서─지금도 **나올지도** 모르잖아요?"

'최후의 땅'에는 조사하러 온 자들을 습격하는 정체불명의 존재가 있다고 한다. 황도. 리치아 신공국. 오카프 자유도시. 마왕이 죽은 뒤 다양한 세력이 조사대를 계속 파견했지만, 그 모두가 의문의 습격자에게 가로막혀 적잖은 희생자가 생겨났다.

하지만 그런 사실에도 개의치 않고 그 정체불명의 존재는 '마왕의 사생아'로 불린다. **'진정한 마왕' 그 자체로 간주되지 않는다.**

"알아."

대장은 굳은 미소로 대답했다.

"틀림없이 죽었어. 그건 확실해. ……그게 살아 있을 때는 **더 지독했으니까.** 이곳뿐만이 아니야. 세계가 전부. ……'진정한 마왕'이 존재하는 것만으로 두려웠어. 너도 알잖아?"

"······."

물론 유키하루도 알고 있다. '진정한 마왕'은 확실히 죽었다고.

'진정한 마왕'은 그 절대적인 힘을 넘어, 존재 자체가 무시무시한 마의 왕이었다고.

"······하지만 저는 기자니까요. 아무도 신경 쓰지 않을지라도 신경 써야 하죠."

진실을 확인해야만 한다. 그것에 접근하는 게 얼마나 무서운 일인지도. 모두가 발을 들이길 주저하는 황혼 속이어야 앞으로 나아갈 수 있다. 따라서 별명은 황혼 잠입 유키하루.

"마왕····· 그래, 마, 마왕. 죽였어."

다섯 명의 용병 중 마차의 짐차에 앉아 있던 노인이 어눌하게 말했다.

"······죽였어. '무명의 백풍'이, 아레나가 죽인 게 틀림없어. 그 꼬맹이는 정말로 천재야. 아, 알고 있나? 그 녀석····· 창, 창촉에 맞았어. 내지른 창촉에 말이야."

"이봐, 영감, 그만해."

대장이 진저리치듯 나무랐다. 노인의 왼쪽 머리에는 깊고 오래된 상처가 있었다.

"헤헤헤. 용사····· 그건 진짜 용사야······ '최초의 일행'······."

"무명의 백풍의 아레나. 일곱 명의 '최초의 일행' 중 한 명이죠? 저도 그의 전설은 알고 있어요. 거기 계신 어르신은 아레나 씨와 아는 사이신가요?"

"뭐 그렇지. 오래전에 동문이어서 툭 하면 그 녀석 이야기를 해. 아레나는 진즉에 죽었는데. ······'최초의 일행'은 모두 패배했는데."

'최초의 일행'. 그 공포의 시대에서 처음이자 마지막 희망. 세계 최강의 일곱 명이 동시에 '진정한 마왕'에 덤볐고 무참히 패배했다.

그들의 영광도 모두 과거가 되었다.

그리고 마침내 '진정한 마왕'까지 정체가 밝혀지지 않고 죽었다.

"……길바닥에서 오래도 이야기 나눴군. 영감 옆에 앉아야 하겠지만 마을까지 타고 가겠나? 전설의 기자 양반 이야기도 듣고 싶거든."

"아닙니다, 저는 사양할게요. 실은 이미 황도 부대에 학살 사건 취재를 따냈거든요. 아리모 열촌에 들르려고 해요."

대장은 웃으며 대답했다.

"그렇군. 그거 유감이네."

그들과 조우한 그 시점부터 유키하루는 그것을 알고 있었다.

'나를 죽일 셈이로군.'

오카프 자유도시의 용병이 이곳에 있다. 그 끝에는 '최후의 땅' 말고는 아무것도 없는 길. 황혼 잠입 유키하루뿐만 아니라 오카프 자유도시도 '최후의 땅'을 조사하고 있기 때문이다. 그리고 그들은 망보고 있다. 다른 누군가가 정보로 자신들을 앞서지 않도록.

"그럼 돌아가는 길에라도 이야기를 들려줘. '황혼 잠입'."

이야기를 하는 대장이 아니라 주위의 병사가 품속이나 자루에 손을 넣었다. 단검을 뽑으려 했을 것이다.

하지만 유키하루가 선수를 쳐 소리를 질렀다.

"저기~ 죄송합니다. 약속을 잡은 '황혼 잠입'인데요! 길을 잃었네요. 부대의 유도에 따라 교회로 향하는 부근 길에 있는데요."

등에 진 나무 상자에서 선을 뻗은 라디오 송화기에 건넨 말이었다. 다섯 용병은 움직임을 멈췄다.

유키하루를 죽일 필요가 있다고 해도 그들은 그래야만 했다.

"……. 여기는 회두의 아스네스. 무슨 일이야? 아리모 열촌에서 합류할 예정이었어. 병사에게도 그렇게 말했을 텐데."

나무 상자에서 답변이 왔다. 하지만 다섯 용병의 눈에서는 나무 상자 속에 라디오 수화기가 존재하는 듯이 보였으리라. …… 아리모 열촌에 머무르는 황도의 부대와 취재 예정이 있다. 그것은 그들이 이곳에 손을 대지 못하게 하려는 거짓 행위다.

유키하루는 가장 먼저 자신들의 현재 위치를 목소리의 주인에게 전했다. 그들은 이제 죽일 수 없다.

"하지만 이 길을 가라고 하니 그렇게 생각하지요. 아스네스 대장님의 권한으로 말씀해 주세요. 아니, 지휘는 노펠트 각하께서 하시던가요?"

"됐으니까 그만 어슬렁거려. 사람을 보내지. 또 누굴 데리고 있는 건 아니겠지? 본 작전은 기밀 사항이야. 기자 따위가 마음대로 행동해서 혼란을 일으키면 곤란하지."

전혀 기능하지 않는 송화기를 들고 유키하루는 다섯 용병에게 눈짓했다.

"…………아니요. 저 혼자입니다. 그럼 잘 부탁드리겠습니다."

유키하루가 통화하는 연기를 끝내자 나무 상자는 재차 침묵했다.

그는 다섯 용병을 보고 서서 손을 팔랑팔랑 흔들었다.

"괜찮아요. 황도에는 입 다물게요. 길을 잃은 건 피차일반이니까요."

"……그래, 맞아. 고맙군."

대장은 머리를 숙이고 유키하루와 스쳐 지나갔다. 그들이 유키하루를 죽일 셈이었대도, 그것 때문에 황도의 대장과 교전할 가능성이 있다면 그럴 수 없다.

황혼 잠입 유키하루는 수많은 전장에서 기지를 발휘해 살아남은 남자다.

"말도 안 되는 연기를 시키지 마."

나무 상자 속에서는 언짢은 목소리가 울려 퍼졌다.

"하하하, 미안해. 하지만 괜찮던데? 우리는 의외로 좋은 콤비가 될 수 있지 않을까? 회두의 아스네스라니. 아하하하!"

"……아무렴 어때. 큰일 날 뻔했잖아."

"그건 그렇지. 하지만 덕분에 중요한 걸 알았어. ─오카프도 '최후의 땅'을 찾고 있어. 정보를 얻으려는 자를 배제하려 해. 어쩌면 '진정한 마왕'의 단서를 알고 있을지도 몰라. 정말 무섭다, 마왕 자칭자 모리오! 아까 그놈들도 상당히 강해. 빈틈이 없었어."

"……'최후의 땅'도 글러 먹었으면 오카프로 돌아간다는 거야? '진정한 마왕'의 단서가 남아 있을 곳은 거기밖에 없다는 거잖아?"

"글쎄다."

아까 그 연기에는 거짓이 하나 더 있다. 그는 역시 혼자가 아니다.

황혼 잠입 유키하루에게는 늘 함께 행동하는 정체불명 나무 상자의 존재가 있다.

그리고 과거에 덤볐던 자들이 모조리 실패한 '최후의 땅'을 조사하러 나서는 이상은…… 이미 현지에 펼쳐진 별동대와 합류할 계획이 있다.

"—이것만은 **클라이언트**의 동향에 따라야지."

5 ✦ 검은 음색의 카즈키

그 찰나. 마(麻)의 물방울의 미류의 가느다란 눈에는 네 개의 사물이 보였다.

우선은 카운터 부근에서 다투던 용병이 ―"계약 따위 알 게 뭐야?", "나는 빠질래"랬나? 아무래도 상관없지만― 마침내 쇠 뇌에 맞았다. 오카프 자유도시, 그것도 '잠자는 거위정' 가게 안에서 싸움이 일어났으니 양쪽 다 만취했고, 화살은 조준을 크게 빗나가 카운터 위의 술병 두 개를 깨뜨렸다. 그리고 미류 일행의 방향으로 날아왔다. 딱히 보기 드문 사태는 아니었다.

다음 사건은 구석 자리. 시야 끝에서 보았다. 누더기를 입은 남자는 흘러드는 화살에 한발 늦은 반응을 보였다. 그는 몸을 조금 뒤틀었다. 화살이 가슴을 관통했다. 화살은 정확히 심장 위치를 뚫고 뒤쪽의 기둥에 꽂혔다.

이 모든 일이 끝난 뒤에 누더기를 입은 남자 근처에 있던 웨이트리스는 그제야 사태를 파악했다. 그녀는 가녀린 비명과 함께 물병을 떨어뜨렸다. 공중에 흩어진 물방울의 궤도도 보였다.

하지만 물병이 웨이트리스의 손에서 벗어났을 때는 누더기를 입은 남자의 손이 병 바닥을 잡고 있었다. 그는 작은 동작으로 공중에 흩어진 물방울을 모두 병에 담았다.

"다음부터 물은 됐어."

방금 심장을 관통당한 남자는 웨이트리스에게 물병을 건넸다.

"화살이 날아올 법한 자리에는 말이야."

누더기 틈으로 엿보인 손가락 모양도 미류의 눈에는 선명하게 보였다.

"─이봐, 자네도 용병인가?"

미류는 오랜만에 유쾌한 기분이 들어 가벼운 발걸음으로 맞은 편 자리에 앉았다. 평소의 미류라면 술 한 잔이라도 샀을 테지만, 이 상대에게 그것은 소용없다고 판단했으리라.

"나는 마(麻)의 물방울의 미류. 물 대신 담배가 필요하지 않으려나?"

"……됐어. 술도 담배도 장수에 좋지 않으니까. 삼가고 있어."

"후후후후훗, 짓궂은 농담이네. ─그럼 역시 일이 목적이로군."

오카프 자유도시는 마왕 자칭자 모리오가 만든, 용병 알선을 주요 산업으로 삼는 독립 도시다.

왕국과 마왕 자칭자의 전쟁─ 혹은 인족과 귀족의 생존 경쟁. 그것들의 소규모 다툼에 개입하여 세력을 불문하고 전력을 파견하여 성립해 온 용병들의 총괄처라고도 할 수 있는 곳이다.

정보나 업무의 집약, 총과 포 같은 최신 병기 대여, 혹은 평시 훈련 등, 용병업에서 개인의 손이 미치지 않는 일련의 후방 지원을 전문화하여 각지에서 모인 병사의 숙련도와 숫자는 리치아 신공국이 함락된 지금, 황도 이외의 다양한 국가를 능가한다.

애초에 '진정한 마왕'의 시대가 끝날 무렵에는 그들에게 주어진 업무도 오로지 마왕군 격퇴뿐이었고, 용병이 자유롭게 적군과 아군을 선택할 여지는 없어졌다.

그리고 그것은 지금도 마찬가지다.

"오늘 아침에 이곳으로 왔어. 오카프를 짓밟으려는 놈에게 용건이 있지. 이 나라가 어떻게 될지는 알 바 아니지만, 그놈이라면 나를 알지도 몰라."

"아는지 어떤지는 애매해. 적어도 나는 지금 자네를 몰라."

"―'소리 절단'."

그는 테이블 위에 오른손을 두었다. 피부도 근육도 존재하지 않는다. 보석처럼 매끄럽게 표백된 인골(人骨)의 손이었다.

"소리 절단의 샤르크. 하지만 본명은 아니야. 그렇게 자칭할 뿐이지."

"……생전의 기억 상실. 아니, 해마(骸魔)는 생전의 인격과는 전혀 다른 생물이라지. ……몇 년 전부터 살았지?"

"언제부터 살았냐고? 재미있는 소리를 하는군. 이제 곧 2년이야. 2년을 죽었지. 솔직히 말해서 나는 물론이거니와 이 세계조차 알지 못하는지도 몰라."

미류는 이미 확신을 얻었다. 이때 흘러온 화살이 이 남자의 심장부를 관통한 것은 피하지 못해서가 아니다. 최소한의 동작으로 화살이 갈비뼈 사이를 관통할 수 있도록 피한 것이다. 화살이 날아오는 속도에 맞춰서 그렇게 했다.

해마. 기마나 의마(擬魔)와 마찬가지로 이 세계에서 자연스레 발생한 생명과는 전혀 다른, 마(魔)의 술(術)에 따라 생성된 자들. 인족 사회에서는 귀족보다 더 두려움을 사고 기피되는 괴물이다. 단, 해마나 시마(屍魔)는 시체가 재료이므로 반드시 생전의 누군가가 존재한다. 영혼도 기억도 연속되지 않지만, 거기서 연관성을 찾아내는 것은 자연의 섭리일 것이다.

무위한 시도라는 걸 알면서도 공허한 자아를 묻어두고자 생전의 기억을 추구하는 자도 존재한다.

"그럼 안내자는 필요 없을까? 자네와 목적이 같고 지식도 있는 데다 실력도 좋아. 예를 들면 바로 나 같은 남자야. —뭐."

미류는 어깨너머로 카운터를 돌아보았다. 술병을 맞은 남자가 피투성이로 쓰러져 있었고, 나머지 용병은 이미 뿔뿔이 흩어져 도망갔다.

지난 며칠은 이런 광경뿐이었다. 딱히 보기 드문 사태는 아니다.

"지금 형세는 좋다고는 할 수 없을 것 같은데?"

"……적 이야기를 알고 싶어. 놈은 몇 명을 데려왔지?"

"아무도."

미류는 어깨를 움츠리고 눈을 가늘게 뜨며 웃었다.

"아무도 안 데려왔어. 혼자서 우리를 전멸시키려고 해. 웃기지?"

웃기는 건, 적에게 정말로 그럴 수 있는 힘이 있다는 점이다.

이 세계는 아직 개인의 힘이 전투를 좌우하는 세계다. 이렇듯 뛰어난 강자가 대다수의 군대를 파멸시키는 예조차 드물지 않다. —무도에 뜻을 둔 모두가 그 영역에 도달하고자 노력을 거듭하고, 그중 극소수가 새로운 강자가 된다. 그러한 존재를 영웅이라 부른다.

지금의 오카프는 그런 영웅의 습격을 받고 있다. 그들의 주인인 파수꾼 모리오와 예부터 고집스러운 '손님'이라지만, 용병 입장에서는 자세한 사정도 알지 못한다.

"검은 음색의 카즈키가 온다."

겨우 대 1개월 사이에 무서운 속도로 오카프의 정예들이 처리되었다. 녹대(綠帶)의 도멘트. 뱀 가늠의 인에진. 혈보탄(血報彈) 라키. 그 단 한 명을 상대로.

"그거라면 일러. 나와 그놈 중에 누가 더 강하냐는 것만 봐도 끝이지."

"이런, 나와 그놈 중에 누가 더 강하냐는 이야기라면 아까까지 생각했는데."

"……그럴지도 모르지."

해마는 뻥 뚫린 시선을 떨어뜨렸다. 미류가 허리에 찬 무기를 바라보았다.

그것은 위험한 기계 장치나 중량 무기로 넘쳐나는 가게 안에서는 오히려 이질적인, 특별할 것 없는 자돌검었다.

"—신입인 나는 손을 대지 않는 게 나을까? 이런 건 용병의 긍지 문제일 테니까."

"오히려, 할 수 있나? 우리는 어느 정도 작전이 마련되어 있지만, 그걸 옆에서 무너뜨리기라도 하면 그대의 꿈자리가 뒤숭숭할 텐데."

"알았어. 그럼 나는 방어만 할게. 오늘은 말이야……. 신입이니까."

"아하하, 좋아. 대단한 자신감이네. 부족하면 지금부터 습격 쪽으로 붙어도 돼. 여하튼 이제부터는 새로운 시대야. 마왕 자칭자의 나라를 지키는 건 유행에 뒤떨어지지."

"보다시피 죽은 사람이라서. 과거에 사는 남자지."

그때 카운터 안쪽 문이 열렸고, 그들은 동시에 그쪽을 보았다.

가게 주인은 칠판에 보수액을 나타내는 간단한 선을 그어 그들의 새로운 일을 알렸다.

　"임무다, 이놈들아! 대교문 주변을 공고히 할 놈을 모은다! 내일 아침까지 발을 묶고 제2외벽까지! 습격이 없어도 동일한 액수를 선지급! 모리오 님의 직접 임무다! 도전할 불효자들 있나!"

　쉰 목소리로 우렁차게 호응한 자는 여섯 명.

　"오늘도 하겠어. 누이동생 치료비를 벌려면 멀었거든."

　장대한 양손검을 양쪽 허리에 한 자루씩 찬 거한은 먹처럼 깊은 갈색 피부였다. 이름은 영척(影隻)의 히루카.

　"이봐, 어제보다 금액이 짜지 않아?! 모리오 님이 인망을 잃겠는데?!"

　챙 넓은 모자를 깊게 눌러쓴 삼인이 장의자에 누워 외쳤다. 장술(杖術)을 쓰는 술사인 모양인데, 그것은 본 자는 없다. 사선 궤적의 리포기드.

　"당연히 하다마다."

　늙고 조용한 대귀는 이 중에서도 고참이다. 기계 장치일 동그란 방패의 톱니바퀴를 조정하며 대답했다. 질겁의 윈트.

　"……조건을 확인하고 싶은데요. 토벌하면 어떻게 되나요?"

　키가 큰 사인 여자는 손에 얇은 약병 같은 기구를 들고 있었다. '흑요의 눈동자' 2진 전위 출신, 발끝 전율의 파기레시에.

　"그럼 물론 나도."

　"오늘부터 낄게. 소리 절단의 샤르크야."

　인간 두 명. 삼인 한 명. 사인 한 명. 그리고 해마 한 명.

　힘이 모든 것의 척도인 이 마을에는 귀족이든 마족이든 다르게 대하지 않는다. 싸워서 성과를 내고 보수를 받는다. 용병으로서 살아온 샤르크에게는 익숙하면서도 매우 단순한 일이다.

"안녕, 샤르크. 내 이름은 리포기드야. 천으로 가려도 알겠어. 해마지^{스켈톤}? 아무것도 안 먹는데 어떻게 움직여?"

"미안하지만 비밀이야."

샤르크는 가장 먼저 접근한 삼인^{엘프}을 응대했다.

"너희가 왜 먹지 않으면 움직이지 못하는가 하는 정보와 교환하려고 해."

"헷. 재미있는 녀석이네. 더 즐겨볼까?"

"……그만해. 샤르크는 입만 산 게 아니야. 아까 움직이는 걸 봤어. 그 속도라면 놈의 기술도 피할 수 있을지 몰라."

"근육도 없는데? 그랬으면 좋겠지만."

미류의 중재에 삼인^{엘프}은 어깨를 움츠리며 물러났다.

샤르크는 더 입을 열지 않았지만, 어렴풋이 정겨운 기분이 들었다. 신공국의 용병이었을 때도 첫날에 리포기드처럼 다가온 자가 있었던 것을 떠올렸다.

마차는 이내 그들을 목적지에 데려다줄 것이다. 지금부터 다음 날 아침까지 언제 시작될지 예측할 수 없는 습격에 대비하는 가혹한 임무다.

각자가 전투 준비를 하는 가운데, 샤르크도 자신의 무기를 쥐었다. 그것은 하얗고 짧은 창이었다. 자루에는 뼈를 사용한 것 같고, 샤르크의 몸과 비슷하게 하얗고 매끄러웠다.

"전력은 이 녀석들이 다야? 성채 쪽에는 아직 용병이 꽤 있었던 것 같은데."

"가게별로 방어 구역 담당은 달라. 모리오의 사병은…… 성채에서 지원 사격은 해 줄 테지만, 별로 기대는 할 수 없네. 적은 밤을 틈타 습격할 테니 닥치는 대로 공격할 수밖에 없어. 섣불리 움직였다가는 휘말려서 공격을 당할 테니 조심하고."

"전력이 불안하다면 오늘은 황도에서 실력자 세 명이 돌아올 거야. 하지만……."

"이봐, 보지 마, 히루카. 나는 안 해."

"……걸지 않으실래요? 그자들이 살아 돌아올지 말이에요."

"전멸이야."

"전멸이지."

"내깃거리도 안 돼."

오카프 자유도시의 현재 상황은 마을 출입조차 운에 좌우되는 모양이었다.

게다가 이 모양이라면 무사히 들어갈 수 있는 자는 상당한 행운아일 것이다.

그렇다면 마차가 습격받지 않은 채 마을로 들어간 샤르크는 상당히 **불운**하다고 해야 할까?

"……그러고 보니 아직 물어보지 않았군. 이 중에 용사의 **뼈**를 본 적 있는 자가 있어?"

"그게 뭐야?"

"저도 몰라요."

"무슨 암호야? 히루카는 어때?"

"용사의 얼굴도 모르는데 뼈를 알 리가 없지."

"하핫, 그러게 말이야!"

샤르크는 대답 없이 술을 마시는 한 대귀^(오거)에게 눈길을 보냈다. 그자도 마찬가지로 고개를 저었다.

역시 샤르크가 바라는 대답은 오늘 밤의 적에게 물을 수밖에 없을 모양이다.

"―근거는 없지만 나는 살아 있는 쪽에 걸어보겠어."

◆

석양이 불꽃처럼 짙게 그림자를 드리웠다.

오카프로 이어지는 이 가도는 중간까지는 평탄한 지형이지만, 도시에 가까워질수록 경사가 급한 산악 지형으로 변한다. 오카프 자유도시는 암산 경사면에 설치된 견고한 요새 도시였다.

붉은 그림자에 에워싸여 귀환하는 마차 속에서 대화를 나누는 자들이 있었다.

사인^(즈메우)이 한 명. 대귀^(오거)가 두 마리. 마부를 포함한 세 명은 모두가 솜씨가 익숙한 오카프의 용병이다.

"오카프까지…… 놈이 매복할 수 있는 곳은 많겠지."

황도에서 일을 마친 그들은 정세가 위험한 오카프로 돌아오는 길을 택했다. 며칠 전까지는 황도 자체도 먼지 폭풍이 유발하는 피해가 근접하여 위기 상황이었다. 그 위협은 이미 방지했다지만, 그들 같은 용병이 아니더라도 고향 도시로 돌아가기로 선택한 자는 적지 않다.

"검은 음색의 카즈키는 이쪽으로 올까? 총을 상대하려면 검객인 당신은 불리하겠지."

"그래……. 총탄을 피할 수 있었던 건…… 네 번이었나? 미처 피하지 못한 한 번의 상처가 옆구리에 있는 거야. 잘못 맞았는지 나을 때까지 대 1개월이 걸렸지."

객차의 대귀(오거)가 대답했다. 그가 지닌 검은 짧지만 방패처럼 두툼했다.

그가 옷을 걷어 보여준 흉터는 깊게 파여 있었고, 인간이라면(미니어) 내장까지 다다를 치명상이었겠지만, 매우 두꺼운 근육과 지방으로 뒤덮인 대귀(오거)에게는 행동 불능에 빠뜨릴 정도의 상처조차 못 되었다. 뿔과 거대한 몸, 그리고 인족과 비교해도 손색없는 지성까지 겸비한, 가장 두려운 귀족이다.

"재미있군. 어떻게 피할 수 있었지? 역시 시선이나 손을 보나?"

사인(즈메우)은 두 눈의 순막(瞬膜)을 깜빡였다. 명백히 파충류를 기원으로 하는 종인 그들이 인족으로서 손꼽히는 데는 귀족과 달리 인족을 먹지 않기 때문이다.

"적의 시선을 보고 나서 피하려고? 총탄이 날아오는 건 이런—."

대귀(오거) 용병은 양손을 마주쳤다.

"예고 없이 순식간에 일어나. 집중하면 그 순간이 언제인지는 알 수 있을 테지만 그뿐이야. 몸으로 반응할 수는 없어."

"흐음. 그렇다면 당신은 어떻게 한 거지?"

"평소와 같아. 적을 움직이지. 예를 들어 머리를 보호하면 공격받기 쉬운 몸통을 노리고 싶어져. 내가 계속 움직이면 동작을 멈추고 시선을 뗀 한순간이 기회라고 생각하겠지. 적의 시야를 상상하며 사격 타이밍과 조준을 조종하는 거야."

"정말이지, 대귀(오거) 녀석들의 운동 신경은 어마무시해. 나는 얌전히 폭탄으로 가도록 하지."

무기에 관해 말하자면, 사인의 그것은 대귀(오거)보다도 훨씬 대형이었다. 복잡한 기계 장치인 유탄(榴彈) 발사기에는 기묘하게도 도화선식 유탄이 들어 있다. 사각지대와 도화선의 점화 위치를 톱니바퀴 장치로 바꾸어 착탄점과 폭파 순간을 맞추기 위한 기구일 것이다.

"……이봐."

마부인 대귀(오거)가 대화를 차단했다. 그의 감각은 객차의 두 명보다도 훨씬 예민했다.

"방금 들렸어. 노래야."

객차의 용병은 그 순간에 움직였다. 칼자루에…… 혹은 화기의 총목에 손끝이 닿았고 피가 튀며 정지했다. 메마른 총성이 거의 동시에 울려 퍼졌다.

"……"

마부는 즉각 말 머리를 힘차게 꺾어 마차를 돌렸다. 총격의 차폐물로 삼기 위해서였다.

옆으로 넘어진 객차에서 피바다가 넘쳤다. 사인(즈메우)과 대귀(오거)가 즉각 사살되었다.

총성은 한 번이었다.

'—고막이 파열되었군.'

온몸이 두꺼운 살 갑옷에 뒤덮인 대귀(오거)라도 무방비한 한 곳은 있었다. 하지만 이 복잡한 산악 지대에서 마차 너머로…… 게다가 사인(즈메우)의 폐도 동시에 관통하도록 쏘았다는 말인가?

"따다~안. 따~안, 따~안. 따다~안."

노래가 가까워졌다. 자기 위치를 알리듯 아주 비합리적인 행동.

"빌어먹을. '손님'. 미친 '손님' 녀석⋯⋯."

가까운 땅바닥에 내팽개쳐진 자신의 무기를 보았다. 이 철 지팡이로 얼마나 싸울 수 있을까?

대귀가 인간에게 질 리 없다. 상대가 심상치 않은 인간이 아니고서야.

"따~단, 따다~안⋯⋯."

"부숴주마."

그는 몸을 앞으로 내밀고 무기를 잡으려 했다. 거기까지였다.

살짝 앞으로 기운 머리를 노려 옆으로 쓰러진 마차를 **우회한** 총탄이 안구를 관통했다.

◆

"따다~안⋯⋯ 따~안, 따~안. 따다~안."

높고 투명한 목소리가 인적 없는 황야에서 선율을 자아냈다.

저녁놀이 내리는 산길에서 치마를 나부끼는 그림자 하나가 양손의 보병총을 빙글빙글 돌리고 있었다.

방금 용병을 몰살한 존재는 여자였다. 20대 중반에 여성스러운 치마 차림의 인상을 뒤집듯 우락부락한 군인용 코트를 걸치고 있었다.

"따~단, 따~단, 따다~안, 따~단, 따따다, 새겨졌어, 정경, 에."

"⋯⋯미즈무라 카즈키 씨. 당신, 늘 그 노래를 부르나요?"

또 한 사람, 옆으로 쓰러진 마차에 앉은 사람이 있었다. 10대 초반으로 보이는 아직 젊은 소년이었다. 하지만 백발 섞인 회색 머리카락이 기묘하게 늙은 인상을 주었다.

"필연이, 모두, 찢어졌…………. 그래. 뭐가 이상해? 내게 불만 있어?"

"아, 아니요. 13년 전부터 변함없다고 생각해서요."

대화를 나누는 두 사람은 아직 젊다. 적어도 외모만은.

"변함없는 건 피차일반이잖아. '손님'은 나이를 먹지 않으니까."

"……그러게요. 제가 조사한 바에 의하면…… 이 세계 최초의 존재들은 모두 '손님'이었다는 이야기에도 꽤 신빙성이 있어요."

"흐음. 그럼 나이를 먹지 않는 이유는?"

"글쎄요. 이건 추측이지만…… 예를 들면 영향을 남기게 하려고."

소년은 양손을 깍지 끼고 하늘 방향을 올려다보았다.

푸른 빛이 도는 대월과 붉은 소월. 수많은 것이 똑같으면서 결정적으로 '저편'과는 다른— 머나먼 현실이었다.

"설령 당신이나 제가 일탈자라고 해도 그런 인간이 아무것도 없이 세계에 방치되어…… 거기서 사회에 영향을 미칠 수 있게 되기까지는 더욱 긴 세월이 걸려요. 천부적인 자질은 그 세월에 녹슬고 썩어 문드러지는지도 몰라요. 기술이나 지식을 다른 이에게 전할 수 있다고 해도 그것은 1대에만 영향을 주는 데 그칠 수도 있죠……. 하지만 실제로 당신도 저도 늙지 않고, 적어도 카즈키 씨의 기술은 쇠하지 않아요."

"흐음. 별로 흥미는 없지만. 우리가 이쪽에 흘러든 것도 사신님이라는 존재가 이 세계를 바꾸려 하기 때문이라는 거야?"

"……그 반대예요. 본래는 세계를 유지하기 위한 것이었다고 생각할 수 있지요. 처음에는 '손님'밖에 없었어요. 그들이 세계에 뿌리를 내리고 생태계로서 정착하려면 종의 본래 생명으로는 부족했어요. ──즉, 용이나 거인은 그들의 시조가 된 변이체…… '손님'의 개체에 주어진 긴 생명이 지금도 남아 있는 종족일지도 몰라요. 적어도 제 가설은 그렇습니다."

이 세계에서 '손님'은 인간만은 아니다.

예를 들면 용 등은 오랜 옛날 대형 파충류인 일탈자가 이쪽 세계에 보낸 자손이리라고 상상하기는 어렵지 않다. '저편'의 상식으로 보자면 지성이나 오감을 가질 수 없는 점수나 식물이지만 동물처럼 행동하는 근수도 모든 시작에 어떤 일탈이 있었을 것이다.

'저편'의 이야기에 나오는 존재는 과거에 실재하며, 이 세계로 추방되었을까?

문자로 남겨진 문헌이 부족한 이 세계에서는 역사의 진실을 탐구하는 것조차 쉽지는 않다.

"그나저나 잡담하러 온 건 아니겠지? 굳이 이런 곳까지 왔는데. 당신은 구 왕국군 주변 일 때문에 바쁘잖아? 그쪽도 전쟁이 시작됐어. 그 먼지 폭풍도 도달하지 않았다고 하니 앞으로 힘들겠네?"

"준비가 끝나면 달리 할 일은 없어요. 잡담이 제 일이지요."

"못 믿겠어. 그건 일에 치명적이지 않아?"

"……그런가요?"

소년은 조금 난감한 듯 웃었다.

"그럼 상황 진척을 확인하러 온 걸로 하죠. 저로서도 당신의 백업 기간을 일정에 편성할 필요가 있으니까요."

"진척이라니, 대개 비슷해. 이 세 마리도 그렇게 강하지 않았고."

검은 부츠가 시체를 걷어찼다. 피 웅덩이에 길든 가죽은 발목 근처까지 변색되었다.

"오카프에 남은 놈들 중에 눈에 띄는 놈은 이제 마의 물방울의 미류 정도 아냐? 인간과 물자 출입을 막고 질식시키면 오카프의 체력이 다할 때까지 소 1개월쯤 걸릴까?"

"적 수준의 이야기가 아니에요. 지금 상황도 카즈키 씨가 쉬지 않고 이만큼 활동할 수 있는 건 본래 놀랄 일이지요. 카즈키 씨는 이미 대 1개월— 6일 동안이나 계속 싸우고 있어요. 군에 필적하는 힘이 있더라도 지속적인 주의력과 집중력으로 **계속 싸울 수 있는** 자는 많지 않아요. 그걸 보충하고자 군은 수를 맞추어 시야와 체력을 기르는 거죠."

"그래? 하지만 나는 실제로 가능해."

그녀가 고른 오카프 공략 방침은 전격전이 아니라 비정규 전투에 의한 지구전이다. 개인 전력만으로 그것을 해낼 수 있다는 것은 단순히 강대한 전투 능력 이상의, 상상을 초월하는 전략적 의미를 가진다.

"……리치아 신공국 함락 이야기는 알고 계시죠? 이 세계의 유일한 공군을 갖췄던 강대한 국가가 하룻밤 만에 사라졌어요."

"훗. 그것도 어차피 황도잖아? 예전부터 내게 말하지 않고 수상쩍은 행동만 하는군."

"신공국 공략에도 지금의 카즈키처럼 뛰어난 개인의 전력을 이용했다면요? 이미 그들은 다수의 군세를 운용할 필요도 없이 지상의 모든 국가를 함락시킬 수 있다는 뜻이에요. 장비나 훈련에 자금을 요하지 않고, 병참을 고려할 필요도 없고, 적에게도 자국 국민에게도 무엇하나 들키지 않고 모든 것을 완수할 수 있어요. 그건 저쪽 세계에는 결코 존재하지 않던 전쟁의 우위성이에요."

"……내가 황도와 관계가 있다고?"

"─불과 며칠 전까지 황도는 먼지 폭풍으로부터 본국을 방어하는 데 온 힘을 기울였어요. 구 왕국주의자를 요격하기 위해서도 군사력을 할애해야 하는 가운데, 최소한의 움직임으로 오카프 자유도시를 견제할 필요가 있다면…… 만약 저라면 돌격하겠지요."

"멋대로 추측하는 건 내 알 바 아니지만. 그게 내 일과 관계있는 얘기야?"

"황도 측에도 돌격한 개체의 위협은 마찬가지 아닐까요?"

"……"

"신공국의 작전에서는 조룡을 이끈 석양의 날개 레그네지가 죽었어요. 우리와 같은 '손님'인 까치 다카이도. 역겨운 트로아나 천 년 가까이 산 자욱한 연기의 비케온조차 잇따라 살해되었어요. ……이런 사례는 제가 파악한 것보다 더 많을 거예요. 혹은 의도적으로…… 영웅들이 처리되고 있어요."

지금은 그자들도 적대 세력을 제압하기 위해 뛰어난 개체를 운용하고 있다. 그것은 국력 소모를 동반하지 않고 가능한 전쟁 형태이기 때문이다.

더 장기적인 관점으로 본다면 그자들은 언젠가 자신도 멸망할지 모르는 위협적인 존재 자체를 세계에서 배제하려고 생각할 것이다. ―'회색 머리 아이'는 그것을 이해할 수 있다. 그자들이 무엇을 원하고 무엇을 두려워하는지.

"……신공국을 공격한 자에게 공략 작전은 왕성 시합의 **예선**이었을 거예요. 왕성 시합은 그 자체가 황도의 패권을 확립하기 위한 징조이면서 개최 전부터 영웅을 전장에 보내기 위한 방편으로 이용되고 있어요. 카즈키 씨도 왕성 시합에 참가할 예정이지요?"

"……."

"당신도 위험하다는 뜻이에요. 왜 혼자 오카프를 공략하죠?"

"……혼자는 아니지. 이렇게 당신들의 백업이 있으니까."

"아니, 그런 뜻이 아니라. 이렇게 단독으로 싸움을 계속한다는 건…… 황도 측 작전이라는 것 이상으로 당신도 **남몰래** 노리는 목적이 있지 않을까요?"

"당신…… 그거 진심이야?"

바로 총구가 소년에게 향했다. 긴 머리카락 사이로 카즈키는 엷은 미소를 지었다.

"만약 지금…… 당신이 내게 불리한 소리를 하면 여기서 바로 쏴 죽일 수도 있는데."

"황도 측에 숨긴 목적이 있다면 뒤에서 협조할게요."

총구를 겨누자 소년은 양손을 들었다. 수라를 뽑은 이 지평에서 그는 전투 능력이 전혀 없다. 그 이외의 일탈성으로 이 세계에 다다른 '손님'이다.

"아리야마 모리오 씨…… 아니. 마왕 자칭자 모리오에게 용건이 있겠지요. 이건 어디까지나 추측이지만— 전후 교섭에 있는게 당신의 조건. 황도의 뒷배 정도가 되지 않고선 일국의 주인과 밀담할 기회를 마련하기는 어렵지요. 같은 '손님'으로서 말하고 싶은 용건이 있는 게 아닌가요?"

"흐음. 잘 알지? 모리오가 '손님'인 걸."

마왕 자칭자. 조직이나 사술의 힘을 과하게 가진 개인. 새로운 종을 확립하려는 변이자들. 이단의 정치 개념을 가진 '손님'. 오카프 자유도시의 주인은 그야말로 그러한 일탈자다.

"오카프는 병기 공급이나 평시 훈련도 포함한 군사력을 제공하고 있습니다. 용병 길드를 가장하고는 있지만, 그 업무 형태는 명백히 PMC_{민간 군사 회사}의 그것입니다. 모리오가 '손님'이라고 추측할재료는 충분할 테지요."

"그렇다면 내 목적은 이래. 당신도 함께 셋이 먼 고향이라도그리워한다든지?"

"네. 그때가 온다면 꼭 그러죠."

소년은 복잡한 표정으로 오카프의 요새를 올려다보았다.

"정말 무력으로 함락시킬 생각인가요? 오카프에 시위 행동은이미 충분하잖아요. 황도와 강화를 기다릴 것까지도 없이 모리오 씨는 당신 개인과 거래에 응할 가능성도 있어요."

"멍청하군. 농성전을 감당할 비축분이 있는 동안에는 그런 교섭에 응할 리 없잖아. 게다가 당신도 나 같은 걸 쓰러뜨리기 위해 신형 총을 만든 거 아냐?"

"본래는 카즈키 씨를 위해 만들었어요. 안정적인 생산까지는 힘든 길이었지요."

"이봐, 비꼰 거거든?"

카즈키의 임무는 모리오의 말살이기도 하다. 설령 싸움을 회피할 길이 있었더라도 바라던 공적을 반드시 내어 왔기에 영웅이라 불리는 것이다.

"목적은 정보죠? 모리오 씨는 각지에 파견한 용병에게 온 정보를 통합할 수 있는 위치에 있지요."

"맞아. 하지만 당신에게 득 될 얘기는 아니야. 내가 개인적으로 납득하고 싶을 뿐이지."

"그건…… 흥미진진하네요. 카즈키 씨가 신경 쓸 정도라면 더더욱."

"괴검의 유우고. 황혼 잠입 유키하루. 파수꾼 모리오. ……검은 음색의 카즈키. 역리의 히로토."

"……?"

"훗. 표정이 좋네. 최근에 나타난 '손님'들 이름이야. 당신이라면 당연히 알겠지. 모두 우리와 같은 나라에서 왔어."

과거에는 그렇지 않을 터였다. 종족의 명명 법칙이나 문화 양식으로 봐도 그녀들의 '저편'에 있는 고향보다 멀리 서쪽 문화권의 자들이 많이 방문했을 것이다.

어느 시점에선가 큰 변동이 있었을 것이다. 카즈키는 그 정체를 확신한다. 세계의 이 현상에 이르는, 대다수가 모르는 이 수수께끼를.

"……확실히 편견이 있을지도 몰라요. 이름이 알려진 몇 명

정도로 단언하기보다는 조금 더 긴 안목으로 데이터를 모을 필요가 있다고 생각하는데요."

"당신의 **긴 안목**은 몇백 년 뒤가 될지 몰라."

카즈키는 양손의 보병총을 빙글빙글 돌리며 자신도 회전했다. 코트와 치마가 나부꼈다.

"따~단. 따다~안. 따~단, 따~단……."

"아직 이쪽의 도움을 받을 생각은 없다는 거군요."

"상품 대금 말고는. 나는 영웅인걸. —그저 살인자일지라도."

석양 속에서 춤추며 웃었다.

"혼자 하는 게 방침이야. 영웅으로서 세계에 책임을 다해야지."

'진정한 마왕'이 살아 있던 9년 전. 암흑의 시대 속에서 생겨난 생생한 전설이 있다.

이계에서 내려온 총병이 당시 아무도 본 적 없던 병기 '총'을 자유자재로 다루며 마왕 자칭자가 미궁으로 만든 북방 도시 대빙새(大氷塞)를 혈혈단신 해방했다.

오카프 자유도시를 습격한 자의 이름은 '손님'. 검은 음색의 카즈키.

◆

산악의 능선을 내려다보는 높은 외벽. 그것을 넘은 곳에도 벽. 벽과 벽 사이의 길은 미로처럼 우회하며 시가지를 형성하고…… 구불구불한 길에서 멈춰 서면 늘 중앙의 성채에서 저격에 노출된다.

또한 배치된 용병은 모두 황도의 정규병에 필적하는 장비와 숙련도가 있어 쉽사리 공격할 수 없다. 하지만 검은 음색의 카즈키는 이러한 비정규 전투에 누구보다 뛰어난 숨은 영웅이다.

카즈키는 황도의 간섭 없이 자신의 목적을 달성한다. 그리고 황도는 오카프와 전면 전쟁 상태를 회피하고 '손님'끼리 공존하기를 바랄 수도 있다.

검은 음색의 카즈키가 오카프의 전력을 저하시키고, 그것을 구원한다는 명목으로 황도가 군을 파견하여 우위인 상황에서 교섭한다. 그것이 황도가 그리는 그림일 것이다. 가능하다면 '손님' 둘이 쓰러진 뒤에.

황도가 세계에서 벗어난 전력을 배제하려 한다는 것을 카즈키는 잘 알고 있었다.

노련한 '손님'— 검은 음색의 카즈키쯤 되면 그러한 세계정세를 이용할 수도 있다.

카즈키는 긴 머리카락을 크게 털었다. 저무는 석양의 마지막 빛에 눈을 가늘게 떴다.

마중 온 작은 마차에 시선을 보내며 '회색 머리 아이'가 중얼거렸다.

"이제 시간이 된 모양이네요. 아쉽지만, 잘 지내세요."

"언제 또 만날 수 있을까?"

"어쩌면 또 십 년— 아니, 곧 만나게 되겠지요. 미즈무라 카즈키 씨. 당신이 변하지 않아서 다행입니다."

"그래. 너도 여전히 수상했어."

카즈키는 살며시 미소 지었다. 몸을 가볍게 움직여 '회색 머리 아이'에게서 산 차에 올라탔다.

자동차라고 한다. 증기로 움직이는 차다. 오늘의 돌입 작전을 위해 죽지 않는 동력이 필요했다.

13년 만에 만난 소년의 마차도 멀리 작아져 갔다. 말은 땅을 박차며 달렸다.

—말. 이 세계에도 말이 있다. 문득 그것을 정겹게 생각한 적이 있다.

그녀의 고향과 확실히 연속되었지만, 결정적으로 다른 세계.

"따다~안, 따~안, 따~안. 따다~안……."

차 안에서 몇 개의 보병총을 갖고 놀며 카즈키는 노래를 흥얼거렸다.

밤은 그녀의 시간이다. 성채에 다수 배치된 총병 수준으로는 어둠이나 기름등 불빛 속에서 과녁을 정확히 맞힐 수 없다. 적어도 '총'을 잘 아는 검은 음색의 카즈키는.

증기기관을 가동했다. 지금 그녀는 골짜기에 걸린 도개교를 내려다보는 경사에 있다. 체감하기로는 직각 같기도 한 급경사를, 게다가 증기 자동차의 속도로 내려간다.

'차의 질량은 변하지 않아. 말과는 달리 바퀴 회전수도 일정해…….'

'저편'의 차량 같은 조타 기능은 없다. 카즈키에게는 불필요했다.

'갑자기 장애물과 충돌하면 알맞은 각도로 튕겨 날아가지—. 탄환과 똑같아.'

언덕을 내려가는 가속을 느꼈다. 운전석에서 그녀는 아무것도 하지 않았다.

총탄의 탄도를 정하고 나면 만질 수 있는 총병이 없듯이.

도개교가 다가왔다. 계속 달렸다. 습격을 탐지하여 다리가 사슬에 끌려 올라가고 있었다. 성채에서는 활과 총이 일제히 조준되는 것을 알 수 있었다.

증기기관에 공포는 없다. 속도는 느낄 일도 커질 일도 없었다. 총성 폭풍. 물량을 앞세운 살육 탄환의 빗발. 운전석 주위에 설치된 판금 장갑이 그 빗발을 딱 한 번 막았다. 가속은 완벽했다. 멈추지 않는다. 차가 거대한 바윗덩어리에 돌격했다. 카즈키가 노린 각도대로 차체는 공중에 내던져졌고— 올라가는 도개교 끝에 비스듬히 굴러들었다. 짐칸이 삐걱거리며 그곳에 실린 보병총이 비처럼 흩어졌다.

마찬가지로 내던져진 그녀는 공중에서 총 두 자루를 잡았다.

"—명중."

마치 목숨을 던진 도박이 성공할 줄 처음부터 알고 있었다는 듯. 깊이를 헤아릴 수 없는 골짜기를 넘어 자유도시로 쳐들어간다. 첫 번째 외벽을 돌파했다.

방패를 들고 굳게 닫힌 문을 지키는 대귀를 공중에서 인식했다.

올바른 판단이다. 가령 그녀가 두 번째 외벽 안쪽으로 파고들어 차폐와 기동력을 살린 싸움이 벌어지면 시답잖은 용병에게 승산은 없다. 초반 사흘 만에 그녀는 적을 그렇게 살육했다.

"……따~단, 따다다, 새겨진~. 정경, 에~."

우선은 문을 지키는 대귀를 죽인다. 교차한 양팔을 풀며 동시에 화약 섬광 두 개가 포개졌다.

끽, 하고 새된 소리가 울려 퍼졌다.

"……왜지?"

큰 속도로 인한 착지 충격을 유연한 무릎으로 억제하면서도 카즈키는 미심쩍게 생각했다. 대귀가 방금 그 사격에 반응할 수 있어 보이지는 않았다. 하지만 표적이 살아 있다.

아까 그 소리는 탄환 두 개가 장절한 속도로 가로막힌 소리가 틀림없었다.

그냥 탄환이 아니었다. 이 세계에서 양산된 보병총은 '저편'의 역사와 비교해도 현저한 정밀도 개량이 실행되었지만— 그 탄환은 카즈키에게만 보이는 속도로 휘어졌다.

좌우 양 날개에서 방패를 돌아 목의 동맥을 관통하는 궤도였다. 그것은 역술조차 아니었다. 그녀의 절기(絶技)는 공기 저항과 탄체의 회전마저도 자기 의지의 지배 아래 두었다. 검은 음색의 카즈키는 항상 총격의 예비 동작 시점에서 그것을 행한다.

"목소리가 좋군. 가수 해도 되겠어."

"……. 닿지 않는 손가락을~. 포개어…… 딴, 딴."

용병이 한 명이 더 숨어 있었다. 덩치 큰 대귀의 뒤에 숨을 수 있을 정도로 이상하게 가느다란 몸. 해마다.

해마는 빠르다. 근육도 내장도 없는 그들은 생명체에게는 불가능한 극한의 가벼운 몸을 가졌고, 그것이 생전의 기술과 여력을 겸비하기까지 했다.

'그렇더라도.'

이 정도의 존재는 전혀 본 적이 없었다. 종족 차이로는 설명할 수 없는, 차원이 다른 속도였다. 어둠 속에서 그런 반응이 가능하단 말인가.

아까 그녀가 동시에 쏜 두 발의 탄환은 베이지도 튕기지도 않았다.

창끝으로 지면에 **짓눌려 있었다.**

'—그런 속도가 웬 말이야.'

카즈키는 조금 언짢아졌다.

"……당신은 문 뒤에 숨는 게 다야?"

"내 일은 방어야. 묻고 싶은 것도 있어. 탄환이 동날 때까지는 어울려주지."

"그래. 마음대로 해."

그 허를 찌르기라도 하려는지 옆에서 무언가가 날아왔다. 당연하다는 듯 몸을 뒤집어 피했다.

폭이 좁은 약병은 지면에 떨어졌고 자극적인 검은 연기를 폭발시켰다.

"검은 음색의 카즈키 씨. 사냥만 하는 데도 질렸지요? 오늘은 반대네요."

어떠한 기계 장치로 사출한 사인의 도마뱀 얼굴은 웃음조차 안 나왔다.

올바른 판단이다. 도개교를 강행 돌파했대도 두 번째 외벽에 이르기 전인 이 지점이라면…… 여러 사람의 솜씨로 카즈키를 에워싸고 이렇게 유리한 상황을 만들 수도 있었으리라. 카즈키가 그 상황에 대비하지 않았다면.

"【힐카에서 오카프의 흙으로. 서리의 힘, 낭떠러지의 면—】."

신병. 갈색 피부의 인간이 사술을 외었다.

그녀는 회피하는 기세 그대로 지면을 아슬아슬하게 선회하여 지면에 산란한 보병총 두 개를 손가락의 첫 번째 관절에 걸었다. 마차에 가득 차 있던 총은 포석이다. 이곳은 이미 그녀의 전투 영역이다.

회전. 조준. 타깃은 정면의 사인(즈메우)도, 사술을 외는 인간(미니어)도 아니다. 그리고 신병.

"【―맥동을 멈춰라! 일어나라!】" (enzeham nort nazelcthuk)

오른쪽. 연막 속을 빠져나와 덤벼들던 삼인(엘프)의 넓적다리를 꿰뚫었다.

머리가 아닌 이유는, 하단에 철 지팡이를 휘두르는 동작이 급소를 지켰기 때문이다. 역시 숙련도는 높다.

"크……악!"

"……리포기드가 당했다!"

"말도 안 되는 반응이야, 젠장……!"

약물술사인 사인(즈메우)의 방향에서는 갑자기 우뚝 솟은 흙벽이 사선(射線)을 차단했다. 갈색 인간(미니어)의 공술 방어일 것이다. 가령 사인(즈메우)을 쐈다면 연막에 감춰진 삼인(엘프)의 일격에 머리가 쪼개졌을 것이다.

모두 올바른 판단이었다.

'무의미했지만.'

여러 방법을 동시에 상대하며 싸웠다. 계속 싸웠다.

검은 음색의 카즈키에게 그것은 특별한 일이 아니다.

확실히 상황은 그들에게 유리할 것이다. 판단은 정확하고 연계 숙련도도 높은 것을 알 수 있었다.

하지만 카즈키는 그러한 것에 **익숙했다.** 수많은 최적의 답을 축적했더라도 그들이 카즈키의 능력에 이를 수는 없다. 절대로.

"딴, 따다~안. 따~단, 따~단. I don't believe anymore…….
나~조차~ 녹을 것 같아서~."

노래에 맞추어 보병총을 뱅글뱅글 돌렸다. 그렇게 원심력을
주었다.

"……따, 단!"

철컥, 하는 소리가 울려 퍼진 것은 카즈키가 오른쪽 보병총을
투척한 뒤였다.

사인이 사출 기계에서 다음으로 발사한 약병탄은 명중하기 훨
씬 전에 카즈키의 손을 떠난 보병총의 총대에 요격되었고, 깨진
약병의 연막이 사인과 사술사 인간을 감쌌다.

발밑에 흩어진 보병총 한 자루를 걷어차고 뛰었다. 총은 지면
을 회전하여 미끄러지듯 검은 연기 속으로 날아들었다. 갈색
인간이 외는 사술의 1절보다 카즈키의 직진이 빨랐다.

"【힐카에서 오카프의 흙으로……】."

"따~단, 딴."

왼쪽 보병총을 연기 속에서 뽑았다. 그녀의 총은 동시에 총검
을 갖춘 창이기도 했다. 다량의 피가 총검을 적시고 인간의 사
술은 불발로 끝났다. 요격한 양손 검의 찌르기도 닿지 못했다.

"필연이, 모~두~. 갈라지기~ 전에~."

뽑은 보병총을 회전시켜 등 뒤로. 혈액이 반원을 그리며 흩어
졌다.

후방에서 사출음. 문을 지키는 대귀의 방패에서 사출된 네 자
루의 쇠못을 나무총대로 막았다. 대귀의 결정적인 패가 그 기계

장치일 것이라고 이미 간파했다.

　한쪽을 투척하고, 한쪽을 방어에 이용한 지금, 손에 든 보병총^{머스킷}
은 이제 사용할 수 없게 되었다. ……문득 최초의 적이 뇌리에
스쳤다.

　'……저 술사. 창술사 해마가…… 지금 순간에 움직였다면?'

　"크아앗―!"

　약병술사인 사인^{즈메우}이 가까이에 있었다. 날카로운 발톱으로 카즈
키의 목을 찢고자 덤벼들었다. 쿵, 하는 굉음이 그 입을 뚫고 두
개골로 빠져나왔다. 카즈키는 코트 안에서 뽑아 쏜 소형총을 버
렸다. 지금까지의 싸움에서는 보여주지 않았던 무기다.

　"따, 다~안……."

　검은 음색의 카즈키가 숨겨두었던 무장을 포함한 모든 총을
내놓은 순간.

　―그는 그 절호의 기회를 노리고 있었다.

　카즈키의 등 뒤에서 자돌검을 든 인간이.

　마(麻)의 물방울의 미류라는 남자였다.

　지금까지 공방을 벌이는 동안, 완벽하게 기척을 없앴다. 은의
궤도가 심장을―.

　"아아, 아깝네."

　발밑의 보병총^{머스킷}을 발끝으로 차올렸다. 돌격 전에 걷어차 이 위
치로 보낸 총이다.

　옆구리를 빠져나간 총검의 요격은 자돌검보다 길게 다다랐다.

　"……!"

　복부를 관통하여 그대로 방아쇠를 당겼다.

내장이 터졌고 자돌검 술사는 그 충격에 날아갔다.

"당신이 제일 나았는데."

이 상황을 예측한 것은 아니다. ―그녀 자신이 대응 가능한 위치를 계속 차지했을 뿐이다.

카즈키는 마치 춤을 추듯 빙글 돌아 쓰러진 자들에게 미소 지었다.

네 명을 처리했다. 그녀의 싸움은 모든 것을 순식간에 끝냈다.

카즈키는 두 자루의 총을 차올려 주었다. 다친 곳은 없었다.

이 고속 전투에서 그녀는 계속 적을 이용하여 성채에서 사선을 차단했다. 사격의 빗발이 그녀에게 다다를 일은 결코 없다. 전투에서도 무술에서도 용병들이 영웅에 이를 일은 없다.

남은 것은 문을 지키는 두 명. 방패술사 대귀.^{오거} 그리고 창술사 해마.^{스켈톤} 그 안쪽에 수많은 함정과 병력이 기다리고 있다고 해도 오카프 자유도시의 전력은 확실히 약해지고 있다.

"나는 오늘 막 오카프에 고용됐지만."

해마^{스켈톤}는 미류의 무참한 사체를 보았다.

"……그 녀석은 나를 안내해 준다고 했어. 용병 사이의 문제라는 건데…… 이런 약속은 쉽게 하는 게 아니었어."

"응? 안내하기 쉽도록 먼저 보내 준 거야."

해마^{스켈톤}가 앞으로 나섰다. 사신처럼 검은 누더기. 알 수 없는 기술로 순백 처리된 온몸의 골격.

"샤르크. 철수하자."

해마^{스켈톤} 용병에게 대귀^{오거}가 짧게 충고했다.

"알았잖아. 놈에게 덤비면 죽어."

"진즉에 죽은 몸이야. 손해 볼 것 없어."

"따다~안, 따~단, 따~단따~단…….

샤르크는 하얀 창을 잡았다.

"검은 음색의 카즈키. 네가 용사인가?"

"……아니야. 그렇게 착각하기도 하지만 나는 아니야."

"그래? 그럼 한 가지. 내가 이기면 황도의 왕성 시합 출장권을 양보해."

"흐음…….

그녀에게 용사를 정하는 왕성 시합은 그저 독특한 행사였다. 오카프 공략 보상으로 출장권을 보장한 것은 처음부터 파수꾼 모리오와 접촉하는 **김에** 나온 이야기였다.

하지만 그걸 위해 결투를 청하는 자가 이 세계에 존재할 줄이야.

"상관없어. 마음대로 해."

일대일. 처음에 총탄을 막은 그 속도와 싸우려니 마음이 조금 설렜다.

아니면 이 해마도[스켈톤] 그걸 바라서 지금까지 잠자코 있었던 게 아닐까?

"두 번째야. 이 녀석은 지금 대답을 원해."

"……당신, 보기보다 꽤 뻔뻔하네."

"너는 '최후의 땅'에 간 적이 있지? 마왕 소실을 확인한 최초의 수색 부대."

"그게 뭐?"

카즈키는 샤르크의 중심을 보았다. 직진 자세다. 가장 긴 찌르기로 마무리하려 하고 있다.

설령 총구의 조준을 본 뒤라도 이 해마는 총탄보다 빠른 속도로 회피할 수 있을 것이다.

하지만 보고 난 뒤의 반응조차도 카즈키에게는 너무 느렸다. 그녀는 총구의 조준과는 관계없이 총신 안에서 준 회전과 관성에 의해 곡선 사격이 가능했다. 최적의 답을 축적했다고 해도 그들이 카즈키의 능력에 이를 일은 없다.

"정말로 마왕이 쓰러졌다면…… 거기서 용사를 봤나? 만약 죽었다면 용사의 뼈는? 뼈를 본 적이 있다면—."

종착까지의 미래는 정해졌다. 총 두 자루로 동시에 직진하는 탄환과 퇴로를 앞지르는 곡선 사격. 창의 타이밍보다 다섯 걸음 빨리 카즈키의 탄환이 다다랐다.

"—그놈은 이런 뼈가 아니던가?"

"미안하지만."

밤바람이 카즈키의 긴 머리카락을 흔들었다.

이 세계에는 자신이 누구인지 모른 채 태어난 해마가 있다.

분명 일탈했기에 이세계로 추방된 '손님'의 고독과도 비슷할 것이다.

"당신 따위는 몰라."

"그래?"

모래 먼지가 춤췄다. 그녀는 방아쇠를 당

5 ◈ 검은 음색의 카즈키

5 ◈ 소리 절단의 샤르크

"—아."

창끝이 목에서 뽑힌 뒤였다.

샤르크의 거리는 창의 타이밍보다 다섯 걸음 빨랐다. 뛰어난 영웅, 카즈키가 판단한 대로.

재조직되어 이형으로 연장한 왼팔이 찰나 본래대로 되돌아간 순간만이 탄환의 궤도마저 보는 '손님'의 시력으로 희미하게 포착되었다. 엄청난 속도였다.

하물며— 그 꿰뚫기의 속도는.

'……말도 안 돼……. 어라……?'

노래할 수 없었다.

한쪽 발에서 힘이 빠지며 몸이 꼬이듯 쓰러졌다.

그 모습을 소리 절단의 샤르크가 내려다보고 있었다. 리치아 신공국에서도, 이곳 오카프 자유도시에서도 그가 바라는 것은 똑같다. 이 세계의 용사와 마왕의 진실.

그리고 그가 누구인지 가르쳐줄 강자를.

"아아, 이 녀석도…… 아니었어."

공허한 해마는 씁쓸하게 내뱉고 황야에서 물러갔다. 누구일 까. 어디에서 왔을까. 어쩜 이렇게까지 강할까.

그것을 그 자신도 이해할 수 없었다.

"……나는, 누구지?"

그것은 검도 사격도 무위로 돌리는, 상식을 벗어난 죽은 몸을 가졌다.

그것은 자신의 유래를 모른 채 영웅마저 능가하는 창술을 안다.

그것은 순식간에 분리하고 접합하여 인식 가능한 타이밍의 개념을 의미 없게 한다.

이 세계에 홀연히 태어난 괴이. 지상 최고로 빠른 비생명체다.

스피어헤드 스켈톤
창병. 해마.

소리 절단의 샤르크.

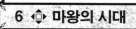

　—4년 전. 마왕의 공포가 이곳 지평을 뒤덮었던 시대.

　마왕 침공 저지 의용군이 모인 쿠타 백은가에서 걸어서 반나절 걸리는 거리. 인족의 최후 방어선도 더 넘어서, 그는 그곳에 서 있었다.

　그 남자는 무기를 들고 있지 않았다.

　챙 넓은 모자에 감춘 눈꼬리는 처졌고, 다소 가벼운 바람에도 볼 수 있는, 손실이 많은 얼굴이었다. 여행 도구를 채웠는지 커다란 나무 상자를 짊어지고 있었다.

　전사는 아니다. 가령 의용군으로서 방위대에 지원했다고 해도 생환할 전망이 없는 남자다. 아버지에게 물려받은 다부진 체격이며, 어렸을 때는 왕국 제일의 궁수가 될 야망을 가졌지만, 그런 재능이 없다는 것은 일찌감치 깨달았다. 탐탁지 않게 검객으로 전향한 적도 있지만, 이것도 안 된다는 걸 깨달았다. 오직 싸울 힘이 없다는 것을 확인하기 위해 2년의 시간을 낭비했다. 그리고 지금에 이른다.

　"사카오에 대교가. 여긴가?"

　피로 더러워진 안내판에 그려진 도시의 휘장은 눈을 가늘게 뜨고 겨우 판별할 수 있었다. 동서로 이름을 알린 상업 도시일 터였다. 언젠가 소문으로 들었던 거리에 이러한 형태로 방문하게 될 줄이야.

　"겨우 소 1개월 만에 이 모양이 되다니—."

　……입을 다물었다. 가도의 물레방앗간 옆에 나이 많은 여자

가 웅크려 있는 모습이 보였기 때문이다.

"괘, 괜찮아. 아직, 살아 있어. 살아 있다고. 죽지 않았어. 응? 금방, 금방 끝날 거야. 금방······."

여자는 반은 웃고 반은 울며 알 수 없는 말을 중얼거렸다.

내던져진 다리가 잘게 경련하는 것은, 구타당해 흩어진 대뇌의 남은 부분이 오작동한 것이리라.

"후~읍, 후~읍····· 괘, 괜찮아. 이러면 괜찮아. 무서워. 무서워····· 으으······."

"······."

나무 상자를 짊어진 남자는 참견하지 않고 앞길을 재촉했다. 이렇게 전락한 자와 얽혀 더 큰 참극을 초래한 이야기는 이 시대에 차고 넘친다.

옆을 지나갈 때, 여자가 일사불란하게 휘두르는 둔기의 정체를 보았다. 그것은 검붉게 일그러진 형상이었지만, 아주 작은 팔이 있었다. 여자가 쥐고 있는 것은 다리 부분으로 보였다.

'─마왕군 자식.'

마왕군에게 **향하다니** 광기 어린 짓이다.

지금은 아무도 굳이 마왕군의 한복판으로 발을 들이려 하지 않는다.

방위대도 이름뿐인 존재라는 것을 누구나 알고 있다. 그들은 방어선에서 광기 어린 국민의 모습과 행동을 몰아내고 '진정한 마왕'이 언젠가 변덕스레 선을 넘지 않기를 바랄 수밖에 없다.

그 자신도 이 여행에서 이성을 유지하고 돌아갈 수 있다는 보증은 없다. 무모한 도전이었다.

주위 건물의 밀도가 높아지기 시작했을 무렵, 서너 개의 그림자가 길에서 훌쩍 나타났다.

각자 무기 같지도 않은 무기를 들고 있었다. 썩은 목재. 철 식기. 녹슨 도끼날을 손에 쥔 남자까지 있었다.

"헤헤. 에헷, 헤헤헤헤헤⋯⋯."

"싫어⋯⋯. 싫다고⋯⋯. 살려줘, 누가, 죽여줘⋯⋯."

"오빠⋯⋯ 나, 나는 잘못이 없어⋯⋯. 이런 건⋯⋯ 꿈⋯⋯ 꿈이야⋯⋯."

공포에 몸을 숨겼던 생환자가 내방자의 기색에 도움을 구하려는 것이리라. ―적어도 그들은 그러려고 했을 터였다.

"싫어⋯⋯ 아, 싫어어어어어! 싫어어어어!"

소녀가 절규와 함께 목재를 든 남자에게 달려들어 눈을 포크로 찔렀다. 안와에 포크 자루까지 쑤셔 넣고 오열하며 집요하게 파괴했다.

"⋯⋯."

나무 상자를 짊어진 남자는 움직이지 않고 거리를 둔 채 그저 바라보았다. 말리려 하면 휘말린다. 자신보다 훨씬 약한 이 소녀에게도 할 수 있는 일은 아무것도 없다.

"미안해요, 미안해요⋯⋯ 미안, 앗."

소녀의 사죄는 끊어졌다. 다른 남자가 뒤통수를 때렸기 때문이다.

그녀는 이상한 각도로 목이 휘어지며 희생자의 안구를 계속 휘저었다. 재차 휘두른 둔기로 완전히 머리가 박살 났다. 뒷골목 어딘가에서 다른 자가 참극에 이끌려 살육을 벌였다. 또 다른 자도. 역시 **도움을 구하려 한 자**였을 것이다.

나무 상자를 짊어진 남자는 자신도 모르는 사이에 숨을 멈추고 그것을 바라보았다.

무섭다고 생각하는 마음을 억눌러야 했다.

'─그렇군. 그러니까 이제 아무도 이 녀석들을 구하러 가지 않는구나.'

숨이 붙은 자는 한쪽 넓적다리가 물어뜯긴 중년 남성 한 명이었다.

'누군가가 접근하기만 해도 이렇게 살육이 일어나.'

한쪽 넓적다리를 물어뜯긴 남자는 비틀비틀 걸어 피 웅덩이 한가운데에 양손을 찔러넣었다.

그 손으로 전혀 의미 없이 옆 사람을 죽였다. 스스로도 죽음에 빠졌다. 반기는 자라고는 없는 짓이다.

"헤헤."

남자는 웃고 있었다.

"헤헤헤헤헤헤……."

절망하여 웃고 있었다. 말도 다다르지 않았다.

─그와 하나도 다르지 않은 인간^{미니어}일 터였다. 사소한 일상을 보내고, 행복을 기뻐하고, 불행을 슬퍼하는 자일 터였다.

마왕군은 그런 군대였다.

"……미안하군, 아저씨. 내가 용사가 아니라서."

"이제 싫어……. 무서워……. 편해지고 싶어……. 아아……."

참극이 눈앞에서 펼쳐진대도 결코 얽혀서는 안 된다. 그것은 알고 있다.

하지만 딱 한 번, 그는 자신의 힘을 시험할 필요가 있었다.

"잠깐 기다려."

남자는 짊어진 나무 상자를 땅바닥에 내려놓았다. 안에서 애용하는 도구를 꺼낸 바로 그때.

"—멈춰라."

인간이 아니었다. 수많은 음성을 동시에 붙인 듯한 목소리였다.

본래는 교회였던 건물 지붕 위에서 이형의 존재가 그들을 내려다보고 있었다. 거대한 늑대 같기도 하지만, 푸른 은색의 빛을 밝히는 털은 자연의 그것이 아니었다.

남자는 주저앉은 채 양손을 들었다.

"……멈췄다."

"그대는 이 앞으로 가려 했지?"

"그게 왜? 이 앞에 네 소굴이라도 있나?"

"……'진정한 마왕'에게 맞설 셈인가?"

이 지옥을 방문한 자에게 아마 다른 이유는 없을 것이다.

"그대에게 어떤 수단과 생각이 있든— 그건 어리석은 착각이다. 야망을 버리고 돌아가거나. 내 밥이 되거나. 그대에게 선택권이 있다. 어느 쪽이든…… 마왕에게 덤비는 것보다 자비로운 결말일 테지."

"갑자기 노골적이군. 게다가 흉흉해. 흑수(바게스트)? 설마 낭귀(리칸트)는 아니겠지?"

늑대 같은 형상으로 사술을 외는 수족(獸族)이라면 흑수(바게스트)일 것이다. 다만 거대한 체구와 네 쌍 여덟 개의 다리를 보자면 전혀 다른 종처럼도 보였다.

"나는 혼수(混獸). 오조네즈마."

"혼수^{키메라}……? 거짓말 마. 그렇게 멀쩡하게 생긴 혼수^{키메라}가 있을 리 없잖아. 게다가 '진정한 마왕'을 만나기 전에 잡아먹는 게 네 친절인가? 독특하네."

"……잡아먹는다고? 내가…… 인간을 잡아먹으려고 여기 있다고 생각한다면 마음대로 해. 내 충고를 듣지 않을 건가?"

"그래. 나를 죽일 생각이라면 빨리해. 나는 전투 기술은 전혀 없거든."

남자는 자신의 목덜미를 때렸다.

아무런 거짓 없이 남자에게는 싸울 수단이 없었다.

"……그렇다면 왜 이 앞으로 가는 거지? 그러고 보니…… 그대의 몸은 극단적인 지구형 근육이군. 몸놀림으로 판단컨대 전사는 아니야……."

"쫑알쫑알 시끄러운 늑대네……. 뭐 해? 죽일 거야, 말 거야?"

"나는 무익하게 죽이고 싶은 게 아니야."

"훗…… 시가(詩歌)에 나오는 마왕처럼 생긴 주제에 착한 척하기는. 나는 그냥 시인^{바드}이야. 이 아저씨에게 노래를 들려주려 했을 뿐이지."

짐승은 남자가 꺼낸 무기에 눈길을 보냈다. 그것은 다섯 개의 현을 가진 현악기의 일종이지만, 오조네즈마는 그런 지식이 없었다.

"마왕의 문지기인 척하며 얼마나 많은 영웅을 죽였나? 오조네즈마. 하지만 나는 그놈들과는 좀 달라."

울퉁불퉁한 손가락이 현의 표면을 미끄러져 음악을 연주했다.

"그의 정의의 빛인 / 시체의 벌판으로 돌아와 / 두 현토(玄兎)가 뒤섞인—."

"……?! 기다려."

오조네즈마의 곤혹스러운 목소리가 노랫소리를 가로막았다.

남자는 귀찮은 듯 짐승을 올려다보았다.

"뭐야?"

"노래하나?"

"시인이 할 일이 그거 말고 뭐가 있는데?"

"하지만 여기서 노래한다고?"

남자는 씩 웃었다. 힘이 없는 그가 가진 뻔뻔함과 배짱의 근원에 있는 자신감을 엿볼 수 있는 미소였다.

그는 노래했다.

"초록빛 시절에 아침 그림자 드리우고 / 용맹한 진왕 / 이곳에 만고의 영광 있으라—."

"…………."

노래와 음악이 이어졌다.

먼 옛날 왕의 이야기를 노래하는, 어린아이도 알 법한 시가였다.

그가 연주한 음악이 그것을 전했다. 지극히 단순한 현 소리와 목소리가 영혼의 밑바닥을 뒤흔들듯 떨렸다.

미(美). 감동— 그러한 한 마디로는 표현할 수 없는 환희를, 비애를, 희망을, 분노를, 단념을, 증오를, 즐거움을…… 마음의 근원인 모든 정동이 동시에 꽃을 피우는 듯한.

그것은 사술도 아니거니와 그의 이능력도 아니었지만, 메마른 절망의 광경 구석구석까지 스미는 듯한 노래였다.

"……."

한쪽 허벅지를 물어뜯긴 남자조차 미소를 머금었다.

공포와 슬픔의 파도가 잔잔해진 듯 조용히 그를 바라보았다.

"……그건?"

거대한 짐승마저도 빠져들었다.

살벌한 세계를 살았던 그가 처음 깨달은 격동적인 세계의 자극이었다.

"그건 마왕을 쓰러뜨릴 수 있나?"

"그럴 리 없잖아. 하지만 멀쩡한 방법으로 쓰러뜨리려다 수없이 사라졌어. 누구 한 명쯤은 멀쩡하지 않은 방법을 써봐야지. 내 음악으로…… 홋."

너무나도 황당무계한 말에 남자가 웃었다.

"'진정한 마왕'을 감동시키겠어."

"무모해."

오조네즈마는 고개를 저었다. 상대는 '진정한 마왕'이다. 아무리 훌륭한 음악이라 할지라도 그것이 불가능하다는 건 처음부터 알고 있었다.

"어리석은 행위야. 역시 그대는 무참히 죽을 자로군."

"그래? 너는 어때, 오조네즈마? 용사가 되고 싶지는 않아?"

—이 오조네즈마는 '진정한 마왕'의 부하가 아닐 것이다.

'진정한 마왕'에게 그런 자가 없다는 걸 모두가 알고 있다.

누구도 '진정한 마왕'의 동료는 될 수 없다. 그것은 이 세계에 사는 모든 자의 적이기 때문이다.

　그렇다면 그의 충고는 틀림없이 진실일 터였다. 광기에 맞서 무의미하게 죽으러 가는 자를 죽음으로 막을 수밖에 없을 정도로 이 앞에 기다리는 것은 완전한 절망뿐이었다.

　"─내게는 무리야. 그렇기 때문에 이곳에 머무르지. 나는……이 앞으로 간 자와 같은 절망을 맛보고 싶지 않아."

　"무리가 아니야. 이런 바보도 '진정한 마왕'과 싸우려 하잖아. 너도 그런 용기를 낼 수 없어?"

　"……."

　"지금 가지 않더라도 언젠가 싸우러 올 거야."

　그는 일어서서 다친 남자를 짊어졌다.

　이 한 명만은 노래로 진정시킬 수 있었다. 하지만 마음은 두 번 다시 돌아오지 않을지도 모른다. '진정한 마왕'의 공포는 그 정도로 절대적이다.

　하지만 그 마음의 영역에 조금이라도 다다를 힘이 이 세계에 있다면.

　그는 어느 미래를 상상했다.

　"……그렇게 경계하지 마. 용건은 끝났어. 지금은 물러갈게."

　"용건……? 방금 그게 용건이었나?"

　"듣고 보니 이렇게 위험한 곳에서 노래하는 건 제정신이 아니야. 네가 바라봐준 덕분에 겨우 시험할 수 있었어. 마왕군을 생포할 수 있는 녀석은 적어. 정말로. 지금까지는 눈먼 여자애에게 시험할 수 있던 정도였지……."

"……기다려."

오조네즈마는 지붕에서 부드럽게 내려섰다. 거구인데도 착지하는 소리는 나지 않았고, 이음매가 없는 몸은 어딜 봐서 혼수^(키메라)인지 판별할 수 없었다.

짐승은 걸어가는 남자 뒤를 이었다.

"위험해서 보고 있을 수가 없어. 왜 호위 하나도 붙이지 않은 거야?"

"이봐, 내 노래가 그렇게 좋았어?"

"……그런 게 아니야."

그 자신마저 믿을 수 없는 황당무계한 야망이었다.

그저 노래할 뿐인 방랑 시인에게 정체 모를 영웅 살해의 짐승.

어쩌면 재미있을지도 모르겠다.

―누군가 한 명 정도는 멀쩡하지 않은 방법을 시도해야 한다.

"원하는 만큼 따라와도 돼. 그런 곳에 계속 있다가는 너도 우울해질 거야."

"……마을까지 잠깐만이야. 게다가 그대의 이름을 못 들었어."

"떠도는 나침의 오르크트. 언젠가 모두에게 나를 칭송하는 노래를 만들게 할 거야."

……마왕 토벌로부터 거슬러 올라가기를 2년. 떠도는 나침의 오르크트라는 이름의 남자가 있었다.

암흑 시대였다. 그 또한 '진정한 마왕'에 의해 참살된 유상무상의 희생자 중 한 명에 지나지 않았다. 그런 자들이 수없이 많았다.

마음을 구할 노랫소리를 퍼뜨리지 못하고, 그는 그 이름을 남기지 않은 채 죽어가게 된다.

하지만.

일찍이 쿠타 백은가라 불리는 거리가 있었다. 동서 교통의 요지에 자리하여 주로 관광업으로 번영한 대도시다. 그 활기는 지금의 황도에도 뒤지지 않을 정도였고, 특히 상업구 등은 방문할 때마다 새로운 건물이 들어서 변화무쌍한 거리로도 불렸다.

지금은 다른 이름으로 불린다― '최후의 땅'.

"……소귀^{고블린}라고?"

액운의 릿케는 버려진 성채 터에 모습을 나타낸 거래 상대를 의심했다.

추하게 찢어진 입에 왜소한 체구. 혈색이 안 좋은 피부. 가느다란 귀. 소귀^{고블린}다― 그렇게밖에 안 보였다.

몸을 일으키자마자 익숙한 단궁을 잡았다. 본래는 병사 대기소였던 방이다. 침대 바로 옆에 무기를 준비해둘 수 있었다.

"멈춰. 내가 액운의 릿케다. 별명은 뭐지?"

"……조심성이 대단하시군요. 뭐, 그렇지 않으면 유명한 용병이 될 수 없겠죠. 바로 제가 '천일필목(千―匹目)'입니다. 천일필목의 지기타 조기. 기억해 주십시오."

놀랍게도 소귀^{고블린}는 유창하게 말했다.

소귀^{고블린}. 릿케가 아버지와 할아버지에게 들은 이야기로는 '진정한 마왕'이 나타나기 전, 지평에 횡행했던 종족이라고 한다. 야만적이고 번식력이 강한 소귀^{고블린}는 인족의 영역을 번번이 침범하여 안전을 위협하기에 문명화에서 필연적으로 조룡^{와이번}과 함께 주요 제거 대상으로 여겨진다.

결과적으로 개체가 힘차게 하늘을 비상할 수 있는 조룡(와이번)은 살아남은 한편, 개체 수만 많고 지성이 낮으며 단순한 물과 불 공격에 약한 소귀(고블린)는 어느 시점을 경계로 지상에서 모습을 감추었다고 한다.

"……천일필목의 지기타 조키. 너와 하루 이틀 거래한 게 아니야. 중개인은 인간(미니어)이었을 텐데…… 소귀(고블린)에게 협력할 인간(미니어)이 있나?"

"글쎄요? 인간(미니어) 협력자가 있다면 릿케 씨도 산인(드워프) 협력자잖아요? 얼굴을 보이지 않고 거래할 방법은 얼마든지 있지요. 얼굴을 보이지 않고 싸울 방법도 그렇고요."

"그건 그렇지. 하지만 오늘 얼굴을 보였어."

"릿케 씨에게는 제법 많은 금액을 받고 고용됐으니까요. 제 나름의 성의라고 생각해주세요. 아니면 소귀(고블린)는 싫으신가요?"

"……."

릿케는 크게 숨을 쉬고 그 자리에 앉았다.

어떨까? 실제로 그도 소귀(고블린)에게 특별히 차별 의식이 있는 건 아니다. 아직 젊은 그는 소귀(고블린)가 있던 시대를 모른다. 소귀(고블린)가 논밭을 망치거나, 아이를 잡아간 적도 없다.

오래된 거래 상대가 보기 드문 종족이었다. 그저 그것에 지나지 않았다.

"이번에는 란나 농경지에서 의뢰가 왔죠? '최후의 땅'의 모든 생물 제거. 대단한 보수도 지급하지 못할 텐데 작은 농촌이 엄청난 의뢰를 했네요."

"……실제로 '최후의 땅'에서 온 짐승 때문에 아리모 열촌에서는 두 번이나 참극이 벌어졌어. 작은 마을이든 큰 도시든 무서운 건 마찬가지야."

"하지만 제게 하청을 주면 릿케 씨 개인적으로는 큰 적자잖아요?"

"나는 됐어. 너는 직접 싸울 수 있나?"

"싸움. 본격적인 싸움을 할 거면— 지금은 조금 어렵겠어요. 계약대로 릿케 씨께는 지금까지와 같은 운송 지원 정도밖에 못해요."

"도움을 기대한 게 아니야. 네 몸을 직접 지킬 수 있느냐는 얘기지. 여기까지 온 걸 보니 내 사냥감도 당연히 아는 거 아닌가?"

"……이런. 배려를 몰랐군요. 소문은 익히 들었습니다."

무인 성채에 야영 도구를 펼치며 지기타 조기는 난로에 새로운 장작을 넣었다.

부싯돌에 간소한 열술을 외자 불이 그 얼굴을 비추었다.

"'마왕의 사생아'가 있다고."

'진정한 마왕'이 쓰러진 주변은 지금도 공포와 위험이 가득한, 정상적인 생물을 거부하는 지대다. —따라서 그곳에 출몰하는 자는 정상이 아니다.

'최후의 땅'에서 헤매던 광기 어린 짐승이 극히 드물게 가까운 집락을 덮치는 일이 있다.

동시에 '최후의 땅'은 마왕 죽음의 진상을 쫓을 유일한 단서이기도 하다. 황도는 물론이거니와 리치아 신공국의 경계의 타렌 등 조사 부대를 보낸 세력은 일일이 셀 수가 없다. 하지만 그 땅에는 정체불명의 괴물이 출몰하여 조사나 토벌 시도는 모두 실패했다고 한다.

"만약 소문이 사실이라면 적은 마왕과 동종이야. 나는 몰라도 네 호위까지는 신경 쓸 여유가 없을…… 거야."

"……겸손하시네요. 지금이라면 토기에시의 구 왕국주의자든 오카프 자유도시 공략이든, 정보가 훤하고 수지가 좋은 일은 얼마든지 있을 텐데요."

"나는 구 왕국주의자가 아니고, 검은 음색의 카즈키와 일을 다툴 수 있는 실력이 있다고도 생각하지 않아. ……게다가 좋지 않은 일이거든."

"좋지 않은 일이라니요?"

"'최후의 땅'의 짐승에게 협박받는 자가 있다는 거."

지기타 조기는 실내를 둘러보았다. 대기소 1층에는 다른 자가 없었다.

"―유감스럽지만 그렇게 생각한 건 릿케 씨뿐인 것 같네요."

액운의 릿케는 그 선한 품성이나 올곧은 기질 때문에 손해를 보는 경우도 많다. 이 시대의 용병으로서는 보기 드문 인물이었지만, 그것은 자신들의 뜻을 관철하는 확실한 실력이 있다는 뜻이기도 했다.

"'마왕의 사생아' 정보는 많진 않지만, 혼자 쓰러뜨릴 방법이 있으십니까?"

"혼자? ……설마, 누가 그래?"

"흐음. 그렇다면."

말하다 말고 지기타 조기는 대기소 안쪽을 보았다. 돌계단을 내려와 유령처럼 한 남자가 나타났다.

"……말하는 소리가…… 2층에, 울려. 릿케."

"이…… 이거 놀랐군요……. 설마 당신 같은 분까지 이런 일을."

"소귀.^고블린 우리를 방해하지 마. 방해하면 죽이겠다. 첫 번째 충고다."

지팡이에 의지해 몸을 맡기고 걷는 모습은 노인처럼 연약했다. 하지만 짙은 감색 로브에 감춘 얼굴은 밤보다 더 캄캄한 어둠에 감싸여 표정도 종족도 엿볼 수 없었다.

―열술. 역술. 공술. 생술.

사술에서 체계적으로 세상에 알려진 계통은 네 가지이며, 그 네 계통에서 벗어나는 사술은 모두 '마의 술'로 여겨진다. 하지만 현대에는― 그 마의 술 중에서 사술 제5계통을 발견했다고 호언하는 자가 딱 한 명 존재한다. 누구도 해석하지 못한 술법을.

그 이름은 진리의 덮개의 크라프닐.

"……'최후의 땅'에 생존하는 모든 생명을 제거. 크라프닐과 내가 '최후의 땅'을 공략한다."

◆

정체 모를 분진 때문에 하늘은 새카맣고, 부는 바람도 미적지근한 습기를 머금은 듯했다. 초목이 부자연스럽게 뻗친 모습마저 온갖 생물들이 저주받은 땅을 피하는 것만 같았다.

신식 마차에 동승한 세 사람은 '최후의 땅'에 도달했다.

지극히 정밀도 높은 경금속 화살과 다양한 약품류. 공략 장기화를 내다본 성채 터의 병참 제공. 그리고 이렇듯 오갈 준비를 했다면 일단은 지기타 조기의 첫 번째 역할은 끝났다.

"'마왕의 사생아'. '진정한 마왕'이 아이를 만들까요?"

"글쎄. 모르지. 그냥 마왕— 마왕 자칭자들이라면 마족을 만들기도 하겠지만. 놈의 정체를 정확히 아는 녀석은 없어. 그야말로…… 진정한 용사가 아니고서야."

"생존한 마왕군일 가능성은요? 이번 의뢰도 본래는 열진의 베르카인지 뭔지가 마을을 습격한 사건이 발단이잖아요?"

"이 적에게는 이성이 있어. 조사대를 노리고 요격한다고 생각할 수밖에 없어."

좌석에 깊게 기댄 크라프닐이 끼어들었다.

"아니면 자동적으로 그런 행동을 계속하는 마족이거나."

"……그러니까 마왕군은 아니라고 생각해. 베르카처럼 우수한 자가 더 살아남았다고 해도 그놈이 마왕군이라면 수차례 보낸 조사대를 노려 물리치지는 않을 거고, 할 수도 없어."

마왕군에 통솔은 없고 목적조차도 없다.

일찍이 지평 전역을 뒤덮었던 **최약체이자 최악**의 군대.

'—마왕군 제거라. 크라프닐 쪽은 어떨까?'

진리의 덮개의 크라프닐. 당대 최고라 칭하는 사술사다. 가난한 농촌이 낼 수 있는 보수 정도로 움직일 수 있을 영웅이 아니라고 릿케는 생각했지만, 그의 생각은 전혀 읽을 수 없었다.

"……저건 생존자인가?"

그런 크라프닐이 마차가 향하는 곳에 있는 존재를 알아챘다.

둥글고 투명한 연적색 생물이 길을 막고 있었다. 점수일 것이다.

"그럴지도 몰라. 지기타 조기. 여기서 기다릴 수 있나?"

"마차에서 내릴 생각인가요? 릿케 씨의 활이라면 이 위치에서도 노릴 수 있겠지요. 게다가 눈을 떼면 저만 도망칠지도 몰라요."

"글쎄. 네가 그런 짓을 안 할 녀석인 건 알아. 아무튼 앞으로는 가지 마."

마차에서 내린 크라프닐과 릿케는 신중하게 거리를 좁혔다. 흙은 기묘하게 젖어 있어 불길했다.

두 사람이 다가가자 점수^{우즈}는 명확하지 않게 중얼거렸다.

"미안, 미, 미안합니다…… 미안합니다. 미안합니다."

"……'마왕의 사생아'와 만난 병사는 대부분 적의 모습을 못 봐. 아마 움직임이 너무 빠르기 때문이겠지. 부상 정도도 제각각이야."

"후……. 이 점수^{우즈}가 그런 것 같나?"

"글쎄."

공포에 떠는 점수^{우즈}에게 두 사람은 다가가지 않았고— 갑자기 점수^{우즈} 바로 밑 땅이 갈라졌다.

"……!"

거대한 턱이 지표면을 가르고 나타나 말을 뱉을 새도 없이 점수^{우즈}를 삼켰다. 땅속에서 나타난 머리 뒤에는 아마 긴 몸통이 이어져 있을 것이다.

지상 최장의 생물, 사룡^웜. 게다가 그것은 곳곳이 금선으로 보강되었고, 두 눈 대신 수정이 박혀 있었다. 자연계의 생명은 아니고— 마족이다.

"이봐, 크라프닐!"

"……왜? 이러면 얘기가 빠를 테지……. 속도가 적의 무기라면 나의 미가무도는 '사생아'보다 빨리 삼킨다."

"그런 게 아니야……. 소리와 진동으로 주위 생물이 알아채. 들키면 어떻게 되지? 놈들은 **도움을 주러 올 거야**. 여긴 그런 곳이야."

"물론 그러기 위해서야. 마왕군 제거. 그렇다면 한곳에 모으는 게 더 수월할 테지."

이상한 사룡의 이름은 미가무도다. 크라프닐이 특히 대형 사룡의 사체를 가려내 마음을 불어넣은 시마 걸작이다.

크라프닐 자신은 왕국에서 마왕 자칭자의 지정은 받지 못했지만, 마족 생성 기술은 그 영역과 비교해도 전혀 손색이 없다. 손색은커녕 비논리적인 감성에 따라서만 이루어진다고 여겨지는 마족 생성을 그만이 이론에 따라 재현할 수 있다.

"……아니면. 한 몸으로 무리를 상대하는 건 자신 없나, 액운의 릿케. 내가 구사하는 심술(心術)…… 가르쳐줄 수도 있어."

"설마. 성가실 뿐이야. 자업자득으로 죽어도 안 구해줄 거야."

"크흐흐흐흐……. 애송이가 잘도 지껄이는구나."

이어서 나타난 자가 있었다. 누더기를 걸치고 무참히 야윈 자. 인간일 것이다. 미가무도가 뱀보다 빠른 반사로 움직였고— 그보다 훨씬 빠르게 인간의 흉부에 화살이 명중했다. 일격에 쓰러져 일어나지 않았다.

단궁을 당기는 손에 다량의 화살을 잡은 채 릿케가 외쳤다.

"더 온다. 크라프닐!"

"……. 내 앞을 넘지 마. 이건 첫 번째 충고다……."

잇따라 다가와 다수는 서로 잡아먹기 시작한 광기의 군대를 릿케는 정확한 사격으로 쓰러뜨렸다.

역겨운 모습으로 전락한 소인 일당도 나타났지만, 무언가를 시험하기 전에 미가무도의 큰 입에 한 번에 삼켜졌다.

광기와 원망의 목소리. 끊임없이 이어지는 악몽의 광경.

강인한 정신력을 가진 두 명조차 마왕의 죽음을 알고는 마음을 **다잡기** 어려웠다. 마왕군의 참극에 연관되어서는 안 된다고 여겨진다. 지금도 이 지평의 많은 이에게는 그랬다.

"왜…… 이렇게 끔찍한 토지에서 사는 거지!"

"……그게 '진정한 마왕'이다. 공포의 힘. 도망치고 싶을수록 그럴 수 없지. 이미 망자야. ─네놈도 잘 알잖나."

"마왕 자식…… 진즉에 죽었는데……!"

릿케는 다음 화살을 잡았다.

동시에 강렬한 붉은 예감이 그의 뇌리를 때렸다.

그가 무수한 싸움을 거쳐 살아남은 이유 중 하나로, 자신에게 닥친 위협의 전조를 붉은색으로 느낀 적이 있어서─.

"오오?!"

몸을 내던지는 자세로 릿케는 도약했다. 여유가 없었다.

지평선 어디선가 누군가가 전광석화처럼 습격했다. 궤도 위의 잔해를 모두 관통하여 지면을 도려내고 활의 사정거리 저 멀리 바깥까지 파괴선을 그렸다.

"말도 안 돼…!"

붉은 해가 지는 방향. 작은 역광의 그림자가 있었다. 대형 종족이 아니다.

그림자가 움직였다. 이 정도로 확실히 보이는 붉은 예감을 릿케는 느껴본 적이 없다. 누굴까?

붉은색을 피했다. 교차하는 화살을 맞출 수 있을까?

'무.'

쩌억, 하고 공기가 갈라지는 음속 돌파의 기동음이 이번에는 분명하게 들렸다.

'—리, 야!'

하지만 릿케의 타고난 천부적 재능은 화살을 최소한의 움직임으로 쏘아 그것에 직격시켰다. 직선 돌파를 재차 회피함과 동시에 펼쳐진 절기였다.

역속도의 직격. 명중한 곳이 어디든 무시무시한 상대 위력이었을 것이다. 하지만.

"화살이 부러졌어……."

"맞았나?!"

"—안 통했어! 오른쪽이야!"

오른쪽을 봤다. 돌격이 온다. 타이밍을 맞출 수 있을까?

미가무도의 거대한 몸이 릿케를 지키듯 갈라졌다. 강철보다 더 견고한 비늘에 보호된 두툼한 살이 쉽게 파였다. 미가무도를 넘어 뛰쳐나간 존재는 그 기세 그대로 릿케의 몸을 스쳤다.

'……이건.'

조사대가 그 정체조차 보지 못한 존재.

겨우 이 세 번의 공격이지만, 심상치 않은 부대라면 한 번 호흡하기보다 빨리 전멸했을 것이다.

"누구냐!"

붉은색이 달렸다. 회피했다. 파괴와 함께 그림자가 빠져나갔다.

"—너희야말로."

빠져나간 등 뒤에서다. 전혀 예상 밖의 일에 정체불명의 괴물은 반응하는 말을 했다.

방울처럼 맑고 낭랑한 고음이었다.

"너희야말로 뭐야! 멋대로 찾아와서 약한 놈들을 죽이다니! 그런 건, 죽이는 건…… 나쁘다는 걸 안 배웠나!"

릿케는 저도 모르게 돌아보았다.

"……?!"

다행히 그 순간에 추격은 없었고 릿케는 놀라운 걸 봤다.

다 쓰러져가는 민가의 굴뚝에 발끝으로 서 있는 존재는 열아홉에서 스무 살 정도의 여인이었다.

움직임의 여파로 흔들리는 가는 밤색의 땋은 머리. 피부와 머리칼의 윤기는 마왕군이라고 생각할 수 없이 건강하기까지 했다. 치마 속에서 엿보이는 하얀 다리에 신발은 보이지 않았다. 맨발이었다.

전혀 이치에 맞지 않았다.

아까까지 그 질주는 그것만으로 잔해를 부술 위력이 있었는데.

"모두 괴로워하는데…… 누구보다 도움이 필요한데! 너희 같은 게 있으니까!"

"……. 이 녀석은 뭐지……?"

여긴 '최후의 땅'이다.

생김새도, 언동도, 그 이상한 힘도…… **이런 게 있을 리 없다.**

사룡이나 거인보다도 훨씬 어마어마한 신체 능력을 지녔다. 사실 그런 적과 수없이 대치해 온 릿케가 공격 순간조차 포착하지 못했다.

"……간다. 【크라프닐에서 미가무도의 시체로. 진흙 구슬의 구멍—】."

"이름은?"

모습을 본 이상, 최소한 마구잡이 공격은 할 수 없다. 크라프닐의 사술 영창을 뒤로 하고 릿케는 단궁을 잡으며 물었다.

"내 이름은 액운의 릿케. '마왕의 사생아'는 너로군."

"마왕의…… 사생아라니……! 아니…… 아니야!"

소녀는 절규했다. 격노하는 모양이었지만, 전투자가 당연히 동반해야 할 위압이나 살기라 할 수 있는 것이 전혀 없어 그것이 찜찜하기도 했다.

황도. 신공국. 그들의 조사는 오직 이 한 명에게 가로막혔다.

'최후의 땅'에 사는 정체불명의 배회수(獸).

"가르쳐주지! 내 이름은!"

소녀는 앞으로 기울인 자세를 풀었다. 입은 옷의 옆구리가 찢어지며 상처 하나 없이 고운 피부가 보였다.

릿케의 화살이 명중한 곳이 틀림없었다.

아마 단순한 기량으로는 릿케가 우위일 것이다. 사술로 크라프닐을 당해낼 재간은 없다.

피할 수 있다. 맞힐 수 있다. 하지만.

'……이 녀석을 쓰러뜨릴 수 있을까!'

"마법의 투야!"

◆

그녀의 어머니는 목이 막혀 죽었다.

어머니는 손에 식사용 나이프를 쥐고 있었다. 그 무딘 날로 자기 아들의— 세 살배기 남동생의 배를 가르고 내장을 입안 가득 쑤셔 넣고 죽었다.

두 사람의 표정은 상상을 초월하는 고통으로 정지되어 있었다. 마지막 순간까지 절망과 공포에 사로잡힌 채 어머니도 남동생도 비참하게 죽었다.

그녀 자신에게는 상처 하나도 없다. 오체가 멀쩡했다. 맑은 빛을 자랑하는 눈동자도, 조금 답답하다며 웃었던 고가의 옷도, 무엇 하나.

모든 것이 지옥에 잠긴 이 나라에서 그녀만이 악몽의 세계에 남겨졌다.

신발 바닥을 피로 적시고 건물을 허망하게 헤매며 눈 아래 펼쳐진 거리를 바라보았다. —이 왕국은 불에 탄 게 아니다. 거대한 괴물에게 유린당한 것도 아니다.

하지만 모든 것이 죽었다. 모두가 끝없는 절망과 공포 속에서 그녀가 사랑하는 가족과 동등하거나 그보다 더한 비극에 새겨지며 죽었다. 한 명, 한 명이 그렇게 죽었다.

'진정한 마왕'은 어디에도 없다. 이미 떠나버렸다.

모든 것이 끝났다. 그런데 어린 그녀만이 살아 있는 것이다. 그녀는 절망했다.

"싫어, 싫어, 싫어, 싫어……."

그녀의 손은 바닥에 나뒹굴던 검을 쥐었다. 누가 떨어뜨렸을까? 칼날의 이가 빠지고 무딘 검이다. 무게에 괴로워하며 그 검으로 자신의 배를 베려 했다. 지금.

"아…… 아파, 아파……. 무서워……. 싫어……."

톱처럼 이가 빠진 검이 살갗을 베었다. 새빨간 피가 분출되는 게 보였다. 자신의 몸이었다. 징그럽다. 아프다. 괴롭다.

'──어떻게 될까? 어떻게 될까? 어떻게 될까? 어떻게 될까? 어떻게 될까? 어떻게 될까? 어떻게 될까?'

살갗에 막힌 날을 복부에 더욱 밀어 넣으려 했다. 다른 누구도 아닌 그녀 자신이.

죽을 때까지 긴 시간 동안 이 고통을 계속 맛봐야 하는 걸까? 왜 그런 무시무시한 짓을 하는 거지? 나는 어떻게 될까?

"무, 무…… 하, 하악…… 무."

그녀는 눈물을 흘렸다.

"무서워."

두렵다. 두렵다. 그녀도, 누구도, 그런 짓은 바라지 않을 텐데. **그러지 않을 수 없었다.**

─마왕이 보고 있다. 그 목소리가 들린다. 팔이 움직였다.

"살려줘……. 이런 건 싫어……."

부욱, 하는 소리. 분명 피부가 갈라지며 그 내용물이.

"─그만해!"

갑자기 끼어든 누군가가 검을 빼앗았다.

땋아 내린 긴 밤색 머리가 무엇보다 인상적이었다.

"바보야! 여자인데…… 심한 흉터가 남으면 어쩌려고 그래! 자기 몸을 소중히 여기라고 안 배웠어?!"

가련한 소녀였다. 열아홉에서 스무 살일 것이다. 그녀의 둘째 언니와 같은 또래로 보였다.

이 지옥 속에서…… 갑자기 나타난 이 소녀만이 피에도 비참함에도 젖지 않았다.

"아……."

그녀는 자신의 손을 보았다. 소녀가 그 손을 잡고 있었다. 체온을 느꼈다.

머리를 땋은 소녀는 자신의 손이 더러워지는 것도 개의치 않고 따뜻한 손으로 꽉 잡고 있었다.

"……당신은 누구야?"

"나는 투야. 지나가던 마법의 투. 너는…… 그게, 어째서."

소녀의 눈이 바닥에 나뒹구는 검을 보았다. 진심으로 곤혹스러운 모양이었다.

"……어째서 이런 짓을?"

"……."

"여기에 오면서 거리를 봤어. ……모두 괴로워했고, 모두 죽어 있었지. 전혀 모르겠어. 모두 살아 있었는데. 모두…… 이런 건 용서 못 해……. 너무하잖아."

"아니야! ……아니야! 내, 내 탓이…… 아니야."

공포로 가득한 그녀의 마음에는 모든 존재가 그녀를 탓하는 것만 같았다.

그녀 혼자만이 살아남았다. 모두 죽었는데.

"……윽."

머리를 땋은 소녀— 투는 비참함을 떨쳐내듯 고개를 저었다.

"당연하지! ……가자!"

투가 기세 좋게 일어나는 바람에 손이 잡혀 있던 그녀는 까치발로 번쩍 들렸다. 계속 뜨고 있던 눈을 깜빡거렸다.

"간다고?"

"여기서 도망치자! 내가 데려가 줄게!"

"……아."

도망친다.

지금까지 한 번도 그 생각을 하지 못했다.

누군가가 그렇게 말해 주지 않았다면 그녀는 혼자서 계속 멸망한 왕국을 헤맸을까?

분명 그랬을 것이다. 두려웠다.

하지만 그것은 아까까지와는 달리 인간의 공포였다.

"도망…… 도망치고 싶어. 도망치고 싶어. 하지만, 어디로…….”

"어디든 좋아! 이런 곳에 있다가는 이상해질 거야! 업혀!"

투의 말대로 그녀에게 업혀서…… 그리고 자신의 눈물이 그 옷을 더럽히고 있다는 걸 깨달았다.

'나는, 아아. 이렇게…… 도움을 받았는데.'

공포에 잠긴 나머지 눈물조차 흘리지 못했다는 걸 그때 알아챘다.

"미안해."

"뭐가? 간다ー. 천천히 달릴게!"

그리고 투는 달렸다. 말과는 정반대로 어떤 준마보다도 빠르게 풍경이 흘러갔다.

창문에서 뛰어나가 첨탑을, 벽을, 정원을 자유자재로 도약했다.

믿을 수가 없었다. 거짓말 같았다. 이 소녀의 말도 힘도 마치 꿈꾸는 시가 속 영웅이 현실로 튀어나온 것 같아서.

"……괜찮아!"

달리는 등에 나부끼는 땋은 머리는 별똥별 꼬리 같았다.

"세계는 잔혹하지 않아! 들은 적이 있어. 어떤 때라도 가능성은 많다고……. 종류는 얼마든지 있다고! 그렇다면 네가 웃을 수 있는 미래도 분명 있을 거야!"

이 광경 속에서 그런 말을 망설임 없이 단언할 수 있는 존재가 있다.

불현듯 나타나 느닷없이 그녀를 구하고 어쩜 그렇게 밝을 수 있을까?

투와 그녀는 그날 단 한 번 만난 사이였다. 다른 누구와도 공유할 수 없는 환상처럼.

단 한 명, 그녀만이 살아남은 날의 진실을 다른 누구도 모른다.

"당신은…… 당신은 누구야?"

"마법의 투. 다른 건…… 아하하! 실은 나도 잘 몰라! 하지만 괜찮아!"

지옥의 풍경을 저 뒤에 두고 투는 웃었다.

"중요한 건 처음부터 알고 있어. 네 이름만 빼고! 물어봐도 될까?"

"……. 세피트."

지켜야 할 국민을 지키지 못한 마지막 왕족의 이름.

그녀가 그 이름을 긍지와 함께 말할 수 있는 날은 영원히 오지 않을 것이다.

하지만 투는 돌아보며 꽃처럼 웃었다.

"잘 부탁해. ……웃는 게 훨씬 좋을 거야."

"무슨 소리야?"

"―세피트는 웃는 게 훨씬 귀여울 거라는 소리야! 너도 그렇게 생각하지 않아?"

◆

절속의 전투와 함께 릿케는 주위 환경을 의식했다.

오른쪽으로 3보 거리에 부서진 탑. 후방 20보. 거의 완전한 모양이 남아 있는 돌담.

미가무도의 전투나 방금 투의 돌격도 포함한 과거 파괴의 흔적으로 곳곳에 건물 잔해가 널려 있었다. ―순간적으로 발 디딜 곳을 몇 수 앞까지 구성해야 했다.

"발에 차여서."

투는 민가의 지붕 위에서 살포시 도약했다. 그토록 파괴를 초래했던 몸이 그것을 전혀 생각할 수 없을 정도로 가벼웠다.

"……반성해!"

소리를 남겨두고 모습이 사라졌다.

벽을 박차고 다른 방향에서. 아니. 전조인 붉은색이 보이지 않았다.

'―크라프닐.'

질퍽, 습하고 단단한 것이 깨지는 불길한 소리가 났다.

오른팔이 공중을 날고 있었다. 떨어져 나간 크라프닐의 팔. 그 멀리 맞은편에 땅을 깎으며 제동하는 투의 모습이 보였다.

릿케 혼자라면 회피는 불가능하지 않다. 겨우 초동은 포착할 수 있다.

하지만 그것은 일격도 허용하지 않는 공격이었다.

'……누군가를 지킬 여유가 없어. 내게 계속 집중하지 않으면 저 속도를 피할 수 없어.'

크라프닐의 몸은 메마른 나무처럼 기울어 두 발을 휘청거렸고, 남은 왼팔로 떨어진 오른팔을 받았다. 그 오른팔은 이상하리만큼 가늘고 황갈색으로 메말라 있었다.

"이쪽을 노릴 줄이야."

노련한 사술사는 불쾌한 듯 내뱉었다.

야윈 것이 아니다. 지금까지 두꺼운 로브에 감춰졌던 몸은 완전히 살이 깎여 있었다. 그 육체는 해마다. ^{스켈톤}

마족을 생성하는 근원을 찾아낸 남자.

"알아! 다른 곳에 있잖아!"

"―그걸 안다고…… 뭘 할 수 있지? 마족술사가…… 쉽사리 본체를 드러낼 것 같아? 【크라프닐에서 세이브의 시체로. 자감^{craffnil io seyv}색 줄기, 찢어진 얇은 막―】."^{imhovest} ^{yuushuwem neo}

"그렇게는, 못 한다!"

순식간에 뒤집은 투의 맨발이 남은 몸통을 격파했다. 크라프닐이 원격 조작하는 마음 없는 매개체는 진한 감색 로브와 함께 하늘로 휘말려 올라가 흩어졌다.

그 파편 중 하나…… 아래턱이 사술을 이어갔다.

"【—물의 고리. 잠겨라】."

파쇄한 시체 안에서 초록색을 띤 부정한 안개가 솟구쳐 주위를 가득 채웠다.

투는 즉각 멀어졌지만, 안개에 시야가 차단되었고 옆에서 날아온 세 발의 화살을 제대로 맞았다.

가슴. 왼쪽 눈. 오른쪽 무릎. 안개 너머로 쐈다 하면 명중, 액운의 릿케의 절기였다.

"으으으…… 젠장……! 방심했어!"

확실히 그것은 방심이었을 것이다. 평범한 전사의 척도라면.

'……관통하지 않았어. 나 참…… 피부조차.'

지근거리에서 늑골 사이를 노려서 흉부를 꿰뚫지 못할 것은 예상했다.

바늘구멍을 통과하는 정밀도로 왼쪽 눈에도 직격시켰다. 맞았지만 튕겨 나갔다. 확실히 그걸 봤다.

안구를 노려도 공격이 통하지 않는다면 달리 무슨 방법이 남아 있을까?

"크라프닐. 미안하지만 공격을 맡길게. 나는 눈을 노리겠다. 눈을 계속 경계시켜. 아마 생각은 네가 한 수 위일 거야……. 놈의 방어를 꿰뚫을 방법을 생각해줘."

"이미 끝냈어."

부름에 대답한 것은 흩어진 해마의 육체가 아니라 릿케의 오른쪽 귀 부근에 나는 금속 벌레였다.^{스켈톤}

투가 눈을 닦는 사이에 —그것 자체가 전사로서 말도 안 되는 빈틈이었지만— 그들은 전술을 공유해야 한다.

"신경과 호흡을 정지시키는 병독 안개야……. 화살이 통하지 않는다면 당연히 그건 시험해야지. ……하지만."

투의 두 눈이 재차 두 사람을 바라보았다.

그 안구는 불길한 초록색 인광(燐光)을 띠고 있었다. 인간이 아니다……. 적어도.

"독이 효과 있는 건가? 판단하는 건 네놈이야."

"……어쩌면 좋지……!"

투의 발밑이 흙 연기를 일으켰다. 절속의 발차기가 온다.

몸을 으르렁거렸다. 돌진에 정면으로 부딪치는 형태로 화살을 쏜다. 릿케가 두른 옷의 끈이 속도의 여파만으로 끊어졌다.

"역시나. 익숙하군."

"네 번 봤다!"

다만 전속력으로 가속하여 찬다. 혹은 때린다. 이 소녀는 그것밖에 하지 않는다.

투의 돌진은 파괴력도 속력도 포탄을 능가하지만, 초동을 놓치지 않으면 설령 소리를 뛰어넘는 속도라도 피할 수는 있다.

물론 위협을 감지하는 릿케의 이능력과 경험으로 연마된 안력이 전제 조건이다. 덧붙여 온 힘을 쏟은 집중이 필요하다.

"……피하지 마!"

투는 불만을 표명했다. 얼굴에 직격했을 화살은 물론 상처 하나도 내지 못했다.

"더 이상 피한다면…… 나도 전력을 다해 뛰어야겠지만."

의미가 있는지 없는지, 소녀는 그 자리에서 몸을 구부렸다. 릿케는 즉각 화살을 연사했지만, 안구에 적중했는데도 겁먹는 모습은 보이지 않았다.

"정말로! 전력을 다한 발차기를 맞으면! 산산조각이! 날 테니!"

"기다려! 애초에."

위협적인 붉은색을 피했다. 역시 릿케를 종이 한 장 차이로 스치고 무시무시한 발차기가 통과했다.

흙먼지. 시야가 뒤집혔다. 준비는 끝났다. 시야에 소녀를 포착하여 활을 겨누었다. 이내 그 몸이 잠기는 것을 알 수 있었다. 허벅지에 힘을 주었다.

화살을 쏘고 견제. 무의미했다. 이 소녀에게는 공격이 견제되지 않는다.

파열음.

릿케는 도약했다. 발 바로 아래를 검은 바람이 스치며 도려냈다.

초록색 눈동자의 궤적이 곡선을 그리며 돌벽이 부서졌다. 벽을 주행하고 있었다.

투의 돌격을 쓰러지듯 피했다. 돌아서 공격까지가 너무 빨랐다. 그럴 수밖에 없었다.

지면이 깊게 파였다. 골이 새겨져 길 반대쪽까지 이어졌다. 일어날 시간이 없었다.

파열음. 둔탁한 소리가 울려 퍼졌다. 정지.

재기동한 미가무도가 옆에서 몸통 박치기를 했다. 자신보다 몇백 배나 큰 질량이 돌격하자 투는 세 걸음 정도 거리를 밀렸다.

맨발을 대지에 박고 미가무도의 머리에 손을 대며 문득 중얼거렸다.

"……너는 마음이 있어?"

크라프닐의 매개일 때와는 달리 소녀가 시마^{레버넌트}의 머리를 부수지는 않았다.

그 틈이 겨우 릿케가 일어날 시간을 주었다.

소녀는 재차 릿케를 노렸다. 몸을 가라앉히는 듯한 초동.

돌격 자세였다.

'똑같아.'

완전히 똑같은 단순 돌격의 반복만으로 그녀의 전투 행동은 구성되어 있었다.

절대적인 위력은 있지만, 릿케의 이능력인 눈과 경험을 이용한다면 회피는 완전히 불가능하지는 않았다. 그것은 기술이라고도 할 수 없는 신체 능력 행사에 지나지 않기 때문이다. 하지만.

파열음.

"크윽, 으!"

마찬가지로 종이 한 장 차이로 피했지만, 균형은 서서히 무너졌다.

릿케의 발뒤꿈치가 멈췄다. 의식하지 못했던 건물 잔해 파편에 닿았다. 그것은 무시무시한 것이었다. 주위의 지형 파악이 소홀했다.

다음에 발을 내밀 방향은. 때는. 투가 재차 발을 내디뎠다.

파열음.

'언제까지.'

릿케는 회피했다. 모든 사고를 방어에 집중시켰지만, 그것을 생각하지 않을 수 없었다.

'—언제까지 이 공격이 계속되는 거야!'

그토록 움직였는데도 마법의 투에게는 피로한 기색이 없었다. 전술의 맹점을 알고 그 단순 반복을 변경할 낌새도 없었다. 회피는 가능하다. 기술이라고도 할 수 없는 신체 능력 행사에 지나지 않는다.

하지만. 겨우 한 번의 명중이 즉각적인 전투불능을 뜻한다.

공격이 도무지 끊어지질 않는다. 반격이 유효하지 않다.

"로브 녀석! 어디 있나! 릿케만 싸우게 하지 마! 겁먹었나!"

그녀의 체력은 무한한 걸까?

영원히 이 공격을 회피해야만 하나?

투가 다시 돌격 자세를 취한 순간—.

"겁먹었다고?"

미가무도의 옆구리에 있는 금선이 터지며 열린 몸통 속에서는 무수한 화포가 튀어나왔다.

"—내가 말인가?"

포개진 폭굉과 빛이 대지를 뒤흔들었다. 석조 건조물 다섯 개만큼이 날아갔고, 지형마저 원추형으로 파였다. 그 포격의 연기에 닿은 초목은 자잘한 검은 거품으로 변해 용해되었다.

폭렬. 비산. 일대가 불탔다.

파멸적인 파괴가 퍼졌다.

릿케는 즉각 스카프로 입을 막고 공격 지점에서 가능한 한 거리를 두었다.

"과했어…… 크라프닐!"

"병독. 연료. 산. 네가 말한 대로 **방어를 꿰뚫는 방법**을 갖췄을 뿐이야."

크라프닐은 처음부터 미가무도의 체내에 무수한 포격 기마를[^캐논골렘] 숨겨두었다.

목숨이 없는 군대는 생체에 유해한 생화학 병기마저도 자유자재로 운용할 수 있다. 동일 규격의 마족을 생산하는 것이야말로 크라프닐 술법의 진면목이다.

"이게 바로 심술 전투법이지. 나는 색채의 이지크마저도 뛰어넘었어……."

붉은 죽음의 예감. 연기가 갈라졌다.

릿케는 회피했다. 초록색 잔광이 흘러갔다. 투의 눈동자 색깔.

그 모습을 본 크라프닐의 목소리는 와들와들 떨렸다.

"이 녀석, 은……!"

멀리 돌벽 위까지 도달한 투가 천천히 돌아보았다.

"……."

의복의 대부분이 녹았고 달라붙은 연소제의 불길에 상해가고 있었다.

평범한 사람이라면 몇 번을 죽어도 부족할 파괴의 진앙에서 그녀의 부드러운 피부에는 상처 하나 없었다.

가릴 것 없는 하얀 사지에 반짝반짝 빛나는 눈동자만이 푸르렀다.

이치를 벗어난 괴물에 지나지 않는데.

태양의 역광 속에서, ······그것은 그림처럼 아름답고 비현실적이었다.

"······너는, 뭐지?"

겨우 그 한 마디를 중얼거렸다.

이미 릿케는 다음 일격을 회피할 체력이 남아 있을지도 의문이었다. 대화로 회복 시간을 버는 것밖에 가능성은 없었다.

"너는 미치지 않았어······. 그렇지! 살육이······ 몸을 지키기 위한 싸움도, 정의가 아니라고 한다면······! ······이곳의 짐승은, 마왕군은, 인간 마을을 습격하겠다!"

"······너희가 죽인 녀석도 그랬나?"

"······."

"여기에 있다는 말인즉, 나가고 싶어도 밖에 나갈 수 없었던 거 아닌가······! 그러니까 괴로운 거야. 내가 아무리 구하려 해도······ 소용없어. 날뛰고 혀를 깨물고······ 스스로 숨을 멈추고······ 뼈를 부러뜨리기도 하며."

말이 통했다. 이렇게 다른 괴물인데 사술을 이해하지 못하는 짐승은 아니다.

······그렇다면 마법의 투는 누구일까? 어디서 왔을까?

이 세계를 이루는 사술 법칙의 산물조차 아니라 그녀가 말한 별명처럼— 동화 같은 마법의 존재이기라도 한 것일까?

"누군가 오면 나와. **구해주길 바라니까.** 하지만 모두 죽여. 마왕군이라며."

"그래. 되돌릴 수 없을 정도로 그렇게 됐어. 그게 이곳 지상을 덮친 재앙이야. 언젠가 이곳을 나가면 사람을 습격할 거야! 너는 그 책임을 질 수 있나!"

"습격하지 않으면 어쩔 거야?! 네 책임은 어떻게 되는데! 둘 다 마찬가지라면 나는 불쌍한 쪽을 구하겠어! 그, 그게 영웅으로서의…… 그거야! 그러니까…… 사람의, 그런, 올바른……."

"인의."

크라프닐의 벌레가 지적했다.

"—영웅으로서의 인의야!"

릿케는 직접 활을 지면에 떨어뜨렸다. 이어서 아무것도 없는 양손을 올렸다. 항복하는 자세였다.

계속 싸울 수는 있을지도 모른다. 한두 번 그녀의 공격을 피하는 정도는.

하지만 '마왕의 사생아'와 치른 승부의 결말은 이미 눈에 보였다.

"끝이다."

"으앗, 멋대로 항복하지 마! 어쩌면 좋을지, 모, 모르겠잖아……!"

"……확실히 네가 더 옳아."

그렇다. '최후의 땅'에 산다고 해서 마음을 가진 생물을 일방적으로 죽일 권리는 없다.

이것은 무의미한 싸움이었고, 그녀와 만났고, 처음에 그것을 이해하지 못했던 릿케가 미숙했다는 뜻이리라.

릿케는 그의 화살이 처음에 쓰러뜨린 인간(미니어)을 가리켰다.

"호흡을 확인해 봐."

"……?"

그 진의를 의심하면서도 투는 순순히 인간에게 다가가 가슴에 손을 댔다.

그리고 눈을 깜빡거렸다.

"……살아, 있어……?"

"'천일필목'에 준비시킨 특별 주문 약품이야. 반나절은 눈을 뜨지 못할 거고 후유증도 적어. 이 중공의 화살은 정밀하게 가공해서 명중했을 때의 압력으로 주입할 수 있지."

"설마 릿케, 네 녀석—."

"그래, 크라프닐에게는 말하지 않았지. 아무리 나라도 농촌의 보수만으로 '천일필목'을 고용할 수는 없어. —내 또 다른 의뢰인은 오카프 자유도시야. '최후의 땅'에서 **생존자 회수**. 제거 의뢰는 '최후의 땅'에 생물이 남지 않으면 되는 거잖아?"

투의 표정이 확 밝아졌다.

그 모습까지도 마치 그 또래 소녀 같았다.

"그럼 릿케, 모두를 살려 보내기 위해……!"

"……크라프닐이 마족을 날뛰게 두는 바람에 경쟁을 하게 됐어. 적어도 나는 아무도 죽이지 않도록 노력했어……. 너 말고는. 이 정도로 창을 거둘 이유는 안 될지도 모르지만……."

말을 가로막듯 부드러운 몸이 날아들더니 넘어뜨렸다.

릿케에게는 그 한 번을 피할 체력이 남아 있지 않았다.

가까운 거리에서 초록색 눈동자는 꽃처럼 웃었다.

"굉장해! 굉장하다고! 그런 방식으로도 사람을 지키는 게 가능하구나!"

"······아니, 그."

"······."

훤히 드러난 가슴을 똑바로 볼 수 없어서 릿케는 주의를 돌리고자 나섰다.

따라서 그 말도 반쯤 헛소리였다.

"······크, 크라프닐도 그렇지 않았을까?"

"······?! 무슨 소리지?"

"미가무도 속 말이야. 그렇게 대규모로 개조했는데 굳이 소화기관을 남겼을 리 없잖아. 너 같은 영웅이 왜 이런 수지가 안 맞는 일을 받았을까? 다 살려서 옮길 생각이었어······. 그렇지?"

"너도 그랬어?!"

"······크윽! 트집은 집어치워!"

릿케는 지면에 누운 시마^{레버넌트}를 보았다. 기마를 전개한 미가쿠도^{골렘}의 옆구리에 남은 공간에는 그만큼의 여유는 충분히 있어 보였다.

그 또한 릿케와 경쟁하듯······ 즉 사냥감을 죽이지 않도록 회수를 서둘렀다.

처음에 이 땅의 생물을 모으는 듯한 움직임을 보인 것이 그것들을 한꺼번에 삼키면 릿케의 공격을 맞지 않을 거라 생각했기 때문이라면.

"가령 그렇더라도······. 나는 마족 생성 재료가, 필요할, 뿐이야! 시시해······. 정말로, 시시해!"

"뭐든 좋아! 모두를 밖으로 데리고 나갈 거잖아! 둘 다 좋은 녀석이었어! 모두를 구할 수 있다고! 해냈어!"

"······아니라고 했잖아!"

그녀에게는 그 변명도 통하지 않는 모양이었다.

아무도 손을 내밀지 않는 자들을 구하고 싶다. 그녀는 그저 그 일념만으로 '최후의 땅'을 지켰을까? 마법의 투는 너무나도 무르고, 그리고 전투자로서 글러 먹었다.

"…일단 입어. 젊은 아가씨가 그런 모습이면 좋지 않아."

"응! 고마워!"

릿케가 내민 외투를 입고 투는 웃었다.

어디서 왔을까? 이런 힘을 가진 존재가 어떻게 생겨났을까?

……'최후의 땅'의 괴물은 '마왕의 사생아'라 불린다.

"—하지만 정말 다행이야. 이제 여기 오는 사람들을 몰아내지 않아도 되겠어."

"너는 이제부터 어떻게 할 거야?"

"만약 자유롭게 갈 수 있다면 가고 싶은 곳이 있었어……. 줄곧. 만약 릿케와 크라프닐이 데려가 준다면."

"……내가. 그럴 것 같나?"

어떨까? 생각해 보면 그는 소귀^{고블린}에게 차별 의식은 없었다.

그럼 본 적도 없고 정체도 모르는 종족인 그녀에게는 어떨까?

이 '최후의 땅'에서 나온 '마왕의 사생아'에게 릿케는 책임을 가질 수 있을까?

"노력해 보지. 아마 그게 내게 필요한 일일 거야."

"나는 황도에 가고 싶어."

"……황도라고? 흠…… 그렇군."

크라프닐이 반응했다. 황도에서 열리는 왕성 시합의 출전권을 얻었을 터였다.

릿케는 평생 이를 수 없는 영웅 영역의 술사다.

걸어가기 시작하자 이내 지기타 조기의 마차가 보였다.

그 장절한 싸움이 보였을 텐데 역시 도망가지는 않았다.

그것은 상인으로서의 의리 때문일까— 아니면 릿케가 가늠할 수 없는 실력을 그도 감추고 있는 걸까?

이 세계에 강자는 수없이 많다.

그 드높은 벽 앞에서 액운의 릿케는 아직 젊고 미숙하다.

"릿케 씨! 크라프닐 씨는……."

"여기 있어."

"하아. 그 녀석은 또 엄청 작아졌네요. 하지만 한 명 늘었어요."

"여길 정리하면 이 아가씨를 황도에 데려가고 싶어. 돌아갈 방편을 마련할 수 있겠어?"

"물론이죠. 아직 몇 대 준비해야 하거든요……. 그런 말씀이시죠?"

"옮길 숫자가 많으니까."

릿케는 씩 웃었다.

결국 이 일은 모두가 공범이고 촌극이었다.

그런 끝도 있다.

"왜 황도에 가고 싶은 건데?"

"그야 제일 큰 인간 마을이잖아! 반짝반짝하고 시끌벅적한 걸 좋아해! 귀여운 옷도 갖고 싶고, 음식도 많이 먹어보고 싶어! ……그리고."

가슴 앞에서 외투를 여미며 투는 조금 부끄러운 듯 웃었다.

말도 안 되게 이상한 몸을 가졌으면서 엄청나게 천진한 마음이었다.

"웃게 해 주고 싶은 여자애가 있거든!"

그것은 기술과 술법의 우위도 비트는 압도적인 신체 능력을 가졌다.
그것은 무한한 지구력에 의해 영원히 정지를 모른다.
그것은 독과 화포마저 무의미한, 무적의 방어 능력을 자랑한다.
악몽이 가득한 땅에서 나타난, 기원을 알 수 없는 마법의 화신이다.

광전사.^{저거노트} ■ ■ ■.

마법의 투.

액운의 릿케 및 진리의 덮개의 크라프닐이 '마왕의 사생아'와 장절한 전투를 펼칠 때였다.

그들과는 반대 방향— 길은 거의 없어 보이는 구불구불한 나무들 사이에서 이 '최후의 땅'에 침입한 자가 있었다.

얼굴이 동그랗고 체구가 아담한 남자였다. 등에는 작은 나무 상자를 지고 있었다.

"이런, 이런, 이런."

황혼 잠입 유키하루는 이마 앞에서 손을 드리웠다. 포격 같은 굉음이 시야 끝에서 계속 울려 퍼졌다.

무섭게도 화약이 낸 소리가 아니었다. 유키하루의 육안으로도 포착할 수 없는 무언가가 신체 능력만으로 지형을 파괴하는 소리였다.

—아마 저게 '마왕의 사생아'.

"저거 굉장하네! 나 같은 건 휘말렸다가는 순식간에 산산조각이 나겠어."

"……."

'최후의 땅'에 발을 들인 뒤 고요한 정숙에 가득 찬 대지를 걸으며 유키하루는 홀로 계속 이야기했다.

"'최후의 땅' 조사대의 말로는 두 종류가 있지. 마차도 부서져서 순식간에 모두 기절해 어쩔 수 없이 도망친 패거리가 하나. 이 시점에 이상하다는 생각 안 들어?"

"……이상하다니?"

"'마왕의 사생아'에 대한 증언이 전해졌다는 거. '최후의 땅'에서 **살아 돌아왔다**는 거잖아? 마왕군이 우글우글 배회하는 한복판에서 의식을 잃었는데."

"……응. 다 죽었으면 이야기가 전해질 리 없지."

"그건 조사 부대를 쓰러뜨렸지만, 동시에 안전한 곳까지 돌려보내기도 했다는 뜻이야. 내 생각으로는 그 패턴이…… 그 '마왕의 사생아' 짓이야."

안 그래도 들어선 자의 이성을 좀먹는 '최후의 땅'에서 일어난 일이다. 도저히 이해할 수 없는 공격에 혼란한 생존자의 증언은 허구가 섞인 것이었으리라. 많은 조사 결과를 비교할 수 있는 입장인 유키하루이기 때문에 다른 두 가지 경향을 알아챌 수도 있었다.

"또 하나는?"

"몰살된다."

'최후의 땅' 한복판에 들어선 말로로 모두가 예상하는 온당한 결과다. 따라서 전해지기 어려우며 '마왕의 사생아'를 만났다는 예외의 이야기만이 유포된다.

"전원 사망이 확인된 패턴 또 하나. 이것도 역시 이상하지 않아?"

"……그렇구나. 사망자도 역시 **확인할 수 없겠구나.**"

"맞아. '최후의 땅'에서 몰살되었다면 행방불명이야. 굳이 '최후의 땅'에까지 들어가서 시체를 확인하는 녀석이 있을 리 없지. 살아남은 조사대가 밖으로 쫓겨났듯 살해된 조사대도 역시 '최후의 땅' 밖에서 살해된 거야."

혹은 의도적으로 그 두 가지 사례를 겹친 적도 있을 것이다. '마왕의 사생아'에게 전멸된 뒤, 의식을 잃은 틈에 목숨을 빼앗긴 자가 있다면 살해 사례도 '마왕의 사생아'의 공격에 의한 것이라는 증언이 나온다.

"……누가 하는데?"

"벌써 만났잖아."

주저 없이 민가의 문을 억지로 열며 유키하루는 대답했다. 과거에는 사람이 살았던 악몽 같은 비극의 흔적을 수없이 확인하며 그의 목소리에는 전혀 동요가 없었다.

"―오카프 자유도시야. 놈들은 철저해. '최후의 땅' 정보를 아무에게도 넘기지 않으려 하지. '마왕의 사생아' 소문을 유포해서 찾으려 한 놈들은 처리하고 '진정한 마왕'의 답에 아무도 이르지 못하게 하지. 알려지면 곤란한 뭔가가 반드시 있어."

피와 썩은 내가 진동하는 민가를 뒤지면서도 유키하루의 얼굴에는 서서히 깊은 미소가 떠오르기 시작했다.

"너와 같은 국가급 스캔들이."

"……."

적어도 가는 길에는 그들의 추적을 피할 수 있었다. 하지만 돌아가는 길에는 꼭 그렇지는 않을 것이다.

조우한 그때, '최후의 땅'이나 '진정한 마왕'이 진심으로 흥미를 품지 않도록 가장해야 했을까? 분명 황혼 잠입 유키하루는 그러지 못했을 것이다.

"유키하루."

지금 이렇게 찾고 있는 물적 증거뿐만은 아니다. 유키하루에게는 마왕의 화제에 대한 인간들의 반응도, 거짓 대답조차도 모든 것이 취재다.

"있잖아."

"이쪽 세계에서는 아무도 사진을 안 찍지? 그렇다면 사체 일부인가……?"

더 알고 싶다. 세계의 모든 수수께끼가 사랑스럽다.

아직 모르는 무언가를. 상상도 할 수 없는 처참한 무언가를.

과거의 세계에서는 다 담을 수 없을 정도로.

그래서 누군가가 유키하루에게 **또 하나의 세계를 준비해 준** 것이다.

세계의 핵심에 다가가고 있다는 실감. 그것은 무엇보다.

"……유키하루. 너. 보이지 않지만 혹시."

"으, 으으으, 어으, 으, 살, 살려줘……."

^{미니어}
인간의 울음소리가 옆구리 언저리에서 들렸다.

아니. 계속 들렸는지도 모른다. 열기를 느꼈다.

"찔린 거 아니야?!"

"아……."

수사에 몰두하던 유키하루는 마침내 자신의 뒤를 돌아볼 수 있었다.

마왕의 희생자가…… 온몸이 망가진 가엾은 여자가 바닥을 기며 녹슨 칼을 유키하루의 복부에 내지르고 있었다.

─흥분한 나머지 다가올 때까지 몰랐던 건가? 아니다. 지금까지 한 취재로 보건대 유키하루가 그런 초보적인 경계를 게을리 할 일은 없다.

"그렇군. 그…… 그렇군. 그랬어. 하하. 이건 굉장하군!"

유키하루는 칼이 빠진 옆구리의 상처를 벅벅 긁었다. 웃고 있었다.

마왕군의 참극에 휘말린 자는 이미 늦었다고 들었다.

"……두려워하는군. 내가 두려워해. 그렇군. 그래서 호, 호기심과 공포 때문에 머릿속이 싹 다, 모르는 사이에…… 여유가, 없어졌어……. 이런 적은 처음이야……!"

"유키하루!"

"살려줘, 살려줘, 살려주세요. 남편, 남편을, 먹어버려서, 저는."

"하하, 하하하하하핫…… 아니, 아주머니, 아니, 이것 참…… 난감하네……."

아주 잠깐, 유키하루는 휘청거리며 웃었다. 피를 흘리며 웃는 그 모습도 도저히 제정신이 아니었다. 하지만 이 버림받은 땅에는 그것을 지적할 자도 없었다.

여자는 질질 기며 다시 칼을 쥐었다. 그녀는 칼날 부분을 잡았다.

"살려줘."

그 얼굴을 가죽 신발이 부쉈다.

"……방해하지 마."

동그란 얼굴에 친근한 미소를 띤 채로 유키하루는 다시 한번 발을 휘둘렀다.

"방해하지 마. 방해하지 말라고. 취재를 방해하지 마. 이렇게…… 이렇게 재미있는데. 방해하지 마."

두 번. 세 번.

쇠약한 여자는 거기서 호흡을 멈췄지만, 유키하루는 몇 번 더 발로 찼다.

"……후. 좋아. 그렇지…… 냉정해졌어."

"있잖아. 내가 할 말은 아니지만…… 별로 괜찮지 않아. 유키하루."

"하하하! 그럴지도 모르지. 하지만 '최후의 땅'에 있다면 너도 이상하지 않다는 증거는 없어. 너도 사실은 인간의 목숨을 걱정하거나 두려워하는 타입이 아니잖아?"

"……."

"응? 나는 냉정하지 않아? 가령…… 그렇지 않다고 해도 너와 나는 일련탁생이야. 끝까지 철저히 해야지."

유키하루의 목소리에는 강박적인 고양이 있었다. 공포와 호기심.

"……그래. 정말로 네가 모든 걸 던질 셈이라면 나를 가장 먼저 버렸겠지. 네가 죽을 때까지 정도라면 함께해줄게."

"하하하, 고마워. 정말…… 다행이야. 그건 진심이야…… 응."

나무 상자에 대답하며 그는 신발 끝을 닦았다.

─아직 첫 번째 집이다. 실재하는지도 정확하지 않은 진실을 얻을 그때까지 이 공포와 광기 한가운데에 잠겨야 한다.

◆

"여어, '황혼 잠입'. ……또 만났네?"

'최후의 땅'에서 나온 유키하루를 총구가 맞이했다.

해는 이미 저물었고 유키하루 자신도 인간 마을까지 걸을 수 있는 보증이 없는 부상을 온몸에 입었다.

"하, 하하…… 안녕하신가…… 행상? 갈 때는 이름을 물어보지 않았네……. 내 정신 좀 봐."

"무슨 말씀. 이름을 말할 정도는 아니야."

그가 가는 길에 마주쳤던 오카프 자유도시의 용병 부대다.

일몰까지 1소대가 더 합류했는지 인원은 11명으로 늘었다. 끊임없이 이어지는 광기와 공포 한가운데에서 체력의 한계까지 '최후의 땅'을 찾았던 유키하루 혼자서는 생환의 희망이라곤 이미 없는 상황이었다.

"좋은 건 찾았나? 어차피 마찬가지겠지만."

"……. 보아하니…… 대규모 부대는…… 바로는 움직이지 못했나? 근처 아리모 열촌에 노펠트 부대가 있고…… 오카프 본국의 군사 행동은 황도에 견제받고 있으니……."

말로 벌 수 있는 시간은 아주 잠깐일 것이다. 그들이 유키하루의 말에 반응할 이유는 없다.

이 용병 부대는 '최후의 땅' 정보를 빼앗으려는 게 아니라 처음부터 유키하루의 입을 막을 목적이니까.

"하, 하하. ……그, 그래도……."

"참회하는 건 아니지만, 나도 당신에게 원한은 없어. 미안해."

"……큰 부대를 움직이는 녀석이 있어."

─갑자기.

화살이 날아와 용병들의 총구 끝을 튕겼다. 밤의 어둠 속에서 날아온 연사. 뜻밖의 공격을 받아 많은 병사가 무장을 떨어뜨렸다. 대장은 즉각 단검을 뽑으려 했다.

고속으로 달리는 마차가 둘 사이를 갈랐다.

용병 중 한 명이 말발굽에 가슴 보호대가 부서지며 날아갔다. 끼어든 마차는 한 대가 아니었다. 후속 마차가 몇 대나 뒤이었다.

피투성이 얼굴을 누르며 황혼 잠입 유키하루는 웃었다.

"……러너 농경지에서…… 마왕군, 처치 의뢰. **황도 세력 하에 있는 촌락이 자비를 낸 치안 유지 목적의 의뢰야.** 황도에는…… 그것도 노펠트 개인 권한으로는 개입할 여지가 없어."

말을 하는 와중에도 마차의 조명이 차례로 모여들어 유키하루를 에워싸듯 멈추었다. 행상으로 위장한 용병 부대로는 도저히 맞설 수 없는 단순한 물량 공세가.

"'황혼 잠입'……!"

움직임이 봉쇄된 용병 중에서 움직이는 자가 있었다.

측두부에 크고 오래된 상처가 있는 짐칸의 노인이었다. 하늘을 바라보며 멍하니 있던 노인은 화살보다 빠르게 도약하여 창으로 유키하루를 찌르려 했다.

"하나. 베기……!"

"기다려, 영감!"

의표를 찌르는 달인 같은 속도에는 용병 대장의 제지마저 늦었다.

하지만 끼어든 손이 창끝을 거세게 잡고 그대로 지면에 내팽개쳤다.

"—그만해!"

커다란 외투로 맨살을 가린 소녀였다.

하얀 물고기 같은 손가락으로 우락부락한 칼날을 쥐고서도 그 피부에서는 피 한 방울도 나지 않았다. 혼신의 찌르기가 막혀 얼이 빠진 노인에게 소녀는 참으로 어이없는 말을 외쳤다.

"이 사람이 죽을 뻔했잖아!"

연이어 발생한 상황에 용병 대장은 곤혹스러웠다.

"제, 젠장! 무슨…… 일이지! 액운의 릿케, 이 자식!"

선두에 있는 마차에서는 젊은 산인^{드워프}이 내렸다. 아까 화살 연사로 공격을 차단한 남자였다.

러너 농경지의 의뢰를 받은 액운의 릿케는 한편으로 오카프 자유도시와도 사후 처리 계약을 맺었을 터였다. '최후의 땅'에 머무르는 모든 마왕군을 포획하고 '마왕의 사생아'를 포함한 모든 염려를 없앤다는 이해관계가 일치했다.

"그건 내가 할 소리야."

단궁을 잡으며 릿케는 담담히 고했다.

"내가 오카프와 계약한 건…… 회수한 마왕군을 보호한다는 조건이었어. 너희가 입을 단속하려고 '황혼 잠입'을 죽이려 한 이상, 붙잡힌 마왕군에게도 같은 짓을 하지 않을 거라고는 장담 못 해. 책임자와 이야기하기 위해 우리와 동행하도록 해."

"젠장. 세상 물정도 모르는 애송이라고…… 얕본 건 우리인가? 우리 같은 부대가 있다는 건…… 거기 있는 '황혼 잠입'에게 들었나?"

'최후의 땅'은 평범한 자라면 아무도 접근할 수 없는 땅이다. '최후의 땅'의 비밀을 지키려 한 용병들조차 '최후의 땅'에 들어

가려 하거나 살아 나온 자를 중간에 습격밖에 하지 못했다.

따라서.

"······아니. '천일필목'이 중개해줬다."

"릿케 씨. 그건 솔직하게 말하지 않아도 될 것 같은데요."

'최후의 땅' **안에서** 접촉하면 그걸 알 수단은 없다.

천일필목의 지기타 조기. 액운의 릿케의 하청으로 여기까지 동행한, 정체불명의 후방 지원업자다. 하지만— 오카프 자유도시 경계의 구멍을 빠져나와 대규모 운송대를 동원하고 '진정한 마왕' 조사를 진행한 황혼 잠입 유키하루를 '최후의 땅'에서 릿케 일행과 합류시킬 계산을 처음부터 해뒀다.

"······그렇게 된 거예요."

유키하루는 만신창이인 몸을 비틀비틀 들어 올려 마차에 탔다.

"'천일필목'. 그가 제 클라이언트였죠."

이번에는 용병들이 손을 들 차례였다.

"완전히 속았네. '최후의 땅'의 놈들이 깔끔하게 사라져서······ 오늘만은 이런 더러운 일도 면했었는데······."

"하하하. 진정하세요. 전부 단숨에 처리하기는······ 쉽지 않죠."

마침내 공포에서 벗어난 실감을 했는지 유키하루는 웃으며 객차 좌석에 몸을 기댔다.

"아니요. 꼭 그렇지만은 않아요."

맞은편 좌석에 앉은 지기타 조기가 대답했다.

"'진정한 마왕' 이야기도. 오카프 자유도시도. 구 왕국주의자도. 그리고 왕성 시합 예선도 모두 한 번에 정리— 될지도 몰라요."

"하하하하······."

유키하루는 메마른 웃음으로 대답했다. 그가 등에 진 나무 상자는 계속 침묵을 지켰다.

"그런 천 조각 정도로?"

"네. 잘하셨어요, 유키하루 공."

객차 안의 지기타 조기가 돋보기 너머로 들여다보는 것은 황혼 잠입 유키하루가 목숨 걸고 회수한 손가락만 한 의복 조각이었다.

"……오카프와 교섭할 재료는 이거면 됐어요."

오카프 자유도시, 중앙 성채.

마왕 자칭자 모리오의 사병을 빼고 입장이 허용되는 자는 좀처럼 없지만, 일단 거기에 들어가면 용병이나 무뢰한들로 난잡한 분위기가 가득한 아래 시가지와는 정반대의 엄격한 분위기가 만연하다.

'사령실'이라는 방에 역리의 히로토가 초대받았다. 그의 인생을 바친 대계획을 좌우하는 마왕 자칭자와의 회담이었다.

"딱딱한 인사는 됐어."

키는 중간이지만, 호랑이처럼 다부진 체격에 수염이 인상적인 남자였다.

'저편'의 군복을 연상시키는 카키색의 탄탄한 의복. 물론 '저편'에서 가져온 것은 아니라, 그 복장을 재현하여 만들었을 것이다.

적잖은 '손님'이 최초의 옷을 애용했고, 그 이계의 복장을 좋아했다. 모든 '손님'에게 그것만이 본래 있던 세계와의 연결 고리이기 때문이리라.

"그나저나 드디어 직접 만났군. 역리의 히로토."

한편 히로토는 작았다. 체격 이전에 겉모습은 어린아이였다.

얼굴은 십 대 전반처럼 보였지만, 백발 섞인 회색 머리가 기묘하게 노숙한 인상을 주었다. 그 용모 때문에 '회색 머리 아이'라고 불린 적도 있다.

방문객의 모습을 평가하듯 보며 파수꾼 모리오는 새로운 엽궐련을 꺼냈다.

히로토의 자세는 늘 바르다. 그것은 교섭에 임하는 자로서의 바른 자세이기는 하이지만.

무릎 위에서 가볍게 깍지를 끼고 몸을 살짝 앞으로 내밀듯 말했다.

"좋게 봐주셔서 영광입니다. 아리야마 모리오 씨와 뵙게 될 날을 저도 기대하고 있었습니다."

"인사는 빼라니까. 네게는 오랫동안 신세가 많았지만, 검은 음색의 카즈키에게 누가 무기를 흘렸는지 내가 모를 거라 생각하는 건 아니겠지? 그 정보가 없었다면 이 시기에 너와 만날 생각도 없었어."

"……."

히로토는 마지막으로 만난 카즈키의 모습을 떠올렸다. '손님'으로서의 오랜 동료다. 그때 협력을 제안한 것도 거짓 없는 본심이었다.

그의 예측을 훨씬 웃도는 누군가가 그곳에서 카즈키를 죽였다. 본래 그의 생각대로라면 분명 카즈키도 살아서 이 교섭 자리에 왔을 것이다.

"물론입니다. 하지만 군수 기업은 이런 일이 비일비재하다는 걸 당신이라면 잘 아실 텐데요. 수요가 있으면 무기를 판다. 대립하는 양쪽의 수요라면 더더욱 그렇죠."

"도리와 개인적인 호불호는 별개의 이야기야. 내 병사가 놈의 게릴라 공격에 죽었어. 그건 숫자 문제가 아니야. 모두 자유도시의 가족이었지."

"그렇지요."

히로토는 모리오의 미묘한 표정 변화를 감지하고 돌파구를 찾으려 했다.

언짢으면서도 애도하듯 찌푸린 얼굴.

병사는 가족. 밑바닥에서 올라온 군인. '저편'에서 쫓겨나 허허벌판에서 용병 도시를 키워낸 남자. 모리오는 체면이나 정의를 중시하는 듯 보이지만, 사실 그렇지는 않다.

"―물론 저희가 총이나 병참을 제공하지 않았다면 미즈무라 카즈키 씨는 오카프 공략을 포기했을지도 모릅니다. 그녀를 움직이던 자는 다른 수단에 나섰겠지요."

"황도지. 그건 알고 있어. 놈들도 드디어 우리 존재가 거슬리는 거겠지."

"미즈무라 카즈키 씨를 격파한 지금, 오카프 자유도시는 그들에게 최대의 위협 목표가 됐습니다. 다음에야말로 황도의 군이 움직일 테지요."

"……마음에 안 들어. 카즈키는 우리 정예를 잔뜩 제거했어. 지금 전력으로 맞붙으면 오카프는 패배한다. 그걸 막기 위해서는 지원군이 필요해. 그리고 그 지원군은 너희 군이야. 어떻게 굴러가든 네가 꾸민 대로겠지."

책상 위에 깍지를 끼고 모리오는 히로토를 노려보았다. 나쁘지 않은 흐름이었다.

완전히 이쪽을 거절한다면 마음에 들지 않는다고 느낄 일도 없다. 그건 도리와 감정이 충돌하는 말이다. 모리오는 결코 비정한 남자가 아니지만, 그 두 가지를 천칭에 얹을 정도로는 냉정했다.

"물론 저는 언제든 제 이익을 위해 움직입니다. 오카프 자유도시조차 그걸 위해 썼지요. 하지만 제가 말하는 제 이익은 제 편의 이익을 포함합니다. 제게 협력해 주신다면 절대로 더 이상의 손해는 없을 것입니다."

"구체적으로는?"

"다음은 당신들이 팔 차례예요. 오카프 자유도시의 용병을 **모두 고용할게요**."

"……설마."

모리오는 할 말을 잃었다. '회색 머리 아이'가 절대적인 자본을 비축했으리라는 것은 알고 있었지만.

"나라를 살 셈인가? 그 이야기를 받아들여서 오카프에 무슨 이득이 있지?"

"앞으로의 세계에서 PMC^{민간 군사 회사} 산업에 미래는 없습니다. 리치아 신공국에 이어 구 왕국주의자가 패배하면 용병이라는 직업의 수요 그 자체가 사라질 겁니다. 그 수요를 일단은 제가 받아들인다──는 거죠. 그리고 구체적인 이점을 꼽자면…… 황도와의 전쟁에서 한 명의 병사도 잃지 않고 끝내겠습니다. 구체적으로는 나중에 설명하겠지만, 황도와 유리하게 전후 교섭을 진행할 수 있는 방법도 이미 세워 뒀습니다. 더 얘기해도 된다면…… 당신의 병사가 싸워야 할 전장도 제가 제공할 수 있습니다."

"……전장이라고?"

"네. 오카프의 용병은 싸움터에서 살 수 있는 자들입니다. 아리야마 모리오 씨도 그들의 보금자리를 지키기 위해 이만큼의 도시를 구축했겠지요. 반드시 전장을 약속하겠습니다."

히로토가 마지막에 덧붙인 전장 제공이라는 이익은 모리오라는 **개인에게** 이득이었다.

그는 체면이나 정의보다도 가족을 중시하는 지휘관이다. 그것은 진실의 일면이기는 하다.

하지만 싸움의 결과로 그들이 죽는 것을 진심으로 두려워하지도 않는다. 그가 바라는 것은 가족에게 전사로서의 삶을 완수시키는 것. 카즈키의 싸움을 비난할 때 고른 게릴라 공격이라는 말은 그런 마음이 표현된 것이다.

"—나도 지금 이 나라가 놓인 상황 정도는 알고 있어. 역리의 히로토…… 너 정도의 해결사라면 뭔가 큰 장치라도 움직일 테지. 게다가 **그 정보**를 네가 공개하면 우리는 둘 다 파멸이야. 하지만 쉽게 믿을 수도 없어. 그건 이해하지?"

"……네."

"오래 알고 지냈지만, 결국 나는 너 자신의 힘을 본 적이 없어. 너는 이 세계에서 처음으로 총을 개발했어. 이 세계에서라면 50년은 앞선 기술의 연줄이 있고, 세력의 구별 없이 상담을 성공시켜 왔지. —그리고 그뿐이야. 그 돈으로 이곳 오카프를 웃도는 군을 고용할 수 있는가? 우리에게 한 명의 손실도 발생시키지 않고 황도의 대군을 상대로 뭔가 할 수 있다는 걸 신뢰할 수 있고 뒤를 맡길 수 있는 인간인가? 그걸 증명해줬으면 해."

"……그렇군요. 제가 어떤 힘을 가졌는지, 무엇을 해낼 수 있는지. 보여드릴 날이 왔는지도 모르겠네요."

히로토는 성채의 창문으로 눈길을 보냈다. 저격을 위해서만 설치된 아주 작은 창문에서는 눈 밑의 시가지를 오가는 용병들을 내려다볼 수 있었다.

이 도시에 사는 주민의 약 절반이 용병. 모리오는 그런 도시를 만들었다.

"아리야마 모리오 씨. 당신에게 진정한 힘은 시가지에 모인 용병들이 아니지요? 그들 내부에서 선발되어 '저편'에서 당신이 배운 최신 군사 교련을 적용한 사병. 지금까지 외부에 힘을 보여준 적 없는 그들이야말로 당신의 히든카드겠지요."

"……내가 내 병사를 훈련하는 건 당연하지. 그게 뭐가 어떻다는 거야?"

"용병과…… 그 사병도 포함해서 제가 혼자서 모두 제압하겠습니다."

"아까도 생각했지만…… 제정신이야?"

애초에 마땅한 법칙을 벗어난 '손님'은 반드시 외견과 같은 전투력을 갖지 않는다. 예를 들면 검은 음색의 카즈키가 그랬듯이 가느다란 팔로 여러 총기를 가뿐히 다루며 눈에도 담지 못할 기동력을 보여주는 자도 있었다.

이 역리의 히로토는 틀림없이 그 부류가 아니다. 자세가 역량을 나타낸다. 신체 능력은 물론이거니와 빈틈을 보이고 감추는 것도 일반인에게조차 뒤진다.

가령 모리오가 그럴 셈이었다면 지금 이 회담 중에 언제든 목을 벨 수 있었다.

"물론 당신의 병사를 다치게 하지는 않겠습니다. 앞으로 동맹을 맺을 상대니까요. 칼도 총도 쓰지 않겠습니다. 이 조건이면 어떨까요?"

"……고작 술래잡기로 큰일이 나는 건 사양하겠어. 나는 너를 에워싸고 죽이려는 게 아니고 그 녀석들의 삶을 흩트릴 수도 없어. 만약 네가 진심이라면 너를 발견하자마자 생포하도록 병사에게 지시할 뿐이지. 그런 조건을 덧붙이게 해줘."

"바라던 바입니다. 그럼 오늘 안에 시작하시죠."

역리의 히로토가 오카프의 모든 병력을 제압할 어떤 계략을 준비했대도 사실상 그것을 실행에 옮기기는 불가능하다.

히로토를 이 방까지 데려왔을 때와 마찬가지로 몇 명의 위병이 그에게 달라붙을 것이다. 그가 공격의 낌새를 보인 순간, 즉각 구속하기 위해.

하지만 적어도 교섭을 제안한 상대를 그 자리에서 가차 없이 박살 낼 남자가 아니라는 건 알고 있었다. 가령 그렇다면 히로토에게 승산은 없었다.

따라서 눈앞의 '당신들'이 아니라 거리가 떨어진 '그들'에게 이길 수 있다고 말한 것이다. 위병도 포함한 모리오 일행이 이 내기의 당사자가 아닐까 하는 표현으로.

마치 히로토가 그들의 곁으로 가 맞서고…… 혹은 기습하여 싸움을 거는 것까지는 시작되지 않으리라고 여겨졌다. 그리고 먼저 히로토가 꺼낸 조건과 대등하고자 모리오 측도 히로토를 생포하려는 것이리라.

따라서 준비를 할 수 있었다.

그는 복도로 나가 자루를 열었다. 위병이 흠칫 경계하는 것을 보고 히로토는 미소 지었다.

"무기가 아니에요. 다시 한번 안을 점검해도 될까요?"

"……."

물론 무기는 아니다. 그 용도도 그저 그것을 보기만 해서는 라디오의 일종으로밖에 안 보일 것이다.

하지만 세간 이야기를 하듯 바로 뒤의 위병에게 물었다.

"……자, 그럼. 감시탑으로 가는 길은 저쪽인가요?"

"뭘 하시려는 거죠?"

"후후후. 저격이라도 할 것처럼 보이나요?"

"……아니요. 도저히 그렇게는 안 보이네요."

히로토는 성채를 이동하여 감시탑 옥상으로 향했다. 위병은 어중간한 거리에서 그를 쫓았다.

체력이 약한 히로토는 먼 감시탑으로 가는 길에 계단까지 오르는 게 적잖이 힘들었다.

"아, 큰일이네요. 여러분을 여길 매일 오르락내리락하시나요?"

"……계단만 올랐는데 숨이 차는 건 히로토 님뿐이에요."

위병은 빈정대듯 웃었다. 어이가 없었는지도 모르겠다.

"부끄러울 따름입니다."

보다시피 무력하고 입만 산 남자. 역리의 히로토를 모두가 깔볼 것이다.

지하를 내려다보는 감시탑의 정상에 서서 그것을 시작하기 전까지는.

"……. 아~ 아~ 아~아~."

목을 누르며 발성 상태를 확인했다. 그리고 가져온 도구를 잡았다.

그것은 역리의 히로토가 이 세계에 전이했을 때 총보다 차보다 먼저 원한 도구였다.

그 기계는 매우 단순한 구조였다. 조룡의 익막 표층^{와이번}으로 만든 물건에 금선을 감은 코일이 접속되어 있었다. 그 안에는 자석이 있고 목소리의 진동으로 기전력을 발생시켰다. 그 전류는 라디오 광석을 이용한 증폭 회로를 지나 입력 측과 역전된 전력 측으로 이어졌다. 그것은 익막을 흔들어 깔대기의 입에서 음성을 토해냈다.

확성기라고 한다.

"—오카프 자유도시 여러분!"

증폭된 커다란 음성이 시내에 울려 퍼졌다.

하늘에서 내려온 말에 모두가 놀라거나 무기를 잡고 감시탑에 선 남자를 주목했다.

"제 이름과 얼굴을 여러분도 당연히 아시겠지요! 모리오 님께 포획 명령이 내려진 '손님', 역리의 히로토! 다시 한번 인사드립니다! 잘 부탁드립니다!"

선수를 쳐서 정체를 밝힘으로써 수상한 자를 재빨리 겨눈 몇 명의 움직임을 봉했다. 역리의 히로토를 생포할 것. 그것이 모리오가 그들에게 내린 지령이었다.

한편, 히로토의 일거수일투족을 보는 위병은 그래서 움직일 수 없었다.

사람을 놀라게 하는 기계를 이용하기는 했지만, 히로토가 공격 행동에 나서지 않는다는 건 명백했기 때문이다. '손님'에게는 사술을 이용할 수도 없다. 물리적으로 거리를 벌린 사병에게 공격할 수 있을 리 없었다.

"미리 말씀드리겠습니다. 포획 명령과 함께 전해졌을 테지만, 혹시 모르니까요. 저는 여러분 모두를 이기겠다고 모리오 님과 약속했습니다. 그걸 조건으로 오카프 자유도시와 동맹 관계를 맺겠다고요! 자, 그렇게 호언장담하기는 했습니다만…… 여러분은 과연 저 따위에게 지실까요? 딱 봐도 빈약하고 경계심도 없을 듯한 제게요? 우선은 이 이야기부터 시작하지요. 애초에…… 이긴다는 건 목적을 달성하는 것이죠? 그럼 진다는 건 일반적으로 무엇을 의미할까요?"

거짓말을 하고 있다. 모리오는 힘을 증명하길 원한다고 했을 뿐, 그에 따른 동맹 확약은 하지 않았다. 바꿔 말하자면, 해석에 따라 얼마든지 곡해할 수 있는 발언이기도 했다. 발언한 모리오 본인조차 그 해석을 믿게 될 여지가 있었다.

따라서 이 많은 사람 앞에서 당당히 주장하여 마치 그것이 기성사실인 양 믿게 한다. 히로토가 이기면 동맹 관계를 맺게 된다고.

"예를 들면 여러분 중 대다수는 병사일 테니 명확히 모든 권리를 잃는 '죽음'이야말로 가장 일반화된 패배의 형태라고 생각할지도 모릅니다. 하지만 생사를 겨룬다고 직접적으로 표현하는 생존 경쟁이라는 말에서는 개체의 죽음은 패배와 같은 뜻이 아니라는 게 재미있는 점이지요."

그는 크게 손짓하며 말을 이었다. 주목이 되었다.

폭력을 생산한다는 자들에게서 폭력 행사의 의지를 지우고자 이야기에 집중시켰다.

용에게 이길 수 있는 생명체는 존재하지 않지만, 인족은 명백히 생존 경쟁에서 용^{드래곤}에게 승리하고 있어요. 무적의 개체는 최종적인 승리자와 같은 뜻이 아니에요. —이건 제가 과거에 봤던 '저편'의 세계에서도 마찬가지였습니다."

청중은 아직 히로토를 얕보고 있다. 화살로 노리기 쉬운 곳에 일부러 몸을 드러내고 갑자기 이상한 소리를 시작한 신기한 표적. 그거면 됐다.

무엇보다도 중요한 것은 **무관심해서는 안 된다**는 것이었다. 모리오를 통해 일부러 그 자신을 표적으로 주지시킨 의미는 거기에 있었다.

"제 이야기를 하지요. 저는 이곳 오카프 자유도시에 사흘을 머물렀습니다. 그리고 '저편'을 아는 자로서, 인간^{미니어} 사회를 아는 자로서, 그 훌륭함에 경탄했습니다. 이 거리에는 종족에 차별이 없어요! '저편'에서는 같은 인간^{미니어}도 서로 으르렁거리며 싸웠는데, 여기서는 인족도 귀족도 함께 살며 전우로서 싸우고, 같은 지폐로 거래를 해요! 이 정도의 활기를 보이면서도 이 거리에는 자연스러운 형태의 질서가 있어요!"

히로토는 숙지하고 있다. —오카프의 그것은 결코 미적지근한 평등사상에 의한 것이 아니다. 그곳에는 자유주의와 경제활동의 자연스러운 흐름만 있을 뿐이다.

대귀^{오거}나 낭귀^{리칸트}는 본래 신체 능력이나 정신에서 인간^{미니어}보다도 훨씬 우수한 전사다. 용병으로서 전시에만 고용한다면 식인 종족을 상비군으로 양성할 위험성을 포함할 일도 없다. 조룡군^{와이번}을 자국의 공군으로 운용하려 한 리치아 신공국과 오카프 자유도시는 그 점에서도 달랐다.

오카프가 가지는 귀족 용병의 수요는 높고, 각지의 전장을 도는 그들은 귀족의 '식량'도 쉽게 조달할 수 있다. 결과적으로 오카프의 귀족은 다른 인족 도시 같은 배척을 받을 일이 없었다. 그뿐이다.

하지만 히로토는 그 사실을 이용했다. 자신이 속한 집단을 칭찬하면 사람은 자연히 고양되어 경계심을 푼다. 마음이 있는 자라면 누구나 긍지가 고프다.

"—그럼 황도를 본 적 있는 분은 생각해 주세요. 황도는 어땠죠? 귀족을 받아들이기는커녕 마왕 전쟁에서 다친 병사들에게 충분한 보상을 했다고 말할 수 있을까요? 구태의연한 인간 지상주의, 귀족 지상주의는 사술에 의해 모두의 의지가 통하는 이 세계에 적합한 자연스러운 통치라고 말할 수 있을까요? '최초의 일행'인 피안의 네프트는 낭귀였습니다. 하지만 '진정한 마왕'과 싸워 제정신을 되찾는 위업을 이룬 그는 고카세 사해에서 어쩔 수 없이 은둔하고 있습니다. 황도 사람들이 '최초의 일행'에 대해 이야기할 때, 오염된 땅의 루메리의 이름을 거론한 적은 있나요? 그녀는 인간이 아니지만 누구도 부끄럽지 않은 위대한 영웅이었을 겁니다!"

잠시 시간 간격을 두었다. 연달아 말을 펼치는 게 아니라 그들 의식의 방향성을 유도했다.

황도와의 관계 악화에 따라 오카프가 위기적 상황에 있다는 정세는 그들 병사도 알고 있을 터였다. 이용할 것은 그 적의였다. 그 자신이 표적이면서 눈 아래 모인 수천 명 병사의 적의의 창끝을 황도로 유도했다.

"……네, 두말할 것도 없이 저 역시 인간입니다. 애초에 다종족의 공존공영 등을 말할 자격이 있을까? 그런 의문을 가진 분도 계시겠지요. 제 이야기를 하겠다……고 조금 전에 말씀드렸죠. 애초에 이 녀석은 뭐지? 갑자기 나와서 무슨 말을 하는 거지? 혹시 교회의 고해실로 착각한 바보가 그걸 알아채지 못한 건가……?"

드문드문 입을 다문 웃음이 청중 사이에서 새어 나오는 것을 확인했다. 적의를 다른 대상으로 향한 데다 주목만 재차 자기 자신에게 돌려놓았다.

"다시 한번 인사드리겠습니다. 보병총 거래 중에 역리의 히로토라는 이름을 들은 적이 있는 분도 계실지 모르겠습니다. 여러분께서 매일 보는 이게 어디서 만들어졌는지 아십니까? 황도일까요? 멸망한 나간 미궁 도시일까요? 아니면 하키나 소주?"

위병을 손짓으로 움직여 청중 앞에 세웠다. 본래 히로토를 막는 역할이었을 그는 화술과 청중의 주목에 저항할 수 없었다. 히로토의 감시와는 다른 역할을 방금 히로토가 부여했다.

손짓만으로 그에게 지시하여 무기인 보병총을 들게 했다. 히로토 자신이 아니라 용병들이 아군으로 인식하는 그가 보병총을 든 것이 심리를 파고드는 데 중요하다.

"어느 것도 아닙니다. 제가 만든 총은 이 대륙에서 생산한 것이 아닙니다. 그럼 '저편'? 그것도 아닙니다―. 네, 그것으로 저를 소개하지요! 저는 역리의 히로토! 69년의 세월에 걸쳐 제3의 별세계를 만들었습니다. 여러분이 모르는 세계를!"

경악과 의혹의 술렁임이 파도처럼 청중 속에 퍼졌다.

처음부터 히로토가 부추긴 일련의 흐름에는 장치가 있었다. 오카프에 이미 잠입시킨 자들이 환호성으로 청중을 부추겼고, 통제된 주목으로 집중을 유도했다.

"세계의 끝! 바다 저편! 제가 만든 것은 소귀(고블린) 나라입니다! 보세요. 저들이 제 동료입니다."

그 말을 신호로 잠복했던 집단이 앞으로 나섰다. 외투로 얼굴을 덮어 감추면 키 작은 소인(레프러콘)처럼도 보였다. 거래 중에 섞여 든 소귀(고블린) 무리였다. 히로토의 장치는 이날을 맞이하기 이전, 교섭에 임하기 전부터 시작되었다.

청중 사이에서는 곤혹과 경계의 기색이 높아졌다. 이미 멸망했다고 생각했던 소귀(고블린)를 눈앞에서 봤으니 당연한 반응이리라. 하지만 어딘가에서 결정적인 증거를 그들의 눈에 새길 필요가 있었다. 불안과 고양의 변통 폭이야말로 마음에 말을 진정으로 새긴다.

위험한 수단이기는 하다. 적의가 부활하기도 전에 제압해야 한다.

"여러분은! 믿을 수 있나요?! 심수(深獸)(크라켄)가 숨어 있는 먼바다, 세계의 끝에 나아갈 수 있다고! 그 항로를 이미 발견한 자가 있다고! 하등하게 여겨지는 소귀(고블린)가 이렇듯 고도의 총을 생산할 수 있는 문명을 가졌다고! 그들에게는 지금 통일 문자가 있다고! 그들이 국가를, 사회를 형성하고…… 저 같은 인족과 공존할 수 있다고! ―물론 믿을 수 있겠지요! 여러분은 이미 그 사회를 목격하고 있으니까요!"

주먹을 쥐고 강한 눈빛으로 그들을 내려다보았다.

역리의 히로토는 진심이다.

진심으로 그들의 말을 믿지 않으면 누군가가 믿어줄 수 없다.

"아시지요! 귀족과 인족이 공존 가능하다고! 귀족에게는 인간^{미니어}이 생각하는 것보다도 훨씬 뛰어난 힘이 있다고! 그리고 무엇보다 여러분도, 황도조차도 소귀^{고블린}가 만든 병기에 몇 번이고 목숨을 맡기고 구원받았죠! 수많은 증거를 여러분은 이미 그 눈으로 목격했을 겁니다! 다시 한번 말하지요! 이곳 오카프 자유도시는 훌륭한 도시입니다!"

탑의 석단을 오르는 소리가 들렸다. ……파수꾼 모리오가 연설을 말리러 나타난 것이다.

모리오가 히로토의 연설 의도를 알았다고 해도 금방은 막으러 오지 못하도록 사령실에서 떨어진 이곳 감시탑을 선택했다. 그런데도 그의 날카로운 감과 신속함은 히로토의 예상을 뛰어넘었다. 아마 여기서 연설을 시작한 직후에 출발했으리라.

'그것도 부하에게 맡기는 게 아니라 직접 왔어. 말만으로 구슬릴 수 있는 상대가 아니야.'

준비한 연출들을 궤도 수정할 필요가 있었다. 히로토는 말을 이었다.

"—하지만 지금, 황도가 이 땅을 위협하고 있습니다! 모리오님께서 이룩한 공영의 질서가 사라지려 하고 있습니다! 하지만 지금이야말로 여러분을 구하고 싶습니다! 사익 때문이냐고요? 그렇습니다! 처세 때문이냐고요? 그렇습니다! 저는 청렴결백한 게 아니라서 이상과 평화 등을 말할 생각은 없습니다! 하지만 실적만은 약속할 수 있습니다! 일찍이 지평에서 배척된 소귀^{고블린}를 구한 것과 마찬가지로 여러분을 모두 구하겠다고! 이 역리의 히로토와 소귀의 대군단이 앞으로는 여러분의 편이라고! 모리오 님께 약속드린 대로 여러분께 힘을 빌려드리겠다고!"

거기까지였다. 탑의 나무 문이 열리며 모리오가 모습을 드러냈다.

그가 계산한 대로 모리오의 이름이 나온 것과 동일한 타이밍이었다.

"확성기를 내려."

모리오는 지극히 냉정하게 고했다. 엽궐련 연기가 흔들렸다.

폭력으로 그를 웃돌 수는 없다. 모리오가 마음만 먹으면 당장이라도 히로토의 목을 나이프로 벨 수 있을 것이다. 히로토는 확성기에서 입을 떼고 그의 곁으로 다가갔다.

"네. 알겠습니다. 조금 무거우니 받아 주시겠습니까?"

모리오는 경계를 무너뜨리지 않았지만, 확성기를 받고자 손을 내밀었고— 그 손을 히로토는 거세게 잡았다. 그리고 즉각 확성기에 대고 외쳤다.

"저는 여기서 오카프와 우호를 약속합니다!"

악수하는 손을 내밀게 할 함정이었다.

청중 속에서 환호성이 올랐다. 이번에는 그가 심은 소귀가 아닌 자연스러운 결과로 발생한 환호성이었다. 우레 같은 박수가 이어졌다.

모리오는 씁쓸하게 히로토를 노려보았다. 히로토도 진지한 눈으로 가까운 눈동자를 바라보았다.

"이 자식……!"

"처음에 말씀드린 대로입니다. 당신께 결코 손해를 입히지는 않습니다."

모리오가 마음만 먹으면 언제든 히로토를 죽일 수 있었다. 하지만 이젠 할 수 없다.

마왕 자칭자 모리오조차도⋯⋯ 마왕 자칭자이기 때문에. 그것은 백성의 신임에 따라 선 위정자이며 그들의 의향을 결코 무시할 수 없다.

숨을 들이마시고 다시 청중에게 외쳤다.

"⋯⋯오카프 자유도시 여러분! 저는 모리오 님과 약속했습니다! 저는 이겨서 저와 저희 군과 제 무기가 여러분의 힘이 되겠다고! 지금까지보다 더 나은 문명과 발전을 여러분께 약속하겠다고! 모쪼록! 이 역리의 히로토를 이기게 해주십시오! 그것은 결코 여러분의 패배를 의미하지 않습니다!"

마침내 확성기를 내리고 그는 육성으로 외쳤다. 연출이었다.

이미 그에게 주목한 관중의 귀에는 그 목소리가 아주 잘 들렸다.

"저와, 무엇보다 여러분이 이기기 위해! 모리오 님께서 이기기 위해! 역리의 히로토를! 이 역리의 히로토를 부디 이기게 해주십시오!"

박수가 울려 퍼졌다. 모리오가 나타났을 때보다 조용하기는 했지만, 그것은 명백하게 히로토의 말에 긍정을 나타냈다.

그는 깊게 인사하고 뒤에서 상황을 지켜볼 수밖에 없는 모리오를 향해 섰다.

"⋯⋯이게 노리는 거였나?"

"네. 그리고 말씀드린 대로 저는 이곳에 있는 모든 사람을 이길 수 있었습니다."

"그리고 나는 믿든 말든 상관없이 너와 손을 잡아야 한다는 건가? ……어쩔 수 없지. 나도 시시한 자존심에 얽매일 생각은 없어."

마왕 자칭자 모리오. 역시 그는 히로토가 예상한 대로였다.

이제부터 기다리는 싸움에서는 분명 그의 인망도 꼭 필요한 힘일 것이다.

"그래서? 내 병사를 다치지 않게 하는 유리한 전후 교섭. 승산은 있겠지?"

"물론입니다. 황도의 북방 방면군과 노려보고 있는 토기에서의 구 왕국주의자를 이용할 것입니다."

"설마 놈들과 손을 잡을 셈인가? 먼지 폭풍 이야기가 무너진 지금, 놈들도 그리 오래 남지는 않았을 거야."

"아니요."

히로토는 여전히 미소를 짓고 있었다. 그는 늘 자신감이 흘러넘쳤다. 안 그러면 백성을 거느릴 수 없다.

"지기타 조기."

히로토는 손가락을 울렸다. 옥상 입구의 구조물 위에서 아담한 그림자가 뛰어내렸다.

"……소귀^{고블린}인가? 시가지라면 모를까 내 성채에 들어오다니."

"처음 뵙겠습니다. 모리오 공."

모리오쯤 되는 역전의 전사도 이 소귀^{고블린}의 기척을 알지 못했다.

"소개해 드리지요. 천일필목의 지기타 조기. 제가 가장 신뢰하는 참모입니다. ……준비는 끝났겠지?"

"물론입니다. 이제 저분께서 움직이기를 기다리는 단계입니다."

지기타 조기는 뻔뻔하게 웃었다.

역리의 히로토는 폭력이라고는 모르는 남자다. 하지만 싸울 수 있다.

그는 모리오와 마주하고 자신의 양손을 가볍게 맞댔다.

"언제든 파괴할 수 있습니다."

◆

구 왕국주의자와 대치하는 북방 방면군. 사령관의 이름은 황도 제24장 황야의 바큇자국의 단트였다.

'―마음에 안 들어.'

이곳 이마그 북부 평원은 진을 치기 좋은 지형이다. 동쪽으로는 광대한 운하. 전방에 토기에시 방면으로 깊은 숲. 후방에 해당하는 남방으로는 이마그시가 있어 보급 물자가 부족한 일도 없다. 유해한 벌레와 짐승이 적은 메마른 대지(臺地)여서 이곳을 차지하고 있는 한 이마그시 함락은 없다.

……하지만. 그렇기에 이 용이한 포진을 이용당하는 기분이 들었다.

숲의 반대쪽, 토기에시를 거점으로 하는 구 왕국군은 지금도 황도의 손이 미치지 않는 변경에서 참획자를 모아 점점 커지고 있다. 얼마 전까지 먼지 폭풍이라는 대재해가 황도 본국을 위협했고, 그곳에 대군을 할애해야 했기에 당분간 이쪽 군에는 증원을 바랄 수 없는 상황이라고 한다.

'마음에 안 들어. 내 군만으로 언제까지 버틸 수 있을는지. 조금씩 병력을 보내 소모시키라는 건가? 왕성 시합, 먼지 폭풍……. 이놈이고 저놈이고……. 용사니 영웅이니 헛소리나 지껄이고. 나만 현실적인 문제가 눈에 훤한 거야?'

이 북방 방면군을 이끄는 장수는 제24장 단트. 그리고 제9장 야니기즈. 적을 막으며 버티기에는 충분한 전력이라 할 수 있다. ―그것은 틀림없다. 황도군과 구 왕국군은 장비도 병사의 숙련도도 다르다. 하지만 군을 움직이지 않는 황도 본국을 공격하는 먼지 폭풍이라는 계책이 불발되었으니 그들이 당장이라도 행동을 보이리라는 것도 확실했다. 구 왕국 측도 가능한 한 유리한 형세로 황도와의 전쟁을 수습할 필요가 있었다. 그러기 위해 상대가 노리는 표적이 있다면 전선의 주력 중 하나로 대치하는 단트 부대였다.

'버티기에는 충분해. 이길 생각이라면 철저히 쳐부숴야 해. ―괜히 싸움을 질질 끌었다가는 우리 병사도, 되찾아야 할 영토인 토기에서도 피폐해질 뿐이야.'

먼지 폭풍의 통과 지점인 마그마 교역점의 피난 유도에 병력을 할애한 한편, 거의 확실히 교전이 예기된 이 땅에는 증원이 없다. 왕성 시합 운영에 따른 용병의 경직 때문이라고 단트는 생각했다.

제6장 하르겐트 등은 무관으로서의 체면마저 버리고 어딘가에서 '진정한 용사' 후보를 찾아다닌다고 한다. 진저리가 난다.

'이쪽에 원군은 오지 않아. 하지만 며칠 뒤면 길네스가 움직일 셈이야. 전선에서 지휘를 하는 건 그 적과(摘果)의 카니야……. 놈의 전술에 달린 건가?'

적과의 카니야는 타고난 골격이 대단히 비대한, 길네스에게도 뒤지지 않는 강력한 여장부라고 들었다. 이 교착이 의도적으로 계획된 것이라면 지략도 얕볼 수 없는 상대다.

이마그 북부 평원은 수비에는 적합하다. 하지만 공격은 그렇지 않다.

행상 통행에 이용되는 좁은 가도는 저지대의 숲을 잠입하는 형태인 데다 숲을 서쪽으로 우회한 습지는 사룡(龍) 생식지라서 황도군조차 막대한 피해를 면할 수 없다.

대군의 자유로운 기동을 제한시키는 숲과 사룡(龍)의 위험을 동반하는 습지대. 황도 방위를 위한 대병력을 제대로 움직일 방법이 없다.

하지만 여차하면 이곳을 후퇴하여 이마그시에 틀어박히기는 쉽다. 그렇게 되면 상당한 장기간을 버틸 수 있을 것이다.

하지만 그렇게 되면 시민의 부담도 적지 않다. 그것은 황도 회의에 대한 이마그시의 지지를 하락시킬 수도 있을 것이다. 백성은 자기 자신에게 피해가 되면 바로 손바닥을 뒤집는다.

왕성 시합을 앞둔 이 기간에 단트가 황도의 발목을 잡는 일은 허용되지 않는다.

거기까지 생각했을 때, 사령부로 귀환한 전령이 보고했다.

"단장 각하. 삼림 돌파를 시도한 척후 부대 말씀입니다만, 세 명이 전사하고 한 명이 중상을 입었습니다. 숲에는 함정과 숙련된 유격수가 잠복하고 있어 현재 돌파는 곤란하다고 합니다."

"……그렇군. 숲은 이미 요새화되었다고 봐도 되겠군. 파악했다. 귀환한 자를 즉시 사령부로 보내라. 상황을 정리한 뒤 일률적으로 정보를 공유시키겠다."

이 교착에 속이 타는 병사 중에서 지원자를 모집해 정찰을 시도했지만, 역시 단트가 예상한 대로 결말이 났다. 이번 세 명의 희생으로 다른 병사의 혈기를 억제할 수 있을까?

'힘으로 돌파하기는 희생이 커. 불가능하지는 않더라도 우리의 적극적인 움직임을 주저시키기에는 충분하지.'

아마 가도 주변 숲을 태우는 게 가장 빠른 방법일 것이다. 하지만 그것이 쉽지 않은 것도 적은 잘 알고 있을 터였다.

이 숲은 임업을 하는 이마그시의 재산이며, 황도 측이 그것을 불태운다면 앞으로 수년에 걸친 손실 보전을 고려해야 했다. 제24장 단트가 그 책임을 지게 된다.

한편, 구 왕국주의자에게 그런 짐은 없었다. 상대는 언제든 이 푸른 방어벽을 불태우고 필요한 준비를 마치는 대로 정면에서 공격할 수 있다.

'전진해서 숲을 희생하느냐, 후퇴해서 이마그시에 부담을 주느냐. 어느 쪽이든 비난의 화살이 우리에게 향한다면 빨리 결정하는 게 나아……. 하지만…….'

황도가 원군을 보낼 때까지 버티기만 하면 단트가 이 땅을 차지한 상태로 습지대를 피해 별동대를 크게 우회시켜 구 왕국군을 포위할 수 있을 것이다. 지금 단트의 군에 요구되는 역할은 그것이었다.

—적군이 움직이는 것보다 빨리 원군이 도착한다면 단트가 위험을 무릅쓰고 움직일 필요는 없다. 하지만 그 희망이 오히려 그들의 발목을 잡는 것도 사실이었다.

"……단장 각하! 보고드립니다! 오카프 자유도시로 보이는 군이 이쪽으로 진행 중입니다!"

"오카프라고?!"

"규모는 이천! 현재 카미케 가도를 진행 중이라고 합니다!"

단트는 서둘러 지도를 펼쳤다. 오카프 자유도시의 움직임은 제27장 하디가 막을 터였다. 실제로 그들은 하디가 보낸 검은 음색의 카즈키의 공격으로 적잖은 피해를 주어 움직일 일은 없다고 생각했다.

아니. 그보다 왜 군이 단트의 진영에? 가령 그들이 황도에 공격할 셈이라 해도 가장 먼저 공격해야 할 요소는 달리 얼마든지 있다.

"용병 놈들…… 구 왕국주의자와 합류할 셈인가……?! 당장 각 대장을 소집해. 이마그시로 되돌아간다!"

"이 평원을 포기한다는 말씀이십니까?!"

"그래! 놈들의 진로는 옆에서 이 전선으로 끼어드는 움직임이야! 퇴로를 막아 이마그시와 연결을 끊으면 이 대지는 그저 들판의 관짝이야! 당장이라도 철수하지 않으면 모두 끝장이야!"

오카프 군의 위치로 보자면, 전군을 철수시킬 시간은 없다. 양쪽 군을 막은 숲이 있는 이상, 구 왕국군이 철수 중인 단트의 뒤를 칠 수는 없을 것이다.

하지만 결국은 후퇴라는 선택지로 몰렸다.

그 하디가 계략에 빠졌다는 것인가? 구 왕국주의자가 오카프 자유도시의 원군을 예상했다면 어디까지가 적의 손바닥 안에 있었을까?

단트는 이를 꽉 깨물었다.

'—마음에 안 들어.'

◆

"그래."

진영의 전선 지휘관, 적과의 카니야는 평소와 같은 미소를 지으며 고개를 끄덕였다.

그것이 정말로 미소인지 병사의 눈으로는 판별할 수 없었지만, 피바람이 몰아치는 전장에서도 그녀의 표정이 변할 기색은 없었다.

"오카프군은 뭘 노리는 걸까요?"

"황도군 격파를 선물로 들고 이쪽으로 내려올 셈일지도 모르지. 어쨌든 지금은 적군도 아군도 아니야⋯⋯."

카니야의 굵은 팔이 두툼한 식칼인 양 검을 빙글빙글 돌렸다.

그녀는 전투를 예상하고 있었다. 그것도 서로 사선을 넘나드는 격투가 아니라 승리를 동반하는 유린의 예감이었다.

"하지만 이용할 수 있어."

"적이 움직이는 게 지금이라면 우리가 움직여야 할 때도 지금입니다."

"그래. 숲을 빠져나간다."

구 왕국군은 정예를 숲에 두고 황도군 측의 정찰을 저지했다.

그것은 단트의 군이 후퇴할 때를 기다렸기 때문이다. 대지의 높은 곳에 자리 잡은 황도군은 숲의 전모를 한눈에 볼 수 있다고 생각했다. 하지만 이마그시 쪽에서만 숲을 본다면 반드시 사각지대가 존재한다. 그것은 황도가 토기에시에 잠입시킨 첩보 부대의 시점에서도 알 수 없는 정보였다.

"……개척한 길을 지나서."

무성한 숲은 도키에시를 향한 쪽이 크게 뚫려 있었다.

침입자를 막는 밀림은 그 일대만이 벌채되었고 숲 동쪽의 운하를 이용하여 반출하고 있었다. 황도군과 교착 시점을 만든 시점부터 카니야가 준비했던 계책이다.

두터운 밀림지대가 없었다면 기마 부대의 기동력이 제한될 일도 없었다. 대군을 신속하게 옮길 수 있다. 이 틈새를 빠져나가 도주하는 황도군의 뒤를 전속력으로 친다.

그들이 살아서 이마그시까지 다다를 일은 없다.

"가자. 길네스 님도 분명 기뻐하실 거야."

"네!"

이리하여 카니야가 이끄는 기마 부대를 선두로 대군이 움직였다.

토기에시에 모인 자는 대부분이 어중이떠중이 잡병이지만, 카니야의 부하는 그렇지 않았다. 모두가 과거에 중앙왕국의 정규군으로 무를 떨친 전사이며 하나의 이상 아래 통제되었다.

"기마 부대를 따르라! 복병이 아니라는 걸 내가 증명한다!"

카니야의 외침에 힘찬 함성이 포개졌다.

대지를 밟는 폭풍 같은 발굽 소리. 적의 사각지대였던 숲의 공백 지대로 모든 군이 밀려들었다. 달려가며 카니야의 미소가 더욱 깊어졌다.

이 정도의 대군이 지금 코앞까지 다가온 것을 적군 장수는 모른다. 적이 전술의 패배를 알고 혼란 속에 죽어가는 모습을 상상했다.

"자, 자, 자. 제24장 단트. 목을 내놔라. 내게 목을!"

그녀는 전속력으로 언덕을 뛰어올랐다. 당연히 숲을 나서도 복병은 없었다. 옆에서 움직인 오카프군의 동향에 단트는 희생을 최소한으로 줄이려고 움직였을 것이다. 처음부터 퇴로를 확보한 상황에 목숨 걸고 후위를 맡은 부대를 그냥 둘 수는 없었다.

교착을 만들어내자 그 지형은 짠 듯이 그녀의 군에게만 순풍이 되었다ㅡ.

……문득.

카니야의 뇌리에 의혹이 떠올랐다.

'……짠 건가?'

그때였다.

말과 병사가 만들어낸 것이 아니라 또 다른 무시무시한 땅울림과 함께 등 뒤에 비명이 울려 퍼졌다.

카니야와 나란히 달리던 병사가 차례로 말을 멈추고 아군을 돌아보았다. 카니야는 마지막에 그것을 보았다. 재해가 일어나고 있었다.

용 같은 탁류가 운하에서 흘러 저지대에 남겨진 병사를 모조리 삼켰다.

—짠 듯이.

본래대로라면 홍수를 막아야 할 나무들은 카니야가 직접 베었다.

"말도 안 돼……. 운하의 제방을!"

카니야를 따른 대군이 저지대를 통과함과 동시에 동쪽 운하의 제방이 파괴된 것이다. 어째서?

삼림 벌채 사실이 누설될 요소는 없을 터였다. 적어도 황도군에는.

'……누구지? 누가? 황도군은 아니야.'

황도군일 리가 없다. 언덕 위에서는 보였다.

흐르는 홍수를 피해 뿔뿔이 도망치는 병사를 높은 곳에서 기다리며 한 명, 한 명 죽이는 자들이 있었다.

작고, 빠르고, 본 적 없는…… 적어도 지난 수십 년 동안 볼 수 없던 종족이.

숲속에서 소귀가 나타나 그녀의 병사를 죽이고 있었다. 함정. 전투 기술. 집단 전술. 모든 면에 정예인 유격병을 하등한 소귀가 일방적으로.

"……. 뒤처진 자를 구출한다. 이의 있나?"

"……카니야 님! 저거…… 저건?!"

참모는 대답 대신 언덕을 가리켰다. 카니야는 그 끝에 있는 자를 보았다.

이형이 기다리고 있었다.

마치 이 자리에 카니야 부대가 나타날 것을 알고 있었다는 듯했다.

"─모두가. 모두가 영웅의 소양을, 그 몸에 가진다."

거대한 늑대 같기도 하지만 푸른 은색 빛을 밝힌 털은 자연적이지 않았다.

그 존재는 천천히 머리를 움직여 젊은 신병을 보았다.

"그 남자의 발에 있는 힘줄은, 대단한 순발력을 갖고 있어. 각력에 한한다면, 녹대(綠帶)의 도멘트…… 그에게도 견줄 수 있는 재능이 있어."

병사는 지시를 받을 것까지도 없이 활을 늑대에게 겨눴다. 의심할 여지 없이 위험한 존재였다.

늑대는 움직이지 않았다. 그들을 품평하는 듯했다.

"……. 거기 너는…… 궁수에 적합한 신체가 아니야. 상완근의 상태로 보아 상하 운동에 적성이 있어. 휘두르는 기술─ 예를 들면 검사."

탁, 하고 활을 쏘는 소리가 울려 퍼지며 괴물의 몸이 휘청 흔들렸다.

하지만 그뿐이었다. 엄니로 받은 화살을 대지에 버리고 짐승은 말을 계속했다.

"……그렇지 않으면 이 정도야."

"이 녀석을 해치운다."

커다란 검을 빙글빙글 돌리며 카니야는 중얼거렸다.

감정을 읽을 수 없는 눈동자로 괴물은 대답했다.

"적대 행동으로 보다니 안타깝군. ……하지만 같은 거겠지. 이름을 말해 주지."

쩍, 하고─ 거대한 등이 열렸다.

그것은 유려한 늑대의 형태로는 생각할 수 없는, 형언하기 힘든 변화였다.

몸통의 구멍 속에서 무수한 팔이 줄줄이 나타났다.

"나는, 오조네즈마."

금선과 힘줄로 이어져 각각이 날카로운 의료 기구를 가진……하얀 인간의 팔.

"혼수다.^{키메라}"

◆

구 왕국군이 파멸하고 얼마 지나지 않아 오카프군의 사자는 황야의 바큇자국의 단트에게 접촉했다. 마치 황도군의 철퇴 경로를 읽은 듯 신속한 접촉이었다.

"……어떻게 된 거지……!"

철수를 막고 옆에서 공격하는 함정이라고도 생각했지만, 구 왕국군이 순식간에 파멸한 이상, 그들은 단트가 생각했던 세력이 아니라는 게 명백하기도 했다.

"오카프가 움직였다! 구 왕국군이 파멸했다! 영문을 모르겠어!"

"……. 처음 뵙겠습니다. 단트 각하."

사자는 침착하게 이야기를 꺼냈다. 옆에는 소귀^{고블린} 한 명을 동반했다.

역리의 히로토라고 한다. 보병총을 유통시키는 '회색 머리 아이^{머스킷}'. 정체불명의 '손님'.

"역리의 히로토……! 뭘…… 네놈은 뭘 꾸미는 거지? 오카프가 시킨 일이냐!"

"아니요. 이건 오카프가 아니라 어디까지나 제 생각입니다. 저는 단트 각하를 조력하고자 이렇게 찾아온 겁니다."

"……그 말을 내가 믿을 것 같으냐? 옆에서 전쟁에 개입해 놓고 도와줬으니 은혜를 갚으라고? 그건 네놈들이 황도를 침략할 구실이겠지……!"

"단트 각하. 잘 생각하십시오."

히로토는 살며시 몸을 앞으로 내밀고 양손을 깍지 꼈다.

"황도 본국은 이 상황을 어떻게 볼까요? 단트 각하께는 토기에 시와의 교착 상황을 마음대로 움직이는 게 아니라 먼지 폭풍 사후 처리가 끝나는 대로 본국에서 원군으로 제압하는 결과가 요구되었을 겁니다. 지금의 결과는…… 단트 각하께서 오카프 제압을 담당하는 하디 장군에게 무단으로 오카프 자유도시와의 교전을 진행하여 용병을 원군으로 이용했다고 보지 않으실까요?"

"그 상황으로 보아 네놈들이 꾸민 짓일 거라는 말이다! 지금 당장 네놈들을 붙잡아 바른말을 증언하게 못 할 것 같으냐!"

"─사실이 아닙니다. 저는 **해석할 여지가 있는지**를 말하는 겁니다. 단트 각하는 왜 이 어려운 전황 속에서 원군에 뒷전이신 거죠? 북방 방면군의 또 다른 장…… 제9장 야니기즈 장군은 후방의 이마그시에 있지요? 그쪽은 책임자로서 전선에는 서지 않았나요?"

"……."

"단트 각하는 용사에 의한 개혁을 바라지 않는 **여왕파**셨죠?

9. 역리의 히로토 **201**

이번 배치가 처음부터 당신을 이마그시의 패배로 몰아 입장과 발언력을 낮추기 위한…… 왕성 시합을 꾀하는 개혁파가 내세웠을 가능성은 높습니다. 단트 각하 자신도 그건 알아채셨을 겁니다."

—먼지 폭풍 대응은 단발적인 재해 대응과는 사정이 다르다. 여러 의도를 포함한 **군사 작전**이었다.

황도 본국에서 원군이 늦어진 것은 미증유의 대재해, 먼지 폭풍에 대처한다는 정당한 이유가 존재한다. —하지만 이유가 정당하기에 먼지 폭풍이나 본국 방어에 할애된 병력이 과잉이라는 비난도 봉쇄되었다.

구 왕국주위자를 억제할 뿐이라면 단트 군만으로 충분했다. 하지만 지형을 이용한 적과의 카니야의 책략이 이 싸움에서 실현되었다면.

"목전의 승리 때문에 오카프를 고용한 거라며 개혁파가 당신을 함정에 빠뜨리기는 아주 쉽겠지요. 저희는 그걸 포함해서…… 황도가 아니라 여왕님과 단트 각하를 돕고 싶습니다."

"……."

대답하지 않는 단트 앞에서 히로토는 손바닥을 위로 하고 옆에 선 소귀를 가리켰다.

"소개하지요. 이자의 이름은 지기타 조기. 저는 도키에시와 거래 중에 선박 장인을 싼값에 파견하여 반대로 목재를 고가에 사들이도록 시장을 조작했습니다. 모두 이자의 의견에 기초하는 것이지요. 삼림을 사이에 둔 그 교착 형태는 이자의 두뇌가 그린 그림을 적과의 카니야가 실행했을 뿐입니다."

"―구 왕국주의자 입장에서는 먼지 폭풍으로 만든 원군 지연에 편승하여 신속하게 승부를 갈랐다고 생각하는 건 당연하지요. 실제로 그쪽에도 행군을 막는 숲은 방해가 됐을 거예요. 그 장애물을 어떻게 제거할지 가장 빠른 방법을 **생각하게 한** 것이지요. 크큭큭."

추한 입을 일그러뜨리며 지기타 조기는 의미심장하게 웃었다.

"전술이란…… 자기 두뇌에 번뜩인 것일수록 구멍에 빠지기 쉬운 법이니까요."

"……"

"어떤가요? 당신의 군은 멀쩡합니다. 그리고 저희 소귀군은 모두 그가 단련한 병사예요. 그리고 후방에는 오카프 자유도시군이 있습니다. 모두 당신께 빌려드릴 수 있지요."

"바, 반역을…… 교사하려는 건가? 아니면 공갈인가? 그건."

겉모습은 10대 초반이다. 백발 섞인 회색 머리만이 원숙했다.

틀림없이 이 남자는 약하다. 적과의 카니야보다도, 황야의 바퀴자국의 단트보다도.

그런데도…… 이 남자는.

"자. 어떠십니까? 결정은 여러분 몫입니다."

"얕보지 마라. 나는…… 이 몸은 황도를 팔아넘길 정도로 뻔뻔한 남자가 아니다. 내 손으로 내란의 방아쇠를 당길 생각도 없다."

"그렇다면 다른 길도 준비할 수 있습니다. 오카프 자유도시의 군을 해체하고 완전히 황도의 산하로 들어가는 길이지요. 그 교섭을 이룬 공적을 단트 각하께 바치지요."

단트가 독단으로 오카프와 교섭을 진행했다고 간주되는 지금 상황에도 그가 비난의 화살을 피할 수 있는 길이 딱 하나 있다. 그것은 오카프 자유도시가 완전히 그 **위협을 상실하는** 것이다.

"이해가 안 돼. 그렇게 해서 네놈에게 무슨 이득이 있지?"

"용사를 모으고 계신 모양이지요? 황도 29관은 그걸 찾고 있다고요?"

또 용사다. 모두가 그것만을 신경 쓴다.

마음에 들지 않는다. 이 싸움은 처음부터 단트의 마음에 들지 않는 것투성이다. 무엇보다 마음에 들지 않는 것은, 단트가 그 흐름에 휘말리고 있다는 점이었다.

"그런데…… 만약 용사가 단 한 명이 아니라면 어떻게 될까요? '진정한 마왕'이 어떻게 죽었는지는 아무도 확인하지 못했어요. 이를테면 대군을 움직일 수 있는 자가 그 병력으로 '진정한 마왕'을 쓰러뜨렸다고 주장한다면요?"

"그건 말도 안 돼……! 공포에 질려 모두가 미치는 '진정한 마왕'의 힘을 못 봤나! 약자일수록, 수가 많을수록, 맞설수록 광기에 사로잡혀 살육을 벌여 죽는 힘을! 용사는 개인일 수밖에 없어! 어린애도 아는 이야기지!"

"그건 아무도 증명할 수 없습니다. 저는 **해석할 여지가 있는지를** 말하고 있는 겁니다. 용사의 뒤에 국가가 있다면 그 국가의 백성은 황도에, 혹은 이 세계의 대다수에 적이라고 말할 수 있을까요?"

"……왕성 시합. 네놈들도 왕성 시합이 목적인가?"

"이자를 용사로서 보내겠습니다. 천일필목의 지기타 조기. 이

자가 소귀의 군과 오카프 용병의 지원을 받아 마왕을 쓰러뜨렸^{고블린}다고. 그들은 일련탁생의 영웅이라고―."

단트의 이마에 송글송글 땀이 맺혔다.

그것은 왕성 시합 출전 권리만을 의미하는 게 아니다.

용사 관계자였을 가능성이 있는 한, 오카프 자유도시에 관여할 수 없게 된다. 적어도 표면적으로는 그래야 한다. 역리의 히로토. 이 남자가 노린 것은 처음부터 왕성 시합 출전권. 모든 상황이 그렇게 되도록 유도된 것이라면.

"두 자리를 주십시오."

"……두 자리……!"

"네. 바로 이야기가 통하고 당신이 다루기 쉬운 황도 29관에게 추천을 받고 싶습니다. 당신 정도의 장이라면 한 명쯤은 짐작 가는 사람이 있겠지요. 당신과 그 인물이 두 자리를 옹립해 주십시오."

유형무형의 정보로 구 왕국주의자를 선동하여 파멸로 몰아넣는다.

오카프 병사는 피 한 방울도 흘리지 않고 싸움을 끝낼 수 있다.

황도와 오카프 자유도시 사이에 우위인 강화를 체결한다.

그리고…… 새로운 전장을 준비한다.

역리의 히로토는 모든 공약을 지켰다.

"히로토."

병영 안에 거대한 그림자가 소리도 없이 착지했다. 그것은 늑대 같지만 아무도 본 적 없는 형태의 짐승이었다. 밖에서는 위협의 침입을 알리는 소리도 없었다. 누구도 알아채지 못했다.

"아직도 안 끝났나? 나는 벌써 정리했어."

"그래? 늘 고마워. 오조네즈마."

"……너를 돕는 게 아니야. 우리는 어디까지나 대등한 협력 관계지."

……어느샌가.

단트는 이 연약한 소년을 여기서 죽일 수 없게 되었다.

교섭에 주의를 기울인 사이에 그는 두 종의 폭력을 곁에 불러 들였다. 지금의 단트가 무엇을 할 수 있을까? 오카프 군을 해체 하고 그 공적으로 의심을 불식시키며, 대신에 그들을 용사 후보 자로 옹립한다. 역리의 히로토가 요구한 이상의 해결책을 지금 이 자리에서 떠올릴 수 있을까?

"두 자리. 이자들이 제 용사 후보입니다."

전술가^{택티션}. 소귀^{고블린}. 천일필목의 지기타 조기.

의사^{메딕}. 혼수^{키메라}. 변덕의 오조네즈마.

─그리고.

"네 녀석…… 네 녀석은…… 역리의 히로토! 네 녀석은 대체 뭐지?!"

책상을 때리며 일어난 단트를 앞에 두고 히로토는 양팔을 벌 렸다.

지금은 지배하에 둔 모든 군대를 등에 업고 그는 완벽한 미소 를 지었다.

"그걸 정하는 건 여러분입니다."

그것은 청중의 선택지를 완전히 봉쇄하는, 세계를 초월하는 연설과 교섭의 재능을 가졌다.

그것은 힐긋 보기만 해도 마음을 이해하고 적이 원하고 두려워하는 모든 것을 알 수 있다.

그것은 알려지지 않은 국가를 만들고 인간의 문명마저 뛰어넘는 발전을 이룬다.

이세계의 이치에 따라 오래된 모든 이치를 뒤트는 문화 침략자다.

^{스테이츠맨} ^{미니어}
정치가. 인간.

역리의 히로토.

가도 중간에 야영 불빛 하나가 빛났다.

설령 말을 준비하지 못했더라도 거리를 잘 배분한다면 황도까지 가는 길에 야영은 필요 없다. 하지만 그날은 조금 계산이 틀렸다.

머나먼 갈고리발톱의 유노는 아직 여행에 익숙지 않다. 이쪽의 상식에 적응하지 못한 '손님'인 버드나무 검의 소지로와 동행하여 황도의 명으로 각지를 오가고 있다.

소지로는 이번에 오카프 자유도시 공략에 실패한 검은 음색의 카즈키를 대신하여 후보가 된 모양인지 해당 작전을 지휘하는 제27장 하디와 대면하러 나섰다. 하지만 유노 일행이 도착했을 때는 이미 위에서 이야기가 되었는지 소지로는 공략 작전에 참여조차 하지 못했다. 유노에게도 완벽한 헛수고였다.

여로를 함께하는 소지로는 조금 떨어진 곳에서 간이 침낭에 들어가 있었다. 곁에 나간의 훈련 연습용 검이 대수롭지 않게 나뒹굴고 있었다.

"……더 공부해둘 걸 그랬어. 야영에 필요한 도구라든지, 초목 채집이라든지……. 난 나간 밖으로 나가 본 적이 없었으니까."

"음. 괜찮지 않아? 짐승도 없어. 안심하고 잘 수 있으면 됐지."

소지로는 이렇게 갑작스러운 야영에 매우 익숙해 보였다. '저편'의 문명은 이쪽보다도 발전되었다고 들은 유노에게는 조금 의외인 사실이었다.

유노는 문득 머리에 떠오른 의문을 물었다.

"……이 세계에 오기 전에는 어땠어?"

"뭐?"

"저번에 알려줬잖아? M1 에이브람스……라는 다른 나라 전차라고. 그런 것도 포함해서…… '저편'의 세계는 어떤가 해서."

"아, 그거……? 솔직히 나도 잘 몰라."

"……?"

◆

21년 전.

'진정한 마왕'이 나타나 지상에 절망이 만연했지만, 언젠가 그것을 끝낼 누군가가 있을 거라고 인간이 희망을 품었던 마지막 시대.

"그, 그만…… 그만 하세요! 죽어요! 죽어! 죽는다고요!"

산자의 목소리가 진즉에 끊어진 폐허였다. 미친 사룡(蛇龍)이 소년을 쫓았고, 거친 비늘이 사포처럼 시가지의 흔적을 부쉈다. 소 1개월 전까지는 살아 있던 이 땅의 주민은 인간이지만 이미 마음은 인간이 아니게 되었다.

우왕좌왕 도망치는 소년의 앞을 무너진 잔해더미가 막았다.

"아아아아?!"

그는 밝은 빨간 머리를 벅벅 긁었다.

"죽겠구나! 여기서 죽는 건가?!"

이미 끝이다. 그는 진심으로 그렇게 믿었다.

피와 썩은 살의 악취가 감도는 사룡(蛇龍)의 입이 크게 벌어졌고……

도움의 손길이 올 일도 없었다. 이곳은 '진정한 마왕'이 지배하는 땅이니까.

"—아아…… 아아, 정말! 죽는다고요—!"

사룡^월의 포식 속도보다 훨씬 빨리 빛의 궤적이 내달렸다. 창끝이 스쳐 지나는 순간 사룡^월의 입속을 스친 것 같아 보였다.

소년이 착지하자 적의 피가 튀었고, 거대한 짐승은 습격한 기세 그대로 지면을 도려내며 멈추었다.

죽었다.

비늘에 뒤덮이지 않은 입속에서 두개골 사이를 지나 뇌의 한 점을 뚫는 신과 같은 속도의 절기였다.

"헉…… 헉…… 헉, 젠장……! 죽으면 어떡할 거야, 인마……! 나도 열심히 노력하고 있다고……. 노력하고 있는 거지……? 이렇게, 매일……! 다들 목숨을 노리고……! 이런 일을 당할 이유는 없잖아……!"

붉을 창을 뽑아 지탱하며 그는 거친 숨을 몰아쉬었다. 젊은 창술 천재. 무명의 백풍 아레나라는 이름을 아는 자도 당시에는 많지 않았다.

"햐하하하하하!"

돌담 위에서 일련의 전투를 지켜보던 소녀가 있었다. 담에 앉은 채 손뼉을 치며 웃었다.

"여전히 대단하네, 너! 정말 인간^{미니어} 맞아?!"

"루…… 루메리…… 설마 봤어?! 내가?! 죽을 뻔한걸?!"

"어디가 죽을 뻔해?"

차분한 인상의 흑발을 찰랑거리면서도 그 입은 짓궂은 미소를 짓고 있었다.

오염된 땅의 루메리라는 삼인 소녀였다. 겉모습은 아레나와 그리 다르지 않은 연령이었다. 하지만 삼인은 젊은 외모를 오래 유지하는 종족이니 정말로 그런지는 여로를 함께한 아레나조차 도 몰랐다.

그가 아는 거라곤 루메리가 미처 다 헤아릴 수 없는 영역에 있 는 사술사이고, 나고 자란 고향에서 쫓겨난 것도 그 이유 때문 인 모양이라는 정도였다.

"너는 쥐가 나와도 용이 나와도 죽는다는 소리를 입에 달고 살잖아. 아무도 진심으로 생각 안 할걸? 한 번 정도는 정말로 죽어."

"이봐…… 나도 늘 필사적이야. 죽고 싶지 않아서 매일 단련 하고, 할 수 있는 최선을 다해서 드디어 이 정도 속도가 나는 거 라고. 매번 수명이 2, 3년이 줄어드는 기분이야. 너처럼 태평한 천재가 아니니까."

"오, 굳이 그렇게 말할 것까지는 없는데 내가 천재라고? 엄청 재미있네! 뭐, 그렇게 생각해주는 게 더 좋을지도 모르지! 하하 하하하하!"

오염된 땅의 루메리는 틀림없이 천재였다.

최강이자 최악의 마왕이라 불렸던 색채의 이지크와 사술 전쟁 에서 겨뤘다는 전설은 현재 서쪽 왕국의 모든 백성이 알고 있 다. 그런 대담한 행위를 할 수 있는 자는 또 없다.

그녀가 내뿜는 검고 좀먹는 듯한 열술의 빛을 본 적이 있다.

타인의 사술 명령에 개입하여 수정하는, 따라 할 수 없는 이능력을 이용하는 소녀였다.

"네가 온 걸 보니 다른 자들도?"

"그래. 빌어먹을 이지크 놈이 준비 운운하며 아직 투덜거리길래 끌고 왔어. ……드디어."

돌담 위에서 웅크린 채 그녀는 하나의 성채를 노려보았다.

그녀는 일행 중 누구보다 그 존재를 증오할 것이다.

"—'진정한 마왕'. 드디어 죽일 수 있겠군."

정의나 도덕 같은 세간의 일반적인 가치관을 모조리 냉소하는 듯한 소녀였다. 아레나 자신과 마찬가지로 그녀도 영웅으로서의 뜻을 갖고 싸우는 것 같지 않기도 했다.

루메리는 왜 그렇게 무시무시한 '진정한 마왕'에게 덤비려는 걸까?

그 이유를 물을 수 있는 날이 올까? 만약 마왕을 쓰러뜨린다면.

"……흠. 사룡^월이 죽었어."

다른 목소리가 들렸다.

"아레나, 너는 또 싸움에 휘말린 거야?"

훌쩍 골목을 돌아 나타난 것은 동그란 안경을 쓰고 과묵해 보이는 남자였다.

성도의 롬조라는, 이래 봬도 그들의 동행자 중 한 명이었다.

"아니, 선생님, 싸움이 아니라니까요! 멀쩡한 인간^{미니어}이 사룡^월과 싸우나요?! 마왕군에 얽히면 안 된다고 모두 말하니 도망치려 했는데 저…… 오늘은 정말 죽을 뻔했어요!"

"마찬가지야."

롬조의 후방에서는 일어날 힘을 잃은 주민이 드문드문 쓰러져 있었다.

미친 마왕군으로 변한 자들을 이렇게 상처 없이…… 무엇보다 자신이 전혀 공포에 잠식되지 않고 제압할 수 있는 달인이었다.

"변두리 싸움이든 마왕군의 폭주든. 흐트러진 마음을 들키면 그건 상대 감정의 불꽃을 부추길 뿐이야. 그러니 너는 불운에 휘말리기 쉬워."

"저, 전혀 관계없잖아요. 하지만 무서운 건 어쩔 수 없어요. 저도 사이아노프와 함께 남을 걸 그랬어요……."

"그래. 너는 그럴 수 있었어. 그럼 왜 '진정한 마왕'에게 덤비려 한 걸까?"

"그건……."

—왜일까? 이 세계의 누군가가 해야만 한다. 그것은 틀림없었다.

하지만 무명의 백풍 아레나에게 그런 영웅적인 신념이 있을까?

이 마당에도 그런 생각을 했다. 그의 여행은 이미 '진정한 마왕'의 코앞까지 이르렀는데.

"그럼 셋이 가자. 이지크가 기다릴지도 몰라."

"……네. 가요."

"계속 기다리게 한 건 그 녀석이잖아! 역시 한 번 패 죽여야 알려나 봐, 빌어먹을 놈……!"

21년 전. '최초의 일행'이라 불린 일곱 명이 있었다.

활 기술만으로 노예에서 영웅에 이른 천(天)의 플라릭.

부족에 오래 이어질 무기를 연구한 낭귀 투사, 피안의 네프트. ^{리칸트}

세계가 포기한 사악한 사술사, 오염된 땅의 루메리.

소동과 악운을 가진 불세출의 창 신동, 무명의 백풍 아레나.

지상 최악의 소행 때문에 두려움을 산 마왕 자칭자, 색채의 이지크.

이계에 전해지는 어둠의 기술을 조종하는 '손님', 움직이는 괴검의 유우고.

인체 경로 전체를 이해한 기술 의료 선구자, 성도의 롬조.

그들은 이곳 지평에 사는 모든 생명의 희망이었다. 처음으로 '진정한 마왕'에게 도전하는 용기를 마음에 품은 일곱 명이었다. 각자가 호각인 힘을 가진 초절정 영웅으로서 때로 적대하고, 때로 손을 잡아 마왕군에 맞선 그들은 마침내 이날 마지막 싸움에 도전했다.

입가를 검은 머플러로 덮은 남자가 루메리 일행의 도착을 맞이했다.

"―루메리. 티리트 협곡에서 싸운 이후로 처음이네."

"유우고 씨……! 그때 한 약속을 기억해. 난 분명 힘이 될 거야. '마음의 검을 숨겨라'. 유우고 씨가 말해줬지."

움직이는 괴검의 유우고는 과거의 적이 한 말에 조용히 고개를 끄덕였다.

그뿐만이 아니었다. 지금은 사이아노프를 제거한 모두가 마왕의 거성 앞에 집결했다.

단 한 명만이 책상다리를 하고 앉아 있었다. 초록색 외투를 걸치고 지친 모습의 중년 남성이었다.

그는 손가락으로 만든 창문을 통해 성채를 엿보고 있었다. 평소처럼 표표한 태도로.

"음, 아니, 아니, 아니, 이건 위험해. 역시 이건 아주 힘들어."

"이봐, 이지크! 빌어먹을 자식!"

"아야!"

루메리는 가차 없이 그 등을 발로 찼다. 유우고를 대하던 태도와는 정반대였다.

"이러쿵저러쿵 말하지 않고 한다고 했잖아! 바로 오늘 아침에 말이야! 쫄지 마!"

"아니, 루메리, 난 쫀 게 아니야. 아…… 아, 아니, 거짓말인가? 솔직히 쫄았는지도 몰라. 이상하지 않아? 피도 눈물도 없는 색채의 이지크가 말이야."

존재만으로 그 땅을 광기로 물들이는 '진정한 마왕'.

아무도 그 모습을 본 적이 없다. 접근하는 자도, 접근 당한 자도 모조리 미쳐버렸으니까.

미지의 공포에 맞서려면 용기가 필요했다. 이곳에 모인 일곱 명처럼 자아를 뒷받침할 진정한 힘이 없으면 이를 수 없었다.

눈을 돌리고 싶어지는 공포가 있었다.

아무 이상도 없는 영주의 성채일 텐데 그곳에 '진정한 마왕'이 있다는 걸 한눈에 알 수 있었다.

이 안에 잠입한 것은 그 정도로 확실한 실체를 가진 공포였다.

"어떻게 할래, 플라릭. 칠까, 말까? 이지크가 이렇게 말할 정도면 사실 기회가 좋지 않을지도 몰라. 나는 어느 쪽이든 좋아."

유우고는 팔짱을 낀 채 물었다.

"……으."

천의 플라릭은 아주 짧은 발성만을 내뱉고 성채를 빤히 바라보았다.

그의 목은 젊은 시절에 상한 뒤로 기능하지 않았다. 그렇게밖에 의지를 전달할 수 없는 남자다.

"아."

"—플라릭은 간대. 그럼 나도 갈래."

"크으. 크으…… 오늘 할 수밖에 없겠지. 바로 앞에 시가지가 있어. 마왕의 침공을 허용하면 멸망이야. 그것만은 네놈들의 본의가 아니겠지."

피안의 네프트. 인족에 배척당하는 낭귀^{리칸트} 마을의 마지막 영웅이었다.

이지크도 떨떠름하게 일어났다.

"뭐, 딱히 상관없지만. 언제 죽어도 분하지 않게 실컷 나쁜 짓만 했으니까! 하하하하하하하! 죽느냐 죽이느냐라면 아주 화려한 마지막이로군! 즐겁게 해볼까!"

"응."

플라릭이 미소 지었다. 말을 하는 건 아니지만, 그는 늘 일행의 중심에 있었다.

—그리고 그들은 성채로 들어섰다. 사지(死地)로.

그렇다. 그것은 사지였다.

후대의 모두가 알듯이 '최후의 일행'은 패배했다.

후에 이어지는 많은 영웅과 마찬가지로 너무나도 무력하게.

당시 모두의 희망과 함께 뭉개졌다. 물론 이때의 그들은 그런 미래를 알지 못했다.

"……알 수 있어. '진정한 마왕'…… 이 앞에 있어."

생성한 조인으로 앞장선 이지크가 일행을 인도했다. 발목 정도 크기밖에 안 되는 조인은 그 방에 접근하기만 해도 미쳐버렸다. 마족조차 마음을 가졌다면 그렇게 되었다.

정체를 알 수 없는 죽음의 예감을 일곱 명 모두가 느꼈다.

가장 먼저 문에 손을 댄 이는 무명의 백풍 아레나.

"제가 열게요."

그래야 한다고 판단했다. 플라릭의 활과 루메리의 사술의 사선을 마련해야만 했다.

지금은 모두가 롬조의 점혈(點穴) 기술을 받아 엄청난 집중력을 발휘할 수 있을 터였다. 하지만 평범한 사람이라면 발광할 정도인 이 공포의 중압감을 견딜 점혈 기술은 없었다.

심장이 쿵쾅거리며 입속이 바싹 말랐다.

춥다. 숨이 찬다. 무섭다.

아레나는 두려움에 떨었다. 그는 어쩌다 보니 여기까지 왔을 뿐이었다. 그렇지 않은 영웅들은 그런 생각을 하지 않을까?

'……「진정한 마왕」.'

문을 열었다. 오싹한 한기가 신경을 건드렸다.

모든 것을 불태우는 루메리의 열술 영창이 내달렸다. 손가락의 보석이 빛을 더했다. 그럴 터였다.

"【루메리에서 할레셉트의 눈동자로. 손끝으로 연주하는 푸른 물결의 빛의 허상—】."

영창이 멎었다.

누구보다도 빨랐을 플라릭의 활의 현도 움직이지 않았다.

그림자를 이용하여 모든 것을 절단할 유우고도 그 자리에 서 있었다.

'어째서?'

멈추지 않는 자기 자신의 고동에 겁먹으며 아레나는 그 이유를 찾으려 했다.

찾을 것까지도 없이 너무나도 명백한 이유를.

—무섭다.

"아. 손님인가?"

아름다운 목소리였다. 그것은 침실 안에서 지극히 평범하게 의자에 앉아, 지극히 평범한 인간^{미니어} 학자처럼 작은 책을 읽고 있었다.

횡, 하고 바람이 불었다. 바깥 세계에 부는 것과 마찬가지로…… 이 엄청난 공포가 없는 세계와 같은 바람일 터였다.

검고 긴 머리카락이 살랑살랑 흔들렸고, 새카만 눈동자가 그들을 보았다.

그녀는 미소 지었다.

무시무시한 마왕. 모든 것을 유린하는 황폐한 악마.

혹은 형태가 없는, 파멸이란 현상 그 자체.

그 무엇도 아니었다.

그저 소녀였다.

'진정한 마왕'이 그들과 다른 것은 단 한 가지뿐이었다.

단순하게 꿰맨 검은 옷감에 내달리는 하얀 선. 가슴께 눈에 띄는 붉은 스카프.

……그것은 너무나도 먼 이문화의 옷이었다.

"—안녕하세요."

세일러복이라고 한다.

◆

"모르겠어? 자기 세계를?"

밑도 끝도 없는 소지로의 대답을 유노는 수상쩍게 생각했다.

소지로는 자신의 세계를 자기가 모른다는 건가?

"……무슨 뜻이야?"

"뭐랄까, 우리나라는 아주 오래전에 엉망진창이 돼서 많은 나라 패거리가 찾아왔어. 계속 싸우기만 해서 모르겠어."

"그건……. 그, 전쟁이라는 거…… 맞지? 당신 나라는 이미……."

"위. 그런 건가? 어렸을 때부터 그랬으니 난 들은 것뿐이지만."

그렇다. 생각해 보면 당연한 이야기였다. 소지로는 이국의 병기와 싸운 적이 있다. 들을 것까지도 없이 그런 상황이 있었다는 뜻이다.

유노가 겪은 미궁 도시의 멸망을 이 이세계의 검사는 진즉에 맛보았다.

"아이하라 시키라는 녀석이 멸망시켰대."

◆

오카프 자유도시의 해는 저물어 활기찬 불빛이 눈 밑으로 드문드문 떠오르기 시작했다.

중앙 성채의 테라스에서 그 광경을 내려다보며 역리의 히로토는 문득 중얼거렸다.

"미즈무라 카즈키 씨가 말했어요."

마침내 검은 음색의 카즈키까지 죽었다.

13년 전. 이미 활동 거점을 다른 대륙으로 옮겼던 히로토가 유망하게 내다보고 총을 맡겼던 영웅이었다.

"아리무라 모리오 씨. 당신께 여쭙고 싶은 게 있었다고요. 지금이라면 그녀가 무엇을 두려워했는지…… 무엇을 당신께 물으려 했는지 알 수 있어요."

"……검은 음색의 카즈키는 마지막까지 우리에게 최악의 적이었어. 녀석과 거래는 안 될 말이지."

"그녀도 그렇게 생각했겠지요. 그래서 끝까지 적으로서 싸우려 했을 거예요."

언제나 히로토의 생각이 완벽하게 옮겨지는 건 아니다.

카즈키와 마지막에 만난 날 교섭의 장을 준비했다면 싶었다.

지난 수십 년은 잃지 않은 것이 훨씬 적다.

"그래서 녀석은 뭘 알려고 했지?"

"힌트는 아주 조금밖에 없었어요. 왜 최근에 나타난 '손님'이 우리나라 사람뿐인가— 혹은 제가 추측해서 다다른 것조차 위험한 정보라고 그녀는 생각했을지도 몰라요."

"……. 그래. 그럴지도 모르지. 너는 아니지만, 나도 카즈키도 황혼 잠입 유키하루도 지난 20년의 패거리인가?"

"그러니 그 유키하루 씨가 조사해 주셨어요."

그는 탁상에 찢어진 천 조각을 내밀었다. 이 세계의 대부분은 힐긋 봐선 그 의미를 이해할 수 없는 물품일 것이다.

모리오는 분노도 증오도 아닌 복잡한 표정으로 그것을 보았다.

낡은 교복— 세일러복의 옷깃 일부였다.

"'최후의 땅'에서 이걸 입수한 전말은 새삼스레 설명할 것까지도 없겠지요. 시지마 유키하루 씨. 지기타 조기. 두 사람을 보낸 건 저예요. 오카프의 작전에 합류시켰죠."

"……'진정한 마왕'의 정보…… 카즈키의 노림수도 그건가?"

"그래요, 아리야마 모리오 씨. 당신은 그중 하나의 정보를 **아무도 모른다**고, 그 사실을 확실히 하고 싶었던 게 아닌가요? 그래서 '최후의 땅'을 누구보다 두려워했죠. 작은 농촌 제거 의뢰마저 개입시킬 정도로 늘 신경을 곤두세웠어요—."

히로토는 즉각 그 천을 촛불로 태웠다.

"주저 없이 태웠군."

"네. 그래야 한다고 생각했으니까요."

이 물증의 존재가 마왕 자칭자 모리오에게 직접 교섭할 마지막 수단이었다.

하지만 이제 필요 없다. 그것은 모리오뿐만 아니라 히로토 자신에게도 너무 위험한 사실이기 때문이다.

"'진정한 마왕'은 '손님'이군요?"

어느 시기부터 그들 나라 사람들만이 일탈자로서 전이하게 되었다.

······히로토에게는 '저편'에 전해지는 초인에 관한 지식이 있었다.

'저편'의 전쟁에서 엄청난 활약을 한 파일럿과 병사. 그리고 역사상 인간이라고 생각할 수 없는 초인적인 분전을 펼친 무사. 개개인의 구체적인 예를 들 것까지도 없다. 그 이상성이 세계 일탈을 이루지는 못하더라도 인지를 초월하는 초인이 탄생할 환경이라는 게 있다.

파수꾼 모리오도, 검은 음색의 카즈키도 '저편'에서는 병사였다. 죽음과 혼돈을 초래하는 전란이야말로, 인간이 사라져도 돌아볼 수 없는 혼돈의 시대야말로 세계의 일탈자— '손님'을, 수라를 탄생시키는 것이다.

그렇다면 '저편'에서는 히로토의 상상을 초월하는 대전란이 일어나고 있다는 뜻이다.

"말해 두겠는데, 이건 이 나라에서도 나밖에 몰라. '최후의 땅'의 입막음에 나섰던 녀석들에게도 임무 범위 이상은 아무것도 알려주지 않았어. 알려 하는 녀석은 사라졌지. 이것만은 **우리** 전체에 관한 이야기니까."

"알고 있습니다."

'진정한 마왕'은 '손님'이었다.

이 하나의 진실이 밝혀진 것만으로 세계는 다시 전복될 것이다.

이세계에서 '손님'을 인도하여 천지를 창조한 사신(詞神). 이미 다양한 형태로 이 사회의 문명에 침투한 '손님'의 지식. 현재를 사는 자가 가진 가치관의 근본을 두려워하고 배척하게 된다.

그 뒤에는 적어도 '교단'이나 '손님'이 살 수 있는 세계는 될 수 없을 것이다.

'미즈무라 카즈키 씨도 아무에게도 말할 생각이 없었군요.'

—영웅으로서. 이 세계에 대한 책임을 다할 뿐이야.

진실에 직면하고 그녀가 어떤 형태로 이 세계에 속죄할 생각이었는지 히로토는 알 수 없다.

하지만 '진정한 마왕' 같은 어마어마한 재앙을 앞에 두고 그렇게 생각하기란 어려운 일이라는 걸 그는 알고 있다.

'……미즈무라 카즈키 씨. 역시 제 예상과 같은 영웅이었군요.'

영웅이 아닌 역리의 히로토에게는 도저히.

'당신은 분명 부정할 테지만요.'

◆

'「진정한 마왕」.'

움직이는 괵검의 유우고는 이 적을 막을 움직임을 알고 있었다.

땅을 미끄러지듯 단검을 던져 발목을 벤다. 기듯이 낮은 투척 자세에서 즉시 천장에 다다르는 도약. 하단을 주시시킨 채 두개골을 세로로 쪼갠다. '케부리'라고 하는 기술이다. 죽였다.

정면으로 벤대도 그가 선수를 칠 것이다. 세로로 휘두르는 걸로밖에 보이지 않는 움직임으로 가로로 휘두르는 '쿠라미'라는 기술이 있다. 이걸로도 죽였다.

뇌리에 그것들의 움직임을 상상했다. '히라키'. '스스케'. '네무리'. 유우고가 습득한 무수한 기술 중 이 소녀를 죽이지 못할 기술은 없다…….

'―죽일 수 있을 거야.'

움직이는 꾁검의 유우고의 발은 꿈쩍도 하지 않았다.

구속된 건 아니다. 고통이나 소모 때문은 아니다. 한쪽 무릎을 꿇은 채 다만 일어서질 못했다. 누구보다도 빠르게 그가 움직여야 하는데 그는 그러지 않았다.

"그보다…… 그보다 말이지."

그의 등 뒤에서 색채의 이지크가 투덜투덜 중얼거렸다.

"말해줘! 계속 이상했지?! 나!"

"왜…… 아무도 알아채지 못하는 거야? 이상하잖아. 내가…… 왜 적의 본거지를 안 시점에…… 메뚜기 시마로 마을을 쑥대밭으로 만들지 않을까?! 그런 짓을 하겠지! 할 거야! 나는!"

"……이지크."

"마, 마치…… 하하…… 겁먹었던 것 같아……. 손을 대면 안 된다고, 끝장이라고 겁을 먹었나 봐……. 그렇지?! 웃기고 있어!"

소매 안쪽에서 그는 살의 촉수를 펼치려 했다. 생명을 부식하여 붕괴시키는 생체 병기. ―그것조차도 소녀에게 도달하지 못하고 멈추었다.

그녀는 아무것도 하지 않았다. 도달시키지 못한 건 이지크 자신이다.

촉수에 의지가 없어도 술사가 그것을 두려워했다.

"……말도 안 돼…… 말도…….."

루메리도 그 광경을 멍하니 보고 있었다. 일곱 명의 영웅이 있는데, 불발되는 공격이나마 시도할 수 있는 자는 한 명밖에 없었다.

모두가 해야 할 일을 하지 못했다.

마치 그저 오합지졸 같았다.

"사술이다!"

아레나로 예상되는 목소리가 외쳤다.

"사술을 수정해 줘, 루메리! 사술이라면 네가!"

"아, 아니야……. 그런 게 아니야! 어떻게 하면 이런……! 이건 사술이 아니야!"

유우고는 필사적으로 호흡을 정돈하며 머리를 굴렸다.

'그래. 사술도, 다른 어떤 기술도 아니야. 이 형상에 강제력은 없어. 다만…… 마음이 공포를 느낄 뿐이야. 그뿐이라고.'

몸을 움직일 수 있다. '진정한 마왕'에게 적의를 품을 수 있다.

'손끝만이라도 좋아. 바늘을 꽂을 두 손가락만이라도 좋아. 그걸로 죽일 수 있어. 「진정한 마왕」에게 전투 능력이 없다는 건 이미 알고 있어. 절호의 기회는 지금이야. 지금. ……빨리 죽여야 해.'

혈귀^{뱀파이어}의 감염이나 독이나 환상 종류가 아니라는 건 유우고의 체질이라면 알 수 있다. 물론 사술일 리가 없다. 어디에도 '진정한 마왕'을 죽이지 못할 이유는 없었다.

"……이봐."

'진정한 마왕'은 그의 눈앞에서 몸을 구부리고 유우고의 눈을 보았다.

지극히 평범한 소녀의 걸음으로 접근했다. 그녀가 의자에서 일어나 걸어오기까지…… 그것이 보인 유우고는 그동안 무엇을 했을까?

가느다란 손가락이 그의 손을 잡고 작은 금속 봉을 건넸다.

눈에도 보이지 않는 신속함으로 누구도 접근시키지 않던 움직이는 괵검의 유우고의 손에.

"이거, 찔러 보고 싶어?"

유우고는 자신의 손바닥에 있는 물건을 보았다. 끝이 뭉개졌고 피와 뇌척수액이 묻은 무언가였다. 그것은 본래 볼펜이라 불리는 기물이었지만, '저편'의 기물을 아는 유우고조차 그것을 판별하기는 곤란했다.

'이 거리라면. 눈이. 무기가 손에 있어. 손가락…… 하나만 움직이면 돼. 그걸로 죽일 수 있어. 검은 눈이. 목소리. 죽여라…… 죽여, 「진정한 마왕」이다. 진정한. 무서워. 무서워. 무서워.'

호흡이 짧게 끊어졌다. 호흡법을 이어갈 수 없었다. 세계가 들리지 않았다. 보이는데 검은 눈동자밖에 보이지 않았다. 무섭다. 도망치고 싶다. 지금까지 공포를 느낄 필요는 없었는데. 그녀가 보고 있다. 미소 짓고 있다. 뇌 뒤를 쥐어 뜯겨 미칠 듯이 무섭다. 무섭다. 무섭다—.

우직, 하고 터지는 감촉이 느껴졌다.

그는 어느샌가 볼펜을 자신의 안와에 대고 있었다. 살아 있는 안구를 도려내어 제 손으로 긁어내고 있었다.

그것은 무시무시한 일이란 걸 알면서도, 멈춰야 한다고 의식이 외치는데도 분명한 자기 의지로 그렇게 했다.

무섭다. 무섭다. 왜 이런 짓을 해야 하는 걸까?

"아, 아아…… 아아아아아아!! 크헉! 아아아아?!"

"—아아, 아아. 다행이야. 후후후후."

뭐가 즐거운지 '진정한 마왕'은 그 모습을 보고 웃었다.

안도도 희열도 아닌, 아이처럼 천진난만하고 순수한 웃음이었다.

"너……너, 뭐야……! 젠장, 비겁한 짓…… 사술이…… 사술만 있으면! 모, 목소리가, 잠겨서, 젠장…… 빌어먹을……!"

루메리의 목소리도 실제로는 잠기지 않았다.

다만 흔히 그러하듯 공포로 목소리를 낼 수 없을 뿐이었다.

'진정한 마왕'은 움직이지 못하는 영웅들의 사이를 유유히 걸었다.

"나는 인간이야."

그리고 네프트에게 눈길을 보냈다.

"괜찮아. 두려워하지 않아도 돼. 편히 있어도 돼. ……응?"

"오지 마. 크으으…… 오지 말라고! 그만해! 나를, 보, 보지 마—!"

네프트는 자기 팔로 배를 갈랐다. 도끼조차 이용하지 않고 맨손으로. 그는 피를 토하며 자신의 생술로 재생하더니 다시 제 몸을 고문했다.

살아 있는 내장이 바닥에 쏟아졌다. 자신의 세포 수명을 제 손으로 단축하며 네프트는 불사이기에 고통과 공포에 몸부림쳤다.

"아악! 컥, 크악, 크헉…… 악……!"

"그래. 너는 어떻게 하고 싶어?"

"아…… 히익……!"

깊고 검은 눈동자는 다음으로 아레나를 보았다. 그는 창을 손에 든 채로 앉지도 못했다. 선 채로 '진정한 마왕'을 그저 바라보았다.

큭큭 웃으며 '진정한 마왕'은 그의 손을 잡았다.

"자. 하고 싶은 걸 해도 돼. 너희는 손님이니까."

"프, 플라릭…… 씨를……."

아레나는 창을 들어 올렸다. 그런 짓을 절대로 하고 싶지 않았는데. 이 창을 찌르기만 해도 '진정한 마왕'의 공포는 끝날 텐데.

그녀 앞에서 그러지 않는 게…… 자신이 생각하는 최대의 절망과 비참함에 파묻히지 않는 것이 두려웠다.

"주, 죽이고 싶어……. 살려줘……. 죽이게, 해주세요……."

"……그렇구나. 그럼 그러면 돼."

'진정한 마왕'은 다정하게 웃었다.

"동료를 죽여라"라고 "스스로를 죽여라"라고 '진정한 마왕'이 그렇게 강요했다면 얼마나 좋았을까?

색채의 이지크는 자신의 시마의 촉수로 기관이 막혀 움직이지 않았다.

움직이는 괵겜의 유우고는 건네받은 한 자루의 펜으로 양쪽 안구를 계속 파내고 있었다.

성도의 롬조가 움직이지 못하는 루메리의 뼈를 부수었다.

모두가 울부짖고 있었다. 자신의 의사로 미쳐 스스로를 다치게 하고 있었다.

"으으……! 으……으…… ."

천의 플라릭조차도 목소리를 내지 못한 채 울고 있었다.

존경해 마땅한 그를 베어 영원히 말 없는 고깃덩이로 만들고 말 것이다. 그렇게 하는 게 다름 아닌 자신이었다. 마치 악몽 같았다. 아레나는 두려웠다.

—아아. 어째서 사람은 **용기를 내려고 하는 것일까**?

어째서 공포를 알고도 맞서는 것일까? 그곳에 공포가 있다는 걸 무엇보다 자기 자신이 잘 알고 있을 텐데.

그들은 여기까지 이르렀다. 생명으로서의 다양한 본능이 그것을 피하도록, 접하지 않도록 계속 외쳤는데.

"미안…… 미안해, 플라릭 씨! 흑, 흐윽……!"

"으~~! 윽, 아아! 아! 오."

"싫어……. 싫어, 싫어, 싫어……. 이제, 싫어어어! 아아아아 아아아악!"

창 자루를 통해 전해지는 감촉은 다름 아닌 플라릭의 살이었다. 지방이었다. 척수와 혈관이 그의 붉은 창에 얽혀 끊어졌다.

단숨에 죽지 않도록 가능한 한 오래 괴롭히다 죽이는 기술이 아레나에게는 있었다.

지옥이었다. 언제나 옳았던 롬조가 다시 한번 이끌어 주길 바랐다.

"아아…… 아아아……. 쉬워. 쉬워. 쉬워. 쉬워. 쉬워."

진즉에 목이 잘린 루메리를 아직도 때리고 있는 롬조가.

그가 아는 한 궁극의 사술사였던 삼인은 무엇 하나 하지 못하고 죽었다.

네프트는 끝나지 않는 고역에 계속 죽어가고 있었다. 이지크의 욕설도 더는 없었다.

공포. 공포만이 있었다.

공포. 공포. 공포. 공포. 공포. 공포. 공포.

"─그래. 책을 계속 읽어야겠다."

'진정한 마왕'은 아무 일도 없었던 듯 말했다.

완전한 지옥의 광경 속에서 그녀 한 명만 평범한 소녀 같았다.

무슨 이유가 있을 터였다.

철저히 연구한 심리 기술이나 알려지지 않은 계통의 사술이나 이능력이라도 좋다.

분명 힘이 미치지 않았을 뿐이다. **그래서** 지는 거라고 믿고 싶었다. 헤아릴 수 없는 어떤 장치가 있고 그녀 자신의 사악한 동기가 있어서 전 세계를 공포로 물들이는 것이다.

그래야만 한다. 분명 뭔가 이유가 있다.

그게 아니라면 **어쩌면 좋단 말인가.**

◆

"……사이아노프."

장년을 넘기고도 젊음을 유지한 몸은 하루 만에 한계까지 노쇠했다.

롬조. 아레나. 이지크. 늦지 않은 자들을 데리고 탈출했어도 그는 살아남을 수 있었다. '진정한 마왕'은 그들을 치려고도 하지 않았으니까.

하지만 평생 도망칠 수는 없을 것이다.

'진정한 마왕'의 공포는 언제까지나 그의 정신에 깃들 것이다

영웅의 마음과 긍지를 영원히 모독한다……. 입 밖에 내기도 끔찍한 진짜 공포는.

"네놈은 덤벼서는 안 돼. 저건 못 이겨. 저건……."

생술로 되살리던 세포의 목숨을 헤아렸다. 2년. 아니, 1년도 남지 않았을 것이다.

"……이, 이제 아무도 못 이겨……."

피안의 네프트. 그는 고카셰 사해에서 세계에 단 한 명 남은 동료를 지키게 된다.

외적으로부터 지키는 게 아니다. 승산이 없는 적에게 덤비는 그들과 같은 절망의 죽음으로부터.

◆

아치엘 귀족령 변두리를 어슬렁거리는 초라한 남자가 있었다.

"웃기지 마……. 하하……! 나…… 나는, 마왕 이지크다……!

으윽, 이, 이 정도로 포기하지 않는다……."

과거에 지상 최악이라고까지 불리던 마왕 자칭자였다.

자신의 술법으로 뭉갠 내장을 토해내며 그는 정처 없이 걸었다.

포기하지 않는다고 뭘 할 수 있을지 아무도 몰랐다.

"아직 나는 살아 있다……. 주, 죽여…… 죽여 주마……. 하하……. 최강의 마족을 만들어 주마……! 이번에야말로…… 이, 이번에야말로……! 콜록, 꾸웨엑."

산길에서 비슷한 자들이 나타났다.

자신들 육친의 피에 물들고, 피눈물과 절망에 파묻힌, 그것은 지금의 이지크와 같은 표정의 괴물이었다. 모두가 본래는 인간^{미니어}이었다.

"하하하…… 웃기지 마라……."

그는 굳은 미소를 지었다.

그 공포에 이끌리듯 마왕군은 그에게 모여들었다.

"덤벼라! 덤비라고! 무식한 얼간이 따위가, 웃기지…… 으, 큭, 크아아아아아아아악—!"

◆

"아아…… 쉬워. 이렇게, 쉬, 쉽다니…… 후후. 후후후후후."

성도의 롬조는 허무하게 시가지로 귀환했다.

누구의 말도 통하지 않는 모습으로 다만 똑같은 중얼거림을 반복했다.

그만이 하나도 다치지 않고 '진정한 마왕'과의 싸움에서 인간 마을로 귀환했다. 피안의 네프트와 쌍벽을 이루는 '최초의 일행' 중 단 둘뿐인 생존자로 여겨진다.

하지만 그는 남몰래 정신이 파괴되었다.

3년이 지나 표면적으로는 이성을 회복한 듯 보였지만 그렇지 않았다.

"이렇게 쉬웠어."

그때를 경계로 그의 마음에서는 인간다운 일관성이 사라졌다.

정의나 신념 모두를 믿지 못하고 무자비한 짐승의 마음으로 전락하며 모든 것을 버린 은둔 생활을 보내게 되었다.

"동료를 죽이는 게, 이렇게. 후후후."

롬조의 눈에는 늘 피에 물든 자기 자신의 손이 보였다.

◆

"무서워. 무서워. 무서워. 무서워. 무서워. 무서워. 무서워. 무서워."

그림자 하나가 인적 없는 폐허를 어슬렁거렸다.

그 입은 인육과 피로 물들어 되돌릴 수 없는 타락을 말하고 있었다.

그는 이 땅의 모든 생물과 마찬가지로 전락했다. 내장이 엉겨 붙은 붉은 창을 끌며 드륵드륵 허무한 소리를 냈다.

"무서워……. 무서워. 살려줘. 누가…… 누가!"

'진정한 마왕'에게 덤볐다고 알려진 영웅들은 단 두 명을 빼고 생존자로 간주하지 않는다. 모두가 그처럼 전락했다.

진정한 용기 때문에 진정한 공포에 직면한 자들이었다.

"무서워⋯⋯. 무섭다고! 무서워! 마왕이 보고 있어! 그 목소리가 들려!"

—따라서 그에 관해 해야 할 말은 아무것도 없다.

무명의 백풍 아레나의 목적지는 아무도 모른다.

◆

그것은 어떤 과거도 동기도 없이 힘도 기술도 갖추지 않았다.

그것은 사술도 이능력도 마도구의 힘조차 가지지 않았다.

그것은 단 한 명의 인간이며 다양한 현상의 이유가 존재하지 않는다.

진즉에 패배한 과거의 잔상에 지나지 않는다. 그녀는 이미 사망했다.

^{아크에너미 미니어}
마왕. 인간.

모든 것의 적, 시키.

ISHURA

AUTHOR: KEISO
ILLUSTRATION: KURETA

6
절

육합상람 I

하늘의 별도 깜빡임을 멈춘 듯한 순백의 얼음 벌판.

지평선에 이르기까지 고요하다. 싸워야 할 적도, 대화를 나눌 벗도 없다.

그녀는 조용히 눈을 감고 있었다.

'—싸움. 아아, 정말 훌륭하네요.'

이 이가니아 빙호 밖에서는 아직 인간 세상의 다툼이 이어지고 있다.

언젠가의 과거에 같은 용[드래곤]이 말했다. 인간의 다툼은 지독하게 추하고 어리석은 것이라고. 같은 종족이면서 서로에게 상처를 주는 행위는 그 기저의 사악함을 증명한다고.

루크노카는 그렇게 생각하지 않는다.

인간이 아닌 자는 모른다. 자신들과는 다른 타인에게 덤비고, 가질 수 있는 힘으로, 지혜로 자신을 관철하지 않으려는 것이 얼마나 존귀한 일인가.

소망. 정동. 악의. 신념. 그 무엇이든 좋다.

그 마음속의 영역이 눈앞의 현실보다도 훨씬 큰 것이란 걸 증명하기 위해.

지평 전체의 생명을 포기하지 않는 한 다툼은 불멸이다.

멀리 고독에 얼어붙은 이 세계 밖에서도 그것만이 끝나지 않고 있었다.

투쟁의 나선이 이어지는 한 언젠가 겨울의 루크노카에게 도전하는 자가 나타날 것이다.

영겁의 반복 속에서 언젠가 싸울 수 있는 자가 나타날 것이다.

'언젠가.'

오늘 그녀에게 투쟁을 약속해 준 하르겐트는 언제 다시 나타날까?

그것은 내일일지도 모른다. 영원히 나타나지 않을지도 모른다. 그리하여 기다리는 자가 루크노카에게는 얼마든지 있다.

'언젠가. 언젠가.'

그런데도. 조금이라도 그럴 가능성이 있다면 그녀의 생은 허무하지 않다.

적을 원한다. 승리를 원한다. 패배를 원한다.

—자신의 모든 것을 바쳐 그녀가 보아 온 영웅처럼 싸우고 싶다.

◆

"잘 들어. 황도 29관은 인족의 최고 권력자. 이 황도 전체를 움직이는 패거리다. 절대 무례하지 않도록 가르쳐준 대로 노크하고 들어가."

"응, 맡겨 줘! 많이 연습했거든!"

고급 주택가의 저택. 맑게 빛나는 야간의 복도를 지나 기묘한 2인조가 있었다. 온몸을 로브로 감싸고 다리를 끌듯 걷는 기묘한 남자. 길고 부드럽게 땋아 내린 밤색 머리카락을 흔들고 좌우로 바삐 주의를 끌며 잔 보폭으로 걷는 소녀.

2인조는 제5의 사술 계통을 발견했다는 진리의 덮개의 크라프닐과 '마왕의 사생아'인 마법의 투였다. 그 정체를 알아도 모두가 이해하지 못했을 조합이었다.

"봐, 크라프닐! 멋진 조각이야! 뭐지? 태양인가?"

"이……?! 이 자식, 그건 문 조각이잖아……! 왜 파괴하는 거야!"

"응? 이거 안 빠지는 거였어? 아, 저기."

문에 새겨진 청동 조각은 공술에 의한 일체 성형이며 도저히 인간의 힘으로는^{미니어} 자를 수 있는 게 아니었지만.

"크라프닐, 기다려!"

"안 돼. 네 녀석이 들어."

"출전이 취소되겠어!"

"배상해! 나는 몰라!"

그런 대화로 시종의 이목을 집중시키며 두 사람은 목적지인 방에 다다랐고— 황도 제7경, 예고의 프린스더. 진리의 덮개의 크라프닐을 출전자로 옹립한 문관이었다.

"저기…… 처음 뵙겠습니다. 안녕하세요……."

투는 명백하게 손을 뒤로 돌려 무언가를 감추며 머뭇머뭇 들어갔다.

크라프닐은 옆에 있는 소녀의 모습에 진저리치며 인사했다.

"……오랜만이군, 프린스더. 이쪽이…… 마법의 투야. 앞선 연락대로 이 투를 용사 후보로 추천하고 싶어."

"호호호호! 투? 긴장하는구나? 나는 예고의 프린스더야. 친하게 지내자."

예고의 프린스더는 화려한 의상과 금은 장식으로 몸을 감싼 고도 비만 여성이었다. 손질한 아름다운 손톱을 후후 불며 그녀는 두 사람을 빙긋 바라보았다.

"괜찮아~. 편히 앉아도 돼. 차를 가져오라고 할까? 투는 등자차와 호박차 중 뭐가 좋아?"

"아, 나는 아무거나…… 아무거나 좋아!"

"무슨 소리야?"

"됐어, 됐어! 그럼 둘 다 가져오라고 할게. 크라프닐은 됐지? 아무리 사람이 싫다고 해도 나랑도 마족 너머로만 얘기하는 건 섭섭해~."

"그래! 크라프닐은 비겁해!"

"비, 비겁…… 그렇지 않아! 마족과 원격 동조! 이 유일무이한 기술을 대중에게 숨기지 않고 밝혀서 심술의 용이성을 알리기 위해 나는……."

"어려운 얘기는 됐어, 크라프닐. 그래서 본론은 무슨 얘기였지?"

프린스더는 밝게 이야기를 재촉했다.

"……상람 시합 이야기야. 다른 후보에게 절대로 지지 않는 무쌍한 강자를 옹립할 필요가 있겠지. 물론 나도 질 생각은 없지……만."

"……거기 있는 투가 너보다 더 강하다는 거야?"

크라프닐의 뒤에 있는 투는 내어 온 차를 양손으로 각각 들고 교대로 마시려던 모양이었지만, 양쪽 다 금방 마셔버렸다.

"그래. 내가 생각하는 수단으로는 쓰러뜨릴 수 없어."

"어떤 공격에도 상처 낼 수 없고 독이나 불도 효과 없다. 그게 사실이라면 믿을 수가 없네. 호호호호호! '남회능력(濫回凌轢)'과 어느 쪽이 더 단단할까?"

"'남회능력'은 결국 죽었어. 완성도 높은 마족이기는 했을지도 모르지만…… 탑승자를 요하는 이상, 약점의 여지가 있었다고 생각해."

"투는? 예상되지 않는 약점은 정말로 전혀 없다고 단언할 수 있어?"

"……알아보면 돼. 투는 네놈에게 맡기지."

"응?"

다과를 입에 넣은 투는 놀라서 크라프닐을 보았다.

"가까이 두고 검증을 해야겠지. 시합이 시작될 때까지 그만큼의 유예는 충분히 있어."

"크라프닐이 그렇기까지 말한다면 시험해봐도 되겠지."

"저기…… 난 어떻게 하면 좋을까?"

투는 눈앞에서 오가는 이야기 내용을 거의 이해하지 못했다. 오늘 이 저택을 찾아온 것도 앞으로의 일을 상의한다는 구실로 끌려왔을 뿐이었다.

"괜찮아, 투. 우리 집에 오면 매일 과자도 차도 대접할게."

"……그건 기쁘지만."

투는 손바닥에 올린 접시에 눈길을 보냈다.

"세피트를 만날 수 있어?"

"……여왕님을?"

"내가 만나고 싶은 건 그 사람이야. 황도에 오면 만날 수 있다고 믿고 왔어. ……시합에 나가면 세피트도 만날 수 있어?"

세피트. 황도의 정점에 있는 여왕의 이름이며, '마왕의 사생아'인 정체불명의 존재가 알현할 수 있는 존재가 아니다. —그것이 용사 후보가 아닌 한은.

"그래. 투가 승승장구한다면."

"……! 열심히 할게, 프린스더!"

꽃 같은 미소를 짓는 투를 바라보면서도 크라프닐은 내심 생각했다.

'……이걸로 나는 후보에서 벗어났어.'

크라프닐은 프린스더의 성격을 잘 알고 있다. 그녀는 오랜 세월 친구인 크라프닐이나 용사의 권위 따위보다 그저 재력만을 믿는 현실주의자다. 그리고 무적의 후보자를 필요로 한다. 다른 세력이 **아군으로 끌어들이지 않고는 못 배길** 정도의.

그리하여 얻은 돈으로 자신의 세력을 더욱 확대하여 이후의 권력을 더욱 탄탄하게 다지려 한다. 그녀처럼 자신의 정치적 목적을 위해서만 용사 후보를 이용하는 29관도 있다.

'프린스더의 계획에 이용당할 뿐이라면 아직 괜찮아. 이 상람시합 자체가…… 위험해. 모두 그 뒤에 이어질 시대를 위한 사전 준비야. 서로의 목숨을 빼앗는 진업의 승부도 황도에는 이분자— 일탈한 존재를 제거하기 위한 모략에 지나지 않겠지.'

크라프닐이 살아남으려면 그러한 모략에 휘말릴 수는 없다.

적어도 그는 투와는 다르다. 진짜 무적의 존재가 아니니까.

◆

"……'회색 머리의 아이'가 상람시합에 침투했습니다."

황도 중추 의사당, 회의실. 주요 지원자가 모인 방에서 절대적인 로스클레이는 입을 열었다.

금발에 붉은 눈동자. 모든 백성을 매료하는 미모는 지금, 백성에게 보여주는 미소를 띠지 않았다.

"그것도 단순한 용사 후보를 세우는 게 아니라 오카프 자유도시 전체를 **용사**로서 받아들이게 하는— 용사의 해석으로서, 우리의 예상을 벗어나는 운용입니다."

황도의 상람시합을 향한 움직임을 막을 수 없는 지금 시기에 '회색 머리 아이'는 행동했다.

먼지 폭풍에 편승한 구 왕국주의자라는 위협을 교묘한 정보 조작으로 만들어내어 교섭과 언변으로 오카프 자유도시를 움직여 구 왕국주의자를 직접 처리했다.

리치아 신공국. 먼지 폭풍. 황도에서 우선해야 할 사안이 겹친 불가피한 결과로써 이 최종적인 형태가 이루어졌다. 처음부터 '회색 머리 아이'가 노린 것은 국가 그 자체의 힘을 이용한 상람시합 참전이었던 것이다.

"로스클레이. 받아들일 필요는 없어. 놈들은 황도의 외적이야."

즉각 대답한 것은 검은 색안경을 쓴 갈색 피부의 남자였다. 황도 제18경, 정렬의 안텔이였다.

"이 요구를 받아들이면 한없이 파고들 거야. 상람시합에 주력해야 하는 이 시기에 '회색 머리 아이'가 황도 전체를 들쑤셔서는 안 돼."

"……'회색 머리 아이'가 단트 녀석과 결탁한 것도 걱정거리네요. 오카프라는 나라를 아군으로 삼은 여왕파가 얼마나 우리를 방해하느냐예요."

철사 같은 체격과 말뚝 같은 치아를 가진 남자는 제9장 정(整)의 야니키즈였다.

구 왕국주의자와의 전선에서는 단트와 나란히 방어 임무를 맡았던 장이다.

"야니키즈, 애초에 단트가 적의 책략을 받아들이지 않게 감시하는 건 네 역할이었잖아? 왜 호락호락하게 사자와 접촉을 허락했어?"

"……제대로 감시했어요. 하지만 갑작스러운 퇴각을 노려 접촉했으니 저로서도 어쩔 수 없죠. 감시 인원도 퇴각하는 중이었으니까요. 안텔 씨라면 가능했다는 건가요?"

"거기까지 해, 야니키즈."

야니키즈의 도발을 로스클레이가 제지했다.

"……하지만 상황적으로는 그 말이 맞아요. '회색 머리 아이'는 단트의 부대가 퇴각을 택할 것도 계산했다는 거예요."

실제로는 전투조차 하지 않는 오카프의 군대를 **보여줌**으로써 구 왕국주의자와 단트의 부대를 한 번에 움직였다. 황도 내부의 파벌 관계에 대해서도 충분히 파악했다는 뜻이다.

안텔이 중지로 색안경을 올렸다.

"하지만 적어도 앞으로의 움직임은 분명해졌겠지. 용사 후보로서 참가를 인정해서는 안 돼. 이미 오카프는 '검은 음색'의 비정규 전투에서 국력을 소모했어. 우리가 우위인 조건으로 교섭을 진행해야 해."

"―그건."

얇은 안경을 쓴, 날카로운 인상의 남자가 대답했다. 제3경, 빠른 먹의 제르키.

"불가능해. 저쪽에서 현재 상황을 넘어서는 양보를 끌어낼 재료를 준비할 순 없어. 안텔의 말대로 싸우면 이길 수 있는 상대야. ―하지만 함락시켜서도 안 돼. 함락 후 오카프를 **통합할 만큼의** 재정적 여력이 우리에겐 없어. 파수꾼 모리오에게 오카프를 계속 통치시키는 게 절대적인 필요조건이야. 이것만은 움직일 수 없어."

"나도 그건 알아! 치환할 조건을 제시해서 용사로서의 개입을 저지할 필요가 있다는 거야……! 해석을 바꿔 인정해버리면 다른 29관이 어떤 수를 쓸지 몰라!"

"―그 치환 조건은 어떻게 하지? 용사로서 참전을 인정한다면 앞선 토기에서 전선 개입에 대한 오카프의 재정 보전은 실행할 수 없어. 다시 한번 말하지만, 이미 재정의 여유가 없어. 상람시합 개최에 쓸 예산 및 그것에 따라 예상되는 피해 손실 계상. 리치아 부흥 지원과 먼지 폭풍 피해를 받은 각 도시의 재해 급부. 상대는 우리 대응력의 한계를 확인하고 무리한 요구를 하는 거야. 재무를 담당하는 내가 할 수 있는 말은 '불가능'이야. 그게 다라고."

다만 전쟁을 할 뿐이라면 상대를 웃도는 병력을 정면으로 투입하는 것이 최선책이다.

따라서 황도가 리치아 신공국이나 먼지 폭풍 대응에 개별 영웅을 동원한 것에는 단순한 전력이나 은폐성 이상의 이유가 있다. ―영웅은 **돈이 들지 않는다.**

개인 보수액이 아무리 높아도 그것은 일군 규모의 병력을 움직이는 총액에 비하면 미미한 것이다. 상람시합이라는 대규모의 본격적인 정책을 마련한 데다 적대 세력을 제거하기 위해 그들은 그렇게 할 필요가 있었다.

안텔은 턱에 손을 대고 다른 방책을 찾으려 했다.

"……그렇다면 오카프와 교섭 자체를 끌어서 상람시합이 종료될 때까지 각 항을 보류 상태로 할게. 그건…… 아니, 그러니까 용사 후보……인가?"

"그래. 불확정 용사 후보가 존재하는 한 상람시랍 자체를 **개최할 수 없어.** 신공국의 예처럼 '회색 머리 아이'나 파수꾼 모리오를 직접적으로 배제한대도 자원조차 없는 오카프 자유도시의 절대적인 통치 부담이 우리에게 더해지지. 여기서 필요한 건, 안텔. 받아들일 수 있느냐 없느냐가 아니라 받아들이고 나서 어떻게 할지야."

더욱이 오카프 자유도시는 함락시킨 리치아 신공국이나 토기에시와는 사정이 다르다. 오카프 자유도시는 성립 시점부터 '손님'인 파수꾼 모리오의 사상이 반영된 도시다. 황폐한 바위산에 구축되었고 군사적 우위 이외의 자원이 전혀 없는 용병 산업 도시. 점령해서 얻을 수 있는 것이 없기에 진다 해도 진정한 패배는 아니다.

"……그들을 황도에 이주시키죠."

로스클레이가 말했다. 이마 앞에 깍지를 끼고 심사숙고했다.

"오카프 본국이 포기한 용병 산업을 보전해 황도 시민권을 주고 노동에 종사시키는 겁니다. 용사를 자칭하며 상람시합에 참전을 바라는 이상, 군 해체는 상대방도 받아들이는 조건이에요. 오카프 통치는 계속해서 파수꾼 모리오에게 맡기고 '회색 머리 아이'는 단트와 행동을 함께하도록 하는 거죠."

"그건…… 로스클레이. 문을 열고 적의 군세를 불러들이는 셈이야."

"용병업도 완전히 금지할 수 있는 건 아니잖아요? 개인 단위의 계약은 막을 수 없어요."

"……물론 그걸로 완전히 위협을 막을 수 있다고는 생각하지 않아요. 필요한 건, 그들의 세력을 본국과 황도로 분리해서…… 현재 오카프의 유일한 자금원인 '회색 머리 아이'를 사실상 인질로 삼는다는 것이죠."

제르키가 미간을 크게 찌푸리며 말했다.

"……반대로 우리가 오카프의 재정을 공격한다는 건가? 주머니에 들어가는 걸 허락하는 대신 조직적인 전쟁을 할 수 있을 만큼의 자금 변통을 허락하지 않는다. '회색 머리 아이'의 자산과 오카프의 국고……. 상람시합이 끝날 때까지 기간이 불명확한 이상, 체력 승부가 되겠군."

"맞아요. 용병 산업만으로 운영하던 오카프 자유도시가 이번과 같은 상황까지 바라보고 재원을 비축했다고는 생각하지 않아요. —하지만 상람시합 관련 예산이라면 **우리는** 이미 계상을 끝냈잖아요? 제르키."

"그래. 아까 말한 대로야."

"……전쟁의 움직임을 봉쇄하고 결판은 역시 상람시합이로군." 안텔도 떨떠름하게 고개를 끄덕였다.

"숙고가 필요하긴 하겠지만, 로스클레이의 계책대로 할 수밖에 없을지도 몰라. ……돈 문제만은 어쩔 수 없으니까."

"충분히 우리가 유리해요."

로스클레이는 단언했다. 절대적인 이름을 짊어진 자로서.

"황도에서 싸우는 한— 그들에게 백성의 힘은 없으니까요."

예측을 넘어서는 위협은 너무나도 많고, 무제한의 힘을 행사할 수 있는 것도 아니다. 그런데도 그들에게는 질서를 위해 힘을 다하는 것 말고 선택지가 없었다. 언젠가 평화가 찾아올 때까지.

—황도. 세계의 존속을 위협하는 수라조차도 장악하고 인간의 힘으로 세계의 제어를 꾀하는 최대이자 최후의 인족 국가.

◆

'……오카프의 움직임은 예상 밖이었지만.'

같은 의사당 안. 오카프 자유도시의 동향을 기반으로 다른 꿍꿍이를 꾀하는 자도 있었다.

실내에서 홀로 라디오 연락을 기다리며 제4경 원탁의 케이테는 생각했다.

'로스클레이 무리의 주의를 끌었다는 점에서 나쁘지는 않아. 로스클레이와 「회색 머리 아이」를 싸우게 하고 새로운 주류를 내가 만들어내겠어. 이 역사를 근본부터 개혁하겠어.'

그가 옹립하는 후보는 이미 정해져 있다. —궁지의 상자의 메스텔엑실.

다른 어떤 영웅과 비교해도, 겨울의 루크노카나 질주하는 별의 아르스와 비교해도 규격을 벗어나는 존재다.

'저편' 기술의 무한한 재현. 그것은 단순한 전력의 영역이 아니다. 군사에 한정된 것이며, 리치아 신공국의 공군 따위는 어림도 없는 우위성을 그의 세력만이 얻을 수 있다.

메스텔엑실의 존재는 이 세계의 시곗바늘을 수백 년은 앞으로 돌려놓을 것이다.

'마왕. 「진정한 마왕」 자식. 이 몸이 있는 한 정체되지 않을 것이다. 새로운 기술을, 새로운 지식을…… 누구 하나 꿈꿔 본 적도 없는 진정한 힘을 이 세계에 알려줄 것이다.'

그 개혁은 개혁파를 자칭하는 제르키나 로스클레이가 생각하는 왕정 철폐와도 근본적으로 다른 것이다. 케이테가 바라는 것은 더 크고 장기적인 개혁. 아직 이 세계에 있는 부족함과 경쟁을 아예 무효화하는 예측불능의 불가능한 미래다.

'이 몸이 모든 공포를 지상에서 제거해 주마.'

잠시 뒤 라디오가 신호를 받았다.

〈케이테, 이 애송이! 마중을 보내야지! 황도 병대들이 이쪽을 에워쌌어!〉

케이테의 사고는 강제적으로 중단되었다.

"큭……."

목소리의 주인공인 노파는 축의 키야즈나였다. 메스텔엑실을 이 세계에 탄생시킨 궁극의 기마 생성자이며 색채의 이지크가 죽은 지금, 지상에서 가장 두려워해야 할 마왕 자칭자로 여겨진다.

"그렇게 근거리까지 와 있었나! 왜 먼저 연락하지 않았지!"

〈메스텔엑실이 빨리 황도를 보고 싶다고 하니까! 황도의 멍청이들에겐 어차피 들키지 않을 줄 알았는데 이런 때만 일을 잘하는군!〉

"안 들킬 리가 있냐! 잘 들어. 내가 도착할 때까지 절대로 손대지 마! 죽이면 메스텔엑실 옹립 흐름도 물거품이 돼!"

〈성가시네! 오래는 못 기다려. 그렇지, 메스텔엑실!〉

〈하, 하하하하하하! 케이테, 오랜만이야!〉

"그딴 건 됐어! 내가 갈 때까지 얌전히만 있어! 알겠지?"

가장 열정적인 문관으로 알려진 제4경은 즉시 준비를 시작했다. 그녀가 어떤 행동에 나서기 전에 맞이하러 가야 한다.

"이놈이고 저놈이고…… 성가신 놈들뿐이야……!"

◆

이른 아침. 황도의 첨탑 안에서 질주하는 별의 아르스는 눈을 뜨고 가벼운 날갯짓으로 창문까지 올랐다. 방문자의 기척을 느꼈기 때문이다.

눈 밑의 하얀 시가지는 아직 깨어나지 않았다.

"……누구?"

예민한 감각을 가진 자에게만 들리는 속삭임처럼 작은 목소리였지만, 대답이 있었다.

"─사이아노프다. 무진무류의 사이아노프."

아르스는 작게 고개를 갸웃거렸다. 탑 바로 아래에 있는 존재는 점수(우즈)였다.

일반적으로 아르스 같은 조룡(와이번)과 대화를 나누지 못하는 종족이다. 점수(우즈)는 조룡(와이번)을 두려워하기 때문이다.

　"사이아노프. 누구였더라……?"

　"모래 미궁에서 만났잖아? 난 기억해."

　"……아아. 모래 미궁. 별거 아니었지……."

　아르스는 마침내 하잘것없는 기억 중 하나에 이르렀다.

　미궁이라는 칭호는 어디까지나 인족의 척도로 붙여진 것이다. 가혹한 열사의 한가운데라지만 지형에도 낭귀(리칸트) 일당에게도 방해받지 않고 직접 도달할 수 있는 아르스에게는 모래 미궁 따위는 미궁이라고 부를 가치도 없었다.

　"'진정한 마왕'의 죽음은 네놈을 통해 알았다. 이렇게 황도에 찾아온 이상, 한 마디 정도는 인사를 나누려고 말이지."

　"……딱히, 상관없어……. 점수(우즈)의 인사 따위……. 나는 기억도 못 하는걸……."

　"역겨운 트로아는 어때?"

　그 이름이 나오자 아르스는 반응했다. 그것은 살짝 고개를 드는 정도의 움직임이었지만.

　"네놈 손에 죽었을 마검의 괴물이 황도에 왔다는 소문이 있어. 상람 시합에서 자신의 원수라도 갚으려나 보지. 네놈이 어떻게 생각하는지 듣고 싶었어."

　"……가짜야."

　아르스는 작게, 하지만 분명하게 단언했다.

　"……원수를 갚고 싶다면 당장 나를 베러 오면 되는데…… 왜 그러지 않지……? 그러지 못하는 건…… 진짜 트로아와 달리 약하기 때문일 테지…….”

“강하기 때문일지도 몰라.”

사이아노프는 담담히 대답했다.

“서로가 죽일 생각으로 싸우면 이 거리가 무사하지 못할 거라 생각하는지도 모르지.”

“……나와 네가 싸워도 그렇게 될까?”

아르스는 눈 밑의 작은 점수(우즈)를 내려다보았다. 그는 강자와의 싸움에 관심을 가진 적이 없지만, 이 사이아노프는 분명 강하다. 그것은 알고 있다.

사이아노프는 들고 있던 책을 위족(僞足)으로 펼쳤다.

“글쎄다. 지금 시험해 볼까?”

“…….”

표정이 움직이지 않는 아르스보다 점수(우즈)의 감정은 더 읽을 수 없었다. 책을 펼치고도 정말로 시선을 그쪽에 보냈는지조차 판별할 수 없었다.

“……성가시군.”

“훗. 아쉽네. 내 용건은 끝났어.”

사이아노프는 그 자리에서 돌아가기로 한 모양이었다. 왔던 길을 통해 탑에서 멀어져 갔다.

“마지막으로 하나만 묻고 싶어.”

그러면서 사이아노프는 아르스에게 물었다.

“네놈은 마왕의 죽음을 알고 있었지? 어떻게 그걸 단언할 수 있었지?”

“…….”

"아니면 네놈이……."

─용사의 정체는 아닐까?

'최후의 일행'의 생존자는 그 질문을 끝까지 계속하지 않았다.

◆

황도 구시가지. 먼지 폭풍 사건 이후 역겨운 트로아는 어쩌다 보니 이 구획의 노동자 거리에 몸을 두고 짐을 운반하는 일 등을 자주적으로 도왔다.

정식 시민권을 갖지 않은 이상, 이곳 황도에 오래 머무를 수 있다는 보증은 없다. 안 그래도 그의 우월한 체구와 위험하기 그지없는 차림새는 시민을 공포에 빠뜨렸다.

"아! 역겨운 트로아잖아! 오랜만이야!"

"……."

옆에서 들린 목소리에 트로아는 살짝 진저리치며 발을 멈추었다.

괴담의 존재에게 대수롭지 않게 말을 건 자는 구시가지에 흘러든 귀족 아이 같은 겉모습이었지만, 누가 봐도 황도 29관 중한 명이었다. 최연소 제22장, 철관우영의 미지알이었다.

"……미지알이군. 정무는 어떻게 하고?"

"지금 시기에 무관은 한가하거든. 구 왕국이나 오카프와 전쟁 이야기도 모조리 없어졌으니까. 그래서 트로아라도 보려고 왔지."

"내가 무슨 희귀 식물이냐?"

미지알은 대수롭지 않게 짐차를 돌아 그 짐을 바라보았다.

"오늘은 뭐야? 짐 운반? 마검을 지고서?"

"약을 옮겨 왔을 뿐이야. 옆 구획의 진단소 몫도 있으니 이제부터 또 조금 돌게 될 거야."

약병을 가득 실은 마용(馬用) 짐차는 도저히 인족이 끌 수 있는 게 아니지만, 이걸 견인하여 광대한 황도를 달리고도 숨도 헐떡이지 않는 트로아의 신체 능력은 심상치 않았다.

"……그래서 말해 두겠는데, 네 이야기에 어울릴 시간은 없어."

미지알은 처음으로 트로아와 만난 그날 그를 상람 시합에 끌어들였고 거절당했다. 하지만 그 뒤에도 이렇게 자기 마음대로 트로아가 있는 곳에 찾아오기에 트로아는 정말로 이 소년이 황도의 최고 관료인지 의심하기 시작했다.

"뭐? 조금쯤 쉬어도 되잖아……."

"—역겨운 트로아가 너냐?"

두 사람의 대화에 끼어드는 목소리가 있었다.

골목을 옆으로 크게 막듯 위험한 일당이 나타났다. 쇠뇌와 단검, 망치 등으로 무장하고 두 대의 마차를 끌고 온 대집단이었다.

미지알은 언짢은 기색을 감추지 않고 물었다.

"……너희는 뭐야?"

"내가 역겨운 트로아다."

미지알이 더 무슨 말을 하기 전에 트로아는 앞으로 나섰다. 가령 짐차나 미지알에게 위해가 미친다면 즉각 대응할 수 있는 위치를 잡았다.

"너희도 내게 용건이 있나?"

"우리는 '해의 대수(大樹)'. 이 부근에서는 자경단 같은 일을 맡고 있지. 그래서 선량한 시민들의 의뢰는 거절하질 못해…….
네놈이 하루 종일 그런 무장을 하고 돌아다녀서 황도 사람들을 두려움에 떨게 한다지? 게다가 역겨운 트로아 이름을 사칭한다고 들었어."

"……."

그 지적들은 사실이었다. 황도에 머무르는 동안에도 트로아는 한시도 마검을 놓은 적이 없었다. 이 마검들을 계속 지키는 것이 지금 트로아의 존재 이유였다.

"게다가 시민권도 없다는 모양이던데? 뭐, 보아하니 무리인 이야기겠지만. 그러니 우리가 황도 의회의 노로마 일당 대신 위험인물을 몰아내려는 거야."

"—의회의 허가만 있다면."

미지알은 양손을 주머니에 넣은 채 무장한 일당을 노려보았다.

"시민이 아닌 자에게도 소 3개월 이상 체류가 인정돼. 제4종 2항 '전시 상병자의 긴급 피난'. 트로아는 열심히 노동을 하고 있고, 황도에서 입건된 범죄 이력도 없어. 너희에게 강제 집행 권한은 없지."

"애송이는 닥쳐. 잘 들어. 우리는 그 녀석에게 말하는 거야. 법률이나 허가 문제가 아니잖아. 실제로 우리에게 시민 요청이 들어오고 있어. 그렇다면 서로 원만하게 해결하고 싶지 않아? 응?"

담배를 문 남자는 미소가 깊어졌다. '해의 대수'들이 잡은 무기는 트로아 자신뿐만 아니라 명백히 그 뒤의 진단소로 향해 있었다.

"……. 내가 여길 나가면 얘기는 끝나는 건가?"

지금까지의 삶에서도 그의 겉모습을 보고 시비 건 불량배는 적지 않았다. 질주하는 별의 아르스의 추적을 포기할 생각도 없지만, 상람 시합 개최가 끝나고 그가 황도를 벗어난 뒤라도 좋다. 자신의 존재가 필요 이상의 소동을 부를 때가 온다면 얌전히 떠나가려 했다. 하지만.

"그걸로 수습이 될 것 같아? 마검을 내놔. 모조리."

"……뭐라고?"

"머리가 안 돌아가는 녀석이로군. 짊어지고 있는 마검을 넘긴다면 험한 꼴 보지 않고 보내준다고. ……알고 있어. 이름은 가짜일지 몰라도 그건 진짜 마검이지?"

'……어디서 얻은 정보지?'

트로아는 속으로 경계를 강화했다. 그를 죽음에서 되살린 역겨운 트로아 본인이라고 믿는 자는 애초에 싸움을 걸지 않는다. 오히려 트로아의 이름을 사칭하는 가짜라고 단언하는 자는 가짜 트로아가 진짜 마검을 소유할 리 없다고 생각할 것이다.

'해의 대수'는 지금까지 트로아에게 시비 걸었던 불량배와는 달랐다.

"이봐! 제22장이야! 내가 제22장!"

무시당한 미지알은 큰 소리로 주장했다.

"내 앞에서…… 그런 소동을 일으키려 하지 마. 얕보인 기분이 드니까."

"얕보는 거 맞아. 철관우영의 미지알. 우리 위에는 **용사가 있**

어. 네놈들 29관이…… 황도까지 와 달라고 부탁해서 일부러 와 줬잖아. 응?"

'마검을 빼앗는 건 자신의 용사 후보를 위해……. 실력 행사 뒤에는 그 나름의 방패가 있는 거로군.'

포위 상황은 진즉에 파악했다. 지금의 트로아가 가장 경계하는 건 짐차에 실린 약병이 깨지는 일과 시가지와 시민에게 피해가 미치는 일이다.

'흉검 셀페스크. 신검 케텔크. 무스하인의 바람의 마검. …… 딱히 문제는 없어.'

직후, 트로아의 얼굴 바로 옆을 화살이 스쳤다. 최소한의 움직임으로 들어 올린 마검 자루가 그것을 튕겼다. ―자루밖에 없는 검이었다. 화살은 약병에 맞지 않고 지붕 위까지 날아갔다.

"아하! 쐈는데! 죄송합니다!"

활을 쏜 난폭한 구성원이 미안한 기색도 없이 외쳤다. 담배를 문 남자는 다 안다는 듯 웃었다.

"이봐! 거칠게 굴면 안 돼! ……역겨운 트로아. 얼른 마검을 넘기고 끝내자. 곤란하지? 만약 이 거리에 화재라도 난다면 말이야. 풉."

턱이 부서졌다. 물어뜯긴 담배 단편이 공중을 날았다.

추처럼 생긴 투척물이 밑에서 직격한 것이다. 철관우영의 미지알. 제22장은 짐승처럼 낮은 자세로 집단의 한가운데를 미끄러져 이미 공격을 마친 상태였다.

"―무시하니까 그렇지. 안 그래?"

주위가 갑작스러운 기습을 알아채기도 전에 미지알의 손끝에서 다음 추가 발사되어 바람을 가르는 소리가 두 번 울려 퍼졌다. 좌우에 있는 불량배의 어깨를, 허리를 동시에 부쉈다.

"나를 무시하니까 이렇게 되는 거잖아."

'해의 대수'는 트로아를 대비하기는 했어도 그 돌발적인 공격을 예측하지는 못했다. 황도 제22장 미지알은 전장의 돌격 역할을 무엇보다 좋아하는 무관인 걸 과연 구성원 중 몇 명이나 알았을까?

"이 자식……."

"뭐 하는 거야!"

무장 집단의 한가운데로 뛰어들었다. 수많은 주먹과 발길질이 미지알에게 쏟아졌다. 본래 작전도 잊고 불량배는 반사적으로 소년에게 무기를 향하려 했다.

"—흉검 셀페스트."

옆으로 휘두른 쐐기 모양 금속 조각의 폭풍이 흉검을 모조리 튕겨냈다.

……그것은 자루밖에 없는 검으로 보일지도 모른다. 자루에서 검신을 무수한 쐐기 모양으로 분할하여 자력으로 조작하는 마검의 이름은 흉검 셀페스크.

"아하핫."

처음으로 본 마검의 힘 앞에서 미지알은 웃었다.

직후, 용수철처럼 일어나더니 턱이 부서져 몸부림치던 담배남 위에 올라타 안면에 네 번이나 팔꿈치를 날렸다. 전혀 망설이지 않는 동작이었다.

"더 싸우겠나?"

"풉, 크헉."

"아하하하하. 못 알아듣겠어. 다들 어때?"

피가 튄 얼굴로 미지알은 주위의 '해의 대수'를 둘러보았다. 그는 처음에 담배남의 턱을 부쉈다. 집단의 중심인물이 더는 지시를 하지 못하게 한 것이다.

"……."

"머리가 안 돌아가는 놈들이로군. 험한 꼴 보지 않고 보내준다는 소리야. 지금이라면 그냥 싸움으로 처리해 주지. 정해…….
어느 쪽으로 할지."

상반신을 일으킨 미지알의 양손에서는 휙휙 바람을 가르는 소리가 났다. 두 개의 추를 실로 연결한 듯 독특한 무기였다.

"처, 철수한다."

"젠장…… 수령이 있으면 너 같은 빌어먹을 자식은…….."

불량배는 한 명씩 사라졌고 구 시가지의 골목에는 다시 정숙이 찾아왔다.

"아하하하하!"

적의 피와 자신의 코피로 범벅이 된 미지알은 팔다리를 뻗고 누웠다.

"이런 거 정말 오랜만이네!"

"……미지알."

트로아는 그의 옆에 웅크려 앉았다. 그 덕분에 필요 이상의 마검을 뽑지 않고 사태를 수습할 수 있었다. 거리에 피해를 주지도 않았다. 하지만…….

"너무 무모했어."

"하하, 왜?"

미지알은 고급 웃옷의 소매로 코피를 닦았지만, 새로운 코피가 흘렀다.

"……열 받잖아. 마검을…… 넘기라니. 괴담 속…… 역겨운 트로아의 마검인데."

"……."

그는 황도 29관이다. 역겨운 트로아를 상람 시합에 옹립하려 한다.

그것은 트로아가 계속 지켜 온 마검이 다른 누군가에게 이용되는 일일지도 모른다.

"미지알. 이 상황에 미안하지만…… 나도 시민권을 가질 방법이 있을까? 당장 원해."

"하하."

그의 말뜻을 미지알도 알 수 있었다.

"이런 건 그냥 싸움이잖아. ……은혜를 갚을 필요는 없어."

"그럴지도 모르지."

질주하는 별의 아르스를 죽인다. 히렌진겐의 빛의 마검을 되찾는다. 그때까지 그의 인생은 그의 것이 아니다. 지옥에서 되살아난 사신으로서 싸워야 한다.

그러니 그런 생각을 해 본 적이 없었다.

"……하지만 그게 더 재미있을 것 같아."

◆

황도의 시가지는 지상 1층만이 아니다. 건조물의 상층끼리도 나무나 철 발판으로 접속되었고, 특히 구시가지의 풍경은 혼란스러운 적층이다.

'트로아는 무사할까? ……일단은.'

하늘로 튀어나온 철 발판의 끝에 선 자가 있었다. 진갈색 코트를 입은 소인이었다.^{레프러콘}

그가 내려다보는 구시가지도 빙 둘러쳐진 발판에 절반 넘는 면적이 가려져 있었지만, 그 하늘색 눈동자는 지면에 있는 모래알의 움직임까지도 선명하게 인식했다. —동시에 모두.

"……설마 역겨운 트로아를 걱정하는 건가?"

등 뒤에서 들린 목소리에 어깨너머로 왼쪽 눈을 향했다. 물론 그러지 않더라도 그는 접근자의 모습도 보폭도 심장 소리까지도 알 수 있었다. 그것이 계심의 크우로가 보는 세계다.

계단을 올라 나타난 것은 양쪽 눈을 붕대로 가린 삼인 여성이었다.^{엘프} 도회(韜晦)의 레나였다.

"재미있군. 이 얘기는 아주 재미있어."

감춘 무기와 접근하기까지의 거동으로 그녀에게 적의가 없다는 건 이미 알고 있었다. 따라서 크우로는 단순한 질문만 던졌다.

"—무슨 용건이지?"

서로 모르는 사이가 아니다. 과거에 크우로와 레나는 지상 최대의 첩보 길드 '흑요의 눈동자'에 함께 소속된 공작원이었다. 크우로가 탈퇴한 뒤 마왕 시대 막바지에 통솔한 흑요 레하르트가 사망하고 조직 또한 붕괴되었다.

"무슨 용건이냐니. 다시 한번 이쪽으로 돌아올 생각은 없어?"

"……'흑요의 눈동자'에 말인가? 통솔자가 죽었다는 소문은 거짓인가?"

크우로는 레나를 흘깃 보았다. 손끝의 움직임. 심장 소리의 변화. 땀. 붕대 속의 동공.

"……. 그런 건 크우로…… 그만둬. 솔직히 소름 돋아."

"예전 동료야. 사양할 건 없잖아."

그것은 천안이라는 이름으로 불렸다. 초감각. 초청각. 육감. 공감각. 다양한 이능 감각을 동시에 겸비한 계심의 크우로는 자세히 지각한 생체 반응 덕에 질문의 답을 기다릴 것까지도 없이 알 수 있었다.

"……네 말이 맞아. '흑요의 눈동자'는 아직 살아 있어. 무너진 통솔 의지를 잇고자 아가씨가 열심히 조직을 뒷받침하고 있지. 지금 네 힘이 필요해. '흑요의 눈동자' 최강인 남자의 힘이."

"그건 정말로 곤란하겠네."

크우로는 쓴웃음 지었다.

"그렇지 않고서는 답을 아는 질문을 하지 않겠지."

'흑요의 눈동자'로서 손을 피로 물들였던 과거는 크우로에게 잊기 힘든 일이었다. 시체를 쌓아 올리는 일이 진정한 바람이 아니었다는 걸 깨닫기까지 멀리도 돌아왔다.

"그렇다고 해도 한때나마 우리의 동료였던 사람으로서 의리는 지킬 필요가 있지. 안 그래? 앞으로 '흑요의 눈동자'는…… 이 황도에서 작전 행동을 한다. 우리의 움직임을 처음으로 눈치챈 게 크우로, 너야."

"……그때 다른 조직에 정보를 흘렸냐고?"

양손을 주머니에 찔러 넣은 채 소인은 지상보다도 조금 가까^{레프러콘}운 하늘을 바라보았다.

"걱정하지 마. 그런 짓을 해서 뭐 해? 시시한 푼돈 벌이밖에 안 돼. 나는 너희들에게 돌아갈 생각은 없지만, 황도를 두둔할 생각도 없어. 어느 쪽에 붙는대도 시시한 일이나 하게 될 뿐이야."

"너는 토기에시에서 망명했어. 그 보답으로 황도에 협력할 의무가 있을 거야."

"먼지 폭풍 일로 그건 끝났어. 부대 배치나 29관의 소재지까지 보이는 눈을 황도가 언제까지 두고 싶어 할 것 같아? 놈들이 나를 뽑은 건 만에 하나라도 구 왕국 측이 나를 쓸까 봐서야. ……용건이 끝나면 바로 나가길 바랄 테지."

옆구리의 상처를 의식했다. 거의 낫기는 했지만, 먼지 폭풍을 격파함과 동시에 꿰뚫린 상처였다.

"아니. 더 확실히 내가 없애 줬으면 하는 놈들이 있을지도 몰라."

그 자리에서 그를 쏜 것은 황도가 아니라 '흑요의 눈동자'였다. 먼지 폭풍을 격파한 시점에 그 이후를 관측하는 '눈'을 끊기 위해 그들은 그렇게 했다. 만에 하나 '흑요의 눈동자' 최강의 남자를 죽이지 못한대도 크우로가 황도를 의심하는 단계까지가 작전에 포함되어 있었다.

물론 빼곡한 모략의 전모를 크우로가 알 수는 없다. ─하지만.

"나는 황도의 병사에게 저격당했어."

"웃기는 이야기야. 먼지 폭풍 관측 임무 중에 부상당해 옮겨졌다는 모양이지? 천안에 용건이 끝난 황도 놈들에게 당한 건가?"

"그래. 거동도 장착했던 장비도 황도 병사가 아니고서는 말이 안 돼. 즉사하지 않게 하느라 정신없었지만…… 그 와중에 나는 그놈들의 얼굴을 봤어."

아무리 멀리서 노려도, 사각지대에 숨어 있어도 보인다. 바꿔 말하면, 저격당하는 순간까지는 못 봤다. 그때 크우로의 감각을 아는 건 단 한 명, 크우로뿐이다.

"나는 그날— 진지에 드나들던 **병사 전체의 얼굴을 봤어**. 나를 쏜 패거리는 진지에서 본 적 없는 얼굴이었지. 다른 파벌이 관측 작전을 틈타 나를 처리하려 했다고 생각해야 할까? 내 천안에 위협을 느꼈다면 왜 암살이 성공할 거라 생각한 거지?"

"……실제로 성공할 뻔한 암살이었잖아? 너는 예전만큼 주위가 보이지 않아."

"사실을 시험해 볼래? 그 녀석도…… 장려(瘴癘)의 지즈마도 말했어. **내 천안은 쇠했다**고. 너희랑 똑같은 '흑요의 눈동자' 지즈마가. 물을게, 레나. 나를 죽이려 한 건…… 실제로 너희 아니야?"

푸른 눈동자가 레나를 정면으로 보았다. 고동. 반사. 호흡.

—그저 물을 뿐이다. 자신을 위장하는 기술이 아무리 뛰어나더라도, 설령 '흑요의 눈동자'일지라도 모든 것을 파헤칠 수 있다. 그것이 천안.

"……"

레나는 보이는 입가만 엷게 웃었다.

"모르지."

그 말뜻을 크우로도 알고 있었다. 그가 본 레나의 반응은 긍정도 부정도 아니었다.

"……그래. 아가씨라면 작전 내용을 아는 놈을 일부러 내 눈 앞에 보내지 않겠지. 게다가 가령 내 추측이 벗어났더라도…… 아는 바가 없다고 그것이 실행되지 않았다고는 너도 단언할 수 없어. '흑요의 눈동자'인 한."

"감각은 떨어지지 않았네. 계심의 크우로. 오랫동안 현역이 아니었다고는 생각할 수 없어. ……역시 나는 네가 돌아왔으면 해. 지난 수년 동안 동료를 너무 많이 잃었어."

"……그렇더라도 돌아가기는 어려워. 이제 나는 종귀^{코프스}가 될 수 없어."

크우로는 자신의 목덜미에 검지를 댔다.

"끌려왔을 때 혈청을 맞았어. '흑요의 눈동자' 출신이니 황도도 내가 종귀^{코프스}인 걸 제일 경계해. 그것도 처음부터 알고 있었지?"

"그래도. '흑요의 눈동자'는…… 종귀^{코프스}가 아니어도 네가 필요 해. ……아니. 종귀^{코프스}가 아닌 게 더 좋아. 아가씨라면 그렇게 말할 거야."

"역시 레하토와는 다르군."

그는 눈을 내리깔고 조금 온화한 표정으로 중얼거렸다.

크우로가 조직에 있던 무렵, 영애는 아직 어렸다. 그녀는 지금 어떻게 자랐을까? 그 성장을 지켜보고 싶은 마음도 있었다.

"……그럼 이만. 아가씨를 잘 부탁해."

"크우로."

레나는 떠나가는 뒷모습을 향해 불렀다.

"……걱정하지 마. 오래 걸리지는 않을 거야. 다만."

철과 나무들의 발판. 복잡한 이 구시가지의 한구석에 최강의 일각이 있다는 걸 아는 자는 없다. 육합상람의 용사 후보에게조차 이름을 알리지 않고 어디에도 속한 적 없는 수라가.

"마음에 드는 극장이 있거든."

◆

햇살을 차단하는 숲. 집의 어느 방에서 계심의 크우로의 대화를 듣는 자가 있었다.

레나가 들고 있던 라디오에서 나오는 수화뿐인 음성 통신이었다. 가령 쌍방향 음성이었다면 아무 말을 하지 않아도 호흡이나 동작 소리만으로 천안은 모든 것을 간파했을 것이다.

'……크우로 님.'

테이블 위의 수화기를 막고 영애는 긴 눈썹을 내리깔았다. 그 피부는 어둠 속에서도 하얘서 밤하늘의 달처럼 미모를 돋보이게 했다.

흑요 리날리스다. 지상 최대의 첩보 길드 '흑요의 눈동자' 잔당을 이끄는 젊은 혈귀(뱀파이어) 소녀다.

그녀의 옆에는 소인(레프러콘) 노파가 있었다.

"크우로를 처리하지 못한 건 큰 실수였어요. 아가씨."

리날리스를 돌보는 가정부장, 각성의 프레이는 길드 설립 당시부터 있던 고참이다.

먼지 폭풍을 틈탄 크우로 암살을 발안한 자이기도 했다. 현지에서 크우로를 친 자들은 그녀들 '흑요의 눈동자'가 지배하는 황도 29관— 제13경 에누의 지휘 계통에서 보낸 야전 부대에 지나지 않았다.

크우로의 천안은 쇠하여 이제 집중한 한 점밖에 보지 못했다. 프레이가 올바르게 능력을 추측하여 그것을 바탕으로 세운 계획은 크우로가 다시 회복한 전성기의 힘과 그 자리에 있던 역겨운 트로아에 의해 뒤집혔다.

"혈청 치료를 받았다는 말이 사실이라면 크우로는 이제 아가씨의 힘으로도 지배하기 어렵겠지요. ……그는 전성기와 같은 천안을 되찾았을 겁니다. 그가 **마음만 먹으면** 우리의 동향은 모두 꿰뚫어 볼 거예요."

그저 접근하기만 해도 감염되는 생물을 지배하에 두는 공기 감염 혈귀. 정체를 아무에게도 들키지 않으면 리날리스의 이능력은 무적이다. 바꿔 말해 그 힘은 비밀을 간파하는 계심의 크우로가 천적인 힘이다.

무릎 위에서 양손을 잡고 리날리스는 중얼거렸다.

"크우로 님은…… 우리에게 손을 대지 않는다고 하십니다."

"그건 거짓말이에요. 그가 황도의 작전에 따라 아직 황도에 남아 있다는 건 황도 측에 무슨 약점이 잡혔다고 생각해야겠지요. 옛 친구를…… 동료를 의심하고 싶지 않은 마음은, 아가씨. 잘 압니다. 하지만 크우로는 이미 '흑요의 눈동자'가 아니에요."

"……."

조직 밖에 나간 적이 없는 리날리스에게 크우로는 지금도 영웅일 것이다. '최초의 일행'의 최강을 지금도 믿는 자가 있듯이, 많은 백성에게는 절대적인 로스클레이가 그렇듯이.

"걱정하지 마세요. 제가 책임지고 크우로를 죽이겠습니다. 만에 하나라도 아가씨를 위험에 빠뜨릴 수는 없으니까요. 크우로의 성격을 고려하면…… 황도에 잡힌 약점은 물건이나 정보가 아니라— 아마 인물일 거예요. 그렇다면 반드시 찾아내서 우리의 손바닥 안에 넣도록 해요."

"그건."

리날리스는 일어났다. 그녀가 프레이에게 보낸 눈빛은 비난과는 다른 빛을 띠고 있었다.

"부디 그만두세요. ……우리를 위해서."

어딘가 겁먹은 듯한, 하지만 확신을 가진 눈동자.

"크우로 님은 진심으로 우리와 적대하려 하지 않아요. 그걸 안 것만으로도…… 그가 우리를 믿는다는 걸 안 것만으로도 레나의 교섭은 좋은 결과라고…… 생각해요."

"우리는 그를 죽이는 데 한 번 실패했어요. 더 이상 관계가 악화할 일은 없어요."

"……프레이 님. 크우로 님이 **화난 모습**을 본 적이 있나요?"

"그가, 화를 낸다?"

크우로의 얼굴을 떠올렸다. 늘 어둡고 언짢은 듯한 표정. 노려보는 듯한 눈빛.

하지만 늘 담담히 요구하는 모든 일을 소화해 온 남자다. 진정한 의미로 격정을 엿보인 적도, 깊은 슬픔을 드러낸 적도 없었다.

"듣고 보니…… 그를 오래 보아 왔지만, 화내는 모습은 한 번도."

"저는 있어요. 크우로 님이 화내는 건 자신이 살해될 때가 아니에요. 크우로 님이라면…… 확신할 수 있어요. 진짜로 위험한 건…… 검에 손을 대는 건 그의 약점을 쥔 황도 쪽이에요."

"……."

그의 눈이 쇠하는 한, 황도가 크우로를 뜻대로 움직일 기회는 얼마든지 있었을 것이다. 하지만 그날 힘을 되찾은 이상…… 이제 그것마저도 절대적이지는 않다.

"프레이 님. 우리는 그가 천안을 되찾은 걸 알고 있어요. 적어도 황도는 그 사실을 몰라요. 아직 주도권을 쥐고 있다―고 분명 생각하고 있겠지요."

"황도는 언젠가 크우로를 주체하지 못하고 자멸할 거라고."

"……네."

프레이는 더는 리날리스의 마음에 파고들려 하지 않았다. 다만 그녀의 마음을 생각할 뿐이었다.

'……크우로와 결정적인 적대를 피해야 한다는 ……말도 일리는 있겠지. 그렇지만…… 역시 아가씨는 동료를 잃는 두려움을 없애지 못하고 있어.'

적인 자, 신뢰를 배반한 자에게 철저한 비정을 관철하는 리날리스의 책략은 그렇지 않은 자를 버리지 못하는 위험을 품고 있기도 하다.

'지상에 다시 전란의 시대를. 그것은 우리 「흑요의 눈동자」가 살기 위한 시대. 따라서 그곳에 모두가 다다르게 해야 해……. 오직 전란을 위해 살아남아야 해. 아가씨는 계속 그 모순을 품고 있어. ……그러니 짊어지게 해서는 안 돼.'

'흑요의 눈동자'. 뒤에서 모략의 실을 당겨 조종하며 시대의 역행을 획책하는 조직. 그 중추는 수많은 비밀에 뒤덮여 있다.

하지만 그것이 단 한 명의 소녀라는 것을 계심의 크우로는 알고 있었다.

'……여차하면. 내 손으로 크우로를.'

◆

촛불 하나로도 희미하게 윤곽을 알 수 있을 정도로 그 방은 좁았다.

마치 고해실처럼 —실제로 손을 보기 전에는 그랬으리라— 대면하는 의자 두 개와 그 중앙의 원탁. 그것 말고는 아무것도 없는 방이었다.

"……그, 상람 시합 말인데. 의회는 시합을 진업으로 진행할 의향인 모양이야."

"흐음…… 그거 큰일이네."

쿠제의 맞은편에 앉은 노신관은 하늘의 호면의 마퀴레였다. 쿠제 같은 남자와 아직도 알고 지내는 걸 제외하면 총명하고 자비로우며 경애해 마땅한 선도자였다.

"왜 이런 시대에 진업일까요? 그건 귀족의 결투라든지 오랜 옛날의 왕위 쟁탈전이라든지…… 그런 종류의 시대착오적이고 야만적인 규칙이잖아요?"

"……그렇기 때문이겠지. 백성에게 용사의 출현은 신록의 시절의 진왕 귀환에도 뒤지지 않는 일대 사건이야. 그렇다면 그 무렵과 동일한 형식에 따라 백성의 면전에서 힘을 보인다는 생각도 통할 테지."

"제정신이 아니네요……. 찾아냈다는 용사님에게 주위에서 모은 영웅을 몰살시키려는 건가요?"

"인정하고 싶지는 않지만…… 백성도 그걸 바라고 있을 거야. 이렇게 대규모인 진업 왕성 시합은 이전에도 앞으로도 수백 년은 없을 테지. 무력한 시대였어……. 인간의 마음은 힘에 굶주렸지. 영웅이 피를 흘리길 바라는 마음과 모든 것에 승리하는 용사를 바라는 마음. 둘 다 같은 마음이야."

무기, 기교, 사술. 무엇 하나 거짓되지 않고, 가세도 하지 않으며, 시합에서 상대하는 개인의 모든 것을 거는 싸움이다. 그 목숨도 포함해서.

진업이란 그 약속이다. 그런 의례가 필요했던 시대가 이 세계에도 확실히 있었다. 하지만.

"……잠깐 기다리세요. 만약 그 시합에서 용사가 죽으면 어떻게 되는 거죠? 기껏 준비한 자리인데 허사가 되잖아요?"

"죽을 것 같아? '진정한 마왕'을 쓰러뜨린 '진정한 용사'가."

"다른 녀석들은 그렇게 생각할지도 모르지만. 나는…… 아니야. 살아 있는 놈은 죽어. 누구나 죽어."

"─그렇다면 이렇게 생각할 수도 있지."

노인은 달리 듣는 사람이 없다는 걸 알면서도 목소리를 낮추었다.

"의회는 용사를 찾지 않았어. 용사가 이기는 싸움이 아니라 승자를 용사로 삼을 셈인 거야."

"말도 안 돼."

쿠제는 일소에 부쳤지만, 근거가 있는 부정은 아니었다.

빠르게 머리를 굴려 마퀴레를 따라잡을 생각도 아니었다.

"그렇다면 내가 이길 수도 있겠군."

"……지금이라면 그만둘 수도 있어. '교단'의 자네 추천을 취소할 수도."

이 노신관이 진지하게 쿠제를 걱정한다는 것은 알고 있었다.

패배하면 죽을지도 모른다. 만에 하나 이긴다고 해도 그 이상의 음모에 휘말릴 거라는 건 처음부터 훤히 보였다.

……하지만 만약 이것이 개최되어 용사가 탄생한다면 어떻게 될지도 이미 예측되는 이야기였다.

리치아 신공국. 구 왕국주의자. 오카프 자유도시. ……지금의 황도는 기존의 권위를 위협할지도 모르는 조직을 연이어 해체하고 있다. 다음은 '교단'이다. 황도의 원조는 노골적으로 감소되고 있으며 민중의 불만은 '교단'으로 모이는 것도 사신에 대한 불신만이 이유는 아닐 것이다.

용사. '진정한 마왕'에게 위협받는 세계를 구하지 않은 사신을 대신하여 진정한 의미로 사람들을 구한 현실의 우상이 나타난다.

시합 출전권을 '교단'에 맡긴 것은 용사가 '교단'의 상징을 타파하는 모습을 대중의 면전에 보여주기 위함일지도 모른다.

"저는…… 진심이에요. 질 생각은 전혀 없습니다. 선생님이라면 아실 테지요. 제게는 나스티크가 있어요."

"잘 생각해 봐. 절대적인 로스클레이가 상대라도 그렇게 말할 수 있나? 만약 황도가 말하는 대로 '진정한 용사'가 실재한대도?"

"후헤헤…… 물론 그런 놈들은 무적의 영웅님이겠지요. 저는 도저히 못 이겨요."

쿠제는 경박하게 웃었다.

표면적으로라도 그렇지 않으면 '교단'의 처리자일 수 없다.

그리고 무적일 수도.

"하지만— 그놈들은 식사를 하거나 잠을 자는 사이에도 계속 무적의 영웅일까요? 그놈들의 친구나 가족도 역시 무적의 영웅님일까요? 잠든 가족은요? 친구는요?"

나스티크를 지각할 수 있는 존재는 쿠제 말고 없다. 하얀 죽음의 천사에게는 어떠한 존재든 말살할 권리가 있다.

그리고 아마 쿠제만이 그렇게 싸울 수 있을 것이다.

최강이라는 자부심도 긍지도 무엇 하나 갖추지 않은 사나이이기 때문이다.

"게다가…… 어쩌면 제게는 사제가 있을지도 몰라요."

그의 천사는 그가 아니면 구하지 않는다. 순회 중에 우연히 크노디를 구할 기회가 있었지만, 쿠제는 은사인 그녀를 구할 수 없었다.

아리모 열촌의 학살은 '최후의 땅'에서 온 괴물의 짓으로 여겨진다. —하지만 쿠제는 그 사건의 진실을 알고 있다.

수기에는 학살을 행한 자의 이름이 있었다. 불언의 우하크.

쿠제가 아직 보지 못한, 그리고 동류인 '교단'의 학살자.

"……상람 시합에서 그놈과 만날 것만 같아요."

"……쿠제."

"'교단'이 없어지면 얼마나 많은 아이가 길거리에 나앉을지 저는…… 생각하고 싶지도 않아요. 누군가가 해야만 할 일이라면 저겠지요. 저는 무적이니까요."

노신관은 한동안 고개를 숙이고 하려던 말을 멈추었다.

그리고 쥐어 짜내듯 말했다.

"……쿠제. 부탁이야……. 부탁하네."

그들의 작은 구원이 더 이상 사라지지 않도록.

새로운 시대가 시작되지 않도록.

"용사를 죽여 줘."

상람 시합을 앞두고 움직이기 시작한 세력은 많았다. 하지만 그들은 가장 무력한, 쇠해 가는 조직이었다.

그런데도 훨씬 거대한 시대의 흐름에 떠밀려 갈 수밖에 없는 그들은…… 지금 방법을 찾을 필요가 있었다. 미래의 세계에 그들의 동포를 살리기 위해.

'교단'은 마지막 계획을 실행하고 하고 있었다.

◆

건물 사이에 전원이 펼쳐지고 관리된 가로수가 늘어섰다. 황도에 가까운 대도시 기미나시(市)였다.

그런 가로수 속에서 거인이[기간트] 끄는 중화차가 장대한 화물을 수송하고 있었다.

"이봐, 신중하게 옮겨!"

소리 높여 외치는 이는, 그런 거인들[기간트] 중에서도 눈에 띄게 체격이 컸다. 거인의[기간트] 기준으로 봐도 마치 어른과 아이 같았다.

"중요한 물건이야! 모퉁이를 돌 때 건물에 걸리면 안 돼!"

시민 중에는 눈치챈 이도 있었을 것이다.

탑보다도 높은 이 남자가 바로 사인 수향의 무적의 영웅— 지평포 멜레라는 걸.

"우와, 굉장하네……."

그저 걷기만 해도 이목을 끄는 멜레의 위용을 앞에 두고 그 소녀도 무심결에 중얼거렸다.

소녀는 멸망한 나간 미궁도시의 생존자다. 머나먼 갈고리발톱의 유노였다.

'……지평포 멜레. 그 멜레도 정말로 상람 시합에 나올 생각이구나…….'

그녀는 황도에서 받은 임무를 마치고 돌아가는 길에 쉬려고 이 도시에 하룻밤 묵었다.

동행했던 버드나무 검의 소지로와 숙소는 달랐지만, 쇼핑도 하고 겸사겸사 뻔뻔한 소지로에게 간식거리로 홍과를 줄 생각이었다.

하지만 이렇게 무시무시한 영웅을 보니 여하튼 자신의 마음을 자각하게 되었다.

'나는— 소지로를 죽이려 해.'

……고향이 멸망한 그 날에 미궁 기마^(먼전 골렘)를 절단한 소지로는 지금 눈앞에 있는 멜레도 벨 수 있을까?

유노가 소지로를 상람 시합에 보내려는 건 그를 사지로 유도하여 자기 자신도 확신할 수 없는 감정의 원수를 갚기 위해서다.

'멜레뿐만이 아니야. 제2장 로스클레이도. 질주하는 별의 아

르스도. 어쩌면…… 내게는 헤아릴 수도 없는 더 무서운 괴물들까지…….'

유노는 그런 수라의 소용돌이로 들어갈 수는 없다.

분명 진정한 용기가 없이는 덤빌 수 없는 시합일 것이다.

"……아."

얼마나 오래 발을 멈추고 있었을까? 유노는 문득 눈앞의 상황을 깨달았다.

중화차의 화물에 걸린 굵은 가로수가 밑동부터 부러져 유노에게 쓰러지고 있었다.

"와, 아."

얼빠진 목소리가 새어 나왔다.

─죽는다. 이런 곳에서. 뒤늦게 그것을 실감했다.

"이봐, 괜찮아?!"

하지만 그렇게는 되지 않았다. 거대한 손이 가로수를 잡고 있었다.

수송 모습을 지켜보던 지평포 멜레가 거대한 덩치에 어울리지 않는 속도로 돌발적인 사고에 대응했다.

부러진 가로수를 가뿐히 길 반대쪽으로 돌려놓았다.

"정신 똑바로 차려! 인간[미니어]은 약하니까! 금방 죽는다고, 카하하하하!"

"아, 가…… 감사, 합니다……."

유노는 눈을 희번덕거리며 인사했지만, 전설의 거인[기간트]은 이미 그것을 듣지 않는 모양이었다.

멜레는 민간인을 위험에 빠뜨린 수송대의 거인[기간트]에 대한 질책마저 웃음이 섞여 있었고, 그런 모습을 보자 지금 자신에게 닥친 믿기 힘든 목숨의 위기마저 하잘것없이 작은 일인 것만 같았다.

"……뭐였지?"

유노는 수송대의 뒷모습을 멍하니 바라보며 움직임을 멈추었지만, 갑자기 그녀의 뒤에서 소녀의 목소리가 들렸다.

"언니, 홍과."

"응?"

"주머니에서 떨어졌지? 괜찮아?"

초록색 옷을 입은 삼인^{엘프} 아이였다. 투명하리만큼 아름다운 푸른 눈이 유노를 올려다보았다.

"봐, 진흙이 묻었어. 닦으면 먹을 수 있겠지만, 인간^{미니어}은 그런 거 싫어하지 않아?"

"……미안해. 정신이 없어서 몰랐어. 고마워."

봉지에 세 개 들어 있던 홍과는 남김없이 떨어져 어제 내린 비 웅덩이에 잠겼다.

"아무래도 다시 사야겠네. 내가 먹는다면 괜찮지만 선물할 용도였으니까……."

"흐음……."

소녀는 딱히 관심도 없는 듯 유노를 바라보았다.

그리고 자신이 들고 다니던 봉지에서 홍과를 세 개 꺼냈다.

"줄게."

"응?! 하지만 그건, 모르는 사람에게 받을 수는 없어."

"하지만 지금 시장까지 왕복하기는 힘들잖아? 아까 그것도 딱히 언니 책임이 아니야. 정말로 거인^{기간트}은 정신 사납고 민폐라니까! 나는 거인이 싫어."

"하지만 네가 돈을 내고 산 홍과잖아?"

"……그렇게 보여?"

소녀는 어찌 된 일인지 짓궂게 웃었다.

"이 정도는 전혀 신경 안 써도 돼. 나는 **뭐든 할 수 있으니까.**"

◆

황도에서 멀리 떨어진 산악 지대에 오카프 자유도시가 있다. 시가지에 사는 용병은 많지만 중앙 성채의 파수꾼 모리오와 직접 얼굴은 마주한 사람은 적다.

하지만 이날, 해마 창병이 그 방을 방문했다.

"소리 절단의 샤르크로군. 이야기는 대충 들었어. 편히 있어."

"편하냐 아니냐를 따지자면 진작부터 편했지만.—상람 시합 말이야. 파수꾼 모리오."

샤르크는 권유받은 의자에 앉을 일도 없었다. 문 옆에서 벽에 기댄 채 말했다.

"마족인 나를 옹립하는 녀석은 없을 줄 알았는데 아무래도 있었던 모양이야. '검은 음색'이 빠진 자리를 내가 받게 됐어. 계약 중간에 미안하지만, 이곳 오카프에서는 빠질게."

"……그래. 병사가 자기 전장을 찾는 건 자유야. 겸사겸사 여기서 나를 찔러 죽이면 큰 공적이 되겠지."

"농담하지 마. 나는 황도에 붙을 생각도, 너희에게 붙을 생각도 없어. 처음부터 그랬지. 나는 용사 정보만 원해……. '진정한

마왕'을 죽인 용사가 누구였는지 말이야."

"그게 너일지도 모르는 건가?"

"내가 생각하기에— '진정한 마왕'을 쓰러뜨린 용사 자신도 분명 자신이 누구인지 모를 거야. 그러니 나서지 않는 거지. 말이 되는 이야기지?"

"그렇게 간단한 이야기는 아닐 테지만."

모리오는 엽궐련에 불을 붙였다. 마왕이 죽은 뒤로 지금까지 '진정한 마왕'에 관한 사실을 은폐해 온 당사자인 그에게조차 용사의 정체는 전혀 짐작이 가지 않았다.

'진정한 마왕'의 증거가 남아 있다면 이 세계의 어딘가에 '진정한 용사'의 증거도 존재할 것이다. 그것이 살아 있든, 죽었든.

지평에 사는 모두가 그 하나의 진상만을 바라지만 찾아내지 못했다.

"소리 절단의 샤르크. 너는 왜 오카프까지 왔지?"

"말했을 텐데? 용사의 정보를 얻으러 왔어."

"너는 '최후의 땅' 조사에 나선 세력을 전전했을 거야……. 인족 국가인 황도를 제외하고. 마족을 받아들인 용병 도시 오카프를 가장 먼저 고르지 않은 이유가 있겠지."

"……말하게 하려고?"

모리오는 쓴웃음을 지었다.

"왜? 그런 미래도 재미있을 것 같아서."

샤르크는 처음부터 오카프가 계약대로 '최후의 땅'의 정보를 넘기지 않을 것을 알고 있었는지도 모른다. 혹은 카즈키처럼 오카프와 일전을 벌일 가능성도 있었다.

"그만둬. 재미도 없는 얘기야."

"한번 들어보고 싶은데…… 너는 왜 '최후의 땅'에 직접 가지 않았지?"

"……."

"카즈키를 죽인 너라면 그 지옥에 들어선대도 살아남을 수 있었을 거야. 입막음을 꾀한 패거리가 있었더라도 네 창 실력에 이를 수는 없어."

파수꾼 모리오는 일탈한 '손님'임에도 한 나라를 일으킨 마왕 자칭자다. 전사의 심리는 그 당사자 이상으로 잘 알고 있다.

"……두려운가?"

"그럴……지도 모르지."

샤르크는 해학적으로 대답하지 않았다.

"나는 두려운 것인지도 몰라."

두렵다. 그래서 알아야만 한다. 용사와 마왕의 진실을.

◆

마찬가지로 오카프 자유도시의 번화가. 상점 사무소 같은 건물을 방문한 남자가 있었다.

"그야 뭐, 취재하면서 죽을 뻔한 적은 일일이 셀 수도 없지요."

아담하고 뚱뚱한 체격에 나무 상자를 짊어진 남자였다. 말이 많은 모양이라 문으로 들어온 순간부터 떠들기 시작했다

"이번만은 제일 무서웠어요. 전장보다 무서웠죠. 절실히 실감하지만, 얼마 전까지 그런 인물이 살아 있었죠? 그것만으로 이

세계에 온 걸 후회해요."

"……수고 많으십니다, 시지마 유키하루 씨."

목제 회전의자에 앉은 소년이 앉은 채로 인사했다.

나이는 불과 열세 살 정도 아이로도 보이지만, '손님'에게 그 척도는 통하지 않았다. 특히 '회색 머리 아이'로 알려진 그— 역리의 히로토에게는.

황혼 잠입 유키하루가 지기타 조기에게 받은 '진정한 마왕' 조사는 역리의 히로토가 오카프 자유도시와 교섭하기 위한 재료를 입수하려는 의뢰였다.

"하지만 더 이상 '진정한 마왕'이나 용사에 관한 조사를 할 필요는 없습니다. ……일단 제2단계 목적은 달성했어요."

"아, 그거면 될까요? 히로토 선생님이 원하신다면 이 기세로 '진정한 용사'에 대해서도 조사할까 했는데요."

지상의 누구 하나 도달하지 못한 수수께끼에 대해 그건 대단한 호언장담처럼 보이지만, 그만큼 자부심이 있는 것이리라. 황혼 잠입 유키하루 또한 세계에서 추방된 일탈한 기자^{저널리스트}였다.

"—상람 시합에 일부러 응할 필요는 없잖습니까? '진정한 용사'를 밝혀 증거와 함께 들이대면 상람 시합과 함께 놈들의 계획을 날려버릴 수 있습니다. 원한다면 히로토 씨가 그놈들을 직접 옹립하면 돼요. 저는 빠른 게 좋습니다."

"그건 제게 너무 안 좋은 방법이네요."

히로토는 쓴웃음 지었다. 오랜 세월, 유키하루는 그의 눈으로서 이 대륙을 달렸지만, 그렇다고 히로토 계획의 전모를 파악한 것은 아니다.

"그럼 황도가 **붕괴되지 않습니까**. 우리가 오카프를 움직여서 상람 시합을 이용하려는 건…… 그것보다는 아주 평화로운 침투예요."

"또 그러신다. 정치가의 그런 말은 침략의 또 다른 표현 아닌가요?"

"유키하루 씨. 침략은 손해입니다. 지지자만 줄어들 뿐이니까요. 제 목적은 어디까지나."

……그리고 이 세계에는 그것을 실현하려는 자마저 있다.

전혀 불가능해 보일 정도의 이상을.

"─해피엔딩이에요. 모두가 이득인 결말을 만들어야죠."

지평의 모든 것을 공포에 빠뜨린 세계의 적 '진정한 마왕'을 누군가가 쓰러뜨렸다.

　그중 한 명인 용사는 아직 그 이름도 실체도 모른다.

　공포의 시대가 종식된 지금, 그중 한 사람을 정할 필요가 있었다.

―지금 수라의 이름은 열여섯 명.

버드나무 검의 소지로.

질주하는 별의 아르스.

세계사의 키아.

조용히 노래하는 나스티크.

지평포, 멜레.

흑요, 리날리스.

역겨운 트로아.

궁지의 상자의 메스텔엑실.

계심의 크우로.

절대적인 로스클레이.

겨울의 루크노카.

무진무류의 사이아노프.

불언의 우하크.

소리 절단의 샤르크.

마법의 투.

역리의 히로토.

그리고 현재.

"—열여섯 명이야. 후보자 정보도 여기서 공유해 두지."

황도 제1경, 기도의 글라스는 그렇게 말을 이었다. 열여섯 명. 임시 회의장에 모인 황도 29관의 절반 이상이 각자 최강이라 믿는 용사 후보를 옹립한 것이다.

생사를 건 진업에 도전하는 옹립 후보의 승패에 자신들의 미래도 걸었다. 그것이 육합상람이다.

"열여섯 명이나 있으면 신청 순서대로 할까? 나부터 해도 되겠지?"

"그게 알기 쉽겠지. 그럼 제20경. 걸쇠의 히도우."

다양한 경이와 일탈을 허용하는 이 지평에서— 만약.

모든 종족, 모든 전투자 중에서 단 한 명. 모든 수단을 써서 마지막에 남는 '최강'이 존재한다면 그것은 어떤 존재일까?

"질주하는 별의 아르스. 굳이 설명할 필요도 없지. 미궁도 보물도 모두 가진 조룡(와이번). ……이런저런 걸 따져 봤을 때, '진정한 마왕'을 죽인 녀석이 어딘가에 있다면 이 녀석 정도겠지."

수많은 신비를 약탈하고 욕망이 가는 대로 모든 것을 유린하는, 만능 적성을 가진 모험자(로그).

"……두 번째. 이쪽을 먼저 할까? 제11경. 저녁 종의 노프토크."

"하아…… '교단'의 추천이군요. 지나가는 재앙의 쿠제. '교단'

의 처리자로서 제거한 적이 수백이라죠. 뭐…… 나름 노력해주지 않을까요?"

이 세상의 누구에게도 인식되지 않고, 일격으로 치명적인 검을 찌르는 암살자.^{스태버}

"그럼 제25장. 공뢰의 카욘."

"그나저나 여기 있는 모든 자를 알고 있지? 이 시합의 목적은 '진정한 마왕'을 쓰러뜨렸느냐 하는 이야기잖아? 그거라면 지평포 멜레지! 마왕의 사인 수향 침공을 막고 먼지 폭풍을 격파한 영웅! 실적이 전혀 달라."

만물을 포착하는 지평포의 끝에서 발사되는, 방어 불가능한 파괴를 초래하는 궁수.^{아처}

"제27장…… 탄화원의 하디. 다음 후보야."

"한마디만 해 두지. 나간 미궁 도시 이야기는 사실이야. 그걸 한 녀석의 이야기도. 아무도 모르는 용사라는 건 결국 최근까지 이 세상에 없었던 '손님'이라는 뜻이잖아. 로스클레이에게는 미안하지만, 나는 버드나무 검의 소지로에게 걸겠어."

적의 생명 형태를 불문하는 참살 기술. 검의 마도 끝에 법칙을 일탈한 검호.^{블레이드}

"네 번째 후보야. 제13경, 천리경의 에누."

"……나락의 소굴의 젤지르가. '흑요의 눈동자' 출신. 그녀의 이반 없이 흑요 레하트 토벌은 이루지 못했다고 단언해도 좋아.

실을 조종해서 만지지 않고도 묶고, 조종하고, 적을 베지. 내가 아는 한은— 그녀가 최강의 술사야."

은밀히 그림자 뒤에서 음모와 지배로 침식하여 집단의 눈과 귀를 조종하는 척후(스카우트).

"……제10장, 납화(蠟花)의 크웰. 후보는."

"사, 사이아노프예요. ……무진무류의 사이아노프. 저기, 그게. '최초의 일행'인 피안의 네프트 씨. 아시죠? ……그 사람을 쓰러뜨릴 정도니까요. 아, 무기도 없이요. ……강해요. 제 전력보다 훨씬."

단단한 집념으로 지식과 단련을 축적한 이형의 육체에 무의 경지에 이른 격투가(그래플러).

"그럼…… 제17경. 붉은 지전의 에레아."

"제 후보는 다른 분에 비해 대단한 실적은 없지만, 길드 '해의 대수' 수령, 회경(灰境) 지브라토. 실력은 시민 모두가 알 겁니다. 머릿수를 채울 후보로는 최적일 거예요."

신처럼 전능하며 만사를 생각대로 파괴하고 창조할 수도 있는 사술사(위저드).

"……훗. 승자 진출전이니까 그런 패거리도 필요하긴 하겠지. 제16장, 근심 어린 바람의 노펠트. 그쪽 후보는 어때?"

"나는 머릿수를 채울 후보가 아니야. 아리모 열촌의 학살범을 진압한 것도, 그 열진의 베르카를 죽인 것도 모두 진짜거든. 불언의 우하크. 뭐…… 재미있는 걸 볼 수 있을 거야."

세계의 근원적인 저주를 부정하고 말의 신비를 하나의 법 삼아 죽이는 신관.^{오라클}

"아홉 번째 후보는 이 녀석인가? 제7경, 예고의 프린스더."

"호호호호호! 투야! 마법의 투! 정말 착한 아이지! 말도 고분고분 잘 듣고 늘 밝고…… 어머, 강한지를 따지는 거였던가? 그야 뭐! '최후의 땅'에서 살았을 정도니까~ 호호호! 그 아이…… '진정한 마왕'의 잔향이 전혀 무섭지 않았다는 거잖아? ……안 그래?"

다양한 해의(害意)가 의미를 가지지 않는, 천의무봉(天衣無縫)의 신체 능력만으로 압도하는 광전사.^{저거노트}

"제22장, 철관우영의 미지알."

"네. 역겨운 트로아의 이름은 다들 이미 알고 있겠죠? 딱히 소개할 것도 없을 거예요. 살아 있었고, 나옵니다! 이상!"

다양하고 다채로운 마검을 완전한 형태로 이용하는, 무시무시한 전설의 후계자인 마검사.^{그림리퍼}

"……. 그래 좋아. 제24장, 황야의 바큇자국의 단트의 후보야. 설명을 부탁하지."

"……천일필목의 지기타 조기. 우리가 아는 군대로는 '진정한 마왕'을 쓰러뜨릴 수 없었어. 그렇다면 우리가 현재까지 파악하지 못한 군대가 마왕을 격파했다는…… 주장은 생각해 볼 여지가 있어. 나는…… 상처 하나 없이 구 왕국군을 쳐부순 지기타 조기의 전술이야말로 마왕 격파에 최대의 공헌을 했다고 생각해."

"순서가 바뀌었지만, 제14장, 광훈뢰의 유카. ……설마 네가 후보를 찾아낼 줄이야."

"아니, 나도 깜짝 놀랐어. 변덕의 오조네즈마. 혼수래. 나는 다른 사람들처럼 이야기는 하지 못하지만…… 응. 일단 아주 강한 녀석이었어."

스스로는 전장에 서지 않고 대국을 움직여 뛰어난 말재주로 숫자를 힘으로 바꾸는 정치가.

"다음. 제4경, 원탁의 케이테."

"응! 알다시피 마왕 자칭자 축의 키야즈나는 우리 황도에 항복했어. '진정한 마왕'을 토벌한 병기— 궁지의 상자의 메스텔엑실이라는 선물을 들고. 그 성능은 내가 인정했어. 설마 이의는 없겠지?"

뛰어난 술자로 구축된, 이론상 영원히 타도할 수 없는 생술가이자 공술사.

"제19경, 아지랑이의 햣카. 다음은 네 차례야."

"네! 소리 절단의 샤르크! 지난번 오카프 자유도시와 강화가 성립되었기에 검은 음색의 카즈키를 제거했다고 확인했습니다! 무영(無影)이며 지묘(至妙)! 반격조차도 허용하지 않는 창의 절묘한 기술, 그야말로 최강의 이름에 걸맞지요!"

모든 것을 두고 가는 엄청난 속도. 창의 타이밍이 불가피한 죽

음을 의미하는 창병.^{스피어헤드}

"마지막은 하르겐트야. 제6장, 정숙의 하르겐트. 어때?"

"겨울의 루크노카. 후, 후하하하하…… 모르는 사람은 없겠지……. 그녀는 실재했어! 그 발톱은 영웅의 검을 모조리 부러뜨리고, 그 숨결은^{브레스}…… 아니…… 아, 아무튼 최강…… 최강의 후보야!"

영웅들의 종언으로 군림하며 흔들림 없는 최강에 자신마저 절망케 한 동술사.^{사일렌서}

"이걸로 열다섯 명. 그리고 로스클레이."

"네."

운영자마저도 포섭하는 책략가이며 불패의 우상을 만들어낸 무류(無謬)의 기사.^{나이트}

"—제2장, 절대적인 로스클레이. 당연히 제가 이길 겁니다."

육합상람이 시작된다.

금색 빛이었다.

강가에서 흐르던 불빛의 바다. 마차가 다리를 건너기 시작하자 그것은 키아가 보는 시야를 메우며 길의 양쪽으로 가득 늘어섰다.

이터 수해도에서는 본 적도 없던 별보다 강한 지상의 빛.

"굉장해……! 마치 한낮 같아!"

키아는 객차에서 떨어질 듯 그 작은 몸을 내밀었다. 쳐진 푸른 눈이 거울처럼 그 야경을 비추었다.

믿을 수 없었다. 이미 해가 져 어두운 밤에 이렇게 풍성한 빛이 넘실거렸다.

모두 깨어 있다. 움직이고 있다. 대체 뭘 하는 것일까?

"하하핫. 어때, 아가씨! 황도는 굉장하지!"

에레아라면 타박했을 행동에도 중년의 마부는 즐겁게 대답했다. 그도 분명 이 반짝이는 황도가 자랑스러울 것이다.

"저 빛, 뭘 태우는지 알아? 짐승의 지방이나 장작이 아니야!"

"—가스야! 가스등! 열술이 없어도 타는 공기! 바로 근처의 마리 지공(地孔)에서 관을…… 철관을 통해서! 그걸 태우는 거야! 그렇지?"

"오오, 뭐야, 아가씨! 작지만 나보다 훨씬 잘 아네! 하하핫! 나도 거기까지는 몰랐어!"

금색 빛. 지금까지 지나갔던 마을의 램프와는 이토록 달랐다.

그것은 분명 가스의 빛이기 때문일 것이다.

"에레아…… 응, 음험한 선생님에게 배웠어! 기미나시에서 배웅했던 사람이야."

"응, 그 엄청난 미인 말이야? 그거 부럽네! 인생을 다시 살 수 있다면 나도 그런 선생님에게 배우고 싶어!"

"딱히 전혀 따라오지 않아도 됐지만! 그 사람이 따라왔다면 분명 옆에서 시끄러울 테니까!"

계속 달리던 마차는 마침내 이세계 같은 빛의 한가운데로 뛰어들었다.

흙길과는 달리 정연하고 정돈된 곧은 벽돌길.

분명 이건 시장일 것이다. 빨강. 초록. 가스등의 금색에 빛나는 색채들이, 사람의 목소리가, 일일이 눈에 담을 수 없을 정도로 많이도 키아의 양쪽으로 흘러갔다.

"카이디헤이의 특등 양고기는 오늘까지야! 지금보다 싸게는 못 사!"

"아세요?! 자타공인! '저편'의 최신 기구! '쌍안경'을 시험해 보세요!"

"자, 오늘 밤을 '푸른 갑충정'에서 보내고 싶은 녀석은 없어?! 미나츠 수원가에서 진짜 시인이 노래할 거야!"

모두가 시끄러울 정도로 소리 높여 자신이 살아 있다는 걸 주장했다.

조용하고 온화하던 그녀의 고향과는 정반대지만 멋진 떠들썩함.

"저기, 이거…… 이게 다 진짜 가게야?!"

"그야 그렇지! 다른 거리에서는 본 적이 없었어?"

"하지만 이렇게 많이…… 소, 손님이 부족해지잖아! 소 1개월

이 걸려도 다 못 볼 거야!"

"하하하핫! 있어! 여기에는 사람이 많이 있어! 소 1개월은커녕— 1년이 걸려도 황도 전체는 못 봐!"

마차가 멈추었다. 재차 몸을 내밀고 보자 작은 깃발을 옆으로 내민 철 기둥이 보였다.

격자 모양 깃발은 기둥의 진자 기구로 철컥, 하고 가벼운 소리를 내며 내려갔다. 그렇게 십자로를 가로세로로 오가는 마차의 흐름을 유도하는 것이다.

"저런 건 처음 봐……! 수업에서도 들은 적이 없어!"

그렇다. 키아의 마차뿐만 아니다. 많은 마차가 골목을 오가고 있었다.

네 대의 마차가 엇갈릴 수 있을 정도로 넓은 길이 어디에나 펼쳐져 있었다.

드물게 말이 끌지 않는 마차가 하얀 연기와 함께 바로 옆을 지나가 키아를 놀라게 했다.

"아아……!"

마차는 올려다볼 정도로 큰 주택이 즐비한 일각으로 들어갔다.

시장이 아닌데 밤길을 걷는 사람들이 있어 길은 밝았다.

그곳에 사는 사람들의 모습은 모두 달랐다. 그저 색색의 의상 때문에 그렇게 보인 게 아니다. 인간. 삼인(미니어). 산인(엘프). 소인(드워프). 사인(레프러콘 즈메우).

이 황도에는…… 세계 최대의 도시에는 모든 인족이 있는 것일까?

수업에서 들었던 것뿐만 아니었다. 믿을 수 없을 정도로 모르는 것들이 이곳에는 있었다.

"봐, 아가씨! 저게 왕궁이야! 세피트 님의 왕궁이라고!"

"왕궁……?!"

마차는 아주 큰 길로 빠진 모양이었다. 그 끝에 우뚝 선 건물을 보았다.

하얗게 빛나는, 아주 크고 아름다운 성이 있었다.

눈 부신 빛들이 커다란 해자에 거울처럼 비쳐서 알록달록한 태양이 줄을 이룬 듯 그것은 아름다웠다.

—인족에게 주어진 절대적인 왕권의 상징.

큰 바다처럼 사람의 모습을 모두 내려다보는 빛과 권위의 역사.

'진정한 마왕'에 의해 한 번 멸망한 세계에서 단 하나 현존하는 왕궁이었다.

아아. 에레아는 참으로 가엾구나. 밤의 어둠에 떠오른 이 천상의 건물을 키아의 옆에서 볼 수 없으니까.

"굉장해……."

그런 한숨만이 새어 나왔다.

키아는 앞으로 1년을 이렇게 엄청난 도시에서 보낼 것이다.

어떤 미지가, 어떤 즐거움이 기다리고 있을까?

이터 수해도를 떠나기 전에는 지금과 같은 광경을 상상이나 했을까?

"—육합상람! 육합상람! 지금부터라도 준비할 수 있어요! 관전석 문의는 저희 인사 모제오 상회에 해주세요!"

"어때, 언니! 용사 기념 화폐! 증손주 대까지 자랑할 만할 거야!"

"일생일대의 용사 전쟁을 남기고 싶지 않아?! 은판사진 주문은 메르오라 조영소에 맡겨 줘!"

왕궁 앞 대로에는 시장에 버금가는 상인이 노점을 열었고, 밀려드는 인파는 마차 통행을 방해할 따름이었다. 그들 모두의 관심인 모양인 그 말도 키아는 처음 들었다.

"저기…… 있잖아! 육합상람이 뭐야?!"

"이런, 박식한 아가씨, 육합상람을 몰라?! 이거 놀랍군! 왕궁이 여는 가장 큰 왕성 시합이야! 싸우는 거지! 신화시대처럼 진업의 대시합이야!"

"흐음……! 그건 누가 나가는데?!"

"하하핫! '진정한 마왕'을 쓰러뜨린 용사래!"

마부의 말투는 흥분의 열기로 가득했고, 그것은 분명 황도에서도 특별한 일일 거라 생각했다.

키아도 그 시합을 보러 갈 수 있을까? 에레아는 역시 그런 야만적인 것을 봐서는 안 된다고 나무랄까?

'반드시 보러 가 주마.'

이렇게 훌륭한 거리에서 그냥 공부만 하다니 정말 시시하다.

수업에서 빠져나와 이 활기찬 밤을 걸으며 처음 보는 것을 접하자.

야위카에게도 시엔에게도 10년을 이야기해도 모자랄 정도로 많은 것을.

"이기면 무슨 소원이든 이룰 수 있어! 그 정도로 어마어마한 상금이야! 그러니까 최강의 영웅이 모여들지!"

"그래?! ……그럼 나도 나가 볼까!"

"이봐, 하하핫! 나는 작은 영웅님을 태운 거야? 하지만 10년 뒤까지는 참아! 최강은 진짜 최강이야! 절대적인 로스클레이도 나오니까!"

"─하지만 나는 최강인걸!"

다양한 공기를 품은 바람이 골목을 지나 객차 안을 빠져나갔다.

키아의 금발은 반사하는 밤의 빛과 바람에 반짝이며 나부꼈다.

그리고 파열되는 듯한 굉음의 바람으로 바뀌었다. 저도 모르게 그쪽을 돌아보았다. 마차를 엄청난 속도로 따라잡은 거대한 철의 사룡 같은─.

"굉장해."

증기 기관으로 움직이는 기차라는 존재를 키아는 처음 보았다.

그런 기계가 매일 움직이고 있다. 거대한 몸속에는 많은 사람이 타고 있다. 그것을 움직이는 연료가 지평 전역에서 모여든다.

사람이. 모든 작업을 움직이는 무수한 사람들이 이곳 황도에는 살고 있는 것이다.

"황도……!"

멀리 엄청난 기세로 사라져가는 기차의 뒷모습을 바라보며 키아는 중얼거렸다.

분명 상상도 하지 못할 일이 그녀를 기다리고 있을 것이다.

"이게 황도!"

어딜 가도 비슷한 일을 만나는 것 같다.

······분명 그것은 착각일 것이다. 하지만 샤르크의 생에 두세 번 반복되는 그 불운은 충분하고도 남을 정도로 인생을 점령하는 밀도라고 말해도 좋을 것 같았다.

어쨌든 그것은 이곳 황도에서도 일어났다.

'푸른 갑충정'이라는 술집 한구석에 앉은 샤르크는 못 마시는 술 한 잔을 자릿세 삼아 화려한 관악기 연주와 여류시인의 노래를 듣고 있었다.

자기 자신이 해마이기^{스켈톤} 때문인지 음울한 곡은 취향이 아니었다. 사정을 모르는 황도에서 발견한 이 가게는 그 시점에 안성맞춤이라고 할 수 있었다.

"와, 예쁘다! 뭐로 할까!"

그것이 착각이었다는 걸 깨닫는 첫 조짐은 한없이 밝은 소녀의 목소리였다.

열아홉 정도 되는 발랄한 인상의 소녀였다. 그녀는 길게 땋은 밤색 머리를 마구 흔들며 카운터의 선반에 즐비한 술병의 색을 바라보고 있었다.

"아저씨, 이거! 이거 줘! 초록색!"

"······."

음악과는 어울리지 않는 과묵한 주인은 묵묵히 잔을 준비하기 시작했다.

소녀는 가벼운 발걸음으로 복잡한 가게 안을 지나 샤르크의 맞은편 자리가 유일하게 비어 있는 것을 보고는 그곳에 망설임 없이 앉았다.

"이봐."

본래는 말려야 할 주인이 그 모양이었기에 샤르크가 나무랐다.

"……그 나이에 준오주(樽奧酒)? 모르면 다른 술로 바꿔. 한 모금에 나가떨어질 테니까."

"……? 괜찮아! 앗, 맞은편에 앉아도 될까?"

"벌써 앉아 있잖아. 싫으면 싫다고 했을 거야."

겁 없는 아기 고양이 같은 소녀라고 샤르크는 생각했다. 앉고서도 바쁜 움직임에 맞추어 흔들리는 땋은 머리는 사실상 일종의 꼬리 같기도 했다.

"후후, 고마워. 나는 마법의 투야. 너는?"

"'소리 절단'. 소리 절단의 샤르크로 통해."

─마법의 투.

옹립자인 아지랑이의 햣카에게 전해 들은 참가자 이름을 떠올렸다. 오늘 아침 일이라 샤르크도 진지하게 기억하지는 않는다.

하지만 출전자 중 한 명이 그렇게 기묘한 별명이었던 것 같다.

"……술집인데 술을 안 마셔? 얼음이 녹고 있어."

"다행히 안 마셔도 추하게 걸을 수 있는 몸이거든."

샤르크의 진녹색 누더기 밑에서는 손끝이 엿보였다. 그것은 보석처럼 순백으로 탈색된, 생명 조리에 반하여 움직이는 인체 골격 그 자체였다.

복잡한 가게 안에서 그의 눈앞에 있는 자리만이 비어 있던 이유이기도 했다.

소리 절단의 샤르크는 마족이다. 오카프 자유도시 같은 예외를 제외하고 그가 여행한 모든 거리에서…… 다종족이 공존하는 황도에서도 해마는 기피 대상이었다.

"언제 깰지 몰라. 이런 술이라도 괜찮다면 내가 살게."

"정말? 신난다. 땡잡았네!"

투는 양손으로 유리잔을 들고 샤르크의 술을 꿀꺽꿀꺽 마셨다. 눈을 꼭 감고 유리잔을 테이블에 두었다.

"으윽…… 써! 하지만 맛있어!"

"정말로 그렇게 생각해?"

"응! 술은 다들 좋아하잖아? 크라프닐도 말했어!"

"……."

본인이 좋아한다지만 경솔하게 권해서는 안 됐을지도 모르겠다.

하지만…… 명백히 술에 익숙하지도 않은데 물이라도 마시듯 유리잔을 비울 수 있는 건 목이 어지간히 강한 것이리라.

'……이 녀석이 육합상람의 적인가? 내 정체를 알고 이런 태도인 건가?'

방긋방긋 몸을 흔들며 시인의 곡에 빠진 모습은 도저히 그렇게 보이지 않았다.

시합이 시작되기까지 소 1개월. 이곳에서 샤르크가 도전하여 대전 상대의 힘을 가늠하는 것도 나쁘지 않을지 모른다. 샤르크는 벽에 세운 백창의 위치를 의식했다.

"아, 참, 샤르크! 궁금한 게 있는데!"

주문한 술이 나오자마자 투의 자리 맞은편에서 말다툼 소리가 날아들었다.

"뭐어?! 닥쳐, 멍청아! 빌린 돈이 어떤지가 방금 얘기에 그렇게 중요해?! ……그까짓 금액으로, 인마?! 쩨쩨하게 굴지 마!"

"어쭈구리, 밟아버리게?! 좋다, 이 자식아! 지금 당장 그 배속을 터뜨려서 시시한 술값을 대신하기라도 하게?!"

샤르크는 난처한 한숨을 쉬었다.

—어딜 가나 비슷한 일만 생긴다.

"샤르크?"

"응."

샤르크는 투의 질문에 건성으로 대답하며 성가신 일을 인식했다. 여차할 때 휘말리지 않기 위해서다. 한편 투는 전혀 주의를 기울이지 않았다.

다투는 남자 중 한쪽이 소형 총을 꺼냈다. 설마 장전한 상태로 술을 마셨던 건가? 총구가 올라갔다. 그러더니 상대의 목에 들이댔다.

샤르크의 속도라면 제지할 수 있다. 거리가 떨어진 자리로 달려가 총탄을 튕겨내는 것은 물론이요, 방아쇠를 당기는 손가락을 직접 막을 수도 있다. —하지만 무뢰한들의 문제는 그들의 자유에 맡겨야 한다고 생각했다.

그들이 하고 싶은 대로 하면 된다. 경계의 타렌이나 마의 물방울의 미류와 마찬가지다.

"—네놈이 먼저 죽어라!"

좌석을 발로 차 쓰러뜨리는 소리. 총성. 손님의 비명. 샤르크의 자리로 유탄이 날아왔다.

샤르크는 침묵한 채 맞은편 자리를 보았다……. 그 순간 동석

자가 사라진 의자를.

그가 창을 잡을 것까지도 없이 날아오는 탄환이 멈춘 순간도 보았다.

투가 손바닥으로 받은 것이다. 샤르크가 보기에 탄환은 소녀의 표피조차 상처 내지 못했다.

"그만해!"

그리고 뛰쳐나간 투는 두 사람을 동시에 막았다. 명백히 폭력의 세계에 몸을 둔 강인한 두 남자가 각각 소녀의 가는 팔 하나에 끌려 쓰러졌다.

"다들 음악을 기대하고 있어! 너희 싸움이 아니라! 폐를 끼치지 마!"

"으, 으윽."

투는 상대를 그저 취객으로 보고 어느 정도는 용서하려 했을 것이다. 그들의 목에서 손을 떼고 선언했다.

"더 할 거면 발로 차서 깨닫게 해주겠어!"

"……투. 그놈들은."

샤르크가 창을 손에 들고 일어나려던 때, 다음 이변이 일어났다.

목재가 거세게 터지듯 빠직, 하는 소리가 울려 퍼졌다. 취객의 손안에서 날아온 무언가가 등 뒤의 램프 중 하나를 부쉈다. 투는 램프가 깨지는 소리에 정신을 빼앗겼다.

두 사람이 동시에 피했다. 한 명은 입구 쪽. 한 명은 그게 날아간 지점— 뒷문으로.

뒷문은 샤르크가 앉은 자리에서 대각선에 있는 술집의 맨 안

쪽이다. 그런데도 훨씬 빨리…… 하품을 하면서도 샤르크는 휘리릭 갈 수 있었다.

"……!"

"—너는 나이프랑 결혼했어?"

뒷문의 어둠 속에서 취객보다 빨리 도달한 그것을…… 나이프의 날을 그의 눈앞에 꺼내 보였다. 그냥 나이프가 아니었다. 화약으로 날만 발사하는 기구가 장착된 암기(暗器)였다.

"무례한 질문이라 미안해. 저렇게 귀여운 아가씨에게 밀려 쓰러졌는데 이쪽을 선택하다니 내게는 그렇게밖에 생각할 수가 없거든……."

"그걸 내놔."

무슨 일이 일어났는지 추측할 수 있었다. 투의 몸에 가려진 사각지대에서 이 위험한 병기를 들이댄 것이다. 날은 투의 몸을 관통하지 않고 표피를 미끄러져 튕겼다. 이 남자는 증거를 회수하여 도망칠 셈이었다.

평범한 인체라면 내장째 터졌을 것이다. 어떻게 방어했을까?

"……평범하게 입수할 수 있는 무기가 아니야. 누가 보낸 거지?"

"샤르크!"

뒤에서 투가 부르기 시작했다.

어깨너머로 그녀의 복부를 보았다. 크게 갈라진 옷은 지금 그녀가 받은 공격과 일치했다.

"……나는 괜찮아. 그냥 둬."

"모르는 거면 말하겠는데, 이 녀석은 너를 죽이려 했어."

"그래? 별거 아니야. 하지만 싸움은 안 돼. 모두 음악을 들으러 왔거든."

"……너."

그런 대화를 나누는 사이에 취객이 도망친 것도 알고 있었다.

가게를 나서 골목의 갈림길이 두 개. 그 끝에 각각 세 개와 네 개. 샤르크의 속도라면 모든 것을 상대해도 충분히 따라잡을 수 있을 것이다. 붙잡아서 배후 관계를 심문할 시간은 있을 터였다.

지금 당장이라면.

샤르크는 일단 투를 걱정했다.

"정말 무사해? 우선은 치료가 먼저야. 나와 달리 살아 있잖아."

"괜찮다니까! 앗, 당기지 마!"

뼈만 남은 손끝으로 전해지는 투의 팔 감촉은—물론 해마의 스켈톤 의사적인 감각이지만—지극히 평범한 소녀의 그것이었다. 피부가 매끄럽고 힘을 주면 살에 탄력이 있었다.

"……. 네 몸은 어떻게 된거야?"

결론부터 말하자면, 샤르크의 염려는 예상과 달랐다.

죽음에 이를 두 종류 무기의 공격을 받았을 피부에는 내출혈 하나도 보이지 않았다. 마법의 투는 통증조차 느끼지 않았다.

용린처럼 단순히 단단해서 막은 것은 아닐 터였다. 총으로도 칼날로도 뚫을 수 없는 질긴 성질을 이 부드러운 피부가 갖췄다고 생각할 수밖에 없었다. 그렇다면 그 방어력의 상한은 어느 정도일까?

"아하하! 나도 어려운 건 몰라. 하지만 나는 이런 건…… 타고 나길 튼튼한 몸이야. 멀쩡해."

"괜찮다고 해서 가볍게 몸을 던지지 마."

"……응. 고마워. 샤르크는 좋은 아저씨네."

"아저씨."

의외로 충격을 받은 자기 자신의 모습에 샤르크는 당혹스러웠다.

그는 자신이 누구인지 기억이 없다.

당연히 가능한 이야기이기는 하지만…….

"……아저씨로 보여?"

"어라? 싫었어? 나는 아저씨를 좋아하는데."

"아니, 괜찮아. 별문제 없어. 사소한 일에 집착하는 남자는 바보야. 그런 것보다 더 중요한 이야기가 있어."

그걸 숨긴 채 그녀에게서 정보를 끌어내는 게 소리 절단의 샤르크에게는 유리할 것이다.

하지만 어차피 죽은 사람이 몸을 좀 지키자고 긍지를 내버릴 정도로 어리석은 일도 없다.

"마법의 투. 너는 육합상람 출전자지?"

"응!"

"말이 통해서 좋지만, 순순히 대답하지 마. 나도 그래. 소리 절단의 샤르크. 방금 그놈들이 그냥 취객이 아니었단 것도 알지?"

"뭐, 그랬어?!"

샤르크는 뻥 뚫린 두개골을 눌렀다. 못 말리는 소녀다.

처음에 취객을 제압했을 때부터 그랬다. 투의 마음가짐은 도저히 전사가 아니다. 설마 신체 능력 하나만으로 앞으로의 시합을 이길 생각이었을까?

"……놈들이 다투던 때, 유탄은 이 자리로 날아왔어. 노린 거지. 그걸 어떻게 대처할지 보려던 놈이 있었어."

"샤르크가 그쪽으로 스르륵 간 것처럼?"

"아니. 틀림없이 네 쪽이었을 거야. 총과 검. 놈들에게는 공격 수단을 나눈 의도가 있었을 거야. ―예를 들면 네 방어력의 한계를 보려고 했다든지."

이건 샤르크가 전전해 왔던 무뢰한들과는 달랐다.

어딜 가도 비슷한 일을 만난다. 하지만 이곳 황도에 이르러도 같은 일이 일어난다면 그것은 불운의 영역은 아니다. 틀림없이 이상한 사태다.

"……아마 참가자 중 누군가가 보냈겠지. 미안해."

"그렇구나. 그런데 왜 샤르크가 사과를 해? 샤르크가 그런 게 아니잖아?"

"네가 총탄을 막은 걸 나도 봤어. 나와 같은 용사 후보가 어떻게 할지 흥미가 생겼거든. 만약 네가 눈앞에서 죽었다면 조금은 후회했을지도 몰라."

아마 안 했을 것이다. 소리 절단의 샤르크는 다 헤아릴 수 없이 많은 죽음을 보아 왔지만, 진실로 후회한 적은 한 번도 없다. 사람의 생사 판단을 포함한 확고한 정의를 믿지는 않기 때문이다.

"그래? 샤르크는 똑똑하네. 나는 전혀 생각도 못 했어."

투는 방긋방긋 웃으며 신경 쓰지 않았다. 망설임 없이 사람을 구하기 위해 움직인 그녀가 조금 부러웠다. 신념이 있다는 건 자신을 잘 안다는 뜻이기 때문이다.

'그런데 이미 우리의 전력을 파헤치기 시작한 놈이 있는 건

가? 참가자가 알려진 건 오늘 아침이야.'

그녀는 마음에 두지 않았지만, 그렇다고 가정한다면 상당히 빠르게 움직였다.

그것만은 샤르크의 속도로도 따라잡을 수 없는 종별의 속도였다.

'—상당히 열 받는 놈이 있군.'

그리고 눈앞에 앉은 이 소녀조차 샤르크의 적이 될 수 있다.

혹은 방금 대화로 전해서는 안 될 정보를 주고 불필요한 불리함을 불렀을까?

사소한 긍지와 맞바꾼 것이 언젠가 샤르크를 궁지에 몰아넣을까?

"역시 샤르크는 다정해."

"미인과 손을 잡는 것만으로 남자를 낚기엔 충분하지."

"후후. 내 손이 부드러웠어?"

"……. 뭐, 그렇지."

육합상람이 시작된다. 이미 관련이 없는 어딘가에서.

"이봐, 히도우! 열심히 하고 있나!"

"그래."

"어머, 히도우, 우리 집에서 먹고 갈래? 양 많이 줄게!"

"마음이 내키면."

"헤헤…… 29관은 여왕님을 알현할 수 있지? 어때, 히도우, 세피트 님 말이야? 엄청난 미인 아니야?"

"뭐, 그렇지."

"이봐, 히도우! 육합상람 기대할게!"

"그래."

목소리의 파도를 나른하게 지나 대낮의 광장을 빠져나갔다. 분수의 물보라가 히도우의 머리끝을 적셨다.

황도 제20경, 걸쇠의 히도우. 모자를 비스듬히 쓰고 적당히 흐트러진 귀족 의복을 입은 모습은 명문가의 자유분방한 차남 같은 모습이었다. 그의 인식도 그랬다.

하지만 세간의 사람들에게는 이렇듯 인족 세계의 최고 관료 중 한 명, 황도 29관으로서 여겨진다.

'……시시해.'

이목에서 충분히 벗어난 공원의 장의자에서 손에 든 포장을 열었다. 점심 식사 때 히도우는 늘 같은 가게의 빵만 먹는다.

'내일을 편히 보낼 수 있으면 돼. 황도도, 육합상람도…… 질주하는 별의 아르스도. 사실은 시시하기만 해.'

올라가는 지위와 함께 히도우에게는 불필요한 마음고생만 생겼다. 본래는 그가 생각할 필요 없던 대단위의 고민만이.

어디서 길을 잘못 들었을까? 이미 그는 가독을 이어야 할 형보다도 정치상 지위는 위였다. 어렸을 때 그가 그리던 인생으로는 그렇게 될 리 없었다.

사교적인 기질인 그가 홀로 점심을 즐기는 데는 그만한 이유가 있었다. 최소한 하루에 한 번은 신분에서 해방될 때가 필요했다.

부드러운 하얀 빵은 균일하게 구워졌고 아직 충분히 따뜻했다.

황도 안에 있어 그다지 번성한 가게는 아니지만 주인의 열술이 탁월했다. 빵 사이에 끼워진 오리고기도 신선한 붉은빛에서 녹아 나온 기름이 주위의 채소에 윤기를 주어 소박하면서도 훌륭한 일품이었다.

—따라서 장의자의 등 너머로 나타난 기척은 히도우의 짜증을 돋웠다.

"……무슨 일이지? 난 점심 식사 중이야."

식사하던 손을 살며시 멈추었다. 29관의 안전에 관해서는 많은 병사가 충분히 신경 쓰고 있을 테지만, 다른 진영의 자객일 가능성도 있었다.

뒤에 있는 장의자에서 지친 목소리가 돌아왔다.

"네놈이라면 다른 녀석들이 없을 때가 거의 없잖아. 걸쇠의 히도우."

"……더는 문제를 떠안고 싶지 않아. 좀 봐줘."

제6장, 정숙의 하르겐트다. 이 남자가 언제 황도에 돌아왔는지도 히도우는 파악하지 못했다.

타고난 재능으로 여기까지 오른 히도우와는 정반대로 어느 해변의 변경에서 태어나 밑바닥을 거쳐 기어 올라온 구시대의 군인이었다. 그 쇠락한 모습은 29관에서 히도우의 경력과 정반대의 위치에 있었다.

"미안하지만…… 미안하지만 나도 이 점만은 네놈에게 양보할 수 없어. 내게는 겨울의 루크노카가 있고 네놈에게는 질주하는 별의 아르스가 있어. 둘 다 지상에 최강이라고 알려진 무쌍의 용족. 그렇다면—."

"길다, 길어. 말이 길다고. 결국 하고 싶은 말이 뭔데? 나와 아저씨가 싸우게 하라는 거야? 당신 뭐야…… 정말."

진저리를 치며 히도우는 빵에 입을 댔다.

한물간 노장과 나누는 대화보다 그게 훨씬 더 중요했다.

"제르키든 로스클레이든 담판을 지어서 그렇게 만들어 봐. 할 수 있다면 말이야. 내게 그럴 권한은 없어. 할 말은 다 했어."

"부탁이야. 나, 나는……! 나는 질주하는 별의 아르스와 결판을 내야만 해! 놈보다 큰 걸 거머쥐겠다고 맹세했어! 그게 삶의 의미야! 그, 그게 아니면 나 같은 남자가 겨울의 루크노카를 데려올 수 있겠어?"

—알 바 아니다.

이 남자에게 어떤 감상이 있고, 어떤 정의가 있는지 히도우는 전혀 관심 없었다.

히도우는 딱히 그들을 부정하는 것도 아니다. 아무 데서나 마음대로 하면 된다고 생각했다.

그런데도 모두가 자기 사정만 내세우며 히도우에게 문제를 가져온다. 그리하여 그가 거둬야 할 일만이 커졌다.

"이봐, 아저씨? 그 루크노카 얘기 말인데. ……그것 좀 할게. 겨울의 루크노카는 본래 인족에 관심이라곤 없었어. 놈이 진심으로 인간 마을을 멸망시키려 한다면 어떻게 될지 몰랐어? 왜 굳이 부른 거야? 나는 당신과 달리 그쪽 문제도 생각해야 한다고. 거기다 대고 더 억지를 부리려고? 당신이 생각하는 그 녀석은 어떤데?"

"……. 잘못한 건가? 지평에서…… 이 지평에서 최강인 자를. 용사에 비견할 수 있는 영웅을 찾는다는 이야기였을 텐데……!"

"하아…… 나이를 어디로 먹은 거야……? 생각이란 걸 좀 해. 정말로 속수무책인 놈을 데려와서 어쩌자는 거야? 사실 이런 건…… 불만이 나오지 않을 정도로 유명하고, 인족의 편을 들어주고, 로스클레이가 이길 수 있을 정도인 놈들만 있으면 돼. 그런데 바보가 멋대로 빌어먹을 자식들을 모았어. 이놈이고 저놈이고…… 권력에 환장해서, 자기가 용사를 추대하고 싶어서."

빵 포장지를 한 손으로 쥐어 구겼다.

어차피 자신들의 능력에 과분한 권력인데 왜 그걸 바라는 걸까? 앞날의 전망도 없이 출세해 봤자 뭘 얻는다는 걸까? 히도우는 전혀 이해할 수 없었다.

그는 다만— 아무 걱정도 없이 자유롭게 살고 싶었을 뿐이다.

광장에서 그에게 말을 걸었던 시민들처럼 아무것도 모르고 매일을 살 수 있다면 그걸로 족했다.

"……네놈들은 늘 그래."

뒤에 앉은 장은 자신의 무릎에 눈길을 떨어뜨린 채 낮게 중얼거렸다. 쌓인 원통함과 분노가 담긴 목소리였다.

따뜻한 햇볕이 내리쬐는 대낮의 시가지와는 괴리가 큰, 영락한 세계에 살고 있었다.

"으응?"

"늘 그렇다고. 네놈들에게는 모든 걸 결정할 권한이 있어. 우리에게 그렇게 내린 결론을 강요하려 하지. 하지만 네놈들이 처음에 정한 걸 우리가 네놈들보다 더 훌륭하게 해냈을 때…… 네놈들은 언제든 그렇게 말할 거야."

'날개 제거자' 하르겐트. 시대의 추세를 읽지 못하는, 그저 타성에 젖은 조룡^{와이번} 사냥만으로 공적을 주장해 온 남자.

시대에 뒤처진 관료다. 미래 시대에는 전혀 필요로 하지 않을 것이다. 그리고 그렇게 될 미래도 이미 확정적이다.

"'사실은 그렇지 않았다'고. '조금만 생각해 보면 알 수 있을 거다'라고. '이미 규칙이 바뀌었다'고. 우리는 아무런 상찬도 받지 못해. 모든 걸 결정할 권한은 늘 네놈들 같은 패거리에게 있으니까. '진정한 마왕'이 나타나기 전에는 소귀나^{고블린} 조룡^{와이번}을 잡으라고 했어. 인간 마을을 습격하여 개척을 위협하는 그들이야말로 악이라고 했지. 그래서 나는 조룡^{와이번}을 잡으면 출세할 수 있을 줄로 믿었어. 그것만 했어."

"머리가 어떻게 됐어? 내가 한 말이 아니야."

"─마찬가지야. 네놈들은 누구든 완전히 똑같아……! 다음은 마왕을. 다음은 용사를. 언제든 네놈들은 교묘하게 '사실은 그렇지 않았다'고 말하지! 나는 악의 정의조차 바뀌었어! 아무도 본 적 없는 겨울의 루크노카를 여기까지 데려왔지!"

하르겐트가 일어난 것을 알 수 있었다. 히도우는 진심으로 그가 시시한 인간이라고 느꼈다. 자기 자신의 말로 자기 자신의 불우와 분노를 증폭시키는 어리석은 남자다.

히도우는 눈을 가늘게 뜨고 눈앞에 펼쳐진 풀숲을 바라보았다. 이대로 모든 말을 무시하고 공원을 가로질러 떠나가는 자신을 상상했다. 이 무력한 장이 할 수 있는 일은 아무것도 없다. 29관으로서 하르겐트가 앞으로의 결정에 연관될 일은 없다.

"겨, 겨울의…… 겨울의 루크노카잖아?! 틀림없는 전설의 지상 최강을! 왜 나무도 나를 상찬하지 않지?! 왜 아무도 놀라지 않아?! 네놈들은 어떻게 하면 만족할 건데! 내가 바라는 것은 단 하나, 아르스와의 싸움조차 네놈들은 정당한 보수가 아니라고 할 건가?"

그 주장은 너무나도 지리멸렬해서 화풀이로밖에 생각할 수 없는 논리였다.

상궤를 벗어나 명예와 지위에 집착하는 하르겐트는 사술이 통하는데도 불구하고 마치 히도우와 가치관이 다른, 별종의 생명체 같았다.

'……'

하지만. 이해하지 못하는 것치고는 화가 났다.

그 또한 한 손에 든 포장지를 내던지고 장의자에서 일어났다.

"……이봐, 아저씨. 당신이 나에 대해 뭘 알아?"

이 육합상람에서 전혀 야심을 갖지 않은 걸쇠의 히도우가 가장 먼저 질주하는 별의 아르스를 옹립한 진짜 이유를 누가 알까?

그는 이 왕성 시합의 말로를 진심으로 우려하고 있다. 마음속으로 칼을 향하면서도 이 세계의 누구보다도 질주하는 별의 아르스의 힘을 믿고 있다.

누구보다도 먼저 질주하는 별의 아르스를 확보하지 않았다면—.

다른 누군가가 아르스를 옹립하여 정말로 이겨버리기 때문이다.

어째서 바라지 않는 역할만을 히로우가 맡아야 하는 걸까?

이 세계에 하르겐트 같은 남자가 존재하기 때문이다.

아무리 봐도 이 세계는 절망적인 무능뿐이다. 히도우는 무능하고 싶었다.

"마음대로 떠드는군. 그렇게 겨울의 루크노카가 자랑스럽나? 전설을 발견한 당신은 그렇게 대단해? 그렇게 겨울의 루크노카는 강해? 응?"

돌아보며 모자 밑에서 노려보았을 뿐인데 제6장 하르겐트는 주춤했다.

두 주먹을 떨며 허세를 부리는 게 훤히 보였다.

이곳에서 울릴 수도 있었을 것이다. 그런 가능성을 떠올릴 정도로 히도우는 화가 났다.

"……."

"—좋아. 승부를 겨뤄 주지. 정숙의 하르겐트."

어째서 그런 약자에게 화가 났는지 히도우는 이해할 수 없었다.

그는 마음에서 우러난 증오를 담아 고했다.

"죽여 주마."

제8경, 글 전달의 셰이네크는 별명이 나타내는 그대로의 능력으로 황도 29관에 이름을 올렸다. 그는 교단 문자와 7가계의 위족 문자, '저편'의 2종류 문자에 통달했다.

나간 미궁 도시에도 유학하여 오래 공부한 그는 문자 해독과 기술에 관해서라면 제3경 제르키마저 웃도는 수재로 명망 높다.

오전 중에 자신이 맡은 일련의 작업을 마친 그는 황도의 중추 의사당 집무실로 들어섰다.

그곳에서는 한 명이 아직 일을 하고 있었다.

"글라스 경. 의사록은 이미 정리를 마쳤습니다. 그쪽은 어떤가요?"

"조금만 기다려 줘."

"……오호, 조합인가요?"

그 능력 때문에 셰이네크는 황도 제1경 기도의 글라스의 실질적인 서기이기도 했다.

육합상람의 대전 조합은 공개 당일까지 일급비밀에 버금가는 정보지만 이 두 사람은 그것을 볼 수 있는 입장이었다.

"옹립자인 29관의 합의는 거의 받았어. 아마 이걸로 결정될 거야."

"……하지만 이건."

"묘하지?"

"네."

단번에 이해할 수 있는 그 위화감은 글라스도 똑같이 느꼈다.

육합상람 참가자에게 주어진 준비 기간. 각자가 다른 후보자를 조사해 얻은 정보를 근거로…… 각각의 옹립자 사이에서 조정 및 대립이 많았을 것이다. 글라스도 셰이네크도 그런 음모와 의도를 모두 숙지하고 있는 것은 아니다. 하지만.

"겨울의 루크노카를 이 위치에 둬도 정말로 괜찮을까요?"

"……그건 지나가는 재앙의 쿠제에게 말해야지. 패를 어떻게 하면 쉽게 먹을 수 있는지는 몰라."

"제27장은 잘했네요."

그들의 관심의 중심에는 당연히 제2장 로스클레이가 있었다.

애초에 이 대전표를 결정할 권력을 가진 것이 바로 그의 힘의 근본이다.

그렇다면 이 명부의 나열이 나타내는 사실은─.

"……마침 잘됐어, 셰이네크. 북동 문자로 사본을 만들어 줘. 나도 못 하지는 않지만, 나이를 먹어서 문법을 많이 잊어버렸거든. 너무 고생스러워."

"그건 글라스 경의 일이잖아요? 제 일이 아니에요. 맨입으로 하라는 건 아니겠죠?"

"홋. 뻔뻔한 녀석이네. 다음에 '안개의 봉정(鳳亭)'에서 한 턱 쏠게."

"어쩔 수 없네요. 알았어요."

그는 살짝 웃으며 맞은편 자리에 비스듬히 앉았다.

글라스는 가볍게 하품을 한 번 하고 위에서부터 순서대로 읽었다.

하나하나가 후보자 전체의 명운을 결정짓는 조합이었다.

단 한 명의 용사를 정하는 싸움— 육합상람.

여덟 시합 전체가 천 년에 한 번밖에 기회가 없는, 궁극이자 최상의 왕성 시합.

"제1시합. 무진무류의 사이아노프 대 역겨운 트로아."

점수 대 산인.
<small>우즈</small> <small>드워프</small>

맨손의 무한과 검의 기술.

"제2시합. 질주하는 별의 아르스 대 겨울의 루크노카."

조룡 대 용.
<small>와이번</small> <small>드래곤</small>

전설 제거자인 영웅과 영웅 제거자인 전설.

"제3시합. 변덕의 오조네즈마 대 버드나무 검의 소지로."

혼수 대 인간.
<small>키메라</small> <small>미니어</small>

숨겨진 '손님'의 손과 감춰진 '손님'의 검.

"제4시합. 절대적인 로스클레이 대 회경의 지브라토."

인간 대 인간.
<small>미니어</small> <small>미니어</small>

최강을 가장한 최약체와 최약체를 가장한 최강.

"제5시합. 지나가는 재앙의 쿠제 대 마법의 투."

인간 대 불명.
<small>미니어</small>

불가지인 절살(絶殺)의 창과 불가침인 절지(絶止)의 방패.

"제6시합. 궁지의 상자의 메스텔엑실 대 나락의 소굴의 젤지르가."

기마^{골렘} 대 사인^{즈메우}.

완전한 철 기구와 완전을 무너뜨리는 그림자 기구.

"제7시합. 소리 절단의 샤르크 대 지평포 멜레."

해마^{스켈톤} 대 거인^{기간트}.

회피를 허용하지 않는 속도와 회피를 허용하지 않는 사정.

"제8시합. 천일필목의 지기타 조기 대 불언의 우하크."

소귀^{고블린} 대 대귀^{오거}.

이치를 지배하는 전술과 이치를 파괴하는 법칙.

"……."

전체를 옮겨 적은 뒤 셰이네크는 잠시 생각에 잠겼다.

"……로스클레이는 역시 4시합을 골랐군요."

"그건 잘한 거야. 4시합이나 8시합. 아직 자신이 시합에서 소모되지 않은 단계에 제3시합까지 자기 조원의 싸움을 확인하고 대비하여 움직일 수 있어. 더구나 다음 조인 4시합 사이에 제2회전을 앞두고 준비할 수 있으니까."

"제1회전 상대에 지브라토를 고른 것도 타당해요. 문제는……다음."

셰이네크는 조 편성을 손가락으로 더듬었다. 거기서 맞붙는 것은 제3시합의 승자.

변덕의 오조네즈마나 버드나무 검의 소지로—다.

여기서 문제는 후보자가 아니라 옹립자다. 제27장은 황도에서 최대 병력을 움직이는 권한을 갖는 군사 부문의 총괄자다.

"탄화원의 하디로군."

"하디 장군은 로스클레이 진영 최대의 대항마겠지요. 29관에서 당당히 로스클레이에 맞서도 되는 건 그 사람 정도예요. 온 힘을 다해 로스클레이를 짓밟을 겁니다."

"……하디 녀석이 약삭빠르게 굴어서 로스클레이를 잘 처리하거나 아니면 로스클레이가 이 기회에 절대 파벌을 전부 박살 내려는 거로군."

"불안 요소는 초반에 정리하는 게 좋다는 건가요?"

"글쎄다."

글라스와 셰이네크는 이번 육합상람에서 완전한 중립 진영이다.

그것은 정쟁에서 불리하기도 하지만, 모든 것을 즐기려는 글라스에게는 위에서 내려다보는 것이 가장 알맞았다. 따라서 이렇게 진영의 중핵일 수도 있었다.

"변덕의 오조네즈마 쪽에 장치를 했을— 가능성은?"

하디가 옹립한 버드나무 검의 소지로의 상대는 변덕의 오조네즈마.

그쪽 옹립자는 제14장, 광휘옥의 유카다.

"유카는 소박한 남자야. 모략으로 하디를 능가할 수는 없겠지. 녀석은 정말로 잘하고 있지만, 이런 싸움에 야심은 없을 거야."

"오늘은 제르키 경의 경호를 했다는 모양이에요. 육합상람에 별로 마음을 쏟지는 않는지 오조네즈마의 황도 입성도 늦어진다고 하네요."

"……그렇게 되면 오조네즈마는 점점 더 이기기 어렵겠군."

오조네즈마는 정체도 실력도 전혀 불명확한 존재지만, 적절한 뒷배가 없는 자가 이길 수 있을 정도로 만만한 싸움은 아니다.

이것은 진업의 싸움이다. 전투력 이외의 모든 것을 다 바쳐 싸우지 않으면 쉽게 추월당해 실력으로 앞선대도 시합에서 패배한다.

"그리고 제3회전."

이어서 손가락이 더듬은 곳은 제2시합의 편성이었다.

열여섯 명의 후보 중에서 최강으로 보이는 두 명. 질주하는 별의 아르스와 겨울의 루크노카.

"……둘 중 하나가 우승할 테지요."

"나도 그렇게 생각해. 여기도…… 위험해."

"—용(드래곤)을 이길 수는 없어요."

절대적인 로스클레이는 용(드래곤) 제거자인 영웅이다. 세간에서는 그렇게 알려져 있다.

하지만 세간에 알려지지 않은 진실의 수단을 다한대도 그가 아르스나 루크노카를 정말로 이길 수 있을까?

제2회전에서 대결할 사이아노프나 트로아로는 도저히 이 용족을 막을 수 없다.

심지어 트로아는 한 번 아르스에게 패배하여 빛의 마검을 빼앗기기도 했다. 그 로스클레이 정도 수준의 남자가 같은 예측을 하지 못했을 리 없다.

"너라면 이길 수 있을 거라 생각했는데, 로스클레이."

─따라서 이 명부의 나열이 나타내는 사실은 명백하다.

그는 자신의 힘을, 이것을 결정한 시점에 발휘할 수 없었다.

어떤 뜻밖의 사태가 일어났는지는 모른다.

절대적인 로스클레이는 실패했다. 정치전에서 패배하여 이길 수 없는 싸움을 떠안은 것이다.

"여기서 끝낼까?"

제1회전.

무진무류의 사이아노프 대 역겨운 트로아.

질주하는 별의 아르스 대 겨울의 루크노카.

변덕의 오조네즈마 대 버드나무 검의 소지로.

절대적인 로스클레이 대 회경의 지브라토.

지나가는 재앙의 쿠제 대 마법의 투.

궁지의 상자의 메스텔엑실 대 나락의 소굴의 젤지르가.

소리 절단의 샤르크 대 지평포 멜레.

천일필목의 지기타 조기 대 불언의 우하크.

철관우영의 미지알이 어떻게 황도 22장에 이름을 올렸는지 그 이유를 설명할 수 있는 자는, 아무도 없을지도 모른다.

나이는 겨우 열여섯. 그는 전장에서 과감하고 회의에서는 늘 기탄없는 의견을 내지만, 예를 들면 히도우처럼 29관에 들어가자마자 처음부터 재능을 가진 자는 아니었다. 맨 처음에 입장이 있었고, 그 입장에 끌려 요구되는 능력을 체득했을 뿐이다.

황도 29관이라는 전시 체제가 생겨났을 무렵— 그는 다만 그 자리에 있었다. 무언가 정치적 조정이 3국왕 사이에서 일어났고, 29관 결성 직전에 당주가 사망한 어느 가계의 명의상 대표로서 어린 미지알이 앉게 되었다.

말도 안 되는 이야기지만, 광기의 혁명에 따라 가장 먼저 멸망한 정통 북방 왕국의 왕족이라는 사생아가 아닌가 하는 설도 당시에는 있었다. 어차피 그때는 강대한 뒷배가 미지알에게 있었다.

하지만 길어지는 '진정한 마왕'과의 전란 속에서 그를 지원하는 세력은 한 명 또 한 명 사라져 어느샌가 완전히 사라졌다.

그리하여 미지알만이 남았다. 황도 29관에서 그는 걸쇠의 히도우나 붉은 지전의 에레아와 견주어도 특출나게 젊은 최연소 관료였다.

"밤늦게 실례합니다! 미로포 농기구 상회입니다."

"아이고, 오셨어? 잠깐만 기다려!"

미지알은 널따란 제 방의 편안한 의자에 몸을 맡긴 채 집 밖에 대답했다. 직접 움직일 생각은 없었다. 실제로 하인이 갈 것이다.

또 한 사람, 난로 옆에 앉은 남자가 그 대화를 듣고 따졌다.

"밭이라도 갖고 있나?"

"아닌데? 뭐 신경 쓰이는 거라도 있어?"

"심야에 농기구상이 왔으니까. 부를 만한 시간이 아니잖아?"

그 산인[드워프]은 온몸이 무기 창고 같은, 벌벌 떨 정도로 위험한 모습이었다. 자신을 옹립한 자의 저택 안에 있으면서도 검 한 자루조차 몸에서 떼어 놓을 생각이 없는 듯했다.

살아 있는 전설— 역겨운 트로아였다.

"앗. 트로아는 말이야. 밭을 일궈 본 적 있어?"

"일과야. 늘 아침 일찍 가장 먼저 과수원을 돌봤지."

"흐음. 의외네. 뭘 먹었어? 역시 못된 아이를 잡아다가 머리를 따서 통째로 삼켰나?"

트로아는 저도 모르게 쓴웃음 지었다. 그 조그마한 아버지가 어떻게 인간의 머리를 삼킨다는 말인가.

그의 아버지가 짓밟은[미니어] 전설은 확실한 공포가 되어 인간 마을에 뿌리 내렸다. 하지만 그중에는 그렇게 황당무계한 소문이나 웃음이 나는 일화까지 있었다.

황도의 시민들은 그런 이야기로 말 안 듣는 아이를 겁주거나 역겨운 트로아의 모험을 날조한 시가를 즐기기도 했다.

일상과는 동떨어진 어딘가의 이야기. 마검이라는 환상에 얽힌 괴물. 모두 지극히 평범하게 일상을 사는 백성의 생활과는 관계 없는 이야기였다.

역겨운 트로아는 결국 '진정한 마왕'처럼 순수한 공포가 될 수는 없었으리라.

하지만 그런 이야기들도 트로아는 의외로 싫지 않았다. 아버지가 확실히 이 세상에 살아 있었던 것을— 그것이 후회와 살육의 여정이었다 해도, 이름도 얼굴도 모르는 누군가가 그렇게 받아 들여준 것만 같았다.

"황도와는 비교할 수 없지만, 미지알의 상상보다는 좋은 걸 먹었어. 멧돼지 고기 수프를…… 좋아했지. 월채(月菜)랑 같이 끓였던 음식이야. 고구마를 캘 수 있는 시절에는 으깨서 산양유 치즈와 섞었어. 그걸 고구마 잎에 싸서 먹었지. 그런 것도 좋아했어……."

"흐음. 어째 심심하네."

트로아는 조금 황당해서 미지알을 보았다.

그는 아직 소파에 누워 의욕 없는 표정으로 천장을 바라보고 있었다.

공포의 전설을 상징하는 역겨운 트로아에게조차 미지알은 한 번도 겸손한 적이 없었다.

"역겨운 트로아라면 그렇게 평범한 걸 먹으면 안 돼."

"안 되긴 뭐가 안 돼. 실제로 그랬는데. 어쩔 수 없어."

"—진실 따위 상관없다고. 바다에 잠수해서 심수(크라켄)를 물어 죽였다거나. 피로 흠뻑 젖은 열매가 매일 열리는 살점의 마검을 가졌다거나."

"……근수(맨드레이크)의 독을 달여서 술 대신 매일 마신다거나?"

"그렇지, 그런 거야! 멋있다!"

황도 제22장은 유쾌하게 껄껄 웃었다.

"그런 게 아니면 안 돼. 역겨운 트로아니까……. 역겨운 트로아는 지옥에서도 되살아나잖아?"

"……. 그래."

트로아는 상상했다. 와이테의 어딘가에는 무시무시한 괴물이 있고, 그것은 매일 바다까지 내려와 심수(크라켄)를 먹는다. 근수를 끓인 독주를 귀까지 찢어진 입으로 히죽거리며 다 마신다.

그런 역겨운 괴물이 밤을 배회하며 못된 아이들을 잡아가고—한 번 죽어도 되살아나 마검술사를 죽이는 것이다.

"지옥은 어땠어?"

"지옥…… 지옥은…… 글쎄. 미치도록 춥고 발밑은 온통 칼날이었지. 살아 있을 때…… 검의 죄를 거듭한 자가 떨어지는 지옥이야."

그리고 그만이 떠올릴 수 있는 또 하나의 광경이 있었다.

그의 조그마한 아버지가 광대하고 끝없는, 머나먼 세계의 시련에 도전하는 모습이다.

예를 들면…… 살아 있었을 때처럼 단 한 자루의 마검을 갖고 있다.

"강대하고 사악한 용(드래곤)도 역사에 이름이 남을 만한…… 무시무시한 마왕 자칭자들도 그곳에 있어. 그러니 이 세계에 되살아나기 위해 놈들을 하나하나 모두 벨 수밖에 없었어."

"헤헤헤……! 트로아는 그런 놈들을 이긴 거야?"

"이겼지."

자신보다 훨씬 큰 적을 역겨운 트로아가 베었다.

마검은 바람처럼 내달렸고 작은 몸은 검의 표면을 도약하여 거꾸로 뛰었고 지옥의 악귀들을 혈혈단신으로 물리쳤다.

언제든 그 한 가지 답만은 누구보다도 확신했다.

"역겨운 트로아는 최강이니까."

그들의 속마음은 똑같았다. 역겨운 트로아의 이야기가 좋았다.

역겨운 트로아는 미지알이 그를 옹립한 이유를 알고 있었다.

◆

심야. 모두가 잠든 시간에 1인승 마차가 미지알의 저택을 나섰다.

미지알이 주문한 대로 그 짐은 마차에 실려 있었다.

—그가 29관의 자리에 오른 당시, 주위의 모두가 이름뿐인 처지라고 봤다.

능력만 말하는 게 아니다. 어린 그가 정치의 중책을 견딜 수 있을 리 없었다.

하지만 그렇지 않았다. 제22장은 많은 의미로 평범한 아이기는 했지만, 어느 한 점에 있어서 누구보다도 뛰어난 재능을 갖고 있었다. 명백히 그 재능이 권모술수 속에서 그의 마음을 버티게 해주었고, 전장 속에서 키를 뛰어넘는 무공으로 인도했다.

"……어디 보자. 아무도 없나?"

그가 내려선 곳은 아무도 없는 구시가지 광장이었다.

역겨운 트로아와 무진무류의 사이아노프가 합의한 대결 장소였다.

양쪽이 각각 전력을 발휘할 수 있는 근접 시합. 황도는 애초부터 이 광장을 육합상람의 시합장 후보 중 하나로 정해 두었고,

흥행을 담당한 상점은 주위의 주택을 관객석으로 빌렸다.

신발 바닥에 느껴지는 모래 상태를 확인하며 미지알은 짐칸에 쌓인 포장을 내렸다.

준비에 쓸 수 있는 시간은 적었다. 이 밤 동안에 끝내야 했다.

"흠흠흠흐음, 흠흠흐음."

하지만 그것은 봉지 속의 하얀 가루를 전장 바닥에 뿌리는 정도의 일이었다. 대단한 모략은 성미에 맞지 않고, 다른 누군가에게 실행 책임을 떠맡기기도 귀찮았다. 미지알 개인의 힘만으로 가능한 방해 공작을 생각한 결과였다.

─이목을 피하도록 신경 쓰며 미지알은 콧노래를 부르며 그것을 할 수 있었다. 그는 많은 의미로 평범한 아이기는 했지만, 어느 한 점에 있어서 누구보다도 뛰어난 재능을 갖고 있었다.

그것은 겁내지 않는 재능이었다.

29관 회의에 출석할 때, 어린 그를 이끌려는 무언의 압력 속에서 그는 한 번도 위축도 망설임도 보이지 않았다.

무력함과 무모함을 두려워하지 않고 흥미에 따라 필요한 힘을 배울 수 있었다.

마왕 자칭자와 싸우는 전장에서도 톱니바퀴가 빠진 듯 홀로 돌격하여 적진 깊숙한 곳까지 들어가 장수인 그가 적장을 해치울 수 있었다.

그 재능 때문에 철관우영의 미지알은 29관에서 최연소인, 어떤 의미로 가장 특이한 장군이었다.

"……앗."

미지알이 낸 목소리가 아니었다. 골목의 어둠 속에서 들리는 벌레 소리처럼 희미한 목소리였다.

미지알은 손을 멈추고 그쪽을 응시했다.

"응? 누가 있나? 이봐."

방해 공작 현장을 들키고도 그는 전혀 긴장하지 않았다. 두려움을 모르는 재능은 자신에게 닥친 위기마저 엷게 희석했다.

오히려 어둠 속에서 나타난 상대가 더 겁을 먹었다.

"저기, 미지알, 맞죠?"

연약하게 지저귀는 듯한, 혹은 말기 환자 같은 가냘픈 목소리로 말했다.

"뭐, 뭐 하나 해서요……. 이런 곳에서……. 바, 밤이 늦었으니까요……."

"아~ 아~아~ 크웰이잖아. 난감하네."

얼굴 절반을 감추듯 긴 앞머리와 그 사이로 커다란 눈동자가 엿보였다. 황도 제10장, 납화(蠟花)의 크웰이다.

미지알과는 대조적으로 늘 겁먹은 듯한, 연약한 태도의 여성이다. 내일 역겨운 트로아의 대전 상대─ 무진무류의 사이아노프를 옹립한 자였다.

"……그거, 그 봉지, 뭔가요?"

"석회."

미지알은 전혀 주눅 들지 않고 대답했다. 어차피 미롯포 농기구 상회를 조사하면 알 수 있다. 그가 전장의 모래에 섞으려 했던 건 토양 개량재의 원료가 되는 생석회였다.

"전부터 궁금했는데. 점수는 석회를 맞으면 어떻게 될까? 역시 산 채로 바싹바싹 마를까? 회상을 입을까? 크웰, 궁금하지 않아?"

"네……? 아, 하지만 거긴, 사이아노프 씨가 싸우는 곳 아닌 가요……? 어라? 바, 반칙이죠……? 아, 아닌가요……?"

시합 장소로 극정원이 아니라 이곳 구시가지의 광장을 합의한 이유는 토양의 질에 있었다. 생석회 가루를 섞어도 눈에 띄지 않는 고운 모래가 있었기 때문이다.

설령 적이 인체 구조를 갖지 않는 불가사의한 격투가여도 그 기술의 기점은 늘 토지일 터였다. 습기를 흡수하여 발열하는 생석회는 모든 작용이 점수^{우즈}에게 치명적일 것이다.

"딱히 시민을 다치게 하는 건 아니니까 괜찮잖아? 크웰도 할 래? 분명 재미있을 거야."

그의 말에 거짓은 없었다. 역겨운 트로아의 승리를 의심하는 건 아니다.

단순한 호기심이다. 무적의 점수^{우즈}조차 그렇게 되는지를 보고 싶었다. 그뿐인 이유였다.

정보의 형성 시기를 연장자와 함께 보낸 미지알은 열여섯에 이 른 지금도 나이보다 더 아이답고 유치한 언동을 고치지 못했다.

"저기, 그게, 그만두는 게 좋을 거예요……."

"왜? 그보다…… 크웰, 왜 여기 있는 거야?"

두 사람의 위치는 위반자와 목격자일 테지만, 그 태도는 정반 대였다. 적어도 미지알은 그녀에게 목격되었다고 해서 별반 타 격도 없다고 생각했다.

크웰은 얼핏 봐도 알 수 있듯 권력욕에 집착하는 성격이 아니 다. 사이아노프의 승리에 구애되지도 않을 터였다.

"응⋯⋯? 어라? 하, 함정이나 습격이 있다고 하셨죠? 뭔가, 그⋯⋯ 이상한가요⋯⋯?"

"⋯⋯."

그것들이 오산인 걸 알았다.

쿵, 하는 묵직한 소리가 울려 퍼졌다.

크웰이 무기를 갖고 있다는 걸 미지알은 마침내 알아챘다. 즉, 처음부터 그럴 가능성을 염두에 두고 이곳에 온 것이다.

말과 함께 중장병을 절단할지도 모를 두꺼운 검이 돌바닥 위에서 빛났다. 평범한 여성의 힘으로는 도저히 다룰 수 없는 거대한, 긴 은색 자루가 달린 전투용 도끼였다.

"저기, 그, 그건. 제가 해도 된다는 뜻이겠죠⋯⋯?"

"⋯⋯. 크웰. 그만두자."

미지알은 반쯤 웃으며 실에 늘어진 추 같은 무기를 꺼냈다.

두 손가락으로 잡은 그것은 아주 짧은 반경을 그리며 회전을 시작했다.

"29관끼리⋯⋯ 싸우면 안 돼."

그에게는 겁먹지 않는 재능이 있었다. 피아의 전력 차이를 충분히 알고 한 발언이었다.

미지알은 황도 29관 중에서 예외적인 위치에 있었지만, 크웰 또한 별종이라는 의미에서 예외적이었다.

바람이 불어 크웰의 긴 앞머리가 날리며 그 순간에만 한쪽 눈이 엿보였다.

크고 동그란 홍채가 은색으로 빛나는 것을 알 수 있었다.

⋯⋯그녀는 다른 29관과 같은 인간이었다. 적어도 겉모습과

호적상으로는 그랬다.

"아…… 미, 미지알. 저기…… 혹시…… 29관이라고 죽이지 않으려 하나요? 난감하네요……."

"뭐? 무…… 무슨 소리야?"

크웰의 목소리는 당장이라도 쓰러질 듯 불안했지만, 연약한 목소리와 함께 양손에 쥔 전투용 도끼는 날카로운 궤도를 그리며 순식간에 올라갔다.

미지알은 한발 물러섰다. 그녀가 적으로 돌아선 이상, 방해 공작의 성공 확률은 없는 것이나 마찬가지였다.

앞머리 밑에서 그녀는 쑥스러워하며 웃었다.

"……에헤…… 놀라지 마세요. 농담이에요."

제10장, 납화(蠟花)의 크웰.

절대적인 로스클레이를 제외한 황도 29관 중 개인 전력에서 최강으로 여겨진다.

"죽이지는 않을게요."

◆

육합상람의 시작을 알리는 제1시합은 정오가 되자마자 열렸다.

장인도 상인도 평소보다 빨리 그날 일을 마무리했다. 시합장 인 구시가지에는 시합 전 이른 점심을 먹을 관전자를 위한 노점 이 빼곡했고, 그 모든 점포가 황도에 들어가는 거대한 출점세를 제외한 나머지 수익을 차지했다.

거리 공연가는 극채색 종이 꽃가루를 뿌렸고, 왕궁 관악대가 시민의 귀를 즐겁게 해주었다.

과거에 황도에서 열렸던 어떤 축제보다도 성대하게 북적였지만, 그때가 가까워지면서 조금씩…… 서서히. 어딘가 긴장에 가까운 정숙이 나부꼈다.

―제1시합. 역겨운 트로아 대 무진무류의 사이아노프.

역겨운 트로아다. 많은 사람이 어렸을 때부터 괴담을 들었고, 먼 마을의 누군가가 그 살육의 흔적을 봤다고 하며, 검 한 자루에 비참한 살인이 일어나면 그 검을 마검으로 의심하기도 했다.

정말로 존재하는가? 그것은 진짜인가? 어떻게 생겼는가?

떨리는 듯한 동(動)과 정(靜)을 겸비한 침묵. 공포를 동반한 호기심이었다.

개최 첫날부터 백성의 눈과 귀를 집중시키는 시합이었다. 황도의 전략은 역겨운 트로아를 제1시합에 배치하는 것부터 치밀하게 계획되어 있었다.

……그렇게 팽팽한 분위기 속에서 누군가가 말했다.

"점수다……."

―역겨운 트로아가 나타나야 할 방향과는 반대쪽 입장구였다.

황도 위병의 보호를 받으며 군중 속을 걷는 존재는 정해진 모양이 없는 투명한 원형질(原形質)― 점수가 틀림없었다.

모두가 눈을 의심했다. 이것이 역겨운 트로아의 상대인 무진무류의 사이아노프란 말인가.

"……어제 어딘가에서 싸웠지?"

전장으로 진입하는 점수는 뒤에서 걷는 크웰에게 물었다.

"앗, 어, 어라."

황도 제10장은 곤혹스레 대답했다. 주위의 군중과는 최대한 시선을 마주치지 않도록 두터운 앞머리로 가린 눈동자를 더욱 내리깔았다.

"저기. 어떻게 아시죠……?"

"얼마 전에 싸웠는지 어떤지 거동을 보고 모르는 게 이상하지. 싸움은 온 힘을 다한 운동이야. 상처나 피로만이 흔적은 아니지."

"나, 난감하네요……. 그래요. 미지알과 조금…… 어젯밤……."

지난 사흘 동안 그녀가 밤마다 모습을 감췄던 사실은 사이아노프도 모르는 바 아니었다. 상대는 트로아 측 진영인 제22장 미지알이라고 한다. 사전 공작에 관한 어떤 응수가 있다고 보는 것이 타당했다.

지난 소 1개월, 사이아노프는 소속 불명인 병사의 습격을 두 번 받았다. 아마 다른 참가자도 비슷한 상황일 것이다. ─그것을 계획한 쪽이 아니고서는.

"그렇다면 뭘 계획했지, 크웰?"

"……저는 아무것도 안 했어요."

"확실하지?"

"유, 육합상람은…… 잔꾀를 겨루는 자리가 아니니까요."

크웰은 뒤집어진 목소리로 대답했다.

하지만 어딘가 평소의 그녀와는 다른, 열기가 담긴 목소리였다.

"저는 그런 생각을 하지 않지만…… 마, 막을 수는 있어요. 그래서 계속 지켜봤어요."

"계책도 하나의 힘이야. 싸우지 않는 게 이길 때도 있어."

"……하지만! 진정한 힘은 그런 게 아니잖아요!"

사이아노프는 멈춰서 등 뒤의 크웰을 보았다.

무수한 싸움에 사용했던 자루 긴 전투용 도끼를 그녀는 양손으로 안듯이 떨고 있었다.

"그래서 사이아노프 씨는……! 자, 자기가 유리한 잔꾀라도 그만두길 바라는 거겠죠. 정말로 극한의 힘이 자랑스럽다면…… 그, 그런 건, 에헤헤…… 시시해요. 순수하지 않으니까요……."

"……."

"……아무런 꿍꿍이도 없어요. 믿어주세요."

사이아노프가 그녀와 만난 건 우연이 아니다. 그런 자가 반드시 있다고 믿으며 나왔다.

화려한 영광의 과거도, 종족이나 신분 같은 외면도 걷어내고…… 순수한 힘을 신봉하는 자가 오래 이어진 전란의 시대에는 반드시 생겨난다. 그런 자라면 분명 사이아노프를 고를 거라며 그는 자신의 힘을 믿었다.

"상관없어."

적은 살아 있는 전설. 강할 것이다. 아무도 그 힘을 의심하지 않을 것이다.

이 시대의 진정한 전설인 '용사'에게 도전하는 사이아노프에게 그것은 시금석이었다.

"내가 이겨. 그렇게 판단해."

◆

시간을 조금 거슬러 올라간다.

"아아……. 정말 꼴사납네. 대실패야."

그 아침에 저택으로 돌아온 제22장 미지알은 양팔과 오른쪽 손톱 끝이 심하게 깨져 마차를 이용할 수도 없는 모습으로 현관문을 열자마자 쓰러졌다.

점수를 해치우는 계획의 전모를 처음으로 알게 된 트로아는 크게 황당했지만, 동시에 그처럼 어린아이가 그런 묘수를 생각해 낸 데 감탄하기도 했다.

"미안해, 트로아. 잘했으면 재미있었을 텐데. 아무래도 크웰에게는 못 이기겠어."

"사과를 바란 적 없어. 처음부터 나는 몰랐던 이야기였어."

"그게 아니라."

미지알은 부러진 양팔을 완전히 고정했기에 침대에서 자력으로 일어날 수도 없었다. 목소리가 전날 밤과 전혀 다르지 않은 것은 타고난 뻔뻔함 때문이리라.

"트로아는 말이지. 질주하는 별의 아르스와 싸우고 싶어서 온 거잖아? 사이아노프 따위와 싸울 시간은 없잖아?"

"……그래. 그게 내가 사는 이유야. 히렌진겐의 빛의 마검을 되찾을 때까지 나는 죽지 않아."

"사실은 1회전에서 붙여줬으면 좋았겠지만, 히도우가 방해했어. 그런 데 서툴다니까…… 예전부터."

"……그랬군."

그에게 너무 좋은 대전표라고 생각했다. 무진무류의 사이아노프를 쓰러뜨리면 다음 2회전에서 숙명의 상대와 만날 수 있다.

그것은 미지알의 공작이 있었기 때문이다. 역겨운 트로아의 단 하나뿐인 목적을 위해. 그는 쓴웃음을 지었다. 그렇다고 1회 전을 날려버리려는 생각은 너무나도 유치하다.

"사이아노프는…… 고카셰 사해에 머물며 홀로 단련을 계속해 온 모양이라지."

"……별거 아니야."

"별거 맞아. 나도 마찬가지니까."

아버지와 실제로 몇 번이나 검을 맞댔을까? 마검을 이용한 것이라면 한 번도 없다. 마검을 휘두르면 적은 죽는다. 아버지도 그도 가족을 베기를 바라지는 않았다.

싸울 상대도 없이 홀로 마검을 계속 휘두른 나날이 그의 마음에는 있었다.

살짝 오른쪽으로 기운 나무. 해가 떠오르고 저무는 와이테 산들의 능선.

땀에 절어 그날의 성과를 생각하고 아버지와 함께 저물녘의 귀갓길을 걸었다.

……그곳에는 구도(求道)의 고독이 있었다.

정체가 한 마리의 점수여도 트로아가 그런 격투가를 가볍게 여길 리 없었다.

"시합을 볼 수는 있나?"

"음…… 글쎄. 이렇게 만신창이고, 누군가에게 안겨서 보는 것도 꼴사납고."

"하지만 역겨운 트로아의 싸움이야."

"……그래. 그럼 볼까?"

트로아는 검을 잡았다. 그가 잡은 모든 검은 휘두르면 적을 죽이는 마검이다.

원한이 없는 상대를 그것으로 벨 수 있을까?

'─할 수 있어.'

자신이 그걸 할 수 있다는 건 그 먼지 폭풍의 한가운데에서 이미 확인했다.

'나는 역겨운 트로아야.'

◆

군중은 조용해졌고 마주 선 둘을 보고 있었다. 양쪽 모두 침묵을 유지했지만, 눈을 뗄 수 있는 광경은 아니었다. 한쪽은 두려워하는 눈으로, 다른 한쪽은 기이한 눈으로 바라보았다.

낭랑한 목소리가 그 정숙을 깼다.

"─진업의 결정 아래 합의된 사항을 전합니다!"

둘 사이에는 각진 인상의 위엄 있는 여성이 서 있었다.

이 시합의 입회를 맡은 황도 제26경, 속삭이는 미카였다.

"한쪽이 쓰러져서 일어나지 못할 것. 한쪽이 제 입으로 패배를 인정할 것. 둘 중 하나로 결판이 납니다. 이 두 가지를 제외한 사항을 이 속삭이는 미카가 황도 29관으로서 엄정히 판정합니다. 양쪽 모두 이해했습니까!"

"좋아."

"이의 없어."

지근거리에서 마주한 두 사람은 저마다 대답했다.

역겨운 트로아는 검을 뽑지 않았다.

미카는 노려보듯 양쪽을 바라보고 설치된 돌단 위로 물러났다.

하지만 진업의 시합에서…… 하물며 트로아와 사이아노프처럼 백병 전투가 주특기인 자들이라면 그녀와 같은 심판은 애초부터 필요 없을 것이다. 그런 싸움이라면 결판은 누가 봐도 명백하다.

"악대의 포화와 함께 시작."

모두가 마른침을 삼키며 그 모습을 지켜보았다.

모두가 마음속으로 숫자를 세었다. 둘. 셋― 그리고.

"반보 멀어."

"……."

사이아노프가 기묘하게 중얼거렸다.

역겨운 트로아는 아직 검을 뽑지 않았다―.

포성.

둘은 발을 내디뎠고, 회오리바람 같은 먼지가 피어올랐다.

트로아는 사이아노프와 멀리 떨어져 마검을 허공에 휘두르는 것처럼 보였다. 하지만 사이아노프는 검이 닿지 않는 거리에서 그것을 피했다. 그 참격 궤도의 연장이 보이는 듯했다. 그 운동 속도를 유지한 채 잠입하여 내질렀다.

내장을 거세게 맞아 트로아의 거대한 몸은 인가 두 채만큼 날아갔다. 공중에서 자세를 바로잡고 지면에 선을 그으며 착지했다.

"……방금 그 움직임."

그것이 불리함을 초래한다는 걸 알면서도 경악하지 않을 수 없었다. 트로아 이외의 인족에게 준비된 기록은 없고, 그 능력을 전해 들을 기회가 없는 마검일 터였다.

"알고 있나?"

"방어 구성이 반보 멀어. 그러니 그 검의 간격은 반보 앞이지."

—신검 케텔크다.

실제 날의 바깥쪽으로 보이지 않는 참격 궤도를 연장하는, 근접 전투 간격을 흩트리는 마검이었다.

그 능력을 모르고서 확인하기는 불가능하다.

사이아노프는 피했다.

"'새겨 찌르기'."

마검을 능가하는 속도로 펼친 가장 빠른 기술의 이름을 다음 자세를 갖추며 말했다.

격투가가 선공을 가져갔다.

◆

역겨운 트로아는 자기 자신을 강하다고 믿은 적이 한 번도 없다.

—약하다고 믿었다.

산에서 오로지 검을 휘두르던 무렵, 아버지를 넘어섰다고 느낀 적은 한 번도 없었다. 그가 가정한 상대는 늘 상상 속 마검사단 한 명이며, 미숙한 그는 언제나 자기 자신의 이상에 졌다.

그는 마검에 이용당하는 검사다. 그 자의식은 상대인 무진무류의 사이아노프가 고독하게 최강을 믿고 쌓아 올린 세월과는 정반대일지도 모른다.

자신이 아니라 휘두르는 마검이 최강이며, 과거에 휘두른 마검사가 최강이다.

……따라서 패배는 허용되지 않는다. 비참한 패배 때문에 그들의 최강을 더럽힐 수는 없다. 그리고 그는 약한 자기 자신을 지금은 버린 남자다.

'……놈도 최선의 수는 아닐 거야.'

'새겨 찌르기'를 받아 착지한 직후. 한 호흡을 쉬기도 전에 그것을 직감했다.

'신검 케텔크에 교차하여 나를 맞히기 위한 가장 빠른 찌르기. ……깊은 타격을 받았다면 그걸로 끝이었어.'

가벼운 견제의 일격으로 보이지만, 평범한 사람이 제대로 맞으면 그것만으로 몸통이 갈기갈기 찢어질 공격이었다는 걸 알았다. 트로아는 위력을 흘려보내 날아갈 수 있었다.

트로아는 거세게 파고들지 않아 첫 교착에 죽지 않을 수 있었다.

신검 케텔크는 실제 날 바깥쪽에 보이지 않는 참격 연장을 만들어낸다. 당연히 실체 없는 참격은 육박할 필요가 없다. 닿지 않는 간격을 어루만지기만 해도 끝난다. 휘두르는 자가 어려도 전신 갑옷을 입은 기사의 몸을 절단할 수 있다.

"……옹립자의 부정을 속죄할 셈인가?"

사이아노프는 또다시 의미를 헤아릴 수 없는 말을 중얼거렸다.

역겨운 트로아에게 망설임은 없었다. 거리는 다섯 걸음.

이 거리에서 멀어지려 하면 인레테의 안식의 낫의 간격. 중거리로 파고든다면 필살인 넬 체우의 불꽃의 마검. 혹은 바지길의 독과 서리의 마검으로 처리할 수 있다.

"대화로 빈틈을 만들려 하는 거라면 소용없어. 틈을 파고들면 벤다."

"틈? 훗."

'아직 파고들지 않는군.'

사이아노프가 노리는 것은 마검을 휘두른 순간의 빈틈이다. 다음에는 트로아가 반격할 것이다.

'아직⋯⋯.'

허리의 사슬에 매달린 단검이 자동으로 튀어 올랐다.

"처음부터."

뒤트는 듯한 점수(우즈)의 타격이 요격할 검을 뽑으려 한 오른쪽 쇄골을 후볐다.

옆구리 밑으로 잠겨 양쪽 어깨를 조르듯 반투명한 가족(假足)이 트로아에게 휘감겼다.

움직일 수 없다.

"내 타이밍이다."

"⋯⋯!"

보이지 않는다.

트로아는 다양한 동작의 전조를 주시했을 터였다.

역겨운 트로아조차 공격을 받기 전까지 그 사실을 알아챌 수 없었다.

사이아노프는 진즉에 움직이기 시작했을 터였다.

—'저편'에서 그것을 '축지술' 혹은 '무족(無足)의 법'이라고 부르는 자도 있다.

지면을 박차는 것이 아니라 중심의 이동을 이용한 가속. 접지점을 축으로 하여 쓰러지는 속도를 전진의 첫 동작으로 운용하는 보법이라고 한다. 동작의 시작을 읽을 수 없는 이동 기술이다.

　항상 형태를 바꾸는 점수의 육체 중심을 간파할 수 있는 자가 이 세상에 어디 있단 말인가?

　"으음……."

　"왜 처음부터 검을 뽑지 않았지? 그걸로 부정을 갚았다고 생각하나?"

　트로아는 넬 체우의 불꽃의 마검을 쥐고 있었다. 그것을 전방에 휘두르려던 자세로 목과 양쪽 어깨가 완전히 고정되었다.

　이 세상에 점수 격투가가 존재한다면— 그 무한한 공격의 선택지 중 가장 두려워해야 할 기술은 타격이 아니다. 일반적으로 생물에게는 구조가 있다. 사이아노프만이 일방적으로 그 구조를 무시하고 적의 육체를 파괴할 수 있다.

　"'어깨 굳히기'. 이 기술의 이름이야."

　트로아는 움직일 수 없었다. 어깨가 자신의 경동맥을 폐쇄한 것이다. 그것은 모래 미궁의 서적에 적힌 기술을 기반으로 했으나 완전히 다른, 죽음을 의미하는 기술이었다.

　조금은 움직이는 왼쪽 팔꿈치 아래로 트로아는 꿈틀댔다. 불꽃의 마검이 힘없이 떨어졌다.

　이토록 가까운 사이아노프를 베지 못하고 있다. 왼쪽 팔마저 사이아노프를 절단하는 방향으로는 가동이 교묘히 막혀 저항의 여지가 없었다.

　"……윽!"

　관객이 술렁이는 소리가 멀어졌다. 이것으로 끝이다.

　'—아니야.'

검을 뽑지 않은 것은 미지알의 부정 때문이 아니다. 그것이 트로아의 전력의 형태이기 때문이다.

사이아노프는 그가 쌓아 온 단련의 형태를 모른다. 그는 생명을 가진 무기고. 끈, 사슬, 경첩 장치. 몸의 어느 곳에 묶은 마검이라도 트로아는 늘 한 동작에 뽑을 수 있었다.

마검의 수만큼 존재하는 전투 기술은 술사에게 무한에 가까운 판단력을 요구한다. 하지만 다음에 어떤 검을 뽑아야 할지는 마검의 목소리가 알려준다―.

"……!"

사이아노프가 순식간에 위족(僞足)을 뒤로 뺐다. 마검의 은섬이 그곳을 통과했다.

"……'환(換)……우(羽)'!"

트로아는 자신의 어깨를 베었다.

동작 직후의 빈틈을 놓칠 사이아노프가 아니었다.

점수는 온몸의 질량으로 타격을 가했다. 하지만.

"―으앗!"

트로아는 그렇게 외치며 빛과 같은 자돌 다발로 요격했다. 동시에 발생한 무수한 찌르기.

찌른 보람이 있었다. 사이아노프를 꿰었다―.

"그건."

찌르기를 받은 사이아노프는 날아갔다. 중얼거렸다.

"환영의 마검인가?"

관통하지 못했다. 확실히 찔렀지만, 한 점에 집중한 응력을 흘린 듯 이상한 느낌이었다. 사이아노프는 다만 찌르기 위력에 튕겨 나갔을 뿐 무사했다.

자신의 팔 하나를 희생한 기습치고는 너무나도 빈약한 성과였다.

하지만 한편.

"……헉, 크헉."

구속을 벗어난 트로아의 오른쪽 어깨에서도 피 한 방울조차 나오지 않았다. 그 부위를 직접 벤 마검은 방금 그 반격으로 변한 동작 후 이미 격납을 마쳤다.

벤 것을 베이지 않은 것처럼 할 수 있다. 그런 오의가 실전에서 사용되는 상황이 있다면 구속으로부터 탈출. 기계 부품 일부 같은 이형의 마검— 기다이멜의 분침. '환우'라 불리는 이 오의만이 기다이멜의 분침이 가지는 인과 지연, 인과 부정의 작용을 현실로 바꾼다.

"……이 간격에서."

한숨도 쉬지 않고 사이아노프가 움직이기 시작했다. 트로아는 다음 마검을 뽑았다. 휘두른 검은 역시 닿지 않는 거리였다. 그것은 연장 참격을 펼치는 신검 케텔크는 아니었지만.

"피할 수 있나, '무진무류'!"

회피할 수 없는 폭풍이 사이아노프를 덮쳤다. 무스하인의 바람의 마검. 사이아노프는 그 자리에서 버티지 못했다. 트로아는 동시에 발밑에 있는 불꽃의 마검을 차올렸다. 그리고 오의를 발동했다.

"'총(叢)……운(雲)'!"

대기류에 흘러든 열량이 무시무시한 지향성 불꽃을 생성했다.

구시가지의 건조물이 폭압만으로 쓰러졌다. 관객의 비명과 어수선함.

'없어. 사이아노프는 어디 있지?'

트로아는 바람의 마검으로 바로 옆을 되받아쳤다.

그 방향에서 바늘 같은 발차기가 습격하여 칼자루의 한 점을 때리고 튕겼다.

바람의 마검을 등에 연결했던 강철선이 절단되었다.

"─동요했군. 자기 공격에."

사이아노프는 처음 폭풍의 기세로 도약하여 건물 벽면을 박차고 공중에서 기습했다. 말 그대로 탄환 모양으로 변해 공기 저항을 돌파하며.

"네놈은 시가지를 끌어들이고 싶지 않다고 생각하지."

"닥쳐……!"

음명절(音鳴絶). 수정의 검신을 가진 마검을 뽑았다. 검신의 진동이 음파처럼 발해 눈에 보이지 않는 충격을 사이아노프는 최소한의 수비로 떼치고 거리를 좁혔다. 흉부에 강한 타격. 비틀리는 듯한 파괴. 본래는 상점이었을 건조물의 문을 부수고, 쌓여 있던 낡은 책상에 격돌했다.

"크헉!"

타격이 명중한 순간, 음명절의 진동파로 교란되었다. 목숨에 다다르기 직전에 버텼다.

사이아노프가 말했다.

"다시 한번 환영의 찌르기를 하지."

일어나자마자 펼쳐진 무수한 찌르기는 순우(瞬雨)의 바늘에 의

한 환영. 사이아노프는 더 이상 환영에 기만당하지 않는다. 빠져나가 피한다.

동작. 바람을 가르는 소리. 시선. 총탄을 간파하는 것보다 힘들지만 정확한 예측을 그는 늘 판단했다.

직전. 여러 위족(僞足)이 손날을 펼쳤다. 요격.

'독과 서리의……'

말 그대로 날을 만든 위족(僞足)은 부정형의 궤도를 그리며 완전히 호흡을 맞추어 트로아가 펼친 독과 서리의 마검을 피했다. 머리에 육박한 참격을 순우의 바늘로 받았다. 튕겨 나갔다. 벽. 순우의 바늘 자체를 부순 듯한, 지체 없이 묵직한 타격. 나무 벽을 부수고 재차 실외로 굴렀다.

공격이 한창인데 사이아노프는 피했다. 점수의 육체라면 공격에 맞춘 교차의 일격마저 회피할 수 있단 말인가. 그 이상으로 그는…… 독과 서리의 마검을 명확히 피했다.

음명절 때도 그랬다. 보여주지도 않은 마검의 성질을 읽고 있었다.

"마검의 작용은 두 종류밖에 없어."

폭발한 건물의 벽에서 스르륵 기어 나오며 사이아노프는 말했다.

"—제대로 맞힐 수 있는 기능이거나, 맞혀서 죽이는 기능. 검의 기능 따위는 어차피 그 정도야."

이것이 알려지지 않은 '최초의 일행'.

자신의 육체에 가능한 모든 것을 이용하여 강해지기로 한 자는 말로 유도하고 동요시키는 데도 뛰어났다. 그것은 트로아에게는 없는 기술이었다.

"……끝까지…… 안 맞을 수 있을까?"

오른손에 독과 서리의 마검. 왼손에 순우의 바늘.

"그 몸에 시험해 보도록 하지."

"나를 얕보지 마. 그 자돌검의 환영 능력은 아까 봤어. 환혹된 틈에 찌르기로 눈 쪽을 어지럽히고 다른 한쪽 마검으로 필살을 노리겠지."

양쪽에 높은 건물이 늘어선 직선 골목이었다. 말을 하면서 사이아노프는 거리를 좁혔다.

"중심을 비스듬히 뒤로 두었군. 원격 참격의 마검을 꺼내면 내 이 거리까지 다다를 거야. 하지만 궤도를 읽혀 품으로 파고 들면 그 검으로 수비를 할 수는 없을 거야."

무자비하게 다가왔다. 이것이 인족 모두가 돌아보지 않았던 점수가 발하는 압력.
^{우즈}

"수비와 공격을 양립할 수 있는 마검은 진동파의 마검과 환영의 마검 두 종류야. 하지만 나는 아까 환영의 자돌검에 두 번 타격을 주었지. 아무리 제대로 공격을 받는대도 남은 일격으로 부술 수 있어."

사이아노프의 말은 틀리지 않았다. 그것은 마검 술사인 트로아가 무엇보다 잘 알고 있었다.

더 이상 순우의 바늘로 받을 수는 없다. 하지만 수정의 날로 구성된 음명절도 사이아노프의 타격을 한 번 받으면 파괴되는 것은 똑같다.

"그리고 네놈의 간격까지 앞으로 두 걸음. 이 진단이 맞나?"

말이 끝나기도 전에 사이아노프가 달렸다. 트로아는 환영의 자돌검을 처박았다. 회피와 동시에 사이아노프는 골목 가의 짐차에 가볍게 닿았다.

"—'오합(烏合)'!"

"소용없다!"

물 흐르듯 간격 안쪽으로 파고들었다. 트로아는 그 머리 위에서 독과 서리의 마검을 휘둘렀다. 날아온 짐차가 그것을 가로막았다. 트로아의 강한 힘으로 짐차가 갈래갈래 날아갔다.

치사에 이르는 검은 역시 닿지 않았다.

마검을 막는 궤도까지도 계산하여 엄청난 중량의 짐차를 공중에 내던진 것인가? 사이아노프는 회피 중에 가볍게 만졌을 뿐이다. 힘의 흐름을 모두 지배하에 두었다고 생각할 수밖에 없다.

"내가 소모되길 바란다면—."

우세한 거리를 유지하며 사이아노프는 말을 계속했다.

타격. 그것을 면해도 관절을 노리려 했다. 두 곳 동시 타격을 피해도 4격, 6격이 그것에 연속되었다. 사이아노프의 동작은 전혀 읽을 수 없었고, 무시무시한 기동력으로 계속 선수를 빼앗겼다.

검의 거리에서 견딘다. 후퇴한다.

"그건 네놈이 초조해서겠지. 역겨운 트로아."

"……잘도 떠드는 점수(우즈)구나……!"

아까 사이아노프가 공격한 '어깨 굳히기'는 순식간에 탈출했다.

하지만 그것은 사이아노프가 이용하는 한 일격필살의 기술이기도 했다. 한 호흡이라도 더 그 상태가 계속된다면 트로아의 양쪽 어깨는 철저히 파괴되고, 그것을 넘어 두부 혈류가 차단되어 죽음에 이르렀을 것이다.

설령 한순간에 빠져나온대도 그 순간에 벌어짐이 아물 리가 없다.

타고나기를 소모나 피로 등과는 거리가 멀었다.

하지만 무진무류의 사이아노프의 타격은 그 위력 정밀도도 그렇고, 그냥 하는 소리가 아니라 병기를 능가했다.

지옥에서 돌아온 괴물의 생명력에도 언젠가 한계가 찾아온다.

한 수, 한 수가 죽음을 불렀다. 그 한 수를 견딜 때마다 궁지에 몰렸다. 계속 뒤로 물러났다.

"다시 불꽃의 마검. 칼자루로 받는다."

'선수를 빼앗길 거야.'

불꽃의 마검으로 베었다. 명중하면 필살 마검의 궤도는 피하고 타격이 트로아를 친다. 아까까지보다 가벼운 타격이다. —하지만 공중에 날아갔다.

'공중에서는 방어가—.'

그 눈앞에 접수. '축지술'. 이어서 내지른 난타가 꽂혔다. 각혈. 갈비뼈가 부러져 살을 파고들었다. 또 타격.

"이 진단이 맞나? 역겨운 트로아."

'최소한, 최소한 위력을 죽이고.'

마검의 자루로 받았다. 팔과 정중선만은 지켰다.

사이아노프의 말대로 되었다. 모든 게 예측되었다. 트로아가 움직이려는 한 걸음 앞에 이미 사이아노프가 있었다. 마검의 기술로 대응하지 않으면, 트로아의 강인한 육체가 아니라면 일격에 오체가 폭발할지도 모를 위력.

'너무…… 강해!'

"—벽이다."

사이아노프의 한 마디에 그것을 깨달았다.

동요를 부르는 말. 하지만 사실이었다. 이미 트로아는 타격의 충격을 면할 수 없었다.

눈앞에 점수. 피할 수는 없다.

죽음이.

"아직……이다!"

트로아의 거대한 몸은 예고 없이 수직으로 날았다. 건조물의 지붕으로 날아간 쐐기가 눈에 보이지 않는 자력으로 칼자루를 쥔 그를 끌어올렸다.

앞선 타격은 마검의 자루로 받았다. 그것은 자루밖에 없는 검으로 보일지도 모른다. —자루 끝의 검신을 무수한 쐐기 모양으로 분할하여 자력으로 조작하는 마검의 이름은 흉검 셸페스크.

사이아노프는 그 첫 동작조차 보여주지 않고 다양한 방향으로 순식간에 기동했다. 하지만 그런데도 격투가인 이상, 사각지대의 위치는 반드시 존재한다—.

'내 움직임은.'

괴담 속 마검사는 공중에서 시가지를 내려다보고 있다.

'내 움직임은 읽힐 거야. 하지만 모든 오의가 읽히는 건 아니야.'

인과 부정의 '환우'. 눈에 보이지 않는 자력을 본체로 하는 흉검 셸페스크. 온갖 거동에도 계속 선수를 잡는 사이아노프에게도 읽지 못하는 마검의 오의는 있었다.

유예는 한순간.

그렇다면 사이아노프를 웃도는 마검의 한 수를.

'그것을— 여러 개를 동시로 하면 어떠냐!'

마검을 뽑았다.

"음명절."

마검을 뽑았다.

"흉검 셀페스크."

마검을 뽑았다.

"신검 케텔크. 넬 체우의 불꽃의 마검!"

마검을 뽑았다.

하나의 팔마다 두 자루. 남은 체력으로 최선을 다해 필살해야 한다. 아래쪽. 무진무류의 사이아노프에게…… 동시에 네 자루.

"—4연속! '군우가창(羣羽歌唱)'!"

수정의 검신을 휘둘러 음명절이 진동 충격을 발사했다. 이 거리에서는 유효타가 되지 않는 사소한 간섭이지만, 도달은 사이아노프가 다음 한 걸음을 내디디는 것보다 빨랐다. 회피 기동을 제지한 순간에 흉검 셀페스크에서 쐐기 날의 비가 쏟아졌다. 사이아노프는 오른쪽의 쐐기를 떼쳤다. 그리고.

쐐기의 비에 뒤섞여 쏟아진 것은 투환된 넬 체우의 불꽃의 마검이었다. 직격하지는 않았다. 하지만 착탄점에 대열량을 흘려 폭파하는 오의의 이름은 '총운'. 절명의 위력이었다.

더구나 하늘에서 땅으로 원격 찌르기. 신검 케텔크의 오의의 이름은.

"'쪼기'!"

충격. 봉쇄. 폭렬. 그리고.

모두…… 무엇이든 트로아가 공중으로 도약하여 다시 낙하하기까지의 찰나.

즉, 사이아노프도 마찬가지로 찰나에 그 판단을 내렸다.

사이아노프는 **접근했다**. 말도 안 되는 순발력으로 벽을 박차고 상공의 트로아 방향으로 도약했다. 예측 밖의 방향으로 찌른 겨냥을 벗어나 지상의 폭염도 포위하는 칼날도 닿지 않는 유일한.

모든 검과 맨손이 하늘과 땅에서 상대했다.

"원격 찌르기의…… 오의는."

그리고 그것은 찰나였다. 찰나에 한 판단이었다.

따라서 사이아노프는 그때 알았다. 트로아의 손에 쥐어진 것은 신검 케텔크가 아니었다.

"……기만이냐!"

오의를 외치며 마검을 잡았다고 꼭 그것을 이용한다고는 할 수 없다. 파이마의 호창. 이번에야말로 그것을 소화해냈다.

좌아아아악, 하고 베는 소리가 울려 퍼졌다.

진동하는 참격. 스쳐 지남과 동시에 그것은 사이아노프의 육체를 잘게 파괴했다.

"'우박(羽搏)'."

대지에 착지하여 눈을 떴다.

역겨운 트로아의 호흡은 깊고 길었다.

"크……윽."

사이아노프의 유연한 몸이 갈라져 침출액이 광장의 모래를 적셨다.

—어떤 오의였을까?

속도를 유지하며 접근하는 것에 파이마의 호창은 반응했다.

대상물을 추적하는 자동적인 힘을 이용하여 수차례 좌우로 손목을 돌려 무시무시한 속도의 진자처럼 접근하는 적을 초속의 진동으로 새기는 오의였다.

"앞으로."

부상당한 사이아노프가 중얼거렸다.

다양한 공격을 예측하여 계속 회피한 극점의 격투가는 마침내 마검의 유효타를 받았다.

"……앞으로 세 자루."

엄청난 적이다.

사신의 예고 같은 중얼거림의 의미는 트로아도 이해할 수 있었다. 적의 남은 탄환을 헤아렸다.

버지길의 독과 서리의 마검. 천겁규살(天劫糾殺). 엔레테의 안식의 낫. 이 시합에서 보여주지 않은 마검은 세 자루. 먼지 폭풍에게조차, 궁지의 상자의 메스텔엑실에게조차 이 정도의 마검을 보여준 적은 없다.

"……. 강해."

'아니야. 나는 약해.'

더 이상은 없다. 그의 기술은 과거의 마검사를 모방한 것이다. 모든 것을 동시 발동할 수 있는 것만이 역겨운 트로아 자신이 쌓은 연구의 극치였다.

그런데도 그 자신이 가진 힘을 모두 쏟아부어도.

'아직 놈의 목숨에는 부족한가?'

총 다섯 자루의 마검 오의를 동시에 발동하여 단 한 마리의

점수를 베지 못했다. ^{우즈}

더 이상은 없다. **그 자신에게는.**

"……포기할 건가?"

사이아노프에게 그런 것이 아니다. 그런 혼잣말이 새어 나왔다.

온 힘을 다해 싸우고, 미치지 못한 채 끝난다. 한 명의 전사라면, 그런 결말에 이르러도 괜찮을지 모른다. 하지만 그가 짊어진 것은 역겨운 트로아의 이름이었다.

포기하면 안 된다.

"아직이야……. 아직…… 내가, 남아 있어. 아직……."

너무나도 강하다. 아마 아버지보다도. 상상의 영역을 가로막은 강자.

모든 것을 마검에 맡기지 않으면 이길 수 없나? 지금까지보다 더 모든 것을.

"나를 남기지 마. 나는…… 나는, 역겨운 트로아다……!"

역겨운 트로아는 자기 자신을 강하다고 믿은 적이 한 번도 없다.

―약하다고 믿는다.

자신이 아니라 휘두르는 마검이 최강이며, 과거에 휘둘렀던 마검사가 최강이다.

……따라서 패배는 용서할 수 없다. 비참한 패배로 그들의 최강을 더럽혀서는 안 된다. 그리고 그는 약한 자기 자신이라는 걸 지금은 버린 남자다.

"무념무상인가……."

사이아노프의 목소리도 멀어졌다. 역겨운 트로아의 호흡은 깊고 길다.

마검의 역사는 살육의 역사다. 그것들을 누군가가 만들고, 누군가가 흡수하고, 누군가를 베어 온 자가 있다. 피로나 흉터만이 싸움을 증명하는 것은 아니듯 그들의 역사는 확실히 마검 내에 새겨져 있다. 사람들이 전하는 역겨운 트로아의 괴담을 생각했다.

괴물이다. 그는 마검의 괴물이 된다.

그런 괴물이 만약 이 세상에 있다면 아무에게도 지지 않는다.

사이아노프가 움직였다. 뇌 의식이 그 그림자를 비추기도 전에 움직였다. '쪼기'. 신검 케텔크의 초원격 자돌. 사이아노프는 맞지 않는다. 하지만 그 초원격 자돌을 연장한 채 신검 케텔크를 **베었을** 경우.

"······!"

사이아노프의 등 뒤, 민가의 2층부터 그 위가 절단되었다. 참격 연장의 마검을 손에 들고 트로아는 스스로 거리를 좁혔다. 사이아노프가 치사에 이르는 타격을 날렸다. 트로아는 지면에 불꽃의 마검을 꽂고 적과 자신을 함께 폭풍으로 날렸다.

"아무 생각도 하지 않으면—."

그리고 사이아노프가 날아간 뒤로는 절단된 민가의 잔해가.

"읽힐 일은 없다?"

1층 분량의 엄청난 질량은 사이아노프에게 접촉한 순간에 바로 옆으로 방향을 바꾸고 광장을 도려냈다. 돌바닥을 정리하고 떼며 분수로 격돌하여 파괴했다. 관객의 비명이 울려 퍼졌다.

사이아노프의 타격은 그런 위력이었다.

"크르으으으······."

트로아의 목 속에서는 짐승 같은 포효가 새어 나왔다.

앞으로 기운 전투 자세는 더욱 깊어졌고, 넬 체우의 불꽃의 마검과 흉검 케텔크의 자루를 네 다리처럼 지면에 꽂았다.

◆

—사람을 죽인 적이 있다.

그것이 아버지의 마검을 찬탈하고자 밀려든 도적일지라도 트로아라면 죽이지 않고 끝낼 수 있었던 상대를 비참하게 죽였다.

역사상 많은 마검사가 대량 살육에 손을 댔다. 전장에서 그것을 한 자는 영웅으로, 평화로운 마을에서 그것을 한 자는 무시무시한 살인자로.

트로아는 그들의 상념을 안다. 다양한 마검은 사람을 베기 위해 존재하고, 그것을 쥔 자에게도 그것을 시키려 한다. 그것이 검이라는 형태인 한— 적의 목숨을 구하기 위해 사용될 일은 결코 없다.

양손으로 잡은 마검을 벌레 다리처럼 조종하여 지면을, 벽면을 도약했다.

요격하는 사이아노프의 움직임에 오른쪽 다리가 자동으로 반응하며 다리에 이어진 마검으로 베었다.

확실히 명중한 참격은 힘을 흘리듯 사이아노프의 표면을 미끄러졌다. 반격이 온다. 트로아는 불꽃의 마검을 공기로 쳐냈다.

또 다시 자신을 끌어들여 폭발을 일으켰다.

네 다리 자세로 머리를 들고 적을 보았다. 적. 적— 군중. 마검을 보는 자들이 이토록 많다. 역겨운 트로아를 본 자가. 트로아는 늘 그래 왔을 것이다.

"크, 르르르르……."

모두를 죽여버려. 마검의 목소리가 그렇게 외친다.

그게 바로 그의 재능이다. 마검의 상념을 남김없이 받아들이는 것이. 통증은 없었다. 그 자신을 남기고 싸웠을 때보다도 훨씬 몸이 가벼웠다.

"……나는 여기 있어."

적일 터인 사이아노프가 무슨 속셈인지 제 입으로 위치를 알렸다.

군중의 포효로 흩어지던 마검의 살의가 다시 한 점에 모였다.

몸을 뒤틀어 음명절을 투척했다. 총탄을 능가하는 속도가 났다.

"……!"

음파의 충격이 튕겨 나갔다. 사고할 필요는 없었다. 트로아 자신이 재차 덤벼들었다.

마치 그 자신의 육체가 마검과 일체가 된 듯한 감각. 넬 체우의 불꽃의 마검. 순우의 바늘. 버지길의 독과 서리의 마검. 순우의 바늘—.

괴물이다. 그는 마검의 괴물이 된다.

동시에 펼쳐진 참격 무리가 세 개의 건조물을 꿰뚫어 파괴했다.

엄청난 폭발이 세 번 이어졌다.

잔해가, 파편이 날았다. 적의 그림자조차도 보이지 않는 파괴 소용돌이의 한가운데에서 역겨운 트로아는 웃고 있었다.

―나는 그저 목격만 한 자도 죽이고 있다. 죄 없는 백성이다.

자기 자신의 폭주를 다른 사람인 양 바라보며 그런 생각을 했다. 그의 아버지는 처음부터 원해서 그런 것인가?

혹시 아버지도 마찬가지가 아니었을까?

처음에 마검을 쥐었던 때의 그 희생을 무의미하게 하고 싶지 않았을까?

그렇다면…… 역겨운 트로아인 한 마찬가지로.

◆

'아니야.'

트로아는 자각하고 있었다. 자기 자신의 마검의 기술로 열상을 입었다.

평범한 그라면 이렇게는 되지 않는다. 팔이 자동으로 다음 검을 뽑았다. 사이아노프가 그 찰나를 제압하고자 거리를 좁혔다. 그 옆에서 쐐기 모양의 검이 벌레 무리처럼 습격했다.

흉검 케텔크의 날은 아까 그 공격으로 확산되었다. 그것이 폭풍이 되어 마력의 소용돌이를 일으켰다.

파괴가 시가지를 채웠다. 가로수가 쓰러지며 원 반경의 안쪽을 모조리 잘게 썰었다.

'이게 마검의 전법인가?'

"얕아. 그건 얕아! 어차피 그건―."

사이아노프는 짜증 난 듯 중얼거리며 습격하는 칼날 하나하나를 쳐냈다. 트로아 자신도 그의 말뜻은 알고 있었다. 파괴뿐이다. 그것은 정말로 적을 쓰러뜨릴 수 있는 힘은 아니다. 불꽃의 마검이 트로아를 움직였다. 열량을 폭발시키는 '총운'의 최대 발동을── 사이아노프에게로.

시합을 보는 관객도 끌어들여서.

'안 돼. 어차피 그건.'

직전, 트로아는 왼팔로 자신의 오른팔을 때렸다. 불꽃의 마검을 튕겨냈다. 공중에서 발동한 불꽃의 폭발은 운하 쪽으로 방향을 틀고 철책을 관통하여 강바닥이 보일 정도로 운하를 증발시켰다.

"……역겨운 트로아. 이 자식."

"……어차피 그건 빌린 기술이야."

"훗."

"그렇게 말하고 싶었겠지. 사이아노프."

방금 그 오의의 위력을 사이아노프에게 향했대도 분명 이길 수는 없었을 것이다. 괜스레 피해를 확산시키는 파괴력밖에 없었다.

그래서야 과거에 와이테 산에서 도적을 벴을 때와 같았다.

"강해. 이 정도의 술사가 '최초의 일행' 말고도 있었나?"

"너를 넘겠어."

트로아 자신이 극한에 이른 기술도, 마검에 모든 것을 맡긴 폭주도 사이아노프를 넘어선 적은 없었다.

자기 자신을 고집하면 안 될 것이다. 다만 동시에, 자신 이외의 무언가에 제어를 내어줘도 안 된다.

'무스하인의 바람의 마검. 넬 체우의 불꽃의 마검. 두 자루를 잃었다. 흩어진 흉검 셀페스크의 쐐기를 재집결시킬 시간도 없다. 그렇다면 내가 내릴 수 있는 결판 수단은— 하나.'

트로아가 호흡을 정돈한 다음 순간, 사이아노프가 다가왔다. '날갯짓'에 깊게 부상을 입고도 그는 근접 전투를 전혀 주저하지 않았다. 그것이 그의 힘일 것이다.

'독과 서리의 마검.'

자동 요격하는 파이마의 호창은 사슬이 잡혀 멈추었다. '날갯짓'은 그 순간 완전한 기습을 해야 맞출 수 있는 기술이다. 사이아노프의 위족(僞足)이 사슬을 끌어당겼다. 트로아의 자세를 무너뜨리는…… 그 의도를 마검사는 읽어냈다. 이미 사슬의 뿌리 부분을 잘랐다.

'사이아노프. 너는 강해. 격렬한 공격뿐만이 아니야. 너를 이길 수 있는 자는…… 지금 이 세계에는 없어.'

사이아노프는 가차 없이 공격을 이어갔고, 트로아가 그것을 처리했다.

'내가 만약 질주하는 별의 아르스라면.'

문득 그런 생각이 스쳤다. 장절한 싸움의 한복판인데 어쩐지 그런 여유가 있었다.

하늘을 나는 질주하는 별의 아르스라면 격투의 간격에 파고들도록 허용하지 않았을 것이다. —정말로 그럴까?

그는 예기를 허용하지 않는 마검 기술 전부를 간파하고 발판이 없는 공중에서까지 뛰어올랐다. 질주하는 별을 치기 위해서라면 트로아도 그랬을 것이 틀림없었다.

참격은 읽혔다. 날아간 트로아의 몸이 주택의 벽면을 관통했다.

거리를 좁히거나 숨어들었다. 서로 종이 한 장 차이의 반응으로 즉사를 면했다.

……그렇지만 시합 초반과는 명확히 다른 점이 있었다.

'동시에 네 점 찌르기. 검신을 옆에서 쳐서 피한다. 내장을 노린다.'

트로아의 생각이다.

"파고들지 않아. 오른쪽 한 발만큼 현혹한다."

역겨운 트로아의 호흡은 역시 깊고 길었다.

오른쪽으로 돌아서 들어온 사이아노프가 팔꿈치 관절을 잡으려 했다. 그것을 알 수 있었다.

"접지면을 최소화해서 발차기를—."

"나의."

타격을 회피했다. 참격을 억지로 맞추지 않고도 치명상을 회피했다. 사이아노프의 동작은 역시 보이지 않았다. 판단과도 일치하지 않았다.

"내 움직임을 반대로 읽을 셈인가!"

기술도 마검도 모두 아버지에게 이어받은 것이었다.

역겨운 트로아 자신의 진정한 힘은 어디에도 없을 것이다.

'아니. 아버지는 말씀하셨어. 처음부터 알고 있었잖아.'

너무나도 다정한 기질이 마검의 상념을 받아 그 자신의 기술을 방해한다고 했다.

어떤 반응도 허용하지 않고 품으로 파고드는 사이아노프의 민첩성을 트로아가 추종하기 시작했다.

그 먼지 폭풍 때와 같은 느낌이었다. 미지의 병기를 무한히 펼치는 메스텔엑실과 싸운 그때, 트로아는 마치 그의 다음 총구의 표적까지도 보이는 것 같았다.

'나는 알아.'

무시무시한 기마가 어머니를 생각하는 아이라는 걸 알았다.

혹은 무자비한 점수가 자신의 힘을 자랑스럽게 여긴다는 걸 알았다.

그에게는 천안처럼 초상적인 지각은 없을 것이다. 마검에 축적된 풍부한 전투 경험도 그가 싸워야 할 전투 그 자체의 기억은 아니다. 하지만 눈앞의 적과 대치하여 계속 싸울 정도로.

역겨운 트로아는 **상념을 받아들일** 수 있다.

상대의 의지를, 바람을.

'……그래. 내 상념은 필요 없어. 하지만 나는 분명 그게 다가 아닐 거야. **내**가 존재하는 데는 의미가 있어. 무한한 마검의 상념 더미에서…… 진짜 선택지를 고르는 건 나야.'

사이아노프의 주먹이 심장까지 육박했다. 칼자루를 옆으로 때려 그것을 막고 독과 서리의 마검의 일격으로 받아쳤다. 위족(僞足)이 변형되어 밀착된 거리에서 트로아의 손등을 베었다. 직감으로 휘두른 칼날이 사이아노프의 괴이한 회피를 쫓아 달려갔다. 벽을 부수고 사이아노프가 거리를 두었다. 트로아가 추격했다. 신검 케텔크의 일섬. 그 연장선에 있는 대형 창고가 세로로 절단되었다. 사이아노프는 재차 간격 안으로 파고들었다. 하지만 '오합'. 처리한다. 피한다. 칼끝을 잡히기 직전에 거뒀다.

하늘이 있다. 시가지를 달려 수많은 장애물을 파괴하고 숨어 들어 어느샌가 밖으로 나왔다.

멀리 마차가 보였다. 그 속에서 시합을 지켜보는 자를 알고 있다.

미지알이 역겨운 트로아의 싸움을 보고 있었다. 과거에 자기 자신이 트로아의 싸움을 보았듯 지금은 그가 보고 있었다.

'따라.'

비스듬히 오른쪽 전방. 벽면을 박차고 직선으로 간격 내로. 그 예측대로 적은 움직였다.

'잡았다.'

그가 보는 상념은…… 가장 괴이한 격투가에게 마침내 완전히 대응했다.

이제 더 이상은 없다.

그 자신에게는.

마검에조차.

그렇다면 사이아노프의 상념에도 맞출 수 있다.

'—예측해 봐라. 세계의 모든 검. 역사상 모든 기술. 나 하나가 아니라 과거에 살았던 모든 마검사를! 예측해 봐!'

순우의 바늘을 펼쳤다. 수없이 보여줬던 환영 자돌의 오의 '오합'. 사이아노프의 요격에 정면으로 맞서 실체가 드러났다. 그럴 줄 알고 있었다.

검신이 자아내는 환상은 갑자기 변화한 궤도에 흐트러져 사이아노프의 시야를 메우며 날뛰었다.

"……!"

마검이 파괴된대도 그 능력을 잃는 건 아니다. 그것은 처음부터 **꺾이는** 것이 목적인 기술이었다. 같은 기술의 반복 속에서

의표를 찌르는, 단 한 번의 기술— '조몰(鳥沒)'.

그리고.

그리고 역겨운 트로아는 끈. 사슬. 경첩 장치.

다양한 장치로 온몸에 지닌 마검을 펼칠 수 있었다.

"'낙(落)······소(巢)'!"

처음부터 순우의 바늘을 버릴 각오로 내지른 찌르기는 그 한 동작 도중에 두 갈래의 칼날을 가진 마검으로 바뀌었다. 버지길의 독과 서리의 마검.

그것은 물론 다양한 공격을 예측하는 사이아노프의 회피 때문에 이르지 못했다.

하지만 칼날 너머로 쏟아진 손등의 혈액은 달랐다.

내지른 도신을 통과한 트로아의 피 한 방울을 사이아노프가 맞았다.

'조몰'로 비틀어 연 의식의 틈이 없었다면 그것조차 명중하지 않았을 것이다. 사이아노프에게는 그만큼의 기량이 있다는 것도 알고 있었다.

알고 있었다. 따라서 웃돌았다.

"이, 건······! 으윽······!"

푸슉, 원형질이 부풀어 올랐다.

사이아노프의 육체가 투명한 바늘처럼 미세한 결정체로 변이했다.

검신에 접촉한 생체에 감염되어 끝없이 침식하는 결정 침식의 마검. 피 한 방울조차 매개가 된다.

"끝까지."

사상 최강의 마검사가 그 누구도 조우한 적 없는 영웅을 향해— 역겨운 트로아는.

"맞지 않고…… 있을 수 있을 줄 알았나? '무진무류'."

"아직……이다……."

동작이 허락된 마지막 시간에 사이아노프는 적을 사정거리에 포착하고자 달렸다.

그 선택도 이미 알고 있었다. 그의 마지막 마검은 인레테의 안식의 낫.

"'제성(啼聲)'!"

"'각(角)……수(手)'……!"

일섬했다. 무진무류의 사이아노프는 세로로 두 쪽이 났다.

아버지의 주특기였던 '제성'은 자루가 긴 낫의 뿌리 부분을 쥐고 극접근 공격에 대처할 뿐인 기술이다. 오의라 부르기에는 너무나도 단순한 기술이었을지도 모른다.

하지만— 수없이 반복하며 순우의 바늘의 '오합'이 사이아노프의 의식에 새겨져 있었다. 보이는 환영을 믿지 않는 것을 조건 삼은 자에 한해서는 바람도 가르지 않고 소리도 내지 않는 인레테의 안식의 낫은 대처 불가능한 진실의 위협이 된다.

"큭……! 후."

트로아는 양쪽 무릎을 구부렸다. 필사의 사이아노프가 빠져나간 그때 예리한 관수에 의해 양쪽 무릎이 뚫린 것을 깨달았다. '관수'. 마지막의 마지막까지 무시무시한 속도.

모든 마검을 구사하여 이 싸움에 이겼다.

설 수는…….

"─설 수는 없어."

등 뒤로 목소리가 들렸다. 트로아는 꺾이려는 무릎을 꼿꼿이 견뎠다. 왜지?

심각한 위기를 알리는 땀이 등에 솟구쳤다.

"손목을 뒤집어 무기를 순식간에 바꿀 수 있지. 팔 동작과 맞춰야 하니 네놈이 쓰는 마검 기술은⋯⋯ 실제로는 양팔이 아니라 체중 이동 기점이 되는 발놀림이 진수야. 맞게 본 건가?"

돌아보려 했다. 시야 왼쪽에서는 절단된 사이아노프의 반신이 녹아 있었다.

독과 서리의 마검에 당한 쪽 반신이.

'⋯⋯그 찰나에.'

상대는 점수(우즈)다. 그렇더라도 그 찰나에 그런 판단을 내렸단 말인가?

치사의 독에 당한 반신을 잘라내고 중심이 되는 세포핵만을 피할 정도의 정교한 판단으로 양단하는 검의 궤도를 피했다고?

무진무류의 사이아노프에게는 그게 가능하단 말인가?

아니. 가능할 리가 없다. 트로아가 예측할 수 있을 리 없다.

아무리 구조가 단순한 점수(우즈)여도 체적의 반을 잃고 살 수 있을 리가 없다.

"【사이아노프의 고동으로. 정지하는 파문. 연이어 이어져라. 차오른 큰 달. 돌아라.】"

살 수 있을 리가 없다. 평범한 점수라면.

트로아는 상대하는 사이아노프의 사고를 베낄 수 있었다.

"사이⋯⋯아노프⋯⋯!"

"네놈이 지옥에서도 되살아난다면…… 역겨운 트로아."

하지만. 자신이 아닌 누군가의 상념을 이어받은 자는 트로아 뿐만 아니라—.

"이것이 피안의 네프트의 기술이다."

사이아노프라는 전사가 이용하는 모든 수단을 알고 있는 자는 아무도 없었다.

"나는. 나는, 역겨운 트로아다."

"……깜빡했지만, 시합 시작과 동시에 내장을 꿰뚫었어. 그 아픔을 자각하지 못했지? 다만 네놈은 네가 생각하는 것보다 더 숨이 찬 상태로 계속 싸웠어. 네놈이 환영으로 나를 유도했듯 타격을 상반신에 집중시켜 결정적인 순간에 하반신을 지키지 못하게 했지."

"아직……이다! 아직, 트로아는……!"

"네놈은 공격을 시도해 보겠지. 돌아보고, 파고들고, 그렇게 끝이다."

상반신의 순발력을 이용하는 그 기술은 고작 반 발 파고들고 끝났다. 이 거리에서도.

눈에 보이지 않는 연장 참격을 한 점에 집중해 원격을 찌르는 그 기술의 이름.

"……'쪼기'!"

"내 판단은."

파고든 발이 땅을 미끄러졌다.

그리고 무너졌다. 겨우 반 발에 역겨운 트로아의 시야는 지면에 잠겼다.

필살기를 쓰려던 신검 케텔크는 손에서 미끄러져 떨어졌다. 마치 두 다리가 절단된 듯 일어날 수 없었다.

"절대로."

◆

"……이겼네요."

승자에게는 어울리지 않는, 인간 담장에는 보이지 않는 골목 뒤였다. 납화(蠟花)의 크웰은 평소처럼 눈을 내리깔고 자신의 용사 후보를 맞이했다.

사이아노프로서도 백성과 출장자의 눈에서 숨는 게 더 편했다.

"그렇게 판단한다고 말했잖아."

"에헤…… 그, 그랬지요……. 하지만, 저기…… 마지막, 그 생술……."

"내가 누구야? '마지막 일행'인 피안의 네프트의 기술을 배워서 여기에 서 있어. 반신이 찢겨도 나는 불사신이야."

사실— 지극히 단순한 원형질로 구성된 점수(우즈)보다 세포 재생 생술에 대한 적합성이 높은 생명체는 존재하지 않는다. 체내 핵만 남아 있다면 남은 육체를 거의 완전한 기능으로 재생할 수 있다. 그는 피안의 네프트 정도로 생술을 추구하지는 못하지만, 상대적인 재생 효력이라면 네프트와 거의 비슷한 불사의 성질을 갖고 있다.

역겨운 트로아는 그것을 예측하지 못했다. 무진무류의 사이아노프 이전에 그러한 기술을 추구한 점수(우즈)는 존재하지 않았다.

"……역시. 이길 수 있어요……! 아, 그 역겨운 트로아에게도 이길 수 있었으니까요……! 사이아노프 씨라면 분명 가장 강하고……!"

"5년을 쓴다고 해."

"……네?"

"이번에도 미리 이 몸에 재생 생술을 걸고 임했어. 남은 모든 시합에서 그럴 생각이야. 한 번의 전체 재생으로 나는 5년의 세포 수명을 잃지."

그럴 가치가 있는 싸움이라고 믿고 있다.

피안의 네프트와 싸웠을 때와 마찬가지로, 혹은 그 이상으로.

"저기, 하, 하지만, 점수의 수명^{우즈}……은."

"홋."

사이아노프는 웃었다.

모래 미궁에서 21년의 세월을 보냈다. 결승까지는 네 개의 시합이 있고, 네프트와의 전투에서는 한 번의 전체 재생을 이용한다.

점수^{우즈}의 생명은 길어야 50년이라고 전해진다.

"……놈은 정말로 강했지. 마지막이 일격필살의 검이었다면 나는 죽었을 거야. 진업의 결정은 어차피 네놈들 황도에 유리할지도 모르지만……."

마지막 인레테의 안식의 낮은 잘 맞히는 기능의 마검이었다.

맞혀서 죽이는 기능의 독과 서리의 마검을 펼친 직후였기에 남아 있는 두 자루에 같은 종류의 일격필살은 없다고 예측했다 ― 그렇게 바랄 수밖에 없었다. 어쨌든 그 상황에서는 사선을 넘는 강공만을 고르게 됐다.

그래야만 하는 상황에 가져올 힘이 역겨운 트로아에게는 있었다.

그것은 승자의 교만일지도 모른다.

하지만 전사로서의 최선의 결판을 바라는 자로서 진심으로 그렇게 생각했다.

"놈을 죽이지 않을 수 있어서 다행이야."

제1시합. 승자는 무진무류의 사이아노프.

제1시합을 마친 밤이었다.

역겨운 트로아는 치료를 위해 시가지 중앙의 진료소로 옮겨졌다. 황도 밖에서 온 방문자인 트로아에게는 단골 생술의도 없다. 심각하게 파괴된 두 무릎은 완치될 상처인지 어떤지도 불분명했다.

"아아. 실망이야."

침대 옆에 있는 소년은 트로아보다 더 심한 중상자로 보였다. 그를 용사 후보로 옹립하고 트로아와 함께 패배한 철관우영의 미지알이었다.

"최강이 아니었네, 트로아."

말투와는 정반대로 미지알은 웃었다.

"……미안해. 최강이 되지 못해서. 너를 이기게 해주지도 못했어."

"나는 재미있으면 그만이야. 아야."

미지알은 크게 기지개를 켜는 바람에 상처가 벌어진 모양이었다. 앞뒤를 생각하지 않고 그런 행동을 하는 어린애다. 온갖 심각성을 개의치 않는 그의 자유로움에 트로아는 감사했다.

"하지만…… 아마 이제부터는 내게 접근하지 않는 게 좋을 거야."

"왜?"

"나는 졌어. 그걸 황도 전체가 알고 있지. 전에 만났던 '해의 대수' 놈들 같은 패거리가 앞으로 마검을 빼앗으러 올 거야."

아니면 그것조차도 역겨운 트로아의 시합이 육합상람의 초전으로 배치된 이유였을지도 모른다. 가령 트로아가 초전에서 패배한다면 마검을 빼앗을 계획을 세운 자가 큰 우위를 점할 것이다.

이미 그는 전투가 금지된 **용사 후보는 아니**니까.

"……그 정도 놈들, 트로아라면 팔다리가 전부 부러져도 이길 수 있잖아."

"그놈들만 오는 게 아니야. 내 힘이 어느 정도인지 알고 손을 대지 않은 녀석도 있을 거야. 정말로 위험한 건 그런 놈들이야."

미지알의 앞에서 그 말은 하지 않겠지만, 아마 트로아는 살해될 것이다.

그가 아는 강자만 추려 봐도, 이를테면 아르스나 메스텔엑실이 지금 여기서 습격을 한다면 지금의 트로아로는 방법이 없다.

그리고 이 싸움의 이면에는 트로아가 도달할 수 없는 깊은 음모를 가진 자도 반드시 있다.

문득 토기에시에서 만났던 '회색 머리 아이'를 떠올렸다. 도적인 에리지테를 보내, 아마 트로아를 먼지 폭풍의 소용돌이로 보냈을 배후의 얼굴을.

'놈이라면…… 그런 이면의 음모도 알고 있을까?'

'회색 머리 아이'는 트로아에게 없는 힘을 보충할 수 있다고 호언장담했다. 확실히 지금 상황에 도움을 구할 수 있는 상대는 그 소년밖에 없을지도 모른다.

'이 상황까지 내다보고 내게 접촉했다면 정말 대단해.'

침대 옆에서 미지알은 웬일로 침묵을 유지했지만, 이윽고 얼굴을 들었다.

"그럼 황도 밖으로 보낼게. 29관의 권한이라면 가능해. 그거라면……."

"수속에 며칠이 걸리지? 게다가 상대가 진심이라면 황도 밖까지도 쫓아올 거야. 쓸데없는 건 신경 쓰지 않아도 돼. 너는 이제 내 옹립자도 아니잖아."

트로아는 포기한 게 아니다. 오히려 끝까지 싸우기 위해 미지알을 멀리 떼어놓아야 했다. 아니면 지금 당장이라도 이 병실에 습격자가 나타날지도 모른다.

"싫어. 나는 오고 싶을 때 올 거야."

"……내 말을 들어. 네게 그럴 이유는 없다니까."

"친구잖아."

"……."

계속 아버지와 둘이 살았다. 그 외의 사람과 깊은 관계를 맺은 적은 없었다.

홀로 생활할 수 있는 나이가 되었을 때는 인간 마을에 내려가라고 아버지가 권했지만, 그는 아버지를 홀로 둘 수 없었다.

이렇게 오래 얽히고 대화한 상대는 미지알이 처음이었다.

친구라고 해도 될지도 모르겠다.

"……마검을."

갑자기 전혀 다른 목소리가 병원에 울려 퍼졌다.

"빼앗기는 게 불안한가? 마검을 빼앗는 괴물이."

"……!"

트로아는 전투를 각오했지만, 출입구에 선 남자의 얼굴을 보고 검을 내렸다.

어린아이보다도 작은 키를 뒤덮은 진갈색 코트. 사냥모자 밑에서 엿보이는 어둡고 푸른 눈동자.

미지알이 어이없이 중얼거렸다.

"계심의 크우로."

"구마나 교역점 작전 이후로 처음이로군, 철관우영의 미지알. 하지만 용건이 있는 건―."

"그래. 오랜만이야, 트로아. 또 만났네."

크우로의 이야기도 기다리지 않고 파랗고 작은 새 같은 생물이 트로아의 주위를 팔랑팔랑 날았다.

크기도 날개도 작은 새 그 자체였지만, 그것 말고는 인간을 아주 작게 줄인 듯한 소녀였다. 방황의 퀴네였다.^(미니어) 역시 트로아와는 아는 사이였다.

"……거기, 역겨운 트로아야."

"내게…… 무슨 용건이 있지? 마검의 괴물을 문병이라도 왔나?"

얼굴을 본 순간에는 저도 모르게 방심했지만, 낙관해서는 안 된다고 새삼 인식했다.

크우로는 먼지 폭풍을 방어하고 황도의 작전에 종사하던 관측수다. 황도 측의 명령을 받아 트로아의 마검을 빼앗으러 왔을 가능성도 있다. 가령 그렇다면 싸워야만 한다.

"아직 네게는 빚을 갚지 못했어. 그날, 목숨을 구해준 빚을 말이야. 나로서는 즉시 황도를 떠나려던 참이었는데……."

"저, 저기. 나도! 나도 그래! 트로아에게 고맙게 생각해."

계심의 크우로. 그는 육합상람 참전자는 아니지만, 다양한 계략을 간파하여 결코 허를 찔리지 않는 궁극의 감지 이능력, 천안 술사다.

"트로아의 다리가 완치될 때까지는 내가 호위할게. 불만 있나?"

"설마!"

트로아 대신 미지알이 대답했다.

"역시 대단하군, 트로아! 그 천안이 도와준대, 아주 대단해! 아하하하하! 친구 많네!"

"아…… 아니, 멋대로 이야기를 진행하지 마."

크우로는 기쁜 듯 나는 퀴네를 바라보았다.

"너. 아직도 질주하는 별의 아르스와 싸울 셈이지?"

"……맞아. 육합상람은 내게 수단에 지나지 않아. 모든 게 끝나고 놈이 살아 있으면 당연히 쓰러뜨릴 거야. 만약 빛의 마검이 다른 누군가의 손에 넘어간다면 그 누군가를. 아마, 원한이나…… 집착이 아니라…… 그래야만 해. 나는 나 자신의 인생을 위해."

다양한 물질을 절단하는 최강의 마검, 히렌진겐의 빛의 마검.

그것은 트로아에게 사랑하는 아버지의 죽음의 상징이기도 했다.

빛의 마검을 그 손에 쥘 때까지 그는 아버지의 죽음조차 손에 넣지 못할지도 모른다.

—그는 패배해도 여전히 **역겨운 트로아**다.

"아르스는 질지도 몰라."

크우로는 아주 냉정하게 고했다.

"초전 상대는 겨울의 루크노카야. 이 시합에 모인 열여섯 명 중에서 정말로 최강인 녀석이 있다면 겨울의 루크노카겠지. 녀석도…… 하필이면 가장 좋지 못한 상대를 가장 먼저 뽑았군."

"……너는 그렇게 생각해?"

역겨운 트로아는 언제든 그에게 최강이었다. 지상의 어느 마검사의 기술이든 웃돌며, 자신들의 존재가 전설을 넘은 괴담이 될 때까지 칼날을 피로 적시며 계속 싸웠다.

"최강. 전설. 영웅. 무적. 만약 그런 말이 들어맞는 녀석이 이 세계에 있다면…… 너도 알겠지. 크우로."

그렇다면 그 최강을 죽인 원수에게— 질주하는 별의 아르스의 싸움에 트로아는 무엇을 바라는 것일까?

승리인가? 패배인가?

트로아 자신도 그것을 알지 못했다.

"질주하는 별의 아르스는 그런 녀석들에게 이겨 왔어."

시든 노란색 잎의 병든 식물밖에 없었다.

거대한 가스밭인 마리 지공 주변, 마리 황야에 확인 가능한 자연의 생물은 그 한 종류뿐이었다.

번개 같은 깊은 균열이 곳곳에 내달리고, 메마른 암반으로 뒤덮인 불모의 대지. 생명의 활기로 넘치는 황도의 빛은 이 죽음의 세계에 지배되고 있다.

그리고 이 육합상람에 즈음하여 인간의 척도를 훨씬 뛰어넘은 괴물에 의한 대전이 일어난다면, 마리 황야 외에 시합장 후보는 없다고 판단되기도 했다.

가스 채굴 시설은 훨씬 멀리 있고, 시야 내에 인족의 생활권은 없다. 이미 일종의 재해 같은 이 싸움의 관전을 바라는 괴짜가 존재한대도 —물론 그 관전료는 의회의 세수가 되지만— 일절 장애물이 없는 이 지형이라면 비교적 안전을 유지한 먼 곳에서 시합의 추세를 바라볼 수 있었다.

제1시합과 제2시합 사이에는 특별히 이틀의 유예가 마련되어 있다. 관객을 가득 실은 카라반이 이곳 마리 황야에 이르기까지 하루 가까운 시간이 필요하기 때문이다.

제1시합과는 달리 그들은 카라반의 배급만으로 전날 밤과 그날 낮 식사를 해결하고, 마치 신화를 지켜보는 듯 엄숙한 두려움에 조용해졌다.

그리고 시민이 쌍안경이나 단안경을 엿본다면…… 마주한 두

탁상 대지의 한쪽, 마치 차가운 금속처럼 햇빛을 반사하는 하얀 그림자를 확인할 수 있을 것이다.

그것은 역겨운 트로아와 마찬가지로 그들 중 누구도 본 적 없는 존재였지만, 그래도 그 실재를 인정할 수밖에 없는 존재감을 내뿜었다.

이 육합상람에서 최강의 존재. 용(드래곤). 진정한 전설. 겨울의 루크노카다.

그 옆에 하잘것없는 남자의 모습이 보이는 것을 아무도 알아채지 못했다.

"······계속 망설였어."

황도 제6장, 정숙의 하르겐트는 두꺼운 모포로 온몸을 감싸고 암흑의 균열에 금이 간 대지를 내려다보았다.

겨울의 루크노카는 두려워해야 할 용(드래곤)이자 이 세계의 이치에 존재하는 하나의 생명이다. 그녀 자신이 냉기를 계속 내뿜는 건 아니다. 하지만 그래도 뼛속까지 사무치는 차가운 기억의 착각과 미래에 찾아올 심각한 풍경의 예감에 그의 몸이 떨렸다.

"만약 내가 가르쳐주면 네놈과 아르스는······ 대등한 조건이 아니게 될지도 몰라. 그렇게 이기는 데 의미가 있나······? 하지만 이렇게도 생각할 수 있지 않을까? 아르스는 겨울의 루크노카의 전설을 알고는 있지만, 계속 이가니아에 있던 네놈은 아르스의 전설을 몰라······."

"하르겐트."

체구에 어울리지 않게 밝은 목소리로 용(드래곤)은 온화하게 가로막았다.

"당신은 정말 말이 기네."

"크윽……! 기, 길지는…… 않아! 왜 글라스나 에누가 아니라 늘 나만……! 내 설명이 그렇게 엉망진창인가?! 이, 이대로라면 네놈이 불리하다는 소리야!"

루크노카는 긴 날개 한쪽을 접어 입가에 댔다.

인간이 웃음을 참는 듯한 동작이었다.

그런 황도 권내에도 그녀가 머물 수 있는 곳은 없다. 따라서 루크노카가 이가니아에서 황도에 들어온 것도 불과 며칠 전이다.

마치 새로운 놀이터를 발견한 소녀처럼 하얀 용은 들떠 있었다.

"우후후후! 불리! 상관없어요. 저는."

"……죽은 자의 거대한 방패라는 마구가 있어."

하르겐트는 떨떠름하게 중얼거렸다.

질주하는 별의 아르스의 전투 방법 일부분을 그는 그 눈으로 봐서 알고 있다. 그 사고나 성격에 대해서라면 아마 이 세계의 다른 누구보다도.

"조건은 명확하지 않지만, 놈은 그걸로 숨결을 피할 수 있었어. 비케온의 흑연의 숨결을. 그렇게 막았어. 그러니까 네놈의 필멸의 숨결은 놈에게는 통하지 않아. 고려해서 싸우지 않으면 마구에 반격을 당해 진다는 소리야."

"통해요."

"무, 무슨 소리를……."

"제 숨결은 못 막는다고요."

"……하지만."

꿋꿋한 자신감으로 가득 찬 그녀의 태도를 보고 하르겐트는 마음과 달리 불안이 스쳤다.

　—겨울의 루크노카가 내뿜는 용의 숨결.

　그것은 만물을 동결시켜 풍경째로 멸살하는, 아마 지상 최대의 파괴력을 자랑하는 사술일 것이다. 하지만 그녀는 하르겐트와 마찬가지로 아직 질주하는 별의 아르스가 가진 무기의 전모를 전혀 알지 못한다.

　평범한 작용과는 정반대로 열량을 약탈하는 결과를 초래한다지만, 루크노카의 숨결 또한 어디까지나 열술의 일종일 터였다. 자욱한 연기의 비케온쯤 되는 존재를 일방적으로 죽인 질주하는 별의 아르스에게 그 자만심이 통한다는 건가?

　'……지면 나는 끝장이야. 야망도 영광도, 거기서 끝이라고. 그러니까 절대로 지지 않는 존재를 데려왔어. 겨울의 루크노카를. 그건…… 아무 문제도 없을 거야. 하지만…… 하지만.'

　무릎 위에서 단단히 깍지 낀 양손이 떨렸다. 그것은 냉기의 예감으로 떨리는 것이기도 하지만, 다른 이유도 있었다.

　이 싸움에서 한 가지 결판이 난다. 하르겐트의 인생의 결판이.

　'아르스는 강해. 최강이야.'

　이 세상 누구보다도 그걸 믿고 있다. 그렇기에 그와 싸우기로 했다.

　두 대지의 딱 중앙에 우뚝 솟은 큰 흙기둥을 보았다. 해의 높이에 맞추어 지면으로 뻗은 그림자는 줄어들 것이다. 첫 신호는 그것이다. 이 정도 규모의 싸움에 입회인을 둘 수는 없다.

　그림자가 완전히 숨은 그때, 지상 궁극의 용종(竜種) 둘의 전투가 시작된다—.

◆

　황도 제20경, 걸쇠의 히도우는 순수하게 황도를 위해서만 이 싸움에 임했다.

　그것은 인격이 선량하기 때문도, 여왕 세피아나 황도 의회에 대한 충성심 때문도 아니다. 오히려 히도우는 지금까지의 인생에서 타인은 한 번도 진심으로 생각한 적은 없고, 자기 자신을 악당이라고까지 자인했다.

　단순히 야심이 없었다. 그래서 황도 문제를 일단 해결한 데 지나지 않았다.

　그런 그가 누구보다도 강한 야심을 가진 조룡— 질주하는 별의 아르스와 손을 잡게 된 것도 역시 운명의 장난의 일종일까?

　"이봐, 아르스."

　발 바로 밑에는 나락이 있다. 루크노카와는 반대쪽인 탁상 대지 끝에 그는 앉아 있었다.

　아르스의 대답은 항상 늦기 때문에 그들이 대화할 경우, 처음에는 이렇게 히도우가 일방적으로 떠든다.

　"이건 그냥 구경거리야."

　"……"

　"진즉에 알고 있었잖아. 멍청한 인족들이 너희의 싸움을 보고 즐길 뿐인 축제야. 용사니 뭐니 하는 건 덤이지. 웃기지 않나?"

　"……왜?"

　히도우의 지점에서 더욱 우뚝 솟은 벼랑 위에서는 가느다란 그림자가 내려다보고 있었다.

―이것은 단순한 의문이다. 아르스의 기분을 해치지는 않았다. 음색만으로도 그것을 알 수 있을 정도로는 시간을 들여 이 조룡^{와이번}을 관찰했다.

다른 방향으로 눈길을 보냈다. 모여든 시민. 황야의 풍경 속에 바람에 날려 쌓인 먼지처럼 뭉쳐 있었다.

자신들을 백 번 멸망시키고도 남는 재앙을 관광 유람하는 기분으로 구경하러 왔다. 그들의 행동이나 인생 전체는 히도우에게 혐오해 마땅한 우열함으로 보였다.

"그놈들은 자기 목숨을 거는 게 아니야. 자기 문제를 제 손으로 해결하지도 못해. ……그러기는커녕 문제가 사실은 무엇인지도 몰라. 그런 바보들의 나라를 원해? 나는…… 나라면 싫어."

"……아니, 마찬가지야."

조룡^{와이번}은 담담히 대답했다. 아무런 감개도 없는 목소리였다.

"인족도…… 조룡^{와이번}도…… 모두 똑같잖아."

"너나 나도 놈들과 똑같나?"

"……. 나는 내가 좋아하는 녀석과 그렇지 않은 녀석이 있을 뿐이야……. 바보든 아니든 내게는…… 너무 자잘해서 모르겠어……."

"적어도 인간^{미니어}은 그런 게 아니야."

"……왜지?"

"모르면 됐어. ……그보다 돌아갈 거면 이게 마지막 기회야. 벌칙이라는 규칙도 있긴 하지만, 황도군도 하늘을 나는 너를 잡지는 못할 거야. 시시하다고 생각하면…… 나는 신경 쓰지 말고 돌아가."

히도우는 제안이 소용없다는 걸 알고 있었다.

아르스는 자신이 하고 싶은 것을 한다. 그게 이해득실로 따질 수 있는 것이 아니더라도.

그게 아니라면 지평 전체를 뒤흔드는 전설은 되지 못했을 것이다.

"시시하지 않아."

"……그래?"

"……하르겐트와의 승부야……."

그것은 평소와 다르지 않은 우울한 중얼거림이었다. 하지만 그곳에는 희열의 감정이 있었다.

자신들이 인정한 최대의 호적수. 아무에게도 인정받지 못한, 무능한 제6장과 싸운다는 기쁨.

그가 보는 것은 겨울의 루크노카이자 겨울의 루크노카가 아니다.

"一모르겠어, 정말."

히도우는 하늘을 올려다보았다. 태양은 하늘 꼭대기에 가까웠다. 그때가 육박했다.

그저 그런 이유로 신화의 싸움이 시작되고 있었다.

히도우 이외의 세계는 그뿐인 이유로 움직이고 있었다.

"우리는…… 모두 전혀 몰라."

흙기둥의 그림자가 숨고 머리 위에서 날개가 바람을 쳤다. 용이 날아갔다.

육합상람 제2시합이 시작을 알렸다. 매우 고요했다.

모든 시합 중에서 가장 큰 규모의 전투인 그 시합은, 마찬가지로 최강인 자 중 누가 승자가 될지를 제외하면 보는 이의 예상을 무엇 하나 뒤집지 않았다.

즉, 그 싸움은 일몰도 채 오기 전에 이 땅을 영원히 괴멸시키는 것이었다.

최강이라는 두 글자의 공포를 모두가 아는 결말이었다.

질주하는 별의 아르스, 대, 겨울의 루크노카.

◆

전방에서 날아오는 그림자의 기세는 마치 폭발하는 불똥 같았다.

이가니아 빙호와 황도 사이를 하루도 안 되어 오갈 수 있는 루크노카에게도 그렇게 보이는 속도였다.

"훌륭해."

속도에 대한 경탄이 아니다. 두려움 없이 맞서는 투지에 대한 감격이었다.

강력한 힘 때문에 단절되었던 루크노카는 이미 상대의 강약을 읽지도 못했다. 과거에 약하다고 봤던 자는 약하고, 강하다고 믿었던 자도 모두 약했다.

따라서 그녀는 어느샌가…… 그녀 앞에 선 자가 가진 가장 확실한 것만을 믿게 되었다. 절대 강자에게 도전하는 용기와 무모함을.

그 마음이 무엇보다 아름답다고 겨울의 루크노카는 굳게 믿었다.

"……자, 아르스. 당신은 뭘 보여줄 거지?"

루크노카의 비행 진로와 일직선인 정면 반항(反航)으로 접근한 조룡(와이번)은 갑자기 궤도를 바꾸었다. 위쪽에 호를 그리듯 남쪽으로 급선회했다.

주시하던 자는 눈으로 좇지 않을 수 없었다.

그곳에는 대낮의 태양이 있었다. 시선을 유도한 것이다. 루크노카는 날개를 접고 급격히 감속했다.

역광에 아르스의 그림자를 놓친 순간, 번쩍이는 빛도 보이지 않았다. 보병총(머스킷)의 한계인 사정거리에서 총탄이 날아 루크노카의 뺨을 때렸다.

"우후후후후후후!"

총격의 감촉을 느껴 루크노카는 웃었다.

태양 속에서 뛰쳐나와 이번에는 낮게 갈라진 땅속으로 잠기는 그림자의 궤적을 바라보았다. 태양을 똑바로 보게 하여 열린 동공을 어둠으로 다시 닫으려 했다.

루크노카는 총격을 입은 뺨을 지나는 감촉을 알아챘다. 그것은 총탄에서 생겨난, 육체에 파고들어 침식하는, 가지 친 식물의 뿌리였다.

고수(拷樹)의 씨앗이었다. 보병총(머스킷)의 화약열로 발아한 그것은, 생명을 필살하는 나무의 마탄이었지만.

……루크노카는 뿌리가 뻗는 뺨을 발톱으로 가볍게 쓰다듬었다.

"—재미있는 화살이네."

필살의 마탄은 그것만으로 용린째로 벗겨져 무의미해졌다.

용의 비늘이 무적으로 여겨지는 이유는, 그저 경도가 높기 때문만은 아니다. 그 차단성에 있었다.

아까 아르스의 사격은 틀림없이 루크노카의 안구를 노렸다. 용린으로 뒤덮이지 않은 눈을.

하지만 용에게 도전하는 영웅 모두가 그것을 노리는 걸 겨울의 루크노카는 알고 있었다. 앞선 급감속에 따른 회피도 그녀에게는 생각할 필요조차 없는 예정조화에 지나지 않았다.

나락의 밑바닥에서는 재차 총탄이 날아왔다. 발톱이 가로막아 그것을 튕겨냈다.

겨울의 루크노카는 총이라는 병기의 존재를 인식하지 못했지만, 총탄을 훨씬 능가하는 반사 신경과 신체 능력이 있는 한, 어차피 무의미한 지식일지도 모른다.

이것도 명중하면 죽음을 초래하는 마탄 중 하나임은 틀림없지만, 고도로 결정화된 용의 발톱의 표층은 병독에 당할 일도, 뿌리가 파고들 일도 없었다.

"우후후후후후후!"

아르스가 몸을 숙였다. 대지에 뻗은 심연을 내려다보았다. 만약 이곳에 숨결을 내뿜으면 그것으로 이 싸움은 끝날 것이다.

하지만 그래서는 즐겁지 않다.

이 작고 빠른 영웅은 앞으로 어떤 전투를 벌일까?

최강의 용을 앞에 두고 어떤 책략을 생각하고 있을까?

이 지상에서 최강인 질주하는 별의 아르스는 그녀에게 무엇을 해줄까?

'……아아, 아니야.'

호기와 흥분에 빛나는 눈이 살짝 가늘어졌다.

갈라진 땅에 몸을 숨기면 숨결에서 벗어날 수단은 없다. 그것
은 누구보다도 질주하는 별의 아르스 자신이 잘 알고 있을 터였
다. 그렇다면— 이미, 아니다.

"됐다…….."

목소리가 들렸을 때는 이미 루크노카의 뒤에서 채찍이 휘둘러
진 뒤였다. 그것은 채찍다운 예각적인 선을 허공에 그리며 고룡
의 오른쪽 날개 뿌리 부분을 포착했다.

"—키오의 손."

조여진 부분이 기묘하게 일그러져 빠직빠직 소리를 내기 시작
했다.

자유자재로 움직이는 마의 채찍인 키오의 손에는 또 하나의 기
능이 있다. 끌어들인 대상을 강도와 관계없이 비틀고 절단한다.

초상적인 마구를 이용하는 한, 강도를 무시하고 용린을 돌파
하는 수단은 이 세계에 아예 없지는 않다.

"우후후후! 우후후후후후후후! 아아…… 즐거워! 당신은 빠르
네, 아르스! 나이를 먹어서 그런가? 눈으로 전혀 좇지 못했어!"

"……그래……? 너는 약하네."

키오의 손조차도 다음 동작의 발판에 지나지 않는다. 아르스
는 세 개의 팔 중 하나로 채찍을 당긴 채 또 하나의 손으로 새로
운 무기를 꺼냈다. 최강의 마검을.

맑은 목소리는 그때 울려 퍼졌다.

"【코우토의 바람으로.】"

co chwelne

사술 지식이 있는 자라면 그것이 무의미한 발버둥인 걸 알 수 있다.

열술을 파괴에 이용하기 위해서는 지향성을 줄 필요가 있다. 자기 자신을 끌어들이는 방향으로 공격할 수는 없다. 아르스는 루크노카의 후방에서 목을 그쪽으로 돌릴 수 없도록 오른쪽 날개를 포착했다.

언젠가 미궁 도시에서 '손님'이 그러했듯, 술사의 뒤에 있는 자에게는 열의 여파조차 이르지 않는다.

그런데도 용의 숨결 공격 동작은 단 한 호흡이면 충분했다.

"【마지막 빛에 시들어라─.】"

루크노카의 시야 끝에는 완만한 골짜기가 있었다. 물가가 있었다.

붉은 황야의 지평선이 있고, 그것과 대조적인 푸른 하늘에는 드문드문 구름이 있었다.

그것은 몇백 년 동안 이어진 마리 황야의 풍경이었다.

모든 것이 사라졌다.

다양한 생명의 오감이 멈춘 것 같았다.

무음.

어둠.

세계의 격변을 저 멀리서 보던 관객도 금세 느꼈다.

소리 없는 루크노카의 숨결은 전방의 풍경을 정지시켰다. 다양한 존재가 하얗게 흐려졌다.

─아니. 정지한 것이 아니었다. 그것은 바람도, 충격의 위력도 동반하지 않는 열술인데 갈라진 지형은 거친 정숙 속에서 누군가에게 움직였다.

공기 분자의 동결로 세계가 하얗게 물든 그 변화조차 순식간이었다. 세계의 밑바닥이 빠진 듯, 그것보다 차가웠다. 바위 대지는 까맣게 일그러져 마치 대양처럼 파문을 확장했다. 극한으로 차가워진 그것은 고체가 아니었을지도 모른다.

무시무시한 기세로 응축된 대지의 구조가 하나의 분자처럼 흘렀다.

"─아아, 하르겐트. 제 숨결^{브레스}은 통하지 않는다고 했죠?"

진정한 정숙의 세계의 주인은 그저 홀로 속삭였다.

"당신의 세계에서는 그게 올바를 테지요. 하지만."

지독히도 고요했다.

하지만 그것마저도 **결과**는 아니었다.

두 호흡 뒤에 그것이 일어났다.

천지를 뒤흔드는 번개 같은 폭발.

끝없는 굉음이 정숙한 세계를 파멸시켰다.

공기가 격류를 일으키며 루크노카의 정면 세계로 밀려들었고, 마채찍으로 스스로를 계류했던 질주하는 별의 아르스조차도 그 성난 파도에 밀려갔다.

온갖 물체가 루크노카의 전방에 **떨어**졌다.

완전히 태세가 무너진 조룡^{와이번}과, 그것을 기다리는 용^{드래곤}의 눈은 순식간에 엇갈렸다.

"……!"

"제 숨결은 통합니다."

매서운 발톱 후리기에 아르스는 일직선으로 죽음의 대지에 떨어졌다.

경량의 조룡이 떨어진 속도만으로 암반 대지를 부쉈다.

영웅 살해의 전설은 오른쪽 날개에 얽힌 만신창이 마채찍을 해초라도 치우듯 치워버렸다.

상처 하나 없었다.

용에게 덤비는 영웅들이 그것을 시도했다.

겨울에 가두는 루크노카의 숨결을 전사가 아닌 어린애조차 동요로 알았다.

저온을 막고자 방비한 자가 있었다. 다양한 파괴를 차단하는 마구를 구비한 자가 있었다. 혹은 이 아르스처럼 기동력과 전술로 그 범위에서 벗어나려 한 자가 있었다.

역사상 그 모두가 죽었다.

—절대 극한의 동술 숨결. 사정권 내에 존재하는 공기 분자는 모두 고체로 바꾼다.

그렇다면 파괴는 그걸로 끝이 아니다. 이어지는 것은 상실한 세계의 구멍을 메우고자 흘러드는 격동적 폭풍의 폭발이다. 시대에 나타난 예외 없는 질주하는 별의 아르스조차도 그 현실에 저항할 수 없었다.

……하지만.

"우후후후후후후! 우후후후후후!"

하지만 루크노카는 웃었다. 그것이 의미하는 점은 하나뿐이었다.

"아아, 재미있어……!"

그녀는 아직 아무것도 보지 못했다.

그에게 어떤 전법이 남아 있을까?

최강의 용을 앞에 두고 싸우기 위한 어떤 책략이 남아 있을까?

이 지상에서 최강인 질주하는 별의 아르스는 그녀에게 무엇을 해줄까?

"……. 웃기네…… 너……."

그것은 평소와 마찬가지로 음울하고 섬세한, 작은 목소리였다.

하지만 그를 잘 아는 자가 듣는다면 약간의 분노가 섞인…… 하나의 강렬한 감정을 짐작할 수 있었을 것이다.

'성가시다'는 감정을.

"죽은 자의 거대한 방패."

자욱한 연기의 비케온의 숨결을 막은 그것은 대가를 치르는 한 지상 최강인 용 발톱의 일격조차도 막을 수 있는 궁극의 방어 수단 중 하나였다.

"……자랑하려고. 앞으로…… 죽일 녀석에게도."

질주하는 별의 아르스는 다음 무기를 잡았다. 땅을 박차고 날아올랐다.

―하지 못했다.

세계가 얼어붙었다. 공기가 무거웠다. 그때까지 암반이었던 대지는 물리적인 작용에 의해 기묘한 문양으로 뒤틀린 검은 결정 같았다.

"우후후후후! 그런 곳에 서 있으면 안 돼."

루크노카는 저 높이 머리 위에서 내려다보고 있었다. 지금까지의 아르스가 온갖 전설에 그랬듯이.

아르스는 다시 한번 날아오르려 했다. 각혈했다. 폐 세포가 안쪽부터 침식되었다. 체온을 급격히 빼앗겼다. 숨결[브레스]이 지나간 풍경은 공기도, 대지도, 모든 것이 얼음보다 훨씬…… 그가 아는 무엇보다도 차가웠다.

"……후폭풍이 몰려올지도 모른단다."

지상 최강의 종. 그중에서도 최강의 존재.

겨울의 루크노카의 숨결[브레스]에서 벗어날 수는 없다.

"【코우토의 바람으로[co chwelne]. 마지막 빛에 시들어라—[cyulcascarz].】"

◆

"마, 말도…… 안 돼……!"

멀리 떨어진 대지 위에서 히도우는 색을 잃고 웃었다.

겨울의 루크노카가 내뿜은 용의[드래곤] 숨결[브레스]을 목격했다. 그것은 다양한 상상을 초월하는 종언 그 자체의 구현이었다.

머나먼 광경일 터였지만, 결코 멀지 않았다. 가령 그 영향 범위가 서쪽으로 빗나갔다면. 가령 아르스와 루크노카가 충돌한 그 지점이 그보다 반쯤 가까웠다면.

춥다. 지금껏 찾아왔던 어떤 설원보다도 살갗을 에는 극한의 바람이 히도우를 두렵게 했다. 얼음의 숨결[브레스]이 후려친 지점은 그토록 떨어져 있었다. 이곳은 아직 본래의 마리 황야일 터였다.

하지만 기후가 그렇지 않았다.

아마…… 앞으로도 계속.

'놈은— 하르겐트는 이걸 알고 있었을까?'

그럴 리가 없다. 가령 이가니아 빙호에서 이 일격을 목격했다면 황도에 살아서 귀환할 수 있을 리가 없었다. 아무리 정숙의 하르겐트라고 해도 그것을 알고 겨울의 루크노카를 이곳에 내보낼 정도로 어리석은 남자라고는 생각하고 싶지 않다.

즉시 최소한의 짐을 짊어지고 뒤에 있는 병사에게 외쳤다.

"차다!"

"네……?!"

"못 들었나? 증기는 끓고 있겠지? 차를 준비해. 카라반으로 간다."

히도우는 다른 방향에 보이는 카라반을 바라보았다. 벌레떼 같은 시민.

분명 놀라 마땅한 광경에, 지금 시대를 사는 자가 처음 보는 강대한 존재에, 열광하는 것이리라. 구제불능 무능한 인간들이.

"그런데 카라반 쪽이요?"

"달리 뭐가 있지? '겨울'의 숨결이 이쪽으로 오면 그것만으로^{브레스} 싹 다 죽어! 나도 저놈들도 놈의 변덕에 달렸다고! 모두 대피시킬 수밖에 없잖아! 서둘러!"

"멀어지면 시합 결과 증인이 제6장만 남는데요?! 그러면 히도우 님께서."

"—서두르라고 했어."

히도우는 병사의 멱살을 잡고 위압했다.

머리가 나쁘다. 위기감이 없다. 모두 그렇다. 그걸 용서할 수 없었다.

제20경은 이를 갈며 등 뒤의 전장을 보았다.

'왜 내가 이런 생각을 해야 하지?'

히도우는 하르겐트 같은 남자와는 다르다. 자신의 선택에 동반되는 결과와 이익을 생각할 수 있었다. 한때는 그랬더라도…… 결코 그저 고집과 증오만으로 루크노카와의 전투를 납득한 건 아니다.

전설 살해의 영웅인 아르스와 영웅 살해의 전설인 루크노카. 이 육합상람의 참가자 중에서 그들을 쓰러뜨릴 가능성이 조금이라도 있던 자는 각자 서로밖에 없었다.

둘 다 인간의 손은 미치지 않는, 승산이 없는 존재다. 인간이 두 사룡을 토벌하려면 서로를 죽이게 하여 살아남은 자를 피폐하게 만들 필요가 있었다.

따라서 히도우는 1회전에서 본래 할 예정이던 아르스 방어책을 완전히 온존하여 임할 수 있었다. 지금의 '질주하는 별'은 소유한 모든 장비를 다룰 수 있다. 비행에 제약을 주는 시합장이 아니고 사전에 독이 쓰이지도 않았다.

최강의 용과 대치하기 위해서는 온 힘을 다해야 하기 때문이다.

그것은 히도우의 의지 따위와는 전혀 관계없는 합리적인 판단에 지나지 않는다.

'……역시 놈밖에 이길 수 없다는 거잖아?'

겨울의 루크노카의 힘은 인족이 상상할 수 있는 범주를 넘어선다.

'여기서는 이길 수 있어, 아르스.'

증기자동차의 좌석에 몸을 미끄러뜨리고 비치된 라디오에 말했다.

여성 연락원이 받았다. 그들의 작전에 대해서도 알고 있는 상대였다.

"걸쇠 히도우다. 로스클레이를 바꿔!"

〈로스클레이 님 말씀이십니까? 잠시 기다리셔야 합니다만—.〉

"그럼 됐어. 할 말이 있어. 네가 전해. '루크노카는 상상 이상으로 강해. 루크노카가 이긴다면『그 흐름』은 쓸 수 없어'. 알아들었어? 내가 통신할 수 있는 건 이게 마지막일지도 모르니까."

〈네……? 그럼 히도우 님께서는? 그…….〉

"쓸데없는 말은 하지 마. 내 말은 이해했겠지? 잘 전해. 로스클레이라면 이해할 거야."

지평선에 하얀 거룡의 그림자가 움직였다.

마치 수조를 통해 보듯 그 광경은 굴절되었다.

—기온이 차다. 그것으로 히도우는 이해할 수 있었다. 너무나도 급격한 냉기로 인해 빛조차도 속도를 바꾸었다.

이세계일 것이다. 그곳은 사람이 살아서 들어갈 수 없는 피안의 저편이었다. 차가운 지옥의 광경이 이야기 속에서 잘려 나와 그 일대에 나타난 듯한.

"……저걸 죽일 수 있겠냐고……!"

특정한 누군가에게 하는 말이 아니라 그냥 되뇌었다.

관객을 모두 대피시켰다. 이 재앙을 앞으로 어떻게 할지 책략을 고민했다. 육합상람을 무사히 끝낼 수 있다. 아직 일은 산더

미처럼 쌓였다. 그런 시시한 일에 파묻혀 이대로 죽고 싶지는 않다.

"아직 죽을 수 없다……!"

증기와 함께 차가 출발했다.

◆

제6장. 정숙의 하르겐트도 모포 속에서 무릎을 안고 같은 광경을 보고 있었다.

맑은 대낮의 황야는 지금 겨울에 갇혀 있었다.

'저편'에 있다는, 세계가 절멸하는 때. 그리고 사계절이 없는 이 지평에 봄이 찾아올 일도 없다. '겨울'이 한 번 찾아온다면 세계가 영원히 죽을 것이다.

이 지점에까지 전파되는 냉기에는 저항할 길 없는 끝의 기색이 있었다.

그 이가니아 빙호에서 느낀 것 같은 절망과 체념의 온도.

……그런데도 하르겐트는 눈을 깜빡이지 않고 저편을 보고 있었다.

눈은 충혈됐고, 모포 안에서 반짝반짝 빛나고 있었다. 그 혼자만이 그것을 믿고 있었다.

"아직이야."

겨울의 루크노카는 실로 최강의 전설이었다.

싸움의 기회조차 잃을 정도로. 방심과 자만심으로 가득하고도 남을 정도로.

"……아직, 하지 않았어……! 아직이야……! 아직이라고!"

이를 딱딱 맞부딪치며 듣는 이 없는 말을 계속 중얼거렸다.

도망치자는 생각이 뇌리에 떠오르지도 않았다.

그것은 용기 때문이 아니었다. 처음부터 그 선택지를 가지고 있지 않았다.

질주하는 별의 아르스가 최선을 다해 싸우고 있다. 하르겐트의 손안에는 아주 조금 남은 긍지와 미래를 모두 쏟아부은, 단 한 번뿐인 승부.

로스클레이 같은 가짜와는 다르다. 이 지평에서 단 한 마리의, 진실의, 용^{드래곤} 살해의 영웅. 이 제1회전에서 아르스를 쓰러뜨리기만 하면 더는 겨울의 루크노카를 이길 수 있는 자는 없다.

"아르스."

하얀 용^{드래곤}은 다시 지상에 무자비한 숨결^{브레스}을 내뿜었다.

아래쪽을 향한 그 공격은, 아까 그 일격처럼 광역 지대를 파멸시키지는 않았다.

다만— 대지의 수십 m 반경이 늪처럼 무너져 깊게 함몰되었을 뿐이었다.

겨울의 루크노카가 내뿜는 용^{드래곤}의 숨결^{브레스}은 물리적인 충격력을 전혀 갖지 않았다.

그저 극한의 냉각만으로 그러한 현상이 일어나는 것이리라.

멀리 수 km 지하까지 이르는 분자의 틈새 전체가 순식간에 냉각되어 사라진 거라면, 마치 운석이 충돌한 흔적처럼 지형 변동으로 나타날 수 있을까?

'저편'에 알려진바, 궁극의 저온하에서 물질은 체적을 갖지 않는다. 응축되고, 분쇄되고, 다양한 구조가 변한다. 현실의, 거시적 세계에서 그 현상이 일어난 그때 어떤 현실이 나타날까—'저편'의 세계의 주인조차, 그 누구도 그 눈으로 본 적은 없다.

"……아르스!"

파멸의 소용돌이에는 아르스가 있을 터였다.

피가 날 정도로 입술을 짓씹으며 하르겐트는 떨고 있었다.

그것이 어떤 감정에서 비롯된 것인지, 그 자신도 이해하지 못할지 모른다.

다만 그 말을 반복했다.

"아, 아직이야……. 아직이다……!"

◆

—등 뒤의 세계가 무너지는 것이 보였다.

어떤 현상이 일어나고 있는지, 아르스가 분명하게 이해하는 것은 아니다. 죽은 자의 거대한 방패로 방어할 수 있는 범주를 훨씬 뛰어넘은 것만은 알 수 있었다.

"……히체드 이리스의 총포가……."

그 파괴를 본 뒤에도 질주하는 별의 아르스는…… 얼어붙어 찢어진 오른쪽 발가락 하나보다도 잃어버린 마구를 아쉬워했다.

자욱한 연기의 비케온을 쓰러뜨렸을 때, 아르스는 그의 옆구리를 장창으로 꿰뚫었는데, 용의 육체를 관통한 마구가 무엇이었을까? 그것은 정숙의 하르겐트조차 몰랐던 일이다.

히체드 이리스의 총포는 화약조차 장전되지 않은 그냥 철통이지만, 포신에 닿은 대상을 심상치 않은 위력으로 발사한다. 용린이 벗겨진 틈을 노리는 한은 용도[드래곤]도 막을 수 있는 마포다.

이 마구를 공격이 아니라 긴급 탈출에 이용할 수밖에 없는 궁지였다. 초저온의 지면에 붙은 아르스를 오른쪽 발가락을 희생시켜 사멸 권외로 발사한 것이다.

"……."

작은 단지 속에서 마구의 불꽃— 지면을 달리고 폐를 얼리는 공기를 뒤바꾸었다.

루크노카가 아르스의 존재를 찾아내지 못하는 사이에 애용하는 총의 동작을 확인했다. 긴 모험의 나날에 계속 교체했던 양산품 중에서 찾아낸, 기적 같은 정밀도를 가진 보병총[머스킷]이었다. 중추 기구는 그대로 두고 총목을 조룡[와이번] 전용으로 개조한 그것은 전설의 마구 이상으로 그가 신뢰하는 무기였지만.

"……화약이, 글렀나?"

뇌관의 화약이 얼어붙었다. 방아쇠를 당긴대도 불발될 것이다. 나무의 마탄, 독의 마탄, 뇌굉의 마탄이 적어도 이 싸움 동안에는 사용할 수 없게 되었다.

비케온의 팔도 비틀어 끊은 키오의 손이 절단되고, 배를 찌른 히체드 이리스의 총포가 사라졌다. 세계의 종국의 겨울은 생명이 없는 도구까지도 죽인다.

그가 그 중량을 버려야 할지를 고민하며 주저한 뒤에 자루 안으로 돌려놓았다.

"……겨울의 루크노카…… 어떤 보물을…… 갖고 있을까……?"

세 종류의 무기가 이렇게 사라진 이상, 그가 노려야 할 수단은 오히려 명백해졌다.

　용린의 방어를 꿰뚫어 일격으로 목숨에 다다르는 유일한 공격 수단.

　히렌진겐의 빛의 마검을 이용할 수밖에 없다.

　다친 다리로 땅을 박차고 조룡(와이번)은 다시 날아올랐다.

　루크노카의 숨결(브레스)에 얼지 않은 하늘이라면 아직 날 수 있었다. 비행한다면 다친 오른쪽 발도 불리하지 않다.

　명백한 사실이 존재한다. 접근하지 않으면 진다.

　눈에 보이는 전 세계를 후려치는 최강의 숨결(브레스)은 멀어지면 멀어질수록 벗어날 수 없다.

　가령 죽은 자의 거대한 방패로 숨결(브레스) 그 자체의 위력을 막더라도 그 뒤에 남은 초저온의 세계는 생명체의 활동을 허락하지 않는다. 아까처럼 진공의 소용돌이에 의해 치명적인 일격을 받게 된대도 모든 힘을 다해 사각지대를 찾을 수밖에 없다.

　겨울의 루크노카가 전방에 보였다.

　접근에 호응하듯 날아오르는 모습이 보였다. 맑은 목소리가 들렸다.

　"이것으로 끝은 아니겠지?"

　일직선으로 거리를 좁힌 아르스는 마치 유성과도 같은 속도였다.

　백룡은 얼굴을 마주하고는 있지만, 남동쪽에서 다가오는 대전 상대의 존재는 알아채고 있었다.

"이봐, 질주하는 별의 아르스? —아아, 기뻐. 정말, 정말, 정말. 당신의 모든 것이 기뻐서 참을 수가 없어……!"

동술의 숨결^(브레스)이 왔다. 아르스의 날개가 공중을 공격했다. 직전에 예각의 궤도로 조룡^(와이번)은 휘어졌다.

목숨을 불태우는 최대 속도여야 했다. 루크노카의 눈이 좇는 것보다 빠르게.

하지만.

"【코우토의 바람으로^(cochwelne)】."

—하지만 루크노카는 그것을 정면으로 포착했다.

아까 그 응수로 아르스는 지금까지 싸웠던 다양한 전설의 상위에 루크노카를 위치시켰다. 숨결^(브레스)의 파괴 규모만이 이유는 아니었다. 단순한 신체 능력에서도…… 그녀는 다른 전설과 비교가 되지 않을 정도로 너무나도 압도적이었다.

어떻게 자신의 숨결^(브레스)로 생겨난 극한의 지옥 속에서 활동을 계속할 수 있는 걸까?

진공으로 흘러가는 세찬 바람의 소용돌이를 정면으로 맞이하며 꼼짝도 하지 않는 건가?

그녀의 몸은 그것을 견딜 수 있기 때문이다.

자신이 내뿜은 용의^(드래곤) 숨결^(브레스)의 영향 여파에도 생존할 수 있는 생명체는 용밖에^(드래곤) 없다.

단 한 명, 예외인 삼인 소녀를^(엘프) 제외하면— 사신(詞神)은 결코 술사에게 과분한 사술을 주지 않는다.

지상 최강의 신체 능력은 시야를 고속으로 지나는 그림자도 좇을 수 있었다.

"【마지막 빛에 시들어라—】."

종언이 내달렸다.

광경은 하얗게 파멸했다.

그 한 호흡에 끝난다 해도 루크노카는 그럴 것이다.

단 한 번, 아무런 가감 없이 전력을 다해 싸울 수 있다면 그녀는 그걸로 족했다.

그것이 아무리 취약한 조룡일지라도— 가차 없이 싸울 수 있었다는 시점에 질주하는 별의 아르스는 그녀에게 너무나도 소중한 존재였다.

대지가 다시 갈라졌다. 구름마저 사라졌다.

바람에만 작용할 그녀의 사술은 대기 냉각의 여파만으로 지각의 대심도를 영원한 언 땅으로 바꾸었다. 인간이 불꽃을 일으키는 열술보다도 짧은, 그저 한 호흡의 영창으로.

냉기를 띤 그림자는 다른 다양한 영웅과 마찬가지로 맥없이 사라졌다.

"우후후후후······! 우후후후후! 아아······ 이런 싸움은 백 년만이야. 더 오래됐나? —**한동안은** 이런 즐거움도 없겠지."

또 언젠가 그녀가 봐주며 싸우지 않아도 될 영웅이 나타날 것이다.

루크노카는 그 만남만을 기대하며 빙호에서 다시 고독하게 기다릴 것이다.

숨결의 여파로 생겨난 진공이 주위의 대기를 해일처럼 삼켰다.

모든 일은 순식간에 벌어졌다.

—그리고 그것을 아는 자라면.

"……."

한 번 그 몸으로 익혀 아는 자라면 격류의 가속에 맞출 수 있었다.

옆쪽의 사각지대에서.

부토태양(腐土太陽), 이라는 마구가 존재한다.

그것은 흙덩이로 만든 구체이며, 무한히 솟는 진흙에서 형성된 칼날이나 탄환을 발사할 수 있었다. 이를테면 그 진흙은…… 날개를 접고 활공하는 조룡(와이번)에게 형상을 가까이 할 수 있었다.

극한의 고속기동 한가운데, 그는 비행 관성으로 대역을 후방에 두고 자신을 쫓는 최강의 용(드래곤)의 시선을 추적하는 도중에 정지하게 했다. 그 대역에 숨결(브레스)을 펼치게 했다.

아무리 대단한 동체 시력을 가졌어도, 아무리 대단한 반응 속도를 가졌어도, 질주하는 별의 아르스의 한계 속도를 쫓으면서 찰나에 작은 그림자의 진위를 판별하기는 아무리 전설이라도 불가능했다.

"히렌진겐의."

가늘고 작게 그는 중얼거림을 마쳤다. 반드시 자랑하도록 하고 있다.

그것은 찰나의 일격으로 끝나며 용린의 방어마저 무의미해지는 유일한 공격 수단.

"빛의 마."

거대한 무언가가 충돌했다.

푸슉 하는 소리를 내며 아르스의 시야는 녹아내렸다.

"……아아!"

겨울의 루크노카는 뒤늦게 깨달았다.

"그럴 수가……! 아직 살아 있었다니! 아아, 이게 무슨……!"

빛의 검이 깊게 파고들어 루크노카의 장대한 꼬리 끝은 뼈까지 절단되었다.

하지만 그것은 조금 전에 아르스를 질량으로 때려눕혔다.

"……나는 정말로 몰랐어! 지독한 실수야……! 기껏 당신이 살았는데! 알았으면 더 많이 즐길 수 있었을 텐데!"

—그것은 공격이 아니었다.

그저 단순히 최강의 용이 공중에서 방향을 바꿨을 뿐이었다.

자세 변화로 휘둘린 꼬리가 불운하게도 아르스의 돌격 궤도와 일치했을 뿐이었다.

역사상 널리 영웅의 시도를 웃돈 필살의 특급 공격은 단순한 불운으로 뭉개졌다.

그녀는 도를 넘은 최강이었다. 그저 몸을 움직이기만 해도 생명을 살육하고도 남았다.

즐기려고 생각하지 않으면 즐길 수 없었다.

"미안해, 질주하는 별의 아르스! 미안해……! 더 놀자! 응? 질주하는 별의 아르스……!"

싸움마저도 허용하지 않는, 그것은 일종의 황량한 광경이었다.

◆

—선명한 기억이 있다. 얼마나 오래전이었을까?

전날 밤부터 이어진 비는 조금씩 그 속도를 늦추며 지금은 드문드문 내리고 있었다.

절벽에 방치된 다 쓰러져 가는 오두막의 벽 사이로 그는 온종일 파도가 치는 모습만 바라보았다.

"이봐."

다 썩은 벽의 균열을 들어 올리며 그 얼굴이 나타났다.

이름. 그러고 보니 인간에게는 모두 이름이 있다. 조룡(미니어)은 강하고 똑똑한, 무리의 위에서부터 절반밖에 가지지 않는 이름이.

뭐라더라?

"하르겐트."

"다른 데서 그 이름을 꺼내지 마."

소년은 바삐 뒤를 둘러보았다. 이 오두막에 마을의 누군가가 다가올까 봐 조룡(와이번)인 그보다도 불안한 모양이었다.

"조룡(와이번)을 숨겼단 걸 들키면 맞아 죽어도 할 말이 없어."

"……. 그래……. 그럼, 조심……할게."

"조심한다는 게 무슨 뜻인지 알아? 네 책임이야. 왜 날개가 부러졌어?"

하르겐트는 부목을 댄 왼쪽 날개를 보았다.

용족인 조룡(와이번)은 기본적으로 생명력이 강하다. 골절 치료도 인족보다는 빠를 터인데, 그런데도 완전히 붙기까지는 아직 시간이 걸릴 것 같았다.

"……? 부딪쳤으니까……."

"그러니까 왜 부딪쳤는데? 평범한 조룡(와이번)은 그렇지 않잖아."

"나는…… 평범하지 않으니까……?"

소년은 머리를 긁적였다. 그때는 제대로 대답하지 못했지만,

맨 처음 만났을 때 하르겐트가 어떻게 이유를 설명했는지는 어렴풋하게나마 알고 있었다.

다른 조룡(와이번)과는 달리 쓸데없는 기관이 있었다. 체간의 왼쪽에 한 개. 오른쪽에 두 개. 그 조룡(와이번)에게는 지금까지 확인된 어느 개체와도 다르게 팔이 세 개 있었다.

그것이 비상의 안정을 무너뜨렸다. 보통은 부딪치지 않을 절벽에 충돌하여 날개가 부러졌다. 아마 그럴 것이다.

"잘 날지 못하면 낫는대도 마찬가지잖아."

"……. 그럴지도 모르지……."

"무슨 대답이 그래? 정말 무슨 생각을 하는지 모르겠다니까."

하르겐트는 늘 언짢아 보였지만, 그때 그는 그것을 이해하지도 못했다. 조룡(와이번)을 보는 인간(미니어)은 대개 모두 화가 나 있고, 모두 살기를 띠고 있다.

"조금만 더……. 이대로는 안 돼. 위기감을 가져. 원인을 생각하고 대책을 세워."

"하지만…… 못 한다면…… 그건 못 하는 거 아니야……? 어쩔 수 없지."

"할 수 있게 되란 말이야! 너 알에서 나온 그 날부터 날 수 있었어? 사술도 지금처럼 줄줄 읊을 수 있었어?"

그는 하르겐트의 의도를 헤아리지 못했다.

조룡(와이번)인 그를 생각하고 한 말일까? 그렇지 않을 것이다. 인간(미니어)이 그런 짓을 하는 이유를 모르겠다. 맨 처음에 이 오두막 안에 숨겼을 때부터 계속 몰랐다.

하르겐트는 앉아서 가져온 간식을 베어 물었다. 말린 나무 열매인지 뭔지, 조룡[와이번]의 식사와 별반 다르지 않을 정도로 변변치 않았다. 그의 의복은 곳곳이 흐트러졌고, 한쪽 신발은 바닥이 벗겨지려 했다.

"누구나 못 하던 걸 할 수 있게 되는 날이 와. 성장 말이야. 그래, 성장. 알겠어? 너도 성장해."

"……그래서…… 어떻게 하는데?"

"뭐?"

"뭔가…… 할 수 있게 돼서…… 어떻게 하는데……?"

"그야 뭐…… 날 수 있게 되면 다양한 걸 입수할 수 있잖아? 맛있는 먹이도 얻을 수 있고, 암컷도 잘 나는 녀석이 더 좋지 않을까? 잘 모르겠지만……. 게다가 무리에서 대단해질 수도 있을 거야……!"

"흐음…… 하르겐트는…… 그런 걸, 원하는구나……."

"다, 당연하지!"

하르겐트는 점점 험악한 얼굴로 가까운 벽을 발로 찼다.

큰 소리에 그는 놀랐지만, 격렬한 감정을 드러내는 건 타고나길 잘 못 한다. 그 놀라움도 하르겐트에게는 전해지지 않았을지도 모른다.

"못 하는 녀석으로 여겨져서 얕보인 바람에 화가 난 적 없어?! 귀족 놈들은 우리 하인을 쓸모없는 망아지인 양 발길질해대지! 아버지도 어머니도…… 불쾌하게 웃으며 굽실굽실하기 일쑤야! 나는 달라. 반드시 대단한 위치에 오르겠어……. 성장해서 그놈들이 죄다 나를 다시 보게 하겠어……!"

"그건……."

그는 고개를 갸웃거렸다. 인간의 논리는 의아하다.

"그건 하르겐트 얘기잖아……. 내가 아니라……."

"마찬가지야! 다 마찬가지라고……! 살아 있잖아! 그럼 너도 윈하란 말이야! 너도 날 수 있다는 걸 보여줘!"

무리에서 낙오된 조룡^{와이번}과 자신을 겹쳐본다는 걸 그때의 그가 이해할 수 있었을까?

설령 그것을 이해하지 못했더라도 자신과는 정반대인, 처음 본 격렬한 감정에 그가 단순한 흥미를 품은 것도 사실이었다.

—자신에게는 없는 정열을 그는 갖고 있었다.

"……알았어. 그래 볼게……. 어떻게 하면 성장할 수 있는데?"

"……할 수 있는 것부터 할 수밖에 없겠지……. 손으로 뭔가 잡아 본 적 있어? 손가락을 따로 움직인다거나. 날개를 다친 지금도 그 정도는 할 수 있겠지? 조금씩 할 수 있는 걸 늘려 가는 거야."

"……그럼 하르겐트는? 대단해지려면…… 어떻게 하면 돼……?"

"나 말이야?"

그 질문에 하르겐트는 처음으로 웃었다.

"나는, 헤헤……! 나는 또래 녀석 중에서 맨 처음 조룡^{와이번}을 격추했어……! 그러니까 내게는 활 재능이 있는 거야. 이대로 점점 네 동료를 사냥해서 대단해질 거야. ……지금은 조룡^{와이번}뿐이야. 하지만 언젠가 조룡^{와이번}뿐만 아니라 거물을 쓰러뜨릴 거야. 그러면 나는 왕국의 장군이지. 돈도 평생 부족하지 않을 거고, 모두가 나를 칭찬할 거야."

기껏해야 다친 조룡^{와이번}에게 토로할 수밖에 없는 속마음이었을 것

이다. 그것은 도저히 다른 마을 사람 앞에서는 말할 수 없는 야
망이었다. 그렇게 되기가 얼마나 힘들고 차원이 다른 미래인지.

인간 사회에서 그것은 수치였다. 약자가 분수도 모르는 꿈을
말해서는 안 되었다.

소년은 작은 활을 들고 있었다. 어른의 활에 비해 위력도 훨씬
약했다.

하지만— 그의 기량과 아무런 관계도 없는 행운의 성과일지
라도 그것은 그가 맨 처음에 조룡을 쏘아 맞힌 자랑스러운 활이
었다.

"장군이 되면 영웅도 되고 싶어! 역사에 이름을 새기는 거
야……! 용이 상대라도— 이 도룡노포(屠竜弩砲)로 쏘아 죽이겠어!"

"흐음…… 대단하네……."

그의 맞장구는 마치 선대답 같았지만, 진심으로 그렇게 생각
했다.

따라서 그때 그도 소년의 흉내를 내어 보려 했다.

그것이 분명 산다는 것일 테니까.

"……하르겐트는 대단한 녀석이야……."

◆

삐걱삐걱, 하는 소리가 계속 울렸다.

실패할 거라고 생각하지 않았지만, 어쩌면 이런 결말을 어딘
가에서 예감했는지도 모른다.

누구보다도 끊임없이 강적에게 덤볐다. 행운도 불운도, 자신

의 키를 훌쩍 넘는 강자와 대치했을 때 일어나는 무수한 가능성을 그 몸에 맛보았다.

그렇지 않았다면 치클로락의 영구 기계를 기동하지 못했을 것이다.

금속 마찰음이 삐걱삐걱 울렸다. 그것은 아르스의 체내에서 울려 퍼졌다. 불쾌한 감촉이었다.

아르스는 몽롱한 시야로 우선은 오른쪽 발가락을 보았다. 얼어서 잃었을 그 부위는 이미 톱니바퀴와 크랭크가 조합된 기이한 금속 기계로 바뀌어 있었다.

치클로락의 영구 기계. 그것은 인간의 새끼발가락 끝에도 미치지 못하는 조성 불명의 미미한 톱니바퀴에 지나지 않지만, 그 자욱한 연기의 비케온이 가장 큰 가치를 둔 보물이었다.

체내에 톱니바퀴가 회전했다. 그 감촉은 분쇄된 등뼈 안에도 존재했다. 왼쪽 허벅지, 갈비뼈. 그리고 왼쪽 날개. 그것들은 체내에서 증식하며 생체를 모방하고 억지로 구동시켰다.

—왜 날개가 부러졌지?

"어쩔 수 없잖아……."

뒤얽히는 과거의 잔영에 멍하니 대답했다.

우연한 결과라지만, 너무 심한 반격을 받았다.

죽은 자의 거대한 방패의 방어도 늦었다. 그것은 적이 공격에 대응하여 발동해야 하는 것이며, 사용할 때마다 침식과 격통을 동반하는 이상, 비상의 자세 제어와는 양립할 수 없는 방패이기도 하다.

진공의 폭발에 밀려 흘러가는 중이었다는 것도 좋지 않았다.

평소의 아르스라면 빠르게 쫓는 용 꼬리의 일격조차 직전에
회피할 수 있었을지도 모른다. 하지만 자기 자신이 밀려 흘러가
는 와중에는 궤도를 직접 변경하기 불가능했다.

다름 아닌 적의 공격에 역전의 타격을 맡겼다. 그것이 패인이
었다.

"……원인을 생각하고 대책을 세운다. 원인을 생각하고 대책
을 세운다……. 원인을 생각하고 대책을 세운다……. 원인을 생
각하고 대책을 세운다—."

질주하는 별의 아르스는 지금도 그럴 수 없었다.

처음부터 모든 것이 가능했던 것은 아니었다. 언제나 할 수 있
는 걸 늘려 왔다.

우선은 자신의 무리 속에서 최강이었던 조룡(와이번)을.

밀림에 나타난 무시무시한 대귀(오거)를. 사막 생태계의 정점인
사룡(월)을. 토벌대의 강대한 전사를. 그리고 영웅을. 전설을. 마침
내 용(드래곤)을.

아르스는 루크노카의 일격에 쓰러졌지만, 그런데도 히렌진겐
의 빛의 마검을 떨어뜨리지는 않았다. 사선 끝에서도 보물을 놓
지 않는 욕심이 마지막 수단을 그에게 남겨 주었다.

'……하르겐트. 나는 하르겐트를 이길 거야…….'

모든 수단을 다한다. 어떤 보물을 팽개치더라도 이기고 말겠다.

그것이 단 하나뿐인 친구와 한 약속이기 때문이다.

"……아아, 아아…… 질주하는 별의 아르스……. 살아 있지?
내 발톱도 견뎠는걸. 이 정도로 망가질 리가 없지. 그러니까 분
명……."

아까와는 달리 겨울의 루크노카는 한탄했다.

"아직 싸우고 싶었어. 정말이야……."

훌륭한 영웅이, 질주하는 별의 아르스가 죽었다. 지독하게 시시한 이유로 죽고 말았다. 수많은 전사에게 그녀는 실망해 왔다.

따라서 허를 찔렸다.

"……!"

긴 피리 같은 소리.

바람을 가르고 새된 소리로 울어대는 검이 루크노카의 주위를 날며 날뛰었다. 전율하는 새라는 이름의 마검 중 하나였지만, 물론 그것은 공격 수단은 아니었다.

"【아르스에게서 히렌진겐의 검으로. 우박은 천지로─】."
<small>kylseko kyakowak kestek kogbakyau</small>

마검 소리에 의식이 흐트러진 순간에 그녀의 바로 밑에서 일직선으로 다가오는 그림자가 있었다. 그녀는 부토태양의 능력을 모른다. 시야 끝의 그것을 당연히 질주하는 별의 아르스라고 인식했다.

그녀는 환희의 목소리를 냈다.

"아아!"

─살아 있었구나, 라고 말하려 했다.

그것을 또다시 자신이 격추한 걸 알고 대지의 얼룩으로 변한 그것을 보았다. 그 방향에서 날아온 것이 하나 더 있었다.

부토태양이 발사한 탄환은 아르스로 보이게 한 가짜의 한 발이 아니었다. 아르스는 그 체적에 숨겨 또 하나의 작은 진흙 덩어리를 날렸다.

흐르는 빛에 루크노카의 눈이 부셨다.

진흙 덩어리 속에서 나타난 것이 있었다. —히렌진겐의 빛의
마검이었다.

미끼인 진흙 덩어리를 격추한 발톱이 사선을 지키고 있었다.
하지만 빛의 검은 어려움 없이 관통했다.

막을 수단이 없는 최강의 마검.

백룡은 목을 돌려 날아오는 참격을 회피했다. 이중삼중의 기
만이 의미를 갖지 못했다. 겨울의 루크노카에게는 그 뒤 움직일
수 있는 반응 속도가 있었다.

하지만.

"【축은 오른쪽 눈. 이동하는 바퀴. 돌아라.】— 전율하는 새. 부
토태양. 히렌지겐의 빛의 마검."

빛의 마검은 공중에서 추적했다.

아리스의 역술 작용을 받은 빛의 마검은 루크노카의 목 왼쪽
에서 목덜미까지 내달려 무적의 용린을 불태웠다.

"굉장해…… 아아! 아르스!"

조금만 회피가 부족했으면 경부에 치명상을 입었을 것이다.
긴 역사 속에서 한 번도 받아 본 적 없는 최대의 부상이었다.

—그래서 끝나지 않았다.

꼬리를 가르고 발톱을 빼앗고 바로 밑에서 온 공격이라면
숨결을 퍼부을 수조차 없다. 그것은 자기 자신의 거대한 몸을
공격 반경에 포함했기 때문이다.

"내가 싸울 수 있다니—."

루크노카가 그렇게 말했을 때는 조룡의 영웅은 발톱 사이 안
쪽에 있었다. 숨결도, 용의 발톱도, 꼬리도……. 그 권내에는 이

미 다다르지 않는다.

아르스의 오른쪽 발가락에는 마탄이.

신경 앞으로 터지는, 마천수탑(摩天樹塔)의 독의 마탄. 그것을 직접 잡는대도 철로 치환한 육체는 침식되는 신경을 가지지 않는다. 지평의 어느 탄환보다도 빠른, 지금은 그 자체가 마탄이었다.

용린이 벗겨진 목으로 최강 용^{드래곤}의 반응 속도를 넘어서.

"―."

―넘어설 수는 없었다.

아르스의 몸통의 체적은 세로 절반으로 갈라졌다.

왼쪽 날개째로 상실됐다.

……루크노카는 멍하니 중얼거렸다.

"……아아. 곤란하군."

그리고 방금 물어뜯은 영웅의 반신을 뱉어냈다.

"설마 나. ……이런 상스러운 짓을."

조룡^{와이번}의 영웅은 꼬리를 봉쇄하고 발톱을 거두고 숨결^{브레스}조차도 제어하여 용^{드래곤}에게 덤볐다.

부족했다. 그 앞에는 엄니가 있었다.

유구한 역사에서 처음으로 진정한 죽음에 처한 용^{드래곤}의 턱의 척수반사 속도는― 최강의 조룡^{와이번}의 직선 속도를 살짝 웃돌았다.

그것은 겨울의 루크노카 자신조차 생각지도 못했던 반사 속도였다.

질주하는 별의 아르스가 거듭해 온 것처럼 극한의 상황 속 성

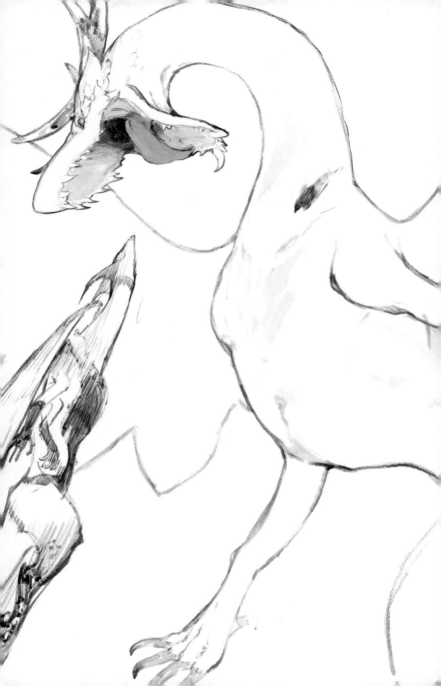

장도 아니었다.

그것은 단순한 야생 본능이었다. 절멸의 숨결^{브레스}과 마찬가지로 최강의 생명체에게 처음부터 갖춰진 잠재 능력 중 하나에 지나지 않았다.

"내가 이렇게 빨랐구나."

그저 단순히 아무도 전력을 본 적이 없었다.

겨울의 루크노카 자신조차 자기의 한계를 몰랐다.

그녀를 거기까지 몰아넣은 자는— 이 넓은 세계의 어디에도, 단 한 명도 존재하지 않았으니까.

"……."

널리 지평을 공략한 모험가^{로드}가 떨어졌다.

전율하는 새가. 부토태양이. 히렌지겐의 빛의 마검이.

보물과 함께, 반짝이는 세계의 빛과 함께, 갈라진 대지의 나락으로 떨어졌다.

—만약 겨울의 루크노카의 꼬리 공격이 그를 우연히 포착하지 않았다면.

그 일격의 부상이 없었더라면. 냉기에 근육이 얼지 않았더라면. 총을 버려 자루가 가벼웠더라면. ……그에게 세 개의 팔이 없었더라면.

단 한 명, 그만이 루크노카의 목숨에 가장 근접한 영웅이었다.

'……역시나.'

흐려지는 의식의 마지막에 그런 생각을 했다.

'……하르겐트는 굉장한 녀석이야…….'

◆

"아, 아직이다……."

하르겐트는 일어나서 비틀비틀 걸었다.

질주하는 별의 아르스가 떨어졌다. 그 어둠의 끝으로. 차가운 대지의 밑바닥으로.

마치 죽음 그 자체인 양 무서운 추위였지만, 이미 모포를 두를 여유조차 없었다. 매달릴 것도 없어서 하르겐트는 눈물과 콧물에 젖어 외쳤다.

"아직이다!"

분명 더 일어날 것이다. 아직 아르스는 지지 않았다. 아직 하르겐트는 이기지 않았다. 질주하는 별의 아르스는 영웅이기 때문이다.

어떤 고난에도 굴하지 않고 모든 것을 잡은, 그에게는 별이었다.

그것이 겨울의 루크노카든 뭐든 분명.

"……그렇지, 아르스……? 아직이야, 아직이라고……! 아아아아……."

여전히 정숙한 지평을 앞에 두고 무릎이 구부러졌다.

그곳에는 절망과 체념의 온도만이 남아 있었다.

아르스가 있다. 그곳에 그의 최대 적이 있다. 하르겐트는 외쳤다.

"누가!"

늙은 제6장은 마치 어린아이처럼 울부짖었다.

"누가 아르스를 끌어 올려줘! 누가……! 아르스야! 나, 나의…… 나의 친구야! 누가! 누가……! 누가 좀……!"

그 목소리는 누구에게도 닿지 않았다.

걸쇠의 히도우도, 그토록 많던 관객도, 어느샌가 사라진 뒤였다.

아무도 없는 얼음 벌판이, 이 황량한 광경이야말로. 다름 아닌 정점의 풍경이었다.

"누가, 누가 좀……! 윽, 으윽…… 으으으윽……!"

"—아아. 아주, 아주 즐거웠어. 그렇지, 하르겐트?"

웅크린 하르겐트의 등 뒤에 겨울의 루크노카가 내려섰다.

무엇도 침범하지 않은 순백의 아름다움을 자랑하는 용은……
목이 화상으로 문드러지고, 왼쪽 발톱은 절단되고, 꼬리에서는 출혈이 심한, 무참한 모습이었지만.

"이봐……! 벌써 **이걸로 끝은 아니지**? 이 정도는 그저 1회전의 시작인걸! 다음엔 분명…… 응? 더, 좀 더 강한 영웅이, 훌륭한 싸움이 기다리는 거지?!"

이 정도의 기쁨을 수백 년 사는 동안 한 번도 맛본 적이 없었다.

고고한 풍경이 빛나 보였다. 아직 이 세계를 사랑할 수 있다고 생각했다.

그 상처야말로 싸움마저 허용할 수 없던 그녀가 무엇보다도 바란 것이었다.

"더, 더, 더…… 아아, 정말 기대돼. 다음 싸움이! 다음 영웅이!"

제2시합. 승자는 겨울의 루크노카.

ISHURA Vol.3 ZESSOKU MUSEIKA
©Keiso 2020
First published in Japan in 2020 by KADOKAWA CORPORATION, Tokyo. Korean translation
rights arranged with KADOKAWA CORPORATION, Tokyo.

이수라 3

2023년 11월 15일 1판 1쇄 발행

저　　　　자	케이소
일 러 스 트	쿠레타
옮 긴 이	조민경
발 행 인	유재옥
이　　　　사	조병권
출판본부장	박광운
담 당 편 집	정영길
편 집 1 팀	박광운
편 집 2 팀	정영길 조찬희 박치우 정지원
편 집 3 팀	오준영 이해빈 이소의
디자인랩팀	김보라 박민솔
디지털사업팀	박상섭 김지연 윤희진
라이츠사업팀	김정미 맹미영 이윤서
영업마케팅팀	최원석 박수진 박소연
물 류 팀	허석용 백철기
경영지원팀	최정연
인쇄제작처	㈜코리아피앤피
발 행 처	㈜소미미디어
등　　　　록	제2015-000008호
주　　　　소	서울시 마포구 토정로222, 403호 (신수동, 한국출판콘텐츠센터)
판매 및 마케팅	(070) 8822-2301

ISBN 979-11-384-2317-5 04830
ISBN 979-11-384-0580-5 (세트)